# 圈套

## 迷局篇

王强◎著

套 2

北京燕山出版社
BEIJING YANSHAN PRESS
YSP

图书在版编目（CIP）数据

圈套.2,迷局篇/王强著.—北京：北京燕山出版社，2018.8

ISBN 978-7-5402-5225-0

Ⅰ.①圈… Ⅱ.①王… Ⅲ.①长篇小说—中国—当代

Ⅳ.①I247.5

中国版本图书馆CIP数据核字（2018）第175221号

圈套.2,迷局篇

著　　者：王　强
责任编辑：李瑞芳　刘朝霞
封面设计：仙　境
出版发行：北京燕山出版社有限公司
社　　址：北京市丰台区东铁匠营苇子坑138号
邮　　编：100079
电话传真：86-10-65240430（总编室）
印　　刷：北京嘉业印刷厂
开　　本：700×980　1/16
字　　数：314千字
印　　张：20
版　　次：2018年12月北京第1版
印　　次：2018年12月北京第1次印刷
ＩＳＢＮ：978-7-5402-5225-0
定　　价：46.00元

如发现图书质量问题，可联系调换。质量投诉电话：010-82069336

# 目录 — CONTENTS

# 从波士顿到望京

大厅里的光线逐渐昏暗，只剩下两侧墙面上的几盏壁灯照射出柔和的黄色光芒。邓汶仿佛能感到自己双眼的瞳孔正随着四周亮度的减弱而放大，他依稀分辨出　排排座位上刚才还人头攒动的听众都静下来，之前一直在耳畔嘈杂的声音也渐渐消散。大厅正前方的大屏幕上是投影仪投射上去的动画，邓汶所在公司的标志像一片叶子在画面中飘舞。

邓汶站在大厅前部的角落里，尽量让自己的心情平静下来，他贴紧身后的墙面，希望微微颤抖的双腿得以放松。邓汶看见一个高大的身影缓步走向讲台，虽然在昏暗中看不清容貌，但他心里知道这个人是公司的CEO。CEO在讲台上站定，面对台下的听众讲了几句，邓汶什么也没听清，但台下已经响起一片掌声，CEO也转过身朝他站立的方向礼节性地拍着巴掌，邓汶知道，自己该上场了。

邓汶低头看了眼，胸前的领带伏贴而端正地掩在西装的衣襟中间，他抬起右手摸了摸脖子下面的领带结，一切正常，他又下意识地用双手抻了抻西装的下摆，这才抬脚走向讲台。邓汶踏着松软的地毯，与从讲台上走回来的CEO打了个照面，却仍然没看清CEO的脸。邓汶正有些诧异，但已经走到讲台前的他无暇多想。邓汶把别在腰带上的麦克风开关打开，调整一下挂在左耳上延伸到嘴边的微型耳麦，朗声向听众们问候："早上好！"

他听见自己的声音在大厅里回荡，沉稳而清晰，一直悬着的心这才感觉到一丝松弛。

邓汶熟练地操作着讲台上的笔记本电脑，想把那个还在飘舞的公司标志画面切换成自己讲演用的幻灯片。咦，那个文件呢？怎么找不到了！邓汶的心骤然沉下去，好像掉在肚子里剧烈地战栗。他迅速打开一个个文件目录搜寻，与电脑相连的投影仪也就把他正在浏览的画面投射到了大屏幕上，大厅里所有人都立刻明白他出了什么问题，台下响起一片"嗡嗡"的声音。这嗡嗡声就像在邓汶的脑子里鸣响。文件没了！讲演做不成了！邓汶抬头看了一眼前面黑压压的人影，又无助地扭头向角落里的同事们张望，但是没有人来帮他。忽然，一阵手机铃声大作，声音越来越强，邓汶感觉手机仿佛就在他的脑后振动，便抬手向脑后抓去，却把左耳上挂着的耳麦打掉了。他心里一急，绝望地叫了声"糟糕"，使劲跺了下脚，却跺空了，他浑身痉挛般颤抖一下，醒了。

邓汶猛地从床上坐起来，回手把枕头掀开，枕头下面一个精巧的旅行闹钟正倔强地欢叫着、振动着。邓汶把闹钟关上，看见液晶屏正显示"04:30"，该起床准备动身了。邓汶发觉自己满身大汗，心还在怦怦地狂跳，他蜷起腿，双手抱住脚踝，把头埋在膝盖中间，闭着眼睛想让自己平静下来。邓汶心中非常气恼，他不明白自己怎么会变成这样，要么不做梦，要么就做这种无聊的噩梦，很久以前的那些美梦都哪儿去了？难道是现在平淡而乏味的生活，不仅本身没有任何精彩可言，还把他到梦中去寻觅精彩的本能都剥夺了？想到这里，邓汶忽然感到有些冷，他转身坐到床边，开始穿衣服。

这时躺在他旁边的廖晓萍忽然咕哝一声："嗯，你开霓虹吧，我开切诺基。"说完就又没有任何声响了，连身子都没再挪动一下。

邓汶也就同样地"嗯"一声，算是答应又算是道别，然后站起身穿好衣服，拉开门走出了卧室。

邓汶轻轻推开隔壁的房门，蹑手蹑脚地走向女儿的床前，先看见被女儿蹬到床下的小花被摊在地毯上，而女儿正蜷缩着身子脸朝下趴在枕头上酣睡，发出轻微的呼噜声，一只粉色绒布做的凯蒂猫被女儿压在肚皮下面，只露出半个圆圆的脑袋。邓汶用手抓住凯蒂猫的半个脑袋揪了一下，居然纹丝不动，他便用力一拽，凯蒂猫被他从女儿的压迫下解放出来，而女儿也借着外力顺势翻了个身，变成侧卧的姿势，呼吸也变得均匀顺畅。邓汶把凯蒂猫放在女儿枕头旁边，又从地毯上捡起小花被给她盖上。月光从百叶窗的缝隙中穿进来，洒在女儿的脸蛋上。邓汶静静地在床边站了一会儿，才转身走了出去。

邓汶简单洗漱之后沿着楼梯下来，穿过起居室和餐厅走进厨房，要拿些东西吃的念头一闪而过便被他否定了，时间太早，还不到五点，根本没有饿的感觉。他便抄起昨晚已经收拾好、放在门口的拉杆箱和电脑包，拉开门走进车库。两个车位的车库本来不算小，但两辆车都趴在里面时还是有些拥挤。邓汶侧着身子蹭到两辆车中间，拉开右边的轿车车门把行李放到后座上。轿车的品牌是霓虹（Neon），克莱斯勒公司出产的，左边是辆大切诺基牌子的吉普，也是克莱斯勒公司出产的。邓汶把车库的卷帘门打开，刚要坐进霓虹的驾驶座，一眼瞥见大切诺基的后座上卷成一团的是女儿的外套，他立刻仿佛感觉到外套里还带有女儿的体温，自己也温暖起来。他带着这一丝暖意坐进霓虹，点着火把车倒了出去。

四月初的波士顿正是乍暖还寒的时节，时间又是早晨五点钟，外面凉飕飕的。街道上冷冷清清，只有路灯和住家门前的廊灯为这片街区带来少许生气，直到汇入90号州际高速公路上那昼夜川流不息的车河，邓汶才又感受到这座都市的活力。他轻车熟路地向波士顿洛根国际机场驶去，并不觉得此行与以往出差有什么不同，殊不知他的人生将由此踏上一段全新的旅程。

邓汶左手搭在方向盘上，打了个哈欠，盘算着波士顿和拉斯维加斯三个小时的时差，现在拉斯维加斯才夜里两点多钟，他本应该在酒店的被窝里睡得正香呢。这么一想，邓汶忍不住先骂了一句他的老板，又骂了一句他所供职的公司，再骂了一句他所从事的软件行业，最后骂了一句如今的世道。的确，要不是现在世道不太平、行业不景气、生意不好做，他所在的公司也不会如此严控各种费用开销，而他的那位犹太人老板也不会如此变本加厉地锱铢必较。

也难怪，四月份的拉斯维加斯不冷不热，正是最佳的旅游和会展季节，一年一度的世界信息技术产业大展也凑热闹赶在这个时候举行，搞得纵使在酒店林立的拉斯维加斯，房费也因为客房供不应求而一涨再涨。那个犹太人直截了当地向邓汶提出了他那一举两得的"建议"：赶在会展开幕的当天飞过去，而不是像惯常那样提前一天飞过去，既可以节省一个晚上的房费，又可以享受早班飞机的票价优惠来节省机票钱，何乐而不为？邓汶刚说当天赶去会不会太紧张太仓促，犹太人的脸上已经露出自得的笑容，显然是有备而来地回应说肯定不会，因为可以赶早上七点二十五分起飞的美西航空公司的67次航班，直飞拉斯维加斯的航程是六个小时，而波士顿的时间比拉斯维加斯早三个小时，所以正点到达的时间是拉斯维加斯的上午十点半。谁都知道拉斯维加斯璀璨夜晚的魔力，没有人会起大早在上午出来活动，会展也是如此，中午以前绝对不会迎来参观的人潮。

"所以，"犹太人总结说，"当天早上飞过去，是个聪明的决定。"

当他听到犹太人说出"聪明"这个词的时候，邓汶便知道自己只有按照犹太人的"建议"照办了，因为犹太人是在按照公司CEO的指示精神办事。CEO最近一再教导他们说要"拼命地赚钱，聪明地花钱"，这让邓汶不得不佩服，人家不说要省，更没有半点鼓吹"抠门儿"的意思，人家只说花钱要花得聪明。只是，聪明的是此刻睡得正酣的那个犹太人，辛苦的却是此刻星夜启程的邓汶。

邓汶把车里的收音机打开，随便停在一个正播放摇滚歌曲的频率，他需要一些"动静"来让自己保持清醒，他也不想让自己的大脑总是被那个犹太人占据。

一路畅通，邓汶不久就已经看得见灯火通明的洛根机场了，但他没有把车开进机场，而是继续沿路前行，跨过不甚宽阔的切尔西河，又行驶了几分钟，最后把车停到了位于东街的一个停车场里，办完存车手续，再拖着行李搭上从停车场到机场的免费穿梭巴士，这才到了洛根机场的B号航站楼。

公司如今挖空心思地算计，力求"聪明"地花好每一分钱，连出差的补助政策都做了大调整。以往出差，各种日常开销都是在一定标准范围内实报实销，现在改成了"包干制"，每人每天六十美元，机票和酒店费用都由公司直接付给一家长期合作的旅行社代理，而其他一切费用就都包在这每天六十美元里面，花多花少就全看个人是否"聪明"了。离机场一英里开外的停车场要比机场里哪怕是最便宜的经济型停车区每天可以节省三美元，邓汶不会不在乎这每天三美元，聚沙成塔，集腋成裘，他这些年的日子都是这么过来的，他认为自己这样做正是典型的中国人的聪明。他想，中国人的节省是从自己身上省下来的，所以叫勤俭；而犹太人的节省是从别人身上省下来的，所以叫吝啬，看来这就是中国式聪明与犹太式聪明的不同之处吧。

邓汶没有需要托运的行李，很快便在自助终端前面办好登机手续，然后随着人流缓慢地通过安检，拖着拉杆箱和电脑包沿着走廊走了一阵才到登机口。邓汶到得早，登机口附近的几排皮椅上只坐了十几个人，看样子都是商务旅客，没有拖儿带女的。这些乘客大多人手一册地在看书，只有几个人例外，他们在摆弄手里的PDA（个人数字助理）或笔记本电脑，查看日程或是收发电子邮件。邓汶犹豫是否也该把自己的黑莓手机掏出来查查有无新邮件，但还是决定让自己休息一下，便走到离落地窗最近的一排皮椅前，挑了个皮面还算平整的位子坐下来。

　　邓汶把双腿伸直，双脚放在落地窗矮矮的底座上，两臂张开，搭在旁边的皮椅靠背上，懒洋洋地望着窗外，感觉很惬意。才六点多，天还没有大亮，停机坪主要还是靠灯光照明，一台电瓶车拖着长长的行李车开到停靠在廊桥位置的飞机旁，无论寒暑都穿惯短裤的搬运工开始往飞机底部的货舱里装行李，这景象让邓汶感觉熟悉甚至有些亲切，这些年在美国飞来飞去，洛根机场快赶上他的半个家了。忽然，邓汶意识到，在洛根机场的几个航站楼中，他对眼下所在的B楼、A楼以及即将合二为一的C、D两个小航站楼都很熟悉，而唯有那个主要用于国际航线的E航站楼他还从来没去过。波士顿，这座他已经生活了十多年的城市，居然是他这个中国人有生以来住得最久的地方。

　　一架刚降落的飞机缓缓停靠在旁边的一个廊桥，稍后一群乘客从登机口鱼贯而出，邓汶仿佛在人群里看到了十多年前初到波士顿时的自己。那是在盛夏八月里的一天，邓汶刚从北京的大学毕业到美国读硕士，护照上贴着的历尽千辛万苦得来的美国签证倒比他刚到手的本科文凭更让他兴奋，邓汶攥着护照，怀里贴身揣着五千美元，搭乘美国西北航空公司的航班飞到底特律，再转机到波士顿。一年以后，廖晓萍也来了，两个人"夫妻双双把书念"，念完硕士念博士，念完博士就留在大学的实验室里做助手，给导师当"长工"。可是没多久导师搞不到新项目，没有足够的课题经费，养不起"长工"了，邓汶和廖晓萍便出来找工作。他俩运气不错，邓汶先找到目前所在的这家公司，如今也算是个骨干和头目了，负责软件开发和测试工程；廖晓萍不久也有了工作，在一家网络公司做技术支持。两人苦熬多年总算拿到了美国绿卡，家中唯一的美国公民是五岁的女儿。

　　邓汶一直没回过中国，也没去过美国以外的其他地方，曾经有几次打算去墨西哥或加拿大旅旅游、度度假，精打细算之后，邓汶还是决定暂缓，等先把房子的按揭还清再说吧，反正那些名胜过几年也不会消失，以后再去不迟。可是就在现在，当邓汶坐在登机口旁的皮椅上，望着窗外跑道上飞机的起降，他忽然有一种强烈的愿望，就像十多年前他迫不及待地要走出中国一样，现在的他又迫不及待地想走出美国了。

登机了，邓汶事先特意订的靠窗的座位，他把头抵在舷窗旁边，闭上眼睛希望能睡上一会儿，却发现脑子里乱乱的，他在想如果这个航班的目的地不是拉斯维加斯而是北京该多好。等飞机进入平飞状态之后，机舱里的乘务员开始忙活，邓汶斜着眼睛看她们在机舱走道上穿梭，心想：为什么美国的空姐都这么老呢？最年轻的也是空嫂，一般是"空婶"，甚至还有"空奶"。邓汶忽然觉得心里空荡荡的，因为他忽然意识到居然还从来没亲眼见过中国的空姐，他平生头一次坐飞机就从北京飞到了美国，中国空姐年轻漂亮的形象于他而言只是二维平面的想象而已，他离开中国真的是太久了、太远了……

一位空婶手拿一副耳机冲乘客挥动，另一只手拎着个大塑料袋，里面放着很多副耳机，她沿着走道边走边问："五美元，有谁需要吗？"邓汶感慨现在航空公司的日子也不好过啊，以前每个乘客面前的座椅口袋里都放着免费使用的耳机，如今要想一饱耳福还得另花五美元。邓汶绝不会花这种可花可不花的钱，哪怕只是五美元。

空嫂、空婶们送过一趟饮料之后，邓汶刚想努力睡会儿却又有人打扰，这次是来送餐食。当年免费的空中配餐即使味同嚼蜡，也只能是美好回忆了。买机票时可以选择是否也买航班上的餐食，但既然是公司经手买的机票，这一项自然就省了。一位空嫂捧着一摞彩色小餐盒按照座位号分别送到事先预订的乘客面前，另一位空嫂手里托着一个同样的彩色小餐盒作为样品，又是一路问着："七美元，有谁需要吗？"邓汶下意识地按一下肚子，感觉尚不空虚，便下决心再忍一阵，因为他相信同样的东西到了九千米的高空一定要比在地面时贵一些，还是等到拉斯维加斯再说吧。

邓汶的邻座看来事先订了餐食，因为一个小餐盒被空嫂主动放到了邻座的小桌板上，邓汶真想问一声邻座是在哪家公司高就的，起码那家公司在这七美元上相当大方，但眼见那人已经打开小餐盒取出一包花生吃起来，他的好奇心只得作罢。邓汶这次下决心闭紧眼睛，与其旁观邻座吃早餐，不如自己努力做个黄粱梦，他在闭眼之前抬手看了眼表，快九点了，拉斯维加斯的时间应该快六点了。邓汶忽然又想到，北京呢？时差是多少来着？十三个小时？现在应该是晚上，快十点了吧？

　　北京的东北角，四环路和五环路之间，机场高速的西北侧，是一片广大而日渐稠密的住宅区，用"小区"这个词来称呼未免太委屈它，倒是其中一个小区的名字挺适合作为这片区域的总称：望京新城。

　　Linda租住的房子就在望京，是一幢塔楼里面的一套两居室。Linda大学毕业以后独自北上，在北京已经待了五年多，凭她以往的积蓄和目前的收入，在北京置办一套勉强过得去的小房子并非遥不可及，但Linda一直租房子住。不是钱的问题，而是因为她在北京始终没有找到一种归属感，她不知道哪一天也许就会离开，可能东进、可能西游，也可能南飞。她是否会在北京长期待下去以及假若离开北京又会去哪里，这两个问题都取决于她一直在寻找的一样东西：男人，可以把自己托付给他的男人。可惜的是Linda至今还没有得到这样东西，她倒是得到了一个结论：原来男人都不是东西。

　　在花家地有一所中医针灸骨伤医院，早先有一些韩国人来学针灸，以此为源头，这几年陆续前来此地的韩国人越来越多，成了气候，俨然是一个"小汉城"（汉城，中文翻译名称现已改为首尔）。Linda的几户邻居都是韩国人，房子大多也是租的，但也有干脆买下来的。Linda很喜欢这片韩国化的环境，让她这个"哈韩"族如鱼得水，不用找韩国画报，照着她的几位邻居的样式就从头到脚、里里外外地韩式包装了。

　　墙上的石英钟刚指向十点，俞威便像松开的弹簧一样从床上弹起，开始穿衣服。Linda用胳膊撑起身子半躺在床上，讥诮道："哟，下班真准时呀，急着赶回家上夜班啊？"

　　俞威没有回头看Linda，只是没好气地回了句："扯淡！"

　　Linda无可奈何，用手把被子往身上拢了拢，盖得严一些。四月初的北京，暖气在半个多月前就准时停了，房间里干冷干冷的。墙上的壁挂式空调还盖着防尘罩，房东当初安装的只是供夏天用的单冷机，而Linda也不愿意自行添置什么取暖设备，这套房子里唯一属于她的固定资产就是一台DVD机，是她为了夜以继日看"韩剧"而专门购置的。

俞威一边穿衣服一边在心里嘀咕，他真不喜欢Linda住的这个地方，来时停车困难，走时极易迷路。说来奇怪，俞威在北京各处开车都没遇到望京这样的难题，他已经来过很多次，每次晚上离开的时候都会迷路，总要在望京的街道上像没头苍蝇一般瞎撞，直到最终撞上四环路或五环路才算找到方向。俞威想来想去觉得原因是多方面的，但当然都不是他的责任。首先，北京的街道大多是正南正北、正东正西的棋盘路，偏偏望京这一带的街道布局是斜着的，让方向感素来很强的俞威反而不辨方向；其次，望京这一带的确是新区，几天不来便旧貌换新颜，街道的标示牌既不足够也不醒目，使得俞威不得不怨恨这日新月异的建设速度；还有，在俞威眼里，这些楼宇怎么都像是一个模子刻出来的，看上去都似曾相识，却又总是张冠李戴；最后，可能就是每晚Linda给他带来的亢奋对他的大脑造成了损伤。俞威暗想，现在是十点，保守地估计又要乱撞半个小时才能找到正路，到家又得将近十一点半了。其实也不算太晚，可老婆的脸色就会极其难看，他不想总让老婆摆出那副面孔迎接他。

俞威对着衣柜上的镜子把头发梳了梳，又转身随手打开床头柜的抽屉，熟练地摸索出一个精致的玻璃瓶子，扭开瓶盖仰脖往嘴里倒。一直注视他的Linda便问："又喝这么多呀……是不是又该给你买了？先是巴西蜂胶，又是深海鱼油，现在是白兰氏鸡精，喝这么多乱七八糟的东西不好吧？"

俞威把玻璃瓶放回抽屉，嘟囔一句："没吃'伟哥'就不错了。"

Linda"噗"地笑出来："你别装了，你要是吃'伟哥'还不把我折腾死。"她忽然像是明白了什么，瞪起眼睛提高嗓门说，"喂，你是忙着补一补，赶回去给你老婆交公粮吧？哼！"

俞威也冲Linda瞪起眼睛，还是那两个字："扯淡！"沉默片刻才又郁闷地说，"这一段老是睡不好觉，特别爱忘事，烦！"

Linda立刻把身子撑直，关切地问："还是因为普发的案子不开心？"

俞威一听Linda提到"普发"就更觉烦躁，但他还是忍了忍，没有第三次甩出"扯淡"二字，而是从鼻子里哼了一声："不是！"

俞威的确自从春节前夕输了普发集团的项目就一直郁闷，尤其让他气恼的是，他在普发集团已经决定购买维西尔公司的软件之后好几天才得知这一消息，人在倒霉的时候真是连个肯来报丧的人都没有。普发项目灰飞烟灭，让俞威反倒有工夫琢磨一下究竟是谁在关键时刻推了他一把。他确信那天晚上被抓到派出所蹲了一夜的事一定与他输掉普发有直接关系。很小的时候，俞威就看过《基督山伯爵》那本书，他对那位睿智博学的法利亚长老分析究竟是谁陷害了可怜的邓蒂斯那一段记忆犹新，他也相信，陷害他的人一定是从他的倒霉之中获得好处的人。这个推理逻辑简单而清晰，可是推理出的结论却并不简单，俞威发现有太多的人好像都巴不得他倒霉，有太多的人都能在他倒霉的时候获得好处。

嫌疑最大的当然非洪钧莫属，他的这位昔日好友、今朝对手，在他出事的第二天就赢得了普发的大合同，而且又娶媳妇儿又过年，既发财又升官，还被提拔为维西尔中国（大陆）区的总经理了。从动机来分析，洪钧绝对是毋庸置疑的黑手；在操作上，洪钧要想掌握俞威的行踪也不难，他现在的司机小丁不就是洪钧以前的司机吗？当然，如果有范宇宙的协助就更加便利了。

范宇宙……起初俞威有些想不通，如果普发选择俞威所在ICE公司的软件，范宇宙旗下的公司也照样会中标成为总承包商，他何至于下此狠手呢？慢慢俞威想明白了，看来是自己给范宇宙的软件价格不够低，而他从洪钧那里能得到更大的利润，范宇宙帮洪钧击败他就可以更快更多地从普发项目中获得利益，还能以此作为见面礼和洪钧建立牢固的合作关系。

还有那个小谭也不是省油的灯，洪钧不过是要从俞威手里抢走单子，而小谭没准儿惦记的是俞威的位子。这小谭在圈子里混了这么久，有些手段也在情理之中，如此说来此人更危险、更可恶。俞威有些后悔到ICE以后对小谭还是手软了，只是给他安了个闲差挂起来，而没有把他搞臭、搞走，俞威不由得叹息：教训啊！

普发的柳副总更不是东西，俞威后来打了几通电话好不容易找到他，他都绝口不提那天晚上在饭店发生的事，哼哼哈哈地只是说没办法，拗不过金总，人家毕竟是一把手嘛，别的却什么也不肯说，而那笔汇到英国的钱，他女儿一直没去提取，竟被自动退了回来。俞威的直觉告诉他，柳副总一定知道他那天晚上"进去了"，他后来打听到其实在普发第二天的会上，正是这个柳副总首先发言建议选择维西尔软件的。俞威怀疑柳副总在他出事之前就已经决定倒戈，难怪那晚在饭店电梯口分手时，柳副总急吼吼地表示完事后不必再碰面，看来很可能在俞威去了客房之后，柳副总和范宇宙便转身溜之大吉了。

Linda并不知道那天晚上俞威出的事，自以为是地说："丢了普发又不是你的责任，是Susan太笨了，真搞不懂你为什么偏把她当宝贝似的。"

Linda将普发失利归咎于Susan，让俞威心里舒服不少，但嘴里还是反驳道："不把她提成销售总监，你这市场部经理的位子谁给你腾出来？"

"你根本不是为了让她给我腾位子，你可以叫她走呀，是你自己要重用她。"Linda有些愤愤然了。

"我怎么用人是我的事，你管不着。Susan做销售就是有天赋，而且可靠，我不用她还能用谁？用小谭？他巴不得跟着洪钧跑呢。"Linda听到洪钧的名字，脸色立刻不自然了，俞威视而不见，接着说，"普发的单子输了，不管是谁的原因都不是什么大事，做项目输赢稀松平常。自打我从科曼到了ICE，科曼就一直乱着，快半年了，连一个合同都没签，不是也活得好好的？上个月咱们又拿了两个单子，杭州那家电力的项目就是我从科曼带到ICE的，还有深圳那家证券公司，维西尔不也都输了吗？都不是小单子啊。"

Linda忙附和："就是嘛，这两个项目我都发了新闻稿的呀，皮特也发邮件来夸咱们第一季度做得不错嘛，你就是老给自己那么大压力。"说到这儿，她又忽地绕回她那永恒不变的话题，"回去抱着你老婆还睡不好觉？哼！"

俞威懒得搭理Linda的挑衅，他和Linda在一起的时候从来都是把大部分心思用来想自己的事，他并不担心眼下的业绩，毕竟新财年的头一个季度刚刚过去，销售业绩还算说得过去，让他心里不踏实的是究竟谁会成为他未来的"邻居"。ICE总部从去年就开始筹划在中国设立一个研发中心，在中国当地做ICE软件产品的翻译、汉化和技术支持，将来还希望借重中国的人力资源拓展研发中心的规模和业务范围，支持整个亚洲非英语国家的市场。这个研发中心虽然会设在中国但不归俞威管辖，甚至连他的老板ICE主管亚太区业务的副总裁皮特·布兰森也不能说了算，研发中心将主要由ICE总部的研发部门直接管理。

去年俞威刚到ICE的时候皮特向他提过这事，还让他帮忙留意合适的人选，如果认识有谁可以来做研发中心的负责人不妨推荐给总部。可是最近这一两个月里皮特再也不和他提及推荐人选的事了，这让俞威很不舒服，因为俞威知道筹备研发中心的事并没有被搁置，而是正在紧锣密鼓地进行，只是俞威被彻底地排除在外了。普发的项目输掉之后，皮特的脸色确实不好看，当听到俞威把败因归结为ICE的现行销售模式不利于调动像范宇宙的泛舟公司这些合作伙伴的积极性，他也就没再说什么。俞威相信自己的位子没有迫在眉睫的危险，虽然普发的失利肯定动摇了皮特对他的信心，也削弱了皮特对他个人的好感，但皮特总不能在赶走洪钧之后又很快地把他换掉，否则皮特就是自己打自己的脸。俞威此刻害怕的是被皮特疏远、被边缘化。

即将设立的研发中心与俞威管辖的ICE中国公司，就像是在一个大屋檐下分灶单过的俩兄弟，虽然两家之间没有统属关系，但如果能和睦相处、亲密协作，则对两家必然都大有好处，这也是当初皮特欢迎俞威推荐人选的原因。而如今，显然皮特和总部的老爷们都已经不再指望俞威的意见，他们要么觉得俞威也不见得能推荐多么出色的人来，要么觉得反正早晚有一天俞威要被扫地出门，也就不在意他和新来的邻居能否过到一起了。

这么想着，俞威越发觉得形势紧迫，自言自语道："得赶紧啊，我得开始我的大动作了。"

Linda发现总是很难跟上俞威的思路，因为不知道他都在想什么，只好搭讪着问："什么大动作呀？"

俞威一愣神，斜眼看着Linda，反问："我告诉过你的，忘了？还是当时就没听？"

Linda有些紧张，像是正被老师责问为什么没做作业的孩子，飞快地回想，好像有了些印象，便赶紧说："你要和皮特谈的事情？"

"嗯。"

Linda实在想不起具体是什么，只好泛泛地说："就看皮特是不是支持你，你不搞定他肯定不行。"

俞威已经穿戴齐整，又忽然想起什么，坐到床边盯着Linda说："你不说我还真忘了，这事可是大事。"他顿了一下，好像担心周围有人听见，压低声音说，"皮特问我咱俩的事了。"

Linda一见俞威这副做贼心虚的模样，自己也跟着紧张，听见最后这句话就更加不知所措，"啊"了一声。

"皮特今天下午在电话里问的，问我是不是对你比对其他人有更多的好感，我没听懂，他说了好几遍我才终于弄明白是这个意思。我忙说No、No、No，废了半天劲给他解释，我说因为你是我刚提拔的，经常需要我告诉你应该做什么，我也经常鼓励你，另外可能是有人对你当市场部经理不高兴，故意说坏话。也不知道皮特听明白没有，反正我的态度他应该是感觉到了。"

Linda悬着的心放下来，脑海里浮现出俞威面红耳赤地用他那半生不熟的英语对着电话表白的样子，心想俞威当时肯定恨自己没长着十张嘴，而且最好是能说英语的嘴，Linda禁不住抿嘴笑了一下。

俞威看见Linda在笑，阴沉下脸说："这可不是闹着玩儿的。我可告诉你啊，两条：第一条，皮特或者其他人如果探你的口风，你也必须坚决否认；第二条，以后在公司或者其他地方，只要有第三者在场，你和我就得保持距离，像什么事都没有一样。记住了吗？"

Linda的笑容僵住了，轻声叹口气说："嘻，我就是第三者。"又看着俞威的眼睛，"我和你不是无论在哪儿都像做贼似的吗？"

俞威先是躲开了Linda的目光，马上又转回头眯起眼睛瞄着Linda，脸上露出一丝坏笑："你刚才不是说得搞定皮特吗？这个任务就交给你了。下次皮特来北京我就给你们俩安排约会，这样一举两得，皮特肯定不会再怀疑咱俩有什么关系，你还可以搞定他，怎么样？哈哈！"

Linda觉得有些晕，和俞威在一起，她本来就总感到脑子不够用，现在又添了些恶心，她搞不清俞威只是在开玩笑还是他真想这么干。Linda推了俞威一把："亏你想得出来，我一想到老外浑身那么多的毛，就恶心得不行。"

俞威正嘿嘿地坏笑着，笑容瞬间消失，咬牙切齿地说："浑身的毛？一下子就想到这么具体的了，以前和老外好过吧？印象还这么深刻？"

Linda听着俞威的揶揄，心里倒觉得好受了不少，起码俞威在吃她的醋了，而且是嗅觉如此敏锐地四下找醋来吃，她相信这表明俞威是在乎她的、是喜欢她的，刚才那个要把她送给皮特做诱饵的主意不过是俞威的恶作剧罢了。Linda心里虽然舒服，嘴上仍掸了一句："去你的！没吃过猪肉还没见过猪跑啊？A片里那种老外还少啊？"

"这年头是吃过猪肉的比见过猪跑的人多，没准儿你真吃过老外的肉呢。"刚说完，俞威忽然抽了抽鼻子，奇怪地问，"什么味儿啊？"

Linda先是以为俞威关心的仍是老外的肉味，但她很快醒悟过来，撇了撇嘴："还不是你身上的烟味？"

"不是。怎么好像有股土腥味儿？"俞威摇头。

Linda也和俞威一起抽着鼻子吸气，片刻的安静使两人都听到了阵阵的呼啸声，俞威走到窗前掀起窗帘的一角往外张望，叫了一声："完了！又来沙尘暴了！"

Linda嘟囔："这楼房的窗户密封得太差，明天早晨起来，窗台上肯定都有一层土，连梳妆台上都是一层土。北京真是没法待了。"

俞威从窗前走到门口，拿起车钥匙回头对Linda说："你别下来了，又是风又是土的，接着睡吧。"

Linda的身体里立刻涌起一股暖流，她被俞威的这句话感动了，这是她几个月来头一次听俞威说句体贴她的话。Linda把被子掀开，伸出双臂，两个眼圈都有些红了，喃喃地对俞威说："先别走，再抱抱我嘛。"

俞威有些莫名其妙，他搞不懂自己随口说的一句话怎么竟让Linda如此动情，虽然有些不情愿，但他还是磨蹭着走回来，俯下身子抱了抱Linda。

Linda使劲地裹紧俞威，好像要把自己嵌进俞威的身体里，她贴着俞威的耳朵柔柔地说："你疼我，我知道你对我好。"俞威没太在意，只是含混地"嗯"了一声，他正暗自发愁，赶上这昏天黑地的沙尘天气，他更会辨不清方向，十一点半肯定是到不了家了。


当地时间上午十点半，美西航空公司的67次航班正点抵达拉斯维加斯的麦卡伦国际机场。麦卡伦机场恐怕是世界上距离城市中心最近的机场，它就在那条著名的被称为"长街"（The Strip）的拉斯维加斯大道南端，机场西面隔街相望的就是卢克索等几家酒店的玻璃幕墙了。

邓汶眯起眼睛，用手遮挡耀眼的阳光，站在了赌城的地面上。他在飞机上一直都没睡着觉，顶多只是闭上眼睛打盹儿。他奇怪自己向来在任何时间、任何地点、用任何姿势都能想睡就睡，可这次则不灵了，心中好像有种莫名的兴奋。邓汶用手先后摸了摸左右两边的眼皮，哪边的都没跳，究竟在拉斯维加斯会遇到"财"还是"灾"，只好走着瞧了。他径直快步走出机场拦了辆出租车，把自己和行李都扔到车子的后座上，直奔会展中心驶去。

十一点还不到，邓汶已经找到自己公司的展区，正如聪明的犹太人预计的那样，路上一切顺利，展场人影稀疏，唯有各家公司的布展人员在忙活，没有多少参观客，当天早上赶来果然什么也没耽误。邓汶放好行李，先与他派来提前布展的几个人打过招呼，公司雇用的公关公司和展览公司的人也都先后被引见到他面前逐一握手寒暄。邓汶把印有公司标志和自己名字的标牌挂在脖子上，被引领着在公司不大的展区里走了一圈，他不住地点头，各方面都做得很专业，一切准备就绪，只等下午正式开展了。

邓汶忽然想起夜里做的那个梦，便立刻走到每台电脑的液晶显示屏前面，要手下把电脑将要自动演示的内容都分别播放出来，又确认了悬挂在半空中的超大显示屏也工作正常，这才放了心，该在的文件都在，应该不会出什么纰漏了。

忙过一阵，心里踏实了，邓汶才感觉又饿又渴。他看一眼手表，时间还早，便对其他人道了一句失陪，独自走出展场，在外面一个临时搭起的帐篷式餐厅前面停住，要了一大杯咖啡，又要了两个甜甜圈，在露天的桌子旁边拉过一把塑料椅子，坐了下来。

邓汶冲着太阳，暖暖的阳光照在他身上，让他觉得浑身舒坦。甜甜圈几口就吃完了，他用纸巾擦擦嘴角的咖啡沫，望着远近不时走过的人出神。邓汶盘算着，从拉斯维加斯时间的凌晨一点半到现在，他已经连续奔波了十多个小时，是现在就去紧挨在会展中心北侧的希尔顿酒店办理入住手续，还是等下午会展结束以后再去？他心里默默念叨着，现在去还是下午去？念着念着，他眯着的眼睛越来越细，慢慢闭上，他总算彻底放松下来，睡着了。

不知过了多久，邓汶忽然感觉到被碰了一下，有人在拍打他的肩膀，他猛地坐直身子睁开眼睛，刺目的光线一下子射到他的眼睛上，让他下意识地又闭紧了，他一边转动着脑袋一边努力地再次把眼睛睁开一条缝，直到正好把头转到挡在他面前的人投射下来的阴影里，他才终于把眼睛完全睁开。

邓汶面前站着两个人，离他近一些的想必就是刚才拍他肩膀的，后面的那位看不清，好像没见过。他便聚焦在近处的这张面孔上，目不转睛地盯着。对方的脸上是一种气定神闲的笑容，正是这笑容让邓汶如梦方醒，他一下子跳起来，大声地说："洪钧！真的是你？怎么会是你啊！"

# 第二章

# 赌城一夕谈

虽然和邓汶一样，洪钧和韩湘也都穿着西装，但他俩都没打领带，衬衫的领口都敞开着，也没有邓汶挂在胸前的那种标牌，双手空空，与其说是来参观展会的，不如说是忙里偷闲出来逛街的。

洪钧向邓汶挤了下眼睛，伸出右手，笑着说："多年不见，你也学会这么享福了？潇洒啊。"

邓汶本来已经喜出望外地展开双臂，预备和洪钧热烈拥抱一下，没想到洪钧只是平静地伸出一只手，邓汶的双臂一下子僵在半空，才又赶紧转势握住洪钧的手，上下左右地摇动着，咧嘴笑着说："哪儿啊，享什么福，我这是给资本家卖命，偷偷出来打个盹儿。"

洪钧等邓汶的手停止运动，便很自然地把手抽回来，向旁边侧一下，把身后的韩湘让到邓汶的面前，先向韩湘介绍道："这位是邓汶，三点水的'汶'。邓汶是我的大学同窗，又是'同床'。"

邓汶向前迈一步和韩湘边握手边解释："你好你好，我是邓汶。你别听他开玩笑，我们的床是上下铺，他睡下铺，我睡上铺，这么着同床四年。"

韩湘也热情地笑着自我介绍："我是韩湘，也是三点水的'湘'，在普发集团工作。你们都是出身名门，精英啊，认识你很高兴。"

邓汶赶忙客气道："我算什么精英啊，洪钧是，我不是。普发集团？大公司啊，幸会幸会。"他又转头问洪钧："咱们多长时间没联系了？有两三年了吧？我最后一次听说你的消息是你在ICE。"

洪钧掏出名片夹，拿出一张名片递给邓汶，说道："我现在是在维西尔，哦，就是VCL，去年刚离开ICE的。"他向前探头盯着邓汶胸前的标牌，说，"原来你在这家公司呀，这家公司不错，听说在北美做得挺好的。"

邓汶翻看着洪钧的名片，叫道："呵，'中国区总经理'，厉害呀，混得不错嘛。"他耸了下肩膀，说，"我们公司不行，比起VCL、ICE，只能算是二流的小公司。眼下不是IT展嘛，我们公司也来凑热闹，露露脸，我就是来参展的。"邓汶一边和韩湘交换名片，一边问洪钧，"你怎么也来了？不会也是冲这展览来的吧？这破展览有什么意思，还劳你总经理的大驾？"

洪钧一下子愣住了，心想这邓汶怎么还像当年在学校的时候一样，说话不过脑子。洪钧有些尴尬，因为他正是以参观这个世界信息技术产业大展的名义，由维西尔公司承担全部费用安排韩湘来美国转一圈并亲自作陪，邓汶随口把这个展览说得一无是处，似乎洪钧和韩湘都没见过世面，弄得洪钧一时不知道说什么好。

旁边的韩湘反应很快，他笑着给洪钧也给自己打圆场："洪总不想来，是我自己非要来看看，逼着洪总专门来陪我的，呵呵。"洪钧心里暗自赞赏韩湘不愧是秘书出身，解围如此及时而自然，而邓汶显然根本没意识到由他引出的这段插曲。

洪钧马上转移话题，对邓汶说："要不咱们先约好等一下再碰头，我们还要在周围转转，你肯定也要忙你的，不如看看你晚上有什么安排。"

邓汶没想到洪钧这么急就要分手，他还有很多话要聊呢，但也只好一脸遗憾地说："我没问题啊，就看你们什么时间有空，我随时都可以，还想和你们好好聊聊呢。"

洪钧用征询的目光看着韩湘，说："不如今天晚上吧，先一起吃饭，边吃边聊，我和邓汶有十多年没见了。"

韩湘痛快地说："好啊好啊，这是他乡遇故知啊，我也陪你们好好聚聚。"

洪钧便和邓汶约好见面的时间和地点，然后又拍了邓汶的肩膀一下，扬了扬手，就和韩湘转身离去了。邓汶站在原地望着，直到洪钧他们的身影没入人群中看不见了，才转身向公司的展区走去。

邓汶的心里有些怅然若失，四年的挚友，十余年的分离，而重逢竟会如此出乎邓汶的意料。邓汶曾经无数次设想过与洪钧久别重逢的场景，但根本不曾想到会在此时此地与洪钧巧遇，而洪钧刚才的态度更让他诧异，洪钧是冷淡吗？不，不能说是冷淡，应该说是平静。邓汶搞不懂他和洪钧反差如此之大的原因在哪里，是因为自己独在异乡为异客，所以思念怀旧之情更加浓烈，而洪钧想必有了更多新的朋友、新的天地，早已把他淡忘，还是洪钧比自己成熟、胸有城府，喜怒不形于色，而自己其实还像个单纯的学生？

邓汶觉得洪钧刚才的反应还不如当年假期过后返校团聚的时刻开心，平静得倒像是早上一觉醒来在宿舍里彼此打个招呼便分头去上各自选修的课程，反正中午在食堂又会见到。邓汶这么一想，竟然不自觉地咧嘴笑起来，是啊，晚上吃饭的时候就又能见到了，只不过不是在弥漫着泔水味道的学生食堂，而是在纸醉金迷的赌城。邓汶的心情好起来，又感觉到莫名的激动和兴奋，时空变幻就是这样让人无法把握，但又让人神往。

位于别名"长街"的拉斯维加斯大道中段东侧的Venetian酒店，正如它的名字"威尼斯人"所昭示的，是一座模仿威尼斯名胜风格的建筑，酒店的外观竭力做得像是教堂与钟楼的样子，临街还矗立着一根石柱，顶上立着那只肋生双翼的雄狮，让人仿佛置身于圣马可广场。酒店里面居然鬼斧神工般修造了一条威尼斯式样的运河，九曲环绕的运河两旁，那些大理石的建筑都是各种店铺和餐馆，运河上方的穹顶图案是精心绘制的蓝天和白云，在灯光的巧妙掩映之下使人不由得感觉头顶上就是无尽的天空。

运河旁边有一家墨西哥风味的餐馆，餐馆的露台紧挨着河畔的栏杆，洪钧专门选了一张临河的桌子，与韩湘、邓汶一边吃饭一边欣赏周围的景致。运河上不时划过一条条"冈多拉"，就是那种威尼斯特有的小船，身穿蓝白相间条纹衣衫的船夫常常停下手中的桨，高歌一曲意大利的民歌，给船中三三两两的游人助兴，连岸上围观的人也会报以阵阵掌声。

洪钧看见韩湘望着刚刚过去的一条冈多拉出神，便笑着说："发现了吗？这些船上的都是一男一女成双入对，咱们三个大男人坐一条船，加上个船夫，倒是正好打麻将了，太煞风景。就算没碰上邓汶，就咱俩也怪别扭的，不然我早就预定好这个节目了。"

韩湘也笑了，点着头说："是啊，咱们还是别破坏人家的情调了，我要求下次活动可以自带家属，既有集体活动也可以分头行动，哈哈。"

洪钧知道韩湘这次原本是很想带老婆一起来美国的，但是因为洪钧亲自来陪，而洪钧又不方便带着菲比，他便只好把老婆留在家里。洪钧立刻接一句："好好，一言为定。我的任务艰巨啊，找机会再来一趟倒是容易，关键是我得尽快把家属落实。"说完，他转头看着邓汶，问道："哎，你怎么样啊？廖晓萍还好吗？对了，得先问一句，还是廖晓萍吗？没换吧？"

邓汶正感觉自己很难参与到洪钧和韩湘的对话之中，冷不防洪钧冲他来了，忙有些尴尬地回应道："没换没换，你这张嘴怎么还是这么损啊？"然后他又耸了耸肩膀，认真地说，"换了再找谁去呀？不过说真的，她来了这边倒比以前在学校的时候好了，不怎么吵架了，可能是年纪也大了吧，嘻，相依为命呗。"洪钧和韩湘面带微笑地交换一下眼色，邓汶没注意，而是反问洪钧，"你怎么样啊？老婆、孩子有了吗？"

"我？没呢。我属于下手比较慢的，不着急，一个人漂着吧。"

韩湘笑着插话说："可我听说洪总倒是一直不停地换啊，而且是岁数越来越小、身材越来越好、容貌越来越俏啊。"

洪钧对韩湘的玩笑并不介意，反而忍不住接茬补了一句："脾气越来越刁。"

韩湘对洪钧的口吐真言有些意外，因为洪钧平素从来不和他深谈个人方面的事情，但他没再作声。邓汶却不明所以地一脸茫然，他刚打算再细问一句，正好服务生走到桌旁收拾杯盘和餐具，洪钧朝服务生做个结账的手势，邓汶便把话咽了回去，三个人静静地看着运河上往来穿梭的冈多拉。

服务生走回来，洪钧抬手接过他递上的账单，韩湘还是扭脸看着栏杆外的风景，邓汶倒是凑过头盯着洪钧拿在手里的账单问："打算给多少小费啊？"

洪钧从钱包里取出信用卡，和账单一起递还给服务生，答道："20%吧。"

邓汶提醒说："其实15%就行了，这儿的服务也就只能算是一般吧。"

洪钧笑了，拍下邓汶的肩膀："没关系，他们肯定知道咱们是中国人，我就多给一点小费，用他们美国人的钱，来长长咱们中国人的志气，划算。"

一直好像置身事外的韩湘忽然笑起来，邓汶也随着笑了笑，他心想，看来维西尔公司在费用上还是挺大方的，可转念一想，洪钧这是在招待客户，花多花少都不会算在个人的日常开销里的，但他马上又把自己的想法否定了，洪钧身为总经理，还会受那些限制吗？邓汶正在胡思乱想，洪钧已经在服务生又拿来的信用卡单子上填好数目、签了字，再要了报销用的收据，便对韩湘和邓汶说："既然到了这儿，不去白不去，走吧，去赌场。"

三个人沿运河走了一段，又踏着宏伟壮观的大理石台阶下了一层楼，来到与街面平齐的底层大厅，立刻被一片老虎机的鸣叫声包围了，四周五光十色的霓虹灯交相闪烁，三个人都仿佛感受到了赌场对他们的召唤。洪钧带着韩湘和邓汶在赌场里转了一圈，最后停在几张玩轮盘的台子前面。正好邓汶和他们打个招呼就自己找洗手间去了，洪钧便立刻走到最近的一张轮盘台子旁，从钱包里拿出十张百元面额的美元钞票，放在绒布台面上，冲庄家说句："一百美元面值的筹码。"

领口扎着蝴蝶结的庄家从台面上拾起那摞钞票，再熟练地一张挨一张在台面上摊开，十个胖胖的本杰明·富兰克林的头像仰面朝天，骄傲地接受检阅。庄家按洪钧要求的拿过十个百元面额的筹码，五个一摞，整齐地排成两摞，转身对站在几张台子中间的领班唱了一声："一千美元！"领班探头瞟一眼点下头，算是检阅完毕，核验通过。庄家把两摞筹码贴着台面推到洪钧面前，说了句："祝你好运！"便用一个塑料板把十张钞票塞进台面下的钱箱里去了。

洪钧抄起那十个筹码塞到韩湘手里，说："看你的了，赢了算你的，输了算维西尔的。"

韩湘手里接过筹码，嘴上说："不必了吧，看看就行了，我也不怎么会玩儿。"

"嘿，都来了还不试试？光看着有什么意思啊？重在参与嘛。"

韩湘把筹码装进兜里，说："那我就学一次坏，碰碰运气。你说的啊，输了算维西尔的，那我就不客气了，要是你自己的我可舍不得输哟。"

洪钧点下头，又说："这种带面额的筹码，在其他的台子上都能用，'21点'什么的都可以试试，我是只玩轮盘。"

正说着，邓汶不知什么时候回来的，已经站在他俩的身后，三个人便找处人少的台子，各自拽把高脚凳坐下来。洪钧自己又换了一百美元，他挑的是不带面额的每个一美元的蓝色筹码，二十个一摞，五摞筹码摆在他面前，一副踌躇满志的样子。洪钧看着邓汶："你不玩会儿？不喜欢轮盘？"

邓汶正张着大嘴打哈欠，忙抬手捂住嘴，不等嘴闭上，就含混不清地说："哦，不玩，我就看着吧，观摩观摩。"

韩湘的手放在兜里按着那些筹码，不让它们互相碰撞发出声音，看样子也没有马上投入战斗的意思。洪钧又问邓汶："困了？我们俩有时差反应的都还没困，你倒先困了。从来不玩？不会吧，被资本主义腐蚀这么多年，一直出淤泥而不染？"

邓汶笑了笑："早上起得早，一大早飞过来的。赌场倒是见过不少，但都只是看看热闹，没玩过，怕输钱，呵呵。"

庄家把轮盘上的白色小球掷得高速旋转起来，洪钧扫视着显示屏上排列的一串数字，想从之前几轮小球曾经落定的数字中寻找出一些规律，再决定自己的押注策略。他对身旁的韩湘和邓汶说："我是见到赌场一定要进的，不过我不算是赌徒，只是小打小闹而已。我倒不在乎输赢，就是喜欢这种体验，其实在赌场里真的很能锻炼一个人的心理素质和承受能力。"

小球在轮盘底部分别标着三十八个数字的一圈凹槽上弹跳几下，最后停在其中的一个槽里，台子旁边的人们立刻发出不同的反应，有人兴奋地挥手欢叫起来，也有人叹息着连连摇头。洪钧接着说："人啊，其实都有两种本性，天生的，无一例外，一种是贪婪，一种是恐惧。都希望得到的越多越好，又害怕到手的反而失去，在赌场里，这两种本性就全都暴露出来了，就是想赢怕输。贪婪胜过恐惧了就会孤注一掷，恐惧胜过贪婪了就会畏缩不前……"

韩湘笑着打断说："我和邓汶现在就都是属于后者。你呢，是做出了孤注一掷的架势，然后又畏缩不前。"

"是啊，我还在观察形势，蠢蠢欲动呢。其实咱们在平时都会遇到这种关键时刻，职场、商场、情场上是放手一搏还是坐失良机？那时候可试不起，代价太大。而在赌场里大不了全部损失也就是这点钱，可以好好考验一下自己在各种情况下的控制能力。连着赢了几把，是小富即安、见好就收还是趁势大干一场？连着输了几把，是愿赌服输、就此收手还是再豁出些本钱争取翻本？人在赌场里的表现是最真实的，一方面可以看看自己的德行，一方面还可以观察一下其他人，挺有意思。"

韩湘等洪钧刚一说完就站起来，拍着洪钧的肩膀说："那我还是出去躲躲吧，不能让你把我的本性给看穿喽。你们在这儿玩，我找个地方先去练练，看看我是更贪婪还是更恐惧，不如我从小打小闹起步，先去拉拉老虎机。"

洪钧立刻担心自己刚才一番喋喋不休的高谈阔论令韩湘感到不快，但他从韩湘的眼神里感觉一切还好，这才放下心站起来说："那你等一下还到这张台子来找我吧，我应该不会换地方。"

韩湘答应着，走出两步却又转回来说："看情况吧，我要是玩得差不多了也可能直接回房间去，明天早上碰头也行。"

洪钧说那就早上打电话，邓汶也忙着起身和韩湘握手告别。

等韩湘很快就淹没在熙熙攘攘的人群中不见了，洪钧便探着身子在台面的格子上像蜻蜓点水一般押着筹码。邓汶忽然嘀咕："那些筹码，他会都拿去玩呢，还是会直接换成现金回房间？"

正忙着的洪钧心里一惊，心想刚才自己塞给韩湘筹码的那一幕还是被邓汶看到了，但他仍然一脸平静地准备接着押注，庄家却已经在台面上挥一下手，押注截止了。洪钧坐回到高脚凳上，无奈地看着庄家把小球掷起来，担心它最后恰恰停在自己没来得及押到的数字上，嘴里漫不经心地回应："谁知道？也可能玩一会儿就回去了吧，估计他怕输。"

小球在轮盘底部轻快地跳跃着，洪钧期待着。邓汶忽然又幽幽地说一句："拿钱的时候不怕，赌钱的时候倒怕了。"

洪钧心里又是一惊，扭头看着邓汶。邓汶耸下肩膀，一本正经地看着他，那眼神好像在说："难道不是吗？"洪钧只是微微笑一下，什么也没说。

小球已经落定，庄家随手把像个放大的跳棋棋子似的透明玻璃圆锥押在了台面上标记"00"的格子里，这个格子里面和边线上没有一个属于洪钧的那种蓝色筹码，洪钧无可奈何地垂下头说："真是'双零'！我从来不押'双零'的。美式轮盘就是比欧式轮盘多这个'双零'，欧式的只有'单零'和1到36共37个数字，美式的就是38个数字。我偏不信邪，我还是不押它。"

又开始新的一轮押注，洪钧一边飞快地在格子上摆筹码一边问邓汶："晚上还有别的安排吗？"

邓汶又打个哈欠："没有啊，我的那几个人都不用管，人家估计也在玩儿呢。"

"那你晚上别回希尔顿了，就在我这儿挤一宿吧，咱们还没好好聊聊呢。"

邓汶一听高兴得挥拳捶了洪钧后背一下："好啊！这还差不多，你今天一直跟我装深沉，到现在也没好好聊几句。"

洪钧有些不好意思，略带愧疚地解释说："有韩湘在嘛，我和他再怎么熟，他也毕竟是客户。"

邓汶忽然大叫一声："哇，连号！"

洪钧忙往台面上看，小玻璃圆锥居然又放在了"00"上面，连续出现"双零"，自己当然又是全军覆没，他懊恼地拍一下台面上的绒布，把面前剩下的三摞筹码推到庄家手边，说了句："兑现。"

邓汶看着洪钧把庄家推过来的两个面额二十五美元和一个面额十美元的筹码放进兜里，便问："不玩儿了？恐惧啦？"

洪钧拍一下邓汶的肩膀："走，和你还有重要的事要聊呢。"


洪钧把酒店客房的门推开一条缝，回头对邓汶说："先说好怎么睡法再进去，我这儿只有一张大床，预订的时候特意要的，谁想得到会碰上你呀。怎么办？咱俩同床？"

邓汶不理睬，猛地从后面一推，连洪钧带自己一起都撞进房间里。等洪钧转身把门关上，邓汶已经走到客房的中央，他把鞋脱掉，踩在松软厚实的地毯上，双手叉腰环视一下房间，说："哟，原来堂堂的洪总也只住这种'豪华间'呀，连我这小百姓在希尔顿的也是这种房间，比你这儿好像还稍微大些，您怎么没要个套房？"

洪钧把西装脱下来挂在壁橱里，笑着说："我要是自己订个套房就必须也给韩湘个套房，那就太贵了，俩人全程坐的都是商务舱，就已经让我心疼了。再说本来也没打算在房间里待多少时间，要不是碰到你，我可能就在赌场混一宿了。"

"那我就睡地毯，您还是睡您的大床。不过丑话先说在前头，本人的呼噜还是不减当年，夜里要是吵得你睡不着，你还可以去赌场混。"

洪钧一听也不客气，说句："主随客便。"他指一下桌上放着的咖啡壶，又打开柜子的门露出里面的小冰箱，问道，"你是喝咖啡还是喝饮料？要不咱们喝点儿酒，意思意思？"

邓汶摆手："别别，咖啡我今天喝得够多的了，酒和饮料也免了吧，我出差住酒店从来不敢动小冰箱里面的东西，花那个冤枉钱干吗？"他说着就拿起一个玻璃杯走进洗手间，打开水龙头往杯子里灌水，大声说，"我就喝这个。据说拉斯维加斯的自来水是美国最干净的，你知道为什么吗？因为这里没有任何工业污染。"

洪钧拿个空的玻璃杯走过来，靠在洗手间的门框上，用空玻璃杯从邓汶手里把他接满水的杯子换过来。见邓汶一愣，洪钧笑着说："我也喝这个，说了主随客便的嘛。咱俩的交情向来就是淡如水啊，想当年在学校的时候，咱们都懒得拎着暖瓶去锅炉房打开水，从别人的暖瓶里实在倒不出开水了，咱们不是也到水房喝自来水吗？"

邓汶又把第二个杯子接满，说："还行，还没忘本。"

两人各自端着杯子走到窗前坐在沙发上，洪钧说："我怎么会忘本？是你一毕业就跑了，这么多年也不回国一趟。说说吧，向组织交代一下，这些年打入敌人内部都做什么了？你把博士学位混到手以前的事我差不多知道，最近这三四年就没你消息了。"

邓汶立刻回击："你之前在ICE，现在跑到VCL，你这算什么？我是深入敌后，你是在前线直接投降做了汉奸。说说吧，汉奸的日子过得如何？"

两个人就这么彼此揶揄、互不相让地打着嘴仗，倒也逐渐把这几年的近况都彼此了解了，但是邓汶还是不满意，他说："你这家伙还是这样，从来都是你问得多，我答得多，我问你什么你都是没几句话就糊弄过去了，藏着掖着的。"

"既然从来都是你吃亏，那你现在也就别抱怨了。再说是你在美国变化大呀，我在国内能折腾出什么大动静？还不是老样子？"邓汶刚张嘴要反驳，洪钧扬起手冲他做个"打住"的手势，把邓汶的话噎了回去。但洪钧并没有马上说话，而是静静地盯着邓汶，直到邓汶有些发毛，洪钧才慢悠悠地说，"我先替你总结一下你的现状。你现在是：妻子，一个；孩子，一个；车子……"他用询问的目光看着邓汶，邓汶伸出两根手指摆个"V"字形，洪钧接着说，"车子，两部；房子……"他又看着邓汶，邓汶举着的"V"字形旁边的无名指也跷起来，洪钧惊讶地叫出声，"三栋房子！你小子够能混的呀！"

邓汶的脸立刻红了，忙着解释："不是不是，是三层，楼上、楼下、地下室。"

"谁问你几层了？好，接着总结，房子，三层的一栋；票子，你和廖晓萍都有工作，我估计你是十万左右，廖晓萍六万左右，所以你们两口子年薪是十六万美元左右，差不多吧？"

"我的差不多，廖晓萍是五万多还不到六万。而且这都是税前的呀，交完税差不多30%就没有了。"

"那点误差就忽略不计了，再加上各种各样的奖金和福利，反正算起来你们一家全年的净收入有一百万人民币吧。妻子、孩子、车子、房子和票子，你这五子登科已经超额完成了吧？"

邓汶听洪钧这么一总结，自己也觉得自己的日子过得不错，心中油然而生一股强烈的成就感，他耸了下肩膀，低头抚弄着自己的裤线，尽可能摆出谦虚和内敛的姿态，说："还凑合吧。"

过了几秒钟，洪钧默不作声。一直低着头的邓汶有些纳闷，他做好思想准备，洪钧可能正在用羡慕甚至嫉妒的目光瞪着自己，他琢磨该怎么把自己的处境说得惨一些，好让洪钧别太郁闷。他抬起头，呆住了，洪钧果然正在盯着他，不过眼神里没有丝毫的羡慕或嫉妒，而是充满了惋惜、同情甚至还有一丝怜悯。

洪钧凝视着邓汶的眼睛，一字一顿地说："这样的日子还有什么意思呢？如果再过二十年，咱俩又碰到了，你肯定还是现在这样，我都能想象得出你退休的时候是什么样子。"

这次轮到邓汶沉默了，洪钧说的每个字都像是砸在他的心上。如今的邓汶日子过得的确安逸，但在这种安逸背后就是一种令他越来越害怕的感觉：他已经没有梦想，他这辈子也就这样了。这种感觉简直让他绝望、让他窒息、让他疯狂，而他宁可选择疯狂。

洪钧又说话了，语气轻松一些："可能你周围的人都会觉得你已经混得很不错了，你可能也觉得挺满意，什么都有了，还折腾什么？我倒是觉得，什么都有了，那才正应该折腾呢，现在不趁着心还没死折腾一把，更待何时？"

邓汶琢磨着洪钧的话，他觉得洪钧像是找到了突破口长驱直入，直击自己的痛处，唤起了自己内心最深处的共鸣。那些五子登科的胜利果实在别人看来是邓汶二次奋斗的羁绊，而让洪钧一说却成了邓汶"折腾一把"的条件。

邓汶喝口凉水，嗓子里还是好像塞着东西，他清清喉咙说："有时候我也想，这么混下去，明年和今年一个样，后年和明年一个样，真挺没意思的，一点儿刺激都没有。"

洪钧笑了："哎，我记起联想的那句广告词儿了，'人类失去联想，世界将会怎样'，我窜改一下安在你身上就是'邓汶失去梦想，日子将会怎样'。"

邓汶也笑了一下，脸上的肌肉好像有些僵硬，他现在真怕听到"梦想"这个词。他嗫嚅着说："不过一切还是得看机会，总不能什么机会都没有就先把所有这些全扔了，硬干、蛮干肯定不行吧？"

"瞧你说的，好像我是在撺掇你闭着眼睛往火坑里跳似的。当然要看机会，但如果你你自己根本就没想法、没动力，什么机会在你眼里也不是机会了。"

"那你觉得什么是机会？自己开公司？我现在是什么梦都做不出来，想折腾都不知道怎么折腾、往哪儿折腾。"

"先别动不动就只想着开公司，干什么是个问题，在哪儿干更是个问题。我倒是觉得首先要确定的是你的舞台在哪里，然后再设计演什么。"洪钧特意停顿了一下，直到邓汶满含期待地望着自己，才拿捏出掷地有声的效果说了三个字，"回国吧！"

"我是想找机会回国去转转，看看有没有什么能做的，我倒也没想什么出人头地、什么以身报国，说真的，在美国这些年学的也没多少是有用的东西，我就是想干些自己觉得有意思、有意义的事。但总不能两眼一抹黑就回去吧？现在回国去的太多了，我们在波士顿三天两头地聚餐、饯行，一个个地都往国内跑，都说国内的机会多，可是回去的主要还是在美国混不如意、没站住脚的。"刚说完这句，邓汶看见洪钧脸上又露出一丝笑容，好像在嘲讽他，忙解释说，"当然，我不是说我算混得好的、站住脚的，我的意思是起码得有个目标、有个方向再回去吧。"

其实洪钧刚才的笑容并没有任何嘲讽的意思，但他也不想解释，而是趁势说："我倒是知道有个机会，想不想听听？不知道配不配得上你的目标和方向。"

邓汶忙着催促："你说你说。"

洪钧拿起两个已经滴水不剩的玻璃杯，一边向卫生间走一边背对着邓汶说："ICE，你了解得多吗？感觉怎么样？"

邓汶忙站起身追到洗手间门口，从洪钧手里夺过杯子，又灌满两大杯，和洪钧一起走回沙发前，说："ICE当然是好公司啊，前三大嘛，至于了解就谈不上了。"

洪钧从床上拿过来两个靠垫，扔给邓汶一个，说："这就是你今天晚上的枕头了。"他把另一个塞进自己的后腰和沙发之间，使自己坐得舒服些，接着说，"ICE，它这三个字母是什么意思，知道吧？Intelligence & Computing Enterprise（智能计算企业）的缩写。其实还有另一层解释，I是Irwin的头一个字母，C是Carpenter的头一个字母，艾尔文和卡彭特创立的这家公司，ICE也就是Irwin和Carpenter的Enterprise的意思。"

邓汶不明白洪钧为什么云山雾罩地讲这些典故，但也不好打断，只好耐着性子听。洪钧接着慢条斯理地叙说革命家史："艾尔文现在是董事会主席兼CEO，卡彭特是搞技术的，他的头衔是执行副总裁兼CTO，负责全球的产品研发和技术导向。这个卡彭特有意思，虽说是技术出身，但对政治、历史和地理这些五花八门的东西特别感兴趣，还喜欢四处旅行探险。应该是前年吧，对，前年夏天，他专门跑了趟中国，不是为了公司的业务，是要去西藏玩。"

邓汶听得咂舌。洪钧笑了笑，继续说："卡彭特这个人，不能顺着他，越顺着他，他反而越看不起你；就得和他争，但要争得有理有据，只要你说出他不知道的或者他没想到的，他就对你另眼相看。我们俩一路抬杠，越吵越有交情，后来我还救了他一次。在西藏有一段路要骑马，实在太累了，向导怕我们打盹儿从马上掉下来，一路上不停地说话，后来卡彭特说就是向导那些呜里哇啦的他根本听不懂的话弄得他更困，他在马上睡着了，结果一下子歪下来，窄窄的小道旁边就是河谷，深不见底，他双手扒住一块大石头，我和向导费了吃奶的力气才把他拽上来，那家伙死沉死沉的。这么一来，我算他的半个救命恩人，他和我关系一直不错。我刚才不是给你讲了我离开ICE的时候不太愉快吗？当初ICE那么多高层没有一个出来说句公道话，只有他后来给我发了邮件，说他不认同我老板皮特的做法，但因为他只负责公司的技术部门，不好干预皮特，他表示我如果有任何需要他帮忙的只管和他联系。去年圣诞节的时候，我给他打过电话，告诉他我到维西尔了。"

邓汶终于等到洪钧停下来喝水的间隙，有些不太高兴地说："哎，我怎么没听出这里面有什么'机会'？"

洪钧擦了一下嘴，神秘兮兮地说："这就是机会，因为卡彭特很可能就是你未来的大老板！"邓汶愣了。洪钧终于抖出他的包袱，说道，"ICE要在中国设立一个研发中心，卡彭特直接管，你最适合去做这个研发中心的负责人。"接着，洪钧就把ICE从去年开始筹划研发中心的情况向邓汶详细介绍了一番，然后说，"我还在ICE的时候，卡彭特曾让我推荐人选，因为这个人要和我共事。据我所知，到现在他们还没确定最后的人选，如果你有兴趣，我可以把你推荐给他。"

邓汶心跳加速，他知道这个职位意味着什么，这简直是一个理想得不能再理想的机会，理想得难以置信。是啊，难以置信，就像猴子午见面前出现一串鲜美的香蕉也会犹豫怀疑一番：香蕉是假的吧？香蕉是拿不到的吧？邓汶努力控制自己不要去想这机会有多么完美，而是先想这机会怎么会落到自己头上。他疑惑地问："可是你现在跑到维西尔去了，维西尔和ICE是竞争对手啊，他怎么还会接受你推荐的人呢？"

"这根本没有影响。这几家公司本来就是个小圈子，里面的人来来往往，同学、同事，各种关系都很多。你是我的朋友，卡彭特也算是我的朋友，我把你推荐给他，你得到满意的机会，他得到合适的人才，我帮了两个朋友的忙，何乐而不为？而且你到ICE是做研发，我在维西尔是做市场和销售，没有直接的利害关系，何况两军交战各为其主，他不会担心你我之间有什么私下交易。"

"你帮他就是在帮ICE，可你为什么要帮ICE呢？他会不会觉得你肯定不会推荐一个真正优秀的人给他，而是巴不得他选个不称职的人来做？"

洪钧被邓汶的问题逗笑了，尽量耐心地解释道："我只是推荐，至于你是否优秀、能否称职，这些要由他亲自来考察判断。我如果眼力不行，随便给他推荐一个蹩脚货，他会瞧不起我；我如果故意给他推荐个不称职的，他会恨我。他清楚这些都不会是我的本意。你放心，他不会因为你是我推荐的反而立刻把你否定掉。至于我为什么要帮ICE，这也谈不上是什么大忙。两家公司竞争，决定最终胜负的因素很多，你邓汶就是个神仙，到了ICE也不至于就一下子让我们维西尔一败涂地，弄得我连饭都吃不上。如果维西尔也在中国做研发，那我一定不会把你送给ICE，但既然在维西尔没有你的机会，你到ICE也对我没什么大的伤害，我得到你们两个的顺水人情，合情合理嘛。"

看来"香蕉"是真的了，邓汶便开始怀疑自己能拿到这个"香蕉"的可能性有多大，他问洪钧："这么好的位子一定有大把的人在抢吧？你觉得我有什么优势？"

洪钧很清楚邓汶的心思，他要打消邓汶的所有疑虑，便耐心地分析道："恰恰正是因为想抢这个位子的人太多，所以卡彭特会让下面的人给他仔细筛选，他只会看入选名单上很少的几个人选的资料。老板看你的简历，是在寻找录用你的理由；下面人看你的简历，是在寻找淘汰你的理由。所以，绝大多数竞争者都被下面的人事啊、猎头啊、亚太区的人啊给筛掉了，如果能直接把你送到卡彭特的眼前，你面对的竞争者其实就没有几个了。这是个全新的职位，卡彭特的脑子里也只有个框架，在他想象中，理想的人选应该具备什么条件，而你恰恰都具备：第一，美国名校的博士；第二，具有领导软件研发工程的经验；第三，具有知名跨国公司的工作经历，你现在的公司也不错嘛，拿得出手的；第四，掌握中国的语言和文化。"说到这儿，洪钧停下来，皱着眉头像看陌生人一样打量邓汶，沉吟着说，"唯一美中不足的就是你出来以后一直没回过国，中国这十多年的变化太大，你和中国的国情脱离得太久。你看这样行不行？咱们来个善意的谎言，你就说过去几年你经常利用假期回中国看看……"

邓汶的脸又红了，他低下头局促地搓着手指，嘟囔道："啊？那行吗？你知道我这人不会撒谎，当初跟你学了四年都没学会。卡彭特前年还去过北京、四川、西藏什么的，我现在连北京新机场的大门朝哪儿开都不知道，算了吧，他一问我肯定露馅儿。"

洪钧一看邓汶这样便只好算了，让他骗一次人实在是强人所难，便轻轻叹口气说："那只好这样，在简历里面这样写，'始终关注中国发展，与中国亲友保持密切联系，积极参与所在社团组织的北美和中国之间的各种商业交流活动'，这不算过分吧？对了，你手头有现成的简历吧？明天用邮件发给我，我先给卡彭特打电话，然后把你的简历转给他，争取让他尽快安排好时间、地点见你。"

邓汶一耸肩，双手一摊说："当初找工作的时候有个简历，不知道弄哪儿去了，要有也是在家里的电脑里面，我的笔记本里肯定没有，我尽快攒一份发给你吧。你刚才说的那句话我得记下来，那么冠冕堂皇的，我得好好翻成英文放进去。"邓汶说完就站起身走到桌子前打开抽屉，从里面的文具夹里抽出纸和笔写起来。

洪钧看着邓汶忙活，笑道："你看看，这就又是国情不同了。在国内都是手头随时预备着一份简历，而且随时更新，一有机会就马上发出去，因为机会太多，跳槽太频繁。我在办公室里坐着，只要敲门进来的人脸色不自然，手放在背后，我就知道十有八九又是个来辞职的，等一下肯定双手递上来一份辞职信。"

邓汶从桌上抬起头，怯生生地说："我没跳过槽，没经验，也没和这么高层的大老板面试过，你赶紧给我强化一下吧。"

洪钧已经走进洗手间开始洗漱，他一边往牙刷上挤着牙膏一边安慰邓汶："你放心，我了解这个卡彭特，我更了解他对这个职位的要求，他关心什么、喜好什么，我都清楚，我会告诉你应该和他谈什么、怎么谈。你可能知道，人们都会在潜意识里喜欢与自己有某种相似之处的人，越是大人物，他的思维越感性，像卡彭特这种大佬做决定很快的，只要他认真地看你的资料、面试你，而你能让他动心，他就定了，接下来就是走流程而已，亚太区的人、中国（大陆）区的人都不可能改变卡彭特的决定。"

说到这儿，洪钧像是想起什么，拿着牙刷走出来看着邓汶："你刚才的担心有道理，除了卡彭特之外，没有必要让其他人知道你是我推荐的，你和我是同学，毕竟有些敏感，最好避免不必要的麻烦。卡彭特自己不会去和别人讲这些，他才不会向别人'汇报'他是怎么找到你的。"

邓汶"嗯"了一声，记住了。两个人都草草地洗漱之后，洪钧帮邓汶把床罩铺在地毯上，又垫上一条被子，自己则惬意地躺到大床上。邓汶坐在床下的被子上，托着文具夹，上面铺好纸，准备记录洪钧将要向他传授的面试方略。

洪钧已经有些困，但还是强打精神给邓汶出谋划策。起初洪钧还能侃侃而谈，慢慢地就只能勉强做到有问必答了。邓汶看看自己已经记满的足足两大张纸的要领，满意地站起身，把房间里的几盏灯都关掉，躺到自己的临时铺位上，冲床上说："嘿，这事要是真成了，我就能回北京了，到时候我得好好谢你啊。"

床上的洪钧没有动静，过了一阵才传来他闷闷的一句话："谢不谢的无所谓，你倒是最好先把耸肩的习惯改改。"

邓汶一愣，想了想，耸下肩膀说："耸肩？是吗？我老耸肩吗？我怎么没注意到……"

邓汶等了半天，洪钧再也没有回音，他已经睡着了。已经整整二十四小时没睡觉的邓汶却怎么也睡不着，他两眼睁得大大的，在黑暗中望着天花板，那个职位的诱惑实在太大，他仿佛听到中国在召唤他，但他忽然又觉得困惑，是自己曾经的梦想终于要实现了，还是现在才真是一场梦的开始？

# 第三章

# 内忧外患

　　整整一个星期之后，洪钧和韩湘一同在傍晚时分回到了北京，两人站在首都机场国际到达厅的行李传送带旁边与同机的乘客一起等着行李出来。洪钧看到韩湘一脸疲惫，两眼发直，没有焦点地瞪着前方发愣，便笑着拍了一下他的肩膀说："这次安排得不好，跟长征似的，搞得太辛苦了。下次吧，咱们来个轻松安逸的休闲游。"

　　韩湘回过神来，忙笑着回答："哎，挺好的这次，玩得很开心啊，你是特意安排我多跑几个地方嘛，你也累得够呛，谢谢啊。"

　　行李陆续出来了，韩湘先看见了自己的旅行箱，他一边把箱子提到手推车上一边说："以前陪金总他们出去，我不知道要累多少倍呢，跑前跑后的，这次好，就咱俩。"

　　洪钧也拿到了自己的箱子，两人并排推着手推车向出口走去。远远地，韩湘已经看见普发集团派来的司机在接机的人群中伸着脑袋向他挥手，他笑着扬了一下手打过招呼，转头问洪钧："你怎么走？公司有车来吗？"

　　"我们公司哪有车啊，我打车回去。"

　　韩湘故意叹口气说："廉洁啊。你也该配辆车了，就北京这交通状况，打车不方便，自己开车也辛苦。"

　　"再过一阵吧，过去这半年公司没车我也习惯了，不着急，先生产后生活嘛。"

韩湘真心实意地邀请："一起走吧，先把你送到家，你在东三环嘛，也顺路。"

洪钧心想，虽说不是正好顺路，也的确不算太绕远，但自己如今已经是堂堂的总经理了，不应该再随便"蹭"别人的顺风车，便笑着推辞："不用不用，机场打车很方便，二十分钟就到了。你直接走北三环回家吧，不用送我。老婆在家早等急了吧？一寸光阴一寸金，你赶紧回去吧。"

韩湘见洪钧挺坚决，便笑了笑。正好普发的司机已经迎到跟前，一边冲韩湘和洪钧点头致意，一边接过韩湘的手推车。韩湘换了个话题问："什么时候光临我们那里指导工作？我可是翘首以待啊。"

洪钧忙表示："哪谈得上指导啊，我是去拜访客户，倾听客户的批评教育。我一定尽快和你联系，争取五一之前吧，如果节前事情太多，那就节后头一两天，怎么样？"

韩湘点头刚说个"好"字，洪钧的手机就响了。韩湘推了洪钧肩膀一把："你还好意思说我呢，你倒好，刚一落地，这位的电话就追来了，看把人家急的。"

洪钧拿出手机看了眼来电显示，知道韩湘误以为是菲比打来的，便笑着解释："不是，是一个以前的同事。"他接通电话说了一声"小谭，你稍等一下"，就伸出手和韩湘握手告别。等他们向停车楼走了，自己就走到等候出租车的队伍里，才又对着手机说："小谭，对不起啊，我刚下飞机，你请说。"

电话那端的小谭忙抱歉地说："哟，不好意思啊，老板辛苦了，现在方便吗？"

洪钧有些不耐烦，但还是尽量客气地说："没事，你讲。"

"我没什么事，有日子没联系了，给老板请安啊。想看看老板什么时间有空，和老板坐坐，聊聊天。"

洪钧清楚小谭的用意，但他现在不想见小谭，便推托道："好啊，过些天吧，我刚从美国回来，出去十来天了，肯定有不少事得先处理一下，咱们过些天再约吧。"

"行啊，那你先忙吧，等你有空给我打个电话就行。"但小谭马上又改口，"要不，还是我过几天打给你吧。"

洪钧心里暗笑，他对小谭的那点心思了如指掌，立刻说："好，那先这样。"

洪钧挂断手机，正好也排到了队首，他便拉着旅行箱向一辆红色的捷达出租车走去。

洪钧回到家门前，费力地从行李中翻出钥匙，刚要插进锁眼，忽然门从里面被打开，菲比脸笑得像一朵花似的站在门里。她系着一条画有鲜艳凯蒂猫图案的大围裙，两只手上戴着长长的胶皮手套，右手里拿着一块抹布。

洪钧刚一愣神，菲比已经展开双臂向他扑过来。洪钧用左手抓住菲比的左胳膊，牵着菲比转了个一百八十度，变成背对洪钧，再从后面推着菲比一起进了家门。等洪钧把旅行箱拖进来，关上门回头一看，菲比正噘着嘴站在他面前。

菲比说："连抱一个都不让啊？"

洪钧笑着说："我一般不非礼小保姆的。"说完，已经把旅行箱搬进客厅，一屁股坐在沙发上说，"累死我了。哎，你怎么来了？这么勤劳啊？"

菲比"啪"的一声把抹布扔在茶几上，一边摘着双手的手套一边气哼哼地说："我来等你嘛。这房子十来天没住人，都刮过两次沙尘暴了，我就先打扫打扫，擦擦那些土。"

洪钧站起来，手探到菲比背后，把围裙的系带解开，摘下围裙扔到地板上，刚要抱住菲比，菲比却用胳膊顶住他，不让他靠近，问道："说，你干吗不让我去机场接你？"

洪钧趁菲比一放松，忽然把她的胳膊扭到她身后，紧紧把她抱在怀里，说："又不是只有我一个人，韩湘也在，不方便。"

菲比被箍住，动弹不得，只能嘴里反驳："韩湘怎么啦？他是能吃了你还是能吃了我？他本来也已经知道的呀。"

洪钧抱着她的身子左右摆动，把菲比晃得晕乎乎的。洪钧说："这不是就见到了吗？比机场也就晚了半个小时。"

菲比又"哼"了一声："那你看见我的时候还惊讶什么？你没猜到我肯定会在家等你吗？"

洪钧不说话，只是依旧抱着菲比，但双臂的力度变得温柔，菲比被扭在身后的双手便绕过来也抱住洪钧，头耷拉在洪钧的肩膀上。

这样陶醉了一会儿，冷不防洪钧一下子扳着菲比的肩膀，把她从自己怀里推开，他双手搭在菲比肩头，说："好啦，时间到，还没收拾东西呢。"

菲比虽有些意犹未尽，也只好放开手，看着洪钧拉过旅行箱拨弄上面的密码锁，自己就捡起地板上的围裙，拿起手套和抹布走进厨房。菲比从冰箱里给洪钧拿来一听饮料，看见洪钧正伸着胳膊，手里拎着一个塑料袋，冲她摇晃说："给你的，打开看看吧。"

菲比立刻把饮料放到茶几上，接过塑料袋先举着打量一下，见上面印着"Duty Free"的字样，便问："哪里的免税店买的？旧金山？"

洪钧"嗯"一声："你怎么像小孩儿似的，给你买了东西，你倒对装东西的袋子更感兴趣。"

菲比吐下舌头，赶紧打开塑料袋，从里面又掏出一个小塑料袋，菲比这次没对小塑料袋再花心思，马上打开，里面是一个很精致的盒子，打开盒子是一块折叠得很整齐的丝绸质地的东西，她望着洪钧，洪钧说："展开啊。"

菲比放下那几层包装物，双手把它展开，原来是一块硕大的方巾，底色是橙色系的，上面是精致而不规则的图案。菲比把方巾搭在肩上，双手抚摸着上面的斜纹，又撩起方巾贴在脸颊上，感受着方巾的丝滑和清爽，她赞叹说："这丝巾真厚呀。"

洪钧笑了："Hermes的，特点就是厚嘛，不错吧？"

菲比惊呼一声："哇！爱马仕，这么大的一块，那得多贵呀？上次在王府饭店看见过，比这个小好多的都要四位数呢。"

洪钧歪头想想："嗯，大概是你半个月的工资吧。"菲比又吐下舌头，更加仔细地端详着方巾。洪钧说，"我就是特别喜欢这个颜色，橘黄色的，你皮肤白，配起来好看，就像一朵向日葵。"

菲比兴高采烈地说："太好了，以后再刮沙尘暴我就披着它，再大的风也不怕了。"

一句话把洪钧弄得哭笑不得，他有些不快地说："你要是那样用它，没多久它就能赶上马王堆出土的裹尸布了。"

菲比见自己的一句玩笑话真让洪钧生气了，赶紧凑上来贴着洪钧哄道："人家就是那么一说嘛，我一定特爱惜，真的。哎，马王堆是什么呀？我只知道有马王爷，三只眼的那个，是他的坟吗？"她说着就把方巾罩在自己和洪钧的头上，搂着洪钧把嘴凑了上来。

洪钧躲闪着，菲比毫不罢休地步步紧逼，忽然洪钧的手机响起来，他趁机摆脱菲比，从口袋里取出手机，屏幕上显示的是一个国外来电，便冲着闹得有些不高兴的菲比摆下手，不让她出声。洪钧按下通话键，说了句："Hello。"

电话里立刻传出笑声："哈什么啰呀，是我，邓汶。"

洪钧便也笑道："你好啊，在哪儿呢？我刚下飞机，才进家门。"

"波士顿呀，我刚进公司，给你汇报一下情况。"

电话里邓汶的声音有些微弱，洪钧便从客厅走进卧室，站到贴近窗台的位置，希望能听得更清晰一些。菲比原本已经开始替洪钧收拾行李，正从旅行箱里把东西取出来摊在客厅的沙发上，一见洪钧走进里间，便静悄悄地抄起行李中的一摞衣服也跟着溜进来，打开大衣柜的门，一边往里面摆放一边竖起耳朵听。洪钧正专注地听邓汶说话，没在意菲比的举动。

邓汶正在说："昨天晚上和卡彭特通了电话，聊了将近一个小时，还行。他正好这两天要从旧金山到东部来开会，参加耶鲁大学的一个什么庆典。耶鲁在波士顿南面不远的纽黑文，所以我可能开车过去和他碰头，争取当面谈谈，你觉得呢？"

洪钧立刻回答："好啊，这样最好。首先可以趁热打铁，加快进度；另外，像他这种大佬在外面的时候反而时间充裕，如果在公司会有很多日常的会议、电话什么的，你能抓到他十五分钟或半个小时都很不容易。他在外面就不受这些琐事干扰，他可以集中精力，有大块的时间和你谈。"

"好，我听你的，我等他们西岸上班了就马上和他确认。"

洪钧又给他打气："而且你摆出这种积极的姿态说明你在意这个职位，有诚意和他合作，他会喜欢的。祝你好运。"

互道再见之后，洪钧挂断电话，转身顺势把自己扔到大床上，一扭头看见菲比正往衣柜里放衣服，便笑着叫起来："嘿嘿，脑子进水了吧？这些衣服都得先送出去洗的，还脏着呢，你就都收起来？心不在焉的，小心我换别的小保姆啊。"

菲比一下子醒悟过来，脸唰地红了，她又羞又恼地把已经放进衣柜的脏衣服都拽出来，抱着跑到客厅接着收拾去了。

洪钧躺在床上，枕着自己的胳膊望着垂在天花板下的吊灯，感觉有些累，脑子里又冒出一堆让他头疼的事情。过了一会儿，菲比收拾停当，便走进来靠着床沿坐下，看着洪钧说："特累吧？要不我今天还是回家吧，你一个人好好睡一觉？"

洪钧拉过菲比的一只手摩挲着，有气无力地说："累倒是不太累，就是一想起还有那么多事情就心神不宁。"

菲比又伸过另一只手，把洪钧的手放在自己的双手之间，像做手部护理似的很专业地给他揉捏："都什么事呀？说出来就好了。"

洪钧粗重地叹口气："就是没个能说话的人啊，这些事当然不能和科克他们这些老板说太多，也不能和下属深谈，更不能跟客户讲，像对韩湘就不能说太多，我都快成孤家寡人了。"

菲比脸上立刻飘过一丝黯淡的神色，心里有些难过，洪钧的身心疲惫让她心疼，而洪钧显然不认为她能分担什么，这更让她有些失落。但菲比还是马上让自己的脸上露出一副灿烂的笑容："和我说呀，反正我很快就不再是你的下属了，"她把头俯下来，前额轻轻顶在洪钧的脑门儿上，飞快地说一句，"快成家属了！"

洪钧刚才话一出口，自己也觉得不妥，怎么能对菲比抱怨自己没有说话的人呢？他笑一下，等菲比把头抬起来便说："我这一路上陪韩湘就累得够呛，玩得聊得挺高兴，可我还得时刻留神别说什么不该说的话。我倒是很想知道柳副总为什么突然转向，他怎么突然支持咱们而放弃了ICE？我一直在琢磨应该是范宇宙做了柳副总的工作，但是ICE的俞威和Susan已经把柳搞得铁定，这么一百八十度的大转弯，柳一定是因为什么很大的事情。我问过范宇宙，他跟我装傻。我在路上又旁敲侧击问过韩湘，他看来也不知情。其实我并没指望韩湘，我之所以问他就是要暗示我没做柳副总的工作，不然他该怀疑是我给了柳副总什么特大的好处，没准儿还会生气我为什么没给他好处，你说我累不累？不过我有种直觉，范宇宙一定也做了韩湘的工作，所以韩湘对范宇宙他们评价不错。这个老范的确有些手段。"

菲比刚开始还认真地听，没听几句便心猿意马，只顾抚弄洪钧的手，等洪钧讲完，她就敷衍了事地说："嘁，这里面肯定有什么见不得人的事情呗，反正合同都签下来了，还去琢磨它干吗？"

洪钧发现自从他劝菲比离开维西尔，既不要和自己还在同一家公司工作也最好不要再做销售以后，菲比的变化真是挺大的，她已经不再把普发集团当作是自己的项目，生意场上的钩心斗角好像也已经离她很远。洪钧知道这正是他希望看到的，但当菲比按照他的导演逐渐进入新的角色之后，洪钧心里又有种说不出来的感觉，好像空荡荡的，他不由得怀念起和他一起冲锋陷阵搞项目的那个风风火火的菲比了。

洪钧看着菲比，继续按照自己的思路说："我现在是内忧甚于外患啊，公司里面的事更复杂，从春节过后到现在，我一直在想架构怎么安排、那几个经理怎么摆平。科克这么突然地把我提上来，那几个人肯定都蒙了，他们知道我一定会改组当初杰森弄的摊子，现在都在等着看我怎么做。广州的Bill，刚把深圳那家证券公司的单子丢了，当初他拍胸脯打包票说是板上钉钉的；上海的Roger更惨，被ICE把杭州那个单子给拿走了，那个项目本来是他和科曼争的，我当初在ICE的时候根本都没去投标，去年底科曼乱成一锅粥，一直跟着项目的几个人都辞职了，结果Roger还是没能签下来，倒让俞威跑到ICE又捡了个便宜。这两个项目丢了其实是好事，起码Roger和Bill这两个家伙知道以后得夹着尾巴做人。我最发愁的是拿Lucy怎么办，你注意到没有？她简直变得神经兮兮的了，有事没事就打电话、发E-mail给我，早请示晚汇报的，她肯定是感觉到自己有危险，拼命表现呢。"说到这儿，洪钧被打断了，因为刚才还一直默默听着的菲比忽然探下身来凑到洪钧面前，双眼直勾勾地盯着洪钧的脑袋上方，洪钧被她弄得莫名其妙，问道，"怎么了？"

菲比伸过一只手用指尖轻柔地抚摸洪钧的头发，几分爱怜又几分忧虑地说："怎么这么多白头发了？以前没这么多呀。"

洪钧一下子泄了气，他知道刚才说的一大通全都是对牛弹琴，便无奈地回答："那是因为你以前没注意。"他叹口气，一种孤独和无助的感觉袭来，他不禁打了个寒战，又说一句，"没准儿很快就要全白了。"

接下来直到星期五的几天时间里，维西尔北京办公室都是一派人丁兴旺的繁忙景象。主管技术的经理Lucy专门挑这个时间从上海跑来，还把上海和广州两个办公室的技术人员都叫到北京，三地的技术人员连续搞了几天的内部培训，Lucy还热情地邀请在北京的销售人员也都参加，把将近二十个人挤在那间狭小的会议室里。洪钧发现之后，赶紧出面叫停，他对Lucy说，这样搞不好甚至会发生缺氧窒息的，叫Mary和Helen马上帮Lucy到附近的饭店去租一间大会议室。Lucy却对洪钧说，到外面去搞既要花钱还要耽误大家的工作，如果在办公室里，大家还可以在休息时间打打电话、处理电子邮件之类的。

洪钧哭笑不得，他清楚Lucy正是特意做给他看的，Lucy就是要在他的眼皮底下展现自己的兢兢业业和举足轻重，如果搬到外面搞，那Lucy还何苦跑来北京呢？她又何必等到洪钧回来才搞呢？洪钧只好让他们把办公区的十张办公桌挪开，临时腾出一片空间，用一面墙来做投影的屏幕，而Helen只好委屈地去和Mary挤在局促的前台里面。如此一来，Lucy就更满意了，整个办公室都是她的天下，比当初闭门挤在小会议室里效果更好。

洪钧这几天一直在门外嘈杂声的陪伴下做着文字工作，到周五下午，他终于把一份精心准备的电子邮件发给了在新加坡的维西尔亚太区总裁科克·伍德布里奇，再分别给亚太区几个业务部门的负责人发了稍短一些的邮件，这些邮件的内容就是洪钧酝酿已久的维西尔中国公司新的组织架构和人事任免方案。

洪钧刚在座位上伸个懒腰，外面的嘈杂声就猛地变得剧烈起来，简直有些震天动地了，洪钧刚要起身出去查看一下Lucy又在搞什么新花样，他的小办公室的门就被敲了一下，紧接着Lucy已经一脸兴奋地推开门进来了。

Lucy飞快地转身把门关好，坐到洪钧对面的椅子上，手舞足蹈地说："呀，吵死了吧？抱歉抱歉，他们在把桌子搬回原处，培训搞完了。哎呀，Jim你不知道，这次的培训搞得太有必要了，他们原先对产品有很多的误区，现在全都搞清了；我们技术部的几个人以前做演示做演讲的技巧也不太好，这次我特意示范给他们我是怎么做的，几天下来，他们就向上提高了好几个层次。哎呀，就是太累了，这样的培训每搞一次，我就可以减一次肥，哈哈，一举两得，今年这个团队有一个很好的开始，我也不会输给那些小姑娘的身材啦。"

洪钧脸上堆出一副热忱的笑容，嘴上说："辛苦啦，辛苦啦。"心里却被

Lucy令人肉麻的自我表白弄得非常难受。

正好，放在桌上的手机响起来，洪钧暗自庆幸救兵来得及时，连忙拿起手机看一眼上面的来电显示，然后望着Lucy，仍然保持着那副笑容，手机的铃声逐渐升高，Lucy醒悟过来，一边站起来一边说："呀，你忙吧，我先出去了。"然后带着些许遗憾离开了。

洪钧等Lucy一走，立刻皱起眉头，这不仅是因为Lucy，还因为这个来电并不受他欢迎。洪钧按下通话键，一直倔强地叫着的铃声终于停了，他尽量平和地说："喂，小谭，我正在开一个会。"

小谭连忙说："哟，对不起，老赶得不是时候，还忙着呢？"

洪钧知道拖得过初一拖不过十五，他了解小谭的韧劲和耐心，强打起精神说："没事，我出来了，你说吧。"

"在北京吗？不会周末还在外面出差吧？晚上聚一下？"

洪钧下决心要一劳永逸地解决此事，便硬着头皮说："晚上有个安排，但还没最后确定。这样吧，咱们初步定下晚上一块儿吃饭，你下了班就往我们公司的方向来，咱们就在附近找个地方，怎么样？"

"好啊，我没问题，一切听老板吩咐。那我待会儿就过去，快到了再打你手机。"

洪钧对付着挂断电话，马上走到门口打开门，外面办公室原貌的恢复工程还没完，李龙伟等几个人在搬桌椅，菲比、Helen和Mary几个女孩儿也在卖力气地帮忙，而几个从上海、广州过来的技术人员却站在一旁聊天、打电话。洪钧冲着他们叫道："喂，你们几位先生，也太不够绅士了吧？让人家女士累成这样，你们好意思吗？"

那几个人一听连忙投身到劳动的行列中，洪钧又对几个女孩儿说："Helen，Mary，你们歇歇吧，留给他们干。菲比，你来一下。"

其他几个人听到最后这句话都私下里交换着眼色，本来正欢欣的Helen和Mary也都愣了，随即彼此看一眼，似乎发觉她们不过是因为沾了菲比的光才得到洪钧的关照，菲比装作没看见，昂首挺胸跟着洪钧进了小办公室。

菲比刚要习惯性地顺手把门关上，洪钧制止道："不用关，开着吧。"等两个人隔着桌子面对面坐下，洪钧看着菲比因为干力气活儿而变得红扑扑的脸，笑道，"我要交给你一项既不光荣也不艰巨的任务。"

晚上快七点的时候，洪钧和小谭坐在位于团结湖的一家不大的湘菜馆里，很随便地点了几个菜，因为两人的心思都不在饭菜上。周五晚上饭馆的生意不错，桌子几乎都满座了，一派热气腾腾的场面。可能是因为他俩点的都是最大众化的常备菜，所以尽管客人不少，菜上得还是很快，两人还没闲扯几句，一盘笋干炒腊肉已经端上来。洪钧叫服务员拿来两小钵白米饭，也不和小谭客气，夹起菜就着米饭吃起来。

小谭用筷子拨弄着自己钵里的米饭，哭丧着脸说："老板，最近我可是吃不下饭啊，没准儿过一阵就干脆没饭吃了。"

洪钧心里并不觉得意外，却装出一脸惊讶地问："哟，不至于吧？你不是在ICE有个不错的闲差吗？做业务发展，负责那些有潜力的大项目，建立关系、拓展业务什么的，反正都是长期项目，没有眼前的压力，日子应该挺好过的吧？"

小谭的样子越发可怜，他用筷子敲着钵边说："要真是老能那样当然好啦，可是我估计做不了几天了。"

小谭这动作实在太像要饭的叫花子，洪钧看不下去，指着盘里的菜说："吃啊，边吃边聊。"

小谭无奈地夹起一根细长的笋干摆到自己的米饭上，接着说："你是不知道，我一说你就明白了。俞威要改ICE的销售模式。"

洪钧心里一震，开始留心了，嘴上仍故作随意地说："他能怎么改？还能不卖软件，改去卖硬件？"

小谭急切地说："当然不是，是要把直销改成代理！当初你在ICE的时候，所有项目都是咱们直接对客户做销售，现在俞威要开始发展代理商了，由代理商对客户做销售，ICE在后面支持代理商，我不就得退居二线了吗？"

洪钧明白了，他觉得俞威此举也算是意料之外、情理之中，没什么大不了，洪钧放下心，不以为意地说："哦，看来俞威是缺钱花了，他是嫌光挣那点工资和奖金来钱太慢了吧。"

"是啊，咱们明眼人一看就知道他要搞什么猫腻。他当初在科曼不就是发展了一批代理吗？好多项目都从代理手里走。他现在到了ICE又要来这手，他想得美呀，从直销体系改成代理体系以后，你想做我ICE的代理，你得先给我俞威钱；这个项目你想让我给你做、不给其他代理做，你又得给我钱；这个项目你想让我给你的价格再低点，你还得给我钱，这家伙太贪了。"

第二盘菜是一大碗毛式红烧肉，也端了上来，洪钧专门挑一块连着肉皮的肥肉放到自己嘴里津津有味地嚼，然后平静地说："他挣钱喜欢贪大的，我吃肉喜欢吃肥的，各有所好。当初在ICE、如今在维西尔，我都是带自己的销售做直销，不搞代理、不走渠道，虽然在项目上会和集成商有各种合作，但只是基于单个项目，并不是把自己的东西交给别人去卖。一方面是因为咱们做的这种软件，产品太庞大、项目太复杂，一般的代理商根本做不了；另一方面也是要避这个嫌，如果一家公司上上下下都不琢磨着怎么做好业务、从市场上挣钱，而是都想着怎么从代理商身上挣钱，这公司也就快完蛋了。"

小谭点头称是，又叹口气："是啊，要不怎么说必须跟对人才行，所以我一直想找你啊。"

洪钧并没接小谭的话茬，转而问："俞威要搞这么大的动作，不可能想搞就搞吧？皮特什么态度？"

小谭回答："这中间的过程挺有意思，皮特起初根本没往心里去，俞威刚把普发的单子给丢了，皮特正看他不顺眼，一肚子气呢，他还想另搞一套，皮特当然不理睬。可是就在这个星期一，皮特正好来北京了，他突然抓住我问，当初合智集团的项目输给科曼，是不是就因为科曼有代理而ICE没有代理？刚刚丢的普发，是不是也因为ICE对那三家参与投标的代理商支持得不够？我一听就明白了，这是俞威对皮特说的。俞威真会把坏事变成好事，他把输掉的这两个大单都归结到ICE没有代理上。皮特这么问我，我能怎么说？我看得出来，皮特已动心了，他也怕若是不发展代理商，以后还会丢更多的项目。"

洪钧听完这些，事情的来龙去脉已经很清楚，也不得不暗自称赞俞威巧妙而准确地击中了皮特的要害。当初合智集团的确是因为看中科曼公司的代理商网络才要了ICE；而范宇宙的泛舟公司最后关头改投维西尔的软件，也的确可以解释成是因为维西尔给了合作伙伴更有吸引力的条件。俞威此举不仅为自己的失败找到台阶，而且用所谓的"事实"向皮特阐明，只有发展可以长期紧密合作的代理商才能避免重蹈覆辙。

洪钧不由得承认俞威和洋老板沟通的本领与时俱进了，他也忽然意识到就连小谭的嗅觉都变得敏锐起来，自从洪钧升任维西尔中国（大陆）区总经理的消息传出之后，小谭就马上向洪钧道喜并表露了投靠之意，但当时小谭的态度并不急切，而这几天他已经毫无矜持可言，看来是强烈地预感到时日无多，但情急之下更没了方寸。

洪钧便问小谭："他搞他的代理，你做你的业务，何以见得就会没饭吃呢？"

小谭的脸色立刻又难看起来："老板，这还不是明摆着吗？我一直是做大项目销售的，从来没接触过代理呀、渠道呀、分销呀这类业务，俞威这么一改，我在ICE就没有价值可言，迟早被扫地出门；而且我也不愿意从头去学怎么发展代理、支持代理，我还是想继续做直销，直接和客户打交道。"说完，小谭顿了一下，看着闷头吃饭的洪钧鼓足勇气说，"老板，我到你那儿去吧。"

洪钧一直看似平静，但他心里正充满焦虑。细算起来，俞威到ICE上任的时间也不太长，但他已经基本完成对公司机构和人事的调整，包括对小谭、Susan和Linda等人都已重新布局，现在他又要对ICE的业务模式和销售体系彻底改组，他的动作真快啊。相比之下，洪钧自己在上任之后两个月的时间里却迟迟按兵不动，他越发感到形势的紧迫和时间的宝贵。

听到小谭终于明确说出心里的想法，洪钧也和小谭一样如释重负，但他仍然觉得很不是滋味，他了解小谭如今的处境，但他在维西尔并没给小谭预留位子，他没打算收留小谭。洪钧想了想说："如果你从ICE辞职，要来维西尔怎么来？你和ICE签过协议，非竞争性条款，忘了？你离开ICE不能马上加入ICE的竞争对手，难道你愿意像我一样也要求ICE把你开除？"

小谭愣住了，他之前居然没想到这一点，张着嘴一时说不出话。洪钧见小谭这样，不免有些可怜他，便一边劝他吃菜一边和缓地说："而且眼下我自己也是立足未稳啊，要是刚在维西尔坐上这个位子便马上把你找来，维西尔现有的这些人会怎么想？他们肯定会担心我用外面的人把他们逐个替换掉，人心就乱了，所以还是慢慢操作比较稳妥。"

小谭一脸愁容。洪钧一边自顾自地吃着一边看似随意地瞥了一眼手表，小谭没有注意到，他不甘心地问："老板，那你说我应该怎么办？是等着俞威把我开了再去找你，还是先辞了随便找个地方待着，过一段时间再去找你？"

洪钧自己已经吃好了，又看了眼手表，然后对小谭说："这些恐怕都不是上策，我倒是觉得你应该和皮特好好谈一谈。"小谭睁大眼睛急切地等着，洪钧接着说，"皮特主动征求你的意见，说明他对你这个ICE的老人儿还是看重的。对俞威要搞的那套新东西，皮特也只是试试看，你应该主动找他，让他知道不能把ICE在中国的所有业务都放在俞威和他搞的一帮代理身上，让他知道你在随时替他留意着，你随时准备冲上去做一些关键的项目。皮特在ICE中国需要这么个人，Susan是俞威提拔的，不合适，而你是合适的人选。如果你能让皮特意识到这些，他就不会允许俞威动你，你就安全了。"

小谭大体听懂了，但仍不踏实，他不确定皮特在合智项目输掉以后对他的看法如今是否有所好转，他也没有信心能够直接和皮特进行如此复杂而深入的沟通。他刚要请洪钧指点他应该具体怎么做，忽然响起一阵手机铃声，是洪钧的。

洪钧立刻拿起手机看一眼来电显示，便热情洋溢地接起来："喂，刘总，到了吗？"

菲比在电话的另一端轻声说："乖，真懂礼貌，记得要管我叫'您'哟。"

"您到得还真快，我这边正和一个朋友吃饭呢，以为您还得过一会儿才能到。"

菲比憋不住，笑着说："'快'你个头呀，早到你家了，方便面都吃完了。说，你吃什么了？"

"那您的意思是……行，我现在赶紧过去吧，我也差不多吃好了。"

菲比极力压低自己的音量笑骂道："废话！还不赶紧滚回来！哈哈，能这么欺负你真解气！"

洪钧说："不用不用，您不用动地方，我过去，您就在丽都等我就行……嗯，大概二十分钟吧，如果路上不堵的话。"

菲比已经笑得不行了，她拍打着沙发说："哎呀，受不了了，快笑死我了。限你二十分钟赶到，不然你看我怎么收拾你！"

洪钧说："收拾？哦，我这就收拾一下过去。好，刘总，等一下见。"等洪钧刚挂断电话，那边的菲比已经笑得从沙发里滚到了地板上。

洪钧看着小谭，一脸无奈地抱歉说："我不是说过晚上有个安排嘛，一家客户的老总这两天在北京开会，必须得应酬一下。没想到他那边结束得这么快，没办法，我得马上过去，要不咱们今天先这样，改日再聚？"

小谭还抱有一丝希望："你去哪儿？要不我送你过去，路上再聊聊？"

洪钧暗自得意自己想得周全、演得到位，马上说："他在丽都，和你正好是完全相反的方向。算啦，改天再说吧。你也应该再吃点儿，都没怎么动筷子。对了，这顿饭钱我看就由ICE请了吧。"

小谭只好跟着站起身和洪钧握了手，站在桌旁目送着洪钧快步走出饭馆。洪钧可以想象出身后的小谭那副失魂落魄的样子，他有些不忍，但他也已经为小谭指出一条明路，至于小谭能否修成正果就只有看他自己的造化了。


洪钧在街上拦了辆出租车，因为丽都假日饭店在北面，他特意让司机先往北面的方向开了几百米，才让他右转弯，朝东面洪钧家的方向开去。洪钧刚长长地舒一口气，手机又响了，他心想，准又是菲比，生怕刚才一个电话还不能完成解围任务，又来查看洪钧是否已经脱身上路。掏出手机一看，既不是菲比的手机号码，也不是自家的座机号码，看样子是从国外打来的。

洪钧说了句："Hello。"

手机里传出邓汶兴奋的声音："是我，邓汶。"

洪钧抬手看眼手表，很快地心算了一下时差，问道："你那里现在几点？才早上七点吧？这么早就到公司了？"

"没有，在家呢，给你打电话汇报完之后就出发，先送孩子去幼儿园，再去公司。"

洪钧一听知道又有进展，便问："嗯？看来已经见过面了？怎么样？"

"见了见了，昨天我跑了趟纽黑文，在耶鲁见的卡彭特，晚上回来的。"

洪钧急着又问一遍："怎么样？"

"感觉还可以吧，聊了挺长时间，差不多有两个小时吧，彼此的印象应该都还不错。"

洪钧不太满意，追问道："有没有提到什么特别的，让你感觉印象比较深的？"

"他问了问大概情况，有些都已经在电话里聊过。我事先还专门做了些准备，以为他会问我一些业务上的事，比如大型软件工程的项目管理，还有一些未来方向性的东西，比如互联网会对应用软件带来哪些影响什么的，结果全没用上，完全就是瞎聊，海阔天空地聊。"

洪钧并不觉得意外，他很清楚像卡彭特这样的老板在面试一个人的时候，往往更注重感觉，凭借自己的主观印象来判断对方是否能与自己合作愉快，他们最关心双方是否秉性脾气相投，而不是什么业务方向、学术观点、未来计划之类，这些东西大多要留待今后的共事中逐步达成一致，但如果两个人彼此看不上、合不来，所有这些都无从谈起。

洪钧又问："聊了什么比较有意思的？"

邓汶想了想说："他问我波士顿怎么样，我说不怎么样，太沉闷，没有生气，我来波士顿十年了，今天和十年前几乎没什么变化。我说波士顿只有一样还不错，就是'freedom trail'，中文怎么说？'自由之路'？我很喜欢沿着freedom trail走走，可以经常缅怀他们独立战争时期的那些英雄。卡彭特听了以后哈哈大笑，他说加州就比麻省显得年轻有生气，他还说波士顿才几百年就已经太陈旧了，可是北京已经几千年了却仍然充满朝气，他说我就是应该回北京去。"

洪钧听到这里心里有数了，他了解卡彭特的脾气，卡彭特能说出这些就表明他已经很喜欢邓汶了，如果双方在薪酬待遇等方面都能达成一致，邓汶应该会得到这个位子。但洪钧现在不敢祝贺邓汶，也不敢告诉邓汶他觉得大局已定，洪钧担心邓汶认定自己稳拿这个职位以后会漫天要价，反而会把事情搅黄。

洪钧笑着说："挺有意思。那你们下一步约好怎么做了吗？"

"他让我等他的消息，我已经提供了几个人的联系方式给他，他可能会做一些背景调查，希望过些天能收到他给我的聘书吧。"

洪钧叮嘱道："关于待遇方面，ICE在这几家公司里算是不错的了，他们也不是很灵活，基本上他们给你多少就是多少，不会留有多大余地和你讨价还价。"

邓汶忙说："没关系，钱不是最主要的，差不多就行了，我的要求也不高。"

洪钧听邓汶这么表态，知道自己刚才的担心有些多余，便和邓汶告别："那好，你有什么消息就立刻告诉我一声吧。"

洪钧把手机放进兜里，浑身一阵轻松，他为邓汶感到高兴，从他偶然遇到邓汶到今天还不到两个星期，邓汶已经取得这么大的进展。想到"进展"二字，洪钧的心又一下子抽紧，他又想到了自己的毫无进展，都两个月了，不能再等，他必须有所行动了。

## 第四章

# 不破不立

邓汶在焦虑中一天天地熬着，他总是不由自主地去查看有没有新来的电子邮件，每次手机响起的铃声也都会让他神经紧张，其实他已经多次对自己说，无论是好消息还是坏消息，卡彭特都不会用手机告知他，诱人的聘用书也好，遗憾的致歉信也好，都会发到他的电子信箱里，但邓汶还是把自己弄得草木皆兵。

邓汶太想得到ICE的那个职位了，但他又不能主动给卡彭特打电话探听口风，洪钧专门嘱咐过他，能做的和该做的都已经做了，他现在唯一该做的就是什么都不做。洪钧像绕口令一样的指示好像还颇有哲理，邓汶不能不听，因为他相信洪钧在这方面的经验，从开始到现在，他一切都是按照洪钧的指点在做，而事实证明洪钧一直是正确的。

事先邓汶已经打过招呼的几个人分别都来了消息，ICE公司的人已经通过电话或电邮和他们逐一联系过，从他们那里系统地了解了邓汶各方面的情况。邓汶的心里踏实了些，他知道事情正在进行当中，ICE方面已经按照他提供的人员名单对他做了背景调查，现在就等那最后的一张纸了。

十天过去了，邓汶觉得像是十个季度。这天晚上，邓汶独自守在书房里的电脑前，魂不守舍地在互联网上闲逛，他在Outlook邮件系统里原先设置的是每半小时自动查收一次邮件，如今已经被他缩短到了五分钟。

廖晓萍不声不响地走进来，在书桌旁边的椅子上坐下，随手抄起一本书翻看着。邓汶听见响动，看一眼时间，问道："Cathy总算睡了？"

廖晓萍白他一眼："你看看几点了，这都十点多了，她再能折腾也该困了。"

"你再锻炼几天吧，以后就都得是你哄Cathy睡觉了，她现在就是故意欺负你。"邓汶说完，一想到可能将来不会再和女儿挤在那张小床上哄她睡觉，忽然感觉有些凄凉和酸楚。

廖晓萍鼻子里哼了一声："你还真打算去北京就不回来啦？就算ICE这次要了你，我猜你最多也就是回去过过瘾，闹得差不多就趁早回来。"

邓汶叹口气，耸下肩膀："还不知道人家要不要我呢，他们那边已经七点多，早都下班了，估计今天又没戏。"

话音刚落，电脑发出一声清脆的提示音，一封新邮件到了。邓汶已经被无数次的失望弄得疲了，他不抱什么希望地说："估计又是什么垃圾邮件跑来起哄的。"说着就把屏幕切换到Outlook的窗口。

廖晓萍接着看了一会儿书，见邓汶没有动静，就把书一合，说："我看你也别熬了，还盼什么呀？明天干脆给他们发封邮件，说你决定不再考虑那个职位了。"

邓汶坐在转椅上无声地转半个圈，脸朝向廖晓萍，眼睛瞪得大大的。廖晓萍觉得邓汶的眼神特别怪，甚至有些诡异，她开始发慌，不知道究竟发生了什么事还是自己说错了什么话，她张着嘴，也瞪着邓汶。

邓汶轻声说："他们要我了，聘书来了。"

廖晓萍被他搞糊涂了，惊讶地问："那你怎么这种反应啊？你到底是高兴还是不高兴？到底是想去还是不想去啊？"

邓汶好像是在梦游中忽然被别人唤醒，他一下子站起来，大声笑着说："我现在的感觉就像是范进中举，我当然高兴啦，我当然想去啦，我就是太想去啦。"

廖晓萍见他恢复了常态，倒是稍稍放了心，便没好气地说："你小点儿声，别把Cathy吵醒了，好不容易刚哄睡的。"

邓汶不理睬她的申斥，转身拿起桌上的无绳电话，手指飞快地拨号，急切地等着电话，刚一接通就说："洪钧，我是邓汶，聘书收到了……刚刚收到，用E-mail发的，说他们签好字的原件已经用UPS寄出了……待遇？挺好的啊，我觉得可以，我说了钱不是最主要的……呵呵，还行吧，她也挺高兴的……那好，你忙吧……咱们北京见，你得去机场接我啊，不然我都不知道门朝哪儿开。拜拜。"

邓汶挂上电话仍然难以抑制内心的狂喜，他在不大的书房里来回走了几步，右手握拳不断地捶打左手的掌心。廖晓萍冷眼看着邓汶："我还不知道怎么回事呢，你却头一个先向那个洪钧汇报，他是你什么人啊？是你老板啊还是你老婆啊？"

邓汶停住脚步愣了一下，才又坐回到椅子上笑着说："人家这次帮了我这么大的忙，他也挺关心我这边进展的，让我一有消息就告诉他，我就和他说一声嘛。E-mail在这儿，还打开着呢，你来看一遍不就全清楚了吗？"

邓汶指着电脑屏幕，廖晓萍没动地方，撇着嘴说："我看这洪钧就是没安好心，他是不是见不得别人踏踏实实过安稳日子啊？在学校的时候，我就看他不顺眼，他给你出的馊主意还少啊？他是不是还觉得咱俩在一块儿是你吃了大亏？"

邓汶听她越扯越远，忙解释："哪儿跟哪儿啊？洪钧这回真是热心帮我。对了，这次在赌城碰到他，还没说两句，人家就特意问你好不好呢。"

廖晓萍冷笑一声："我不好！瞧你们俩碰面的地方，赌城，真是物以类聚！"说完这句，她的脸色已经好多了，走过来站到邓汶身旁，用胯部拱一下邓汶的胳膊，邓汶马上知趣地起身把椅子让给廖晓萍坐了。廖晓萍开始一字一句地看着屏幕上的那封聘用信。

邓汶在一旁站着，插话说："待遇是不是挺不错的？而且可以分成两部分，一部分直接用美元付到咱们这边的账户里，另一部分在北京用人民币付给我，这样一来，咱们能少交不少税呢。每个月两千美元的住房津贴，我回去先找家宾馆长期包个房间，如果你和Cathy将来也回去，他们就给涨到三千美元，咱们应该可以租个相当不错的公寓了。每年还提供两趟探亲的往返机票，我回来也行，你们去中国也行，还行吧？ICE毕竟是大公司。"

廖晓萍没说话，一直仔细地看着，等终于看完了，她把鼠标往旁边一推，问邓汶："这上面怎么没说让你什么时候上班呢？"

邓汶忙回答："卡彭特希望我越快去上班越好，这信里不是有一栏空着吗？等我收到原件签了字，再把我确定可以开始上班的日子填上寄给他们就行了。我也希望越快过去越好，关键看我和那个犹太佬谈得如何，估计他不会留我，可是我担心CEO没准儿会劝我留下，没办法，只能铁了心拒绝他了。"

廖晓萍仰起头看着邓汶，黯然地说："你就一点儿都没考虑我和Cathy留不留你？我们俩不是劝你留下，我们是求你留下，你也铁了心拒绝？"

邓汶脸上不自然起来，他害怕听到这些，这是他的痛处，他奇怪自己怎么有这么多痛处而别人总是能准确地一击命中。洪钧做到了，所以让他下决心抛家舍业地要回中国；廖晓萍也做到了，却是让他难以割舍。

廖晓萍叹口气，又问："你打算回去多久？"

邓汶下意识地抬手向电脑屏幕指一下："聘用期是三年，所以如果没什么意外的话，起码应该是三年吧。"

廖晓萍用手指钩住邓汶的手，喃喃地说："非得今年吗？明年不行吗？"

邓汶拉着廖晓萍的手指摇荡着，笑道："ICE又不是咱们家开的，过了这村就没这店了，明年人家哪儿还能等着我呀？"

廖晓萍又重重地叹口气："唉，真是怕什么来什么。你忘啦？前年Cathy做的那个梦，早上起来莫名其妙地坐在小床里，瞪着眼睛说：'妈咪，我五岁的时候就要死了。'当时把我给吓得……三岁的小东西怎么突然无缘无故说出这种话来？问她是做梦了还是怎么回事，她也说不清楚，我一直提心吊胆的，搞得我后来也老做这样的梦。今年她就是正好五岁，你又偏偏要在这时候跑回中国去，你说我能不怕吗？"说完，她把头靠在邓汶身上啜泣起来。

邓汶在夜深人静的时候听她说这些也觉得脖子后面凉飕飕的，胳膊上都起了一层鸡皮疙瘩，他晃晃脑袋让自己镇定下来，轻轻拍着廖晓萍的肩膀，竭力用一副轻松的腔调说："你也真是的，小东西的话你还真当回事呀？Cathy那时候刚刚开始学数数，只会数到五，所以她才随便那么一说，如果她当时已经能数到一百，她就会说自己能活到一百岁了。"

廖晓萍抬起头来，睁大泛着泪花的眼睛说："可是她后来早都能数到一百了，她也没再那样做梦醒来说过别的岁数呀。"

邓汶哭笑不得："她还能老做那样的梦啊？咱们好歹也是最高级的知识分子了，就别用这种没影的事自己吓唬自己了好不好？你这连封建迷信都算不上，是原始迷信。"

廖晓萍站起身走回到书桌旁的椅子上坐下，拿起纸巾擦擦眼角，恢复了常态，平静地问："为什么非要回去不可呢？为了钱？钱是多了一些，可是把我们俩甩在这边，你一个人孤零零地跑回去，值得吗？"

邓汶坐回到电脑前面的转椅上，想了想才认真地说："你还记得吗？上次咱们带Cathy去科学馆，请的那位讲解员，看样子岁数比咱俩稍微大一点儿吧，她给咱们讲了好多，Cathy特别愿意听，最后都讲解完了，她弯着腰和Cathy握手，笑眯眯地对Cathy说：'好姑娘，等你将来长大了也有了女儿，你再带她来的时候，还是我来给你们当讲解员。'哎呀，当时她脸上那种表情我一直记得特别清楚，好像特幸福、特满足、特有成就感。你想起来了吧？"

廖晓萍的脸上终于露出一丝笑容，她说："我知道，Cathy听完了还傻乎乎地点头答应呢。怎么了？人家就是很开心呀。"

邓汶的脸色变得凝重："可是我听了以后却有一种害怕的感觉，简直都有点恐惧。她在科学馆要干一辈子，二十年以后和现在一模一样，有什么意思啊？我现在最怕的就是真到二十年之后，Cathy都已经有了小孩，我却还和现在一模一样，除了年纪又老了二十岁。"

廖晓萍提高嗓音说："可是人家每天都很快乐呀，天天快乐的日子连着过上二十年多好呀，有多少人求之不得呢，我真搞不懂你究竟想要什么。"

邓汶耸了下肩膀，摊开双手愁眉苦脸地说："可是我现在不快乐，在公司干的活儿没有乐趣，没有任何新鲜的东西，就是在混日子，这样一直混到老混到死，我一想起来就发愁，将来非疯了不可。"

廖晓萍一听脸色立刻沉下来，站起身走出书房。邓汶一见，马上把电脑关了，跟着进了卧室。

廖晓萍已经躺到了床上，看见邓汶进来对他说："我算是看透了，你和我们俩天天这么过日子，你一点儿都不觉得快乐，你觉得没劲，是吧？那你别和我们俩混日子了，我们也没想把你逼疯，你爱去哪儿去哪儿、爱干吗干吗吧。"

邓汶脸上赔着笑，把被子盖在廖晓萍身上，哄道："没有，我哪有那种意思啊？我不是说我和你还有Cathy在一起不快乐，我是说在这儿磨这种洋工没意思，我想回国试试看，想干些自己将来回想起来觉得有意思、有意义的事情。"

廖晓萍不以为然："你回国不还是打工？不还是干软件？无非在这里是个经

理，回去是个总经理；在这里钱少些，回去稍微多点儿。"

邓汶听了一时无以应对，的确，廖晓萍说得没错，好像就这么点儿差别，别的都还会是老样子。但邓汶转念一想，发现最大的差别正是洪钧曾经说过的，不是干什么而是在哪里干，如今是在美国干，回去是在中国干，舞台不一样，一切就都不一样了。邓汶刚想开口把这个道理讲给廖晓萍听，廖晓萍用力掀一下被子，像是自言自语地说："算了，我也想明白了，都说强扭的瓜不甜，要是这次不让你回去，你能在心里别扭一辈子，将来不定怎么埋怨我呢。你去吧，撞了南墙，你也就老老实实地回来了。不让你彻底死了心，你以后还会变着花样地折腾。"

虽然廖晓萍咬牙切齿说的这些话对正雄心勃勃将要展开一番事业的邓汶不仅是泼了一盆冷水，甚至还断言他的此番尝试将以失败而告终，但邓汶毫不介意，他爬上床钻进被窝，心里甚至有些高兴，因为他终于得到了廖晓萍的"放行"。

邓汶正觉得轻松，廖晓萍忽然翻过身冲着天花板说："真烦死了，你一拍屁股走人，剩下好多事怎么办呀？首先，得赶紧把一辆车卖了吧？"

邓汶的思路紧跟着廖晓萍，忙说："留下哪辆呢？小东西肯定喜欢大吉普，切诺基的后座又高又宽，有足够的地方让她随便折腾；霓虹就太小了，不过你肯定喜欢开霓虹吧，切诺基太沉，你偶尔开几天还行，要是天天开，还是霓虹比较省心。"

"是啊，而且切诺基也太费油，一个月下来要比霓虹的油钱整整贵出一倍；另外，停车的时候我觉得费劲，太大了，老担心刮着蹭着。你出差的时候，我为了哄小东西开心，还能凑合开几天，时间长了，我可受不了。"

邓汶听了心里又有些难过，他在心疼女儿，女儿不仅要和自己分开，也要和她心爱的大吉普告别了，而睡得正香的女儿对此还一无所知，但他没敢说出来，因为这都是由他一手造成的。

邓汶正在暗自伤感，廖晓萍又叹口气："唉，卖哪辆也都卖不出好价钱，美国车都这样，太不保值了，只要变成二手车，就和废铁没什么区别。要是早知道你会回去，当初就应该买日本车，起码比美国车保值，卖的时候还容易出手。"

邓汶立刻从鼻子里"哼"一声，瓮声瓮气地说："那也不买日本车，就算当废品卖了，我也不后悔。"停了一下，也不知道是和谁较劲，他又补一句，"就是不买日本车。"

廖晓萍被邓汶的执拗逗乐了，她在被子里蹬了邓汶一脚，说道："就你爱国，那你趁早滚回去吧，回国买辆'红旗'开，没人管你。"

邓汶忽然想起他在中国坐过的最后一辆车了，那是一辆黄色的天津大发的面包车，一路颠簸着送他到了机场，在炎热的夏天弄得他像个蒸熟的包子。邓汶心里念叨着，不知道那些满街跑的蝗虫一样的"面的"还在不在，自己总算可以回去亲眼看看了。


在四月三十日，五一长假之前的最后一个工作日，洪钧开始行动了。一大早，他坐在自己狭小的办公室里，像是一位挂牌开诊的妙手神医，而在外面轮候着的是在头天晚上从上海飞抵北京的Roger、Laura、Lucy和从广州来的Bill，洪钧先和李龙伟谈话，再逐个与那四个人单独交谈。洪钧和每个人讲的内容都是一样的，就是由他提出并经科克和维西尔亚太区整个管理层批准的维西尔中国公司新的组织架构。

挑选这个时间采用这个方式来任命他的新班底，洪钧是煞费一番苦心的。

首先，在四月的最后一天宣布，紧接着就是连续七天的长假，大家各奔东西，没有心思和机会聚集到一起搬弄是非，更难以私下搞什么串联之类的小动作。等到长假结束，大家身心疲惫地回来上班时，老的维西尔已经成为历史被淡忘，自然而然地从新的一天开始按照新的架构来运作，这远比今天大改组、明天就开始运转的方式要顺畅、平滑得多。

其次，洪钧不仅没召开全体员工大会，就连经理层范围的小会都没搞，而是采用一对一谈话的方式。洪钧就是要让每个经理都清楚地意识到，他并不是在和他们商量，也不是在征求他们的意见，他是代表维西尔公司高层分别宣布公司对他们的新任命。洪钧之所以采取这种分而治之的手段也是迫不得已，自己毕竟是新人，他不能给这些经理建立攻守同盟向自己发难的机会。越是这种大动作，越要采用举重若轻的方式，好像只是一系列的各自互不相关的人事变动而已，洪钧要的正是这种效果。

洪钧的笔记本电脑上是他早已起草好的一封致维西尔中国公司全体员工的电

子邮件，邮件里的内容正是他即将宣布的新班底：

任命李龙伟担任销售总监，负责全国范围内的金融业、电信业和政府部门的市场；

任命Roger担任销售总监，负责全国范围内的制造业市场，不再担任上海地区经理；

任命Bill取代Lucy担任技术经理，不再担任广州地区经理；

Lucy不再担任技术经理，转为新设立的负责合作伙伴业务的经理，没有直接下属；

Laura一切照旧，仍然担任财务经理，负责财务和行政。

洪钧的心事其实在这个新班底中已经全部挑明，他对维西尔搞的这次脱胎换骨，正是基于他在两方面的考虑。一方面是在公司管理架构上的调整。他要把维西尔以往三间办公室各自为政的陋习杜绝掉，用行业取代地区来划分市场区域，李龙伟和Roger的销售团队都包括来自三地办公室的成员，打破了原先各地的销售人员互不合作甚至相互竞争的局面。而且因为地区经理的职位不复存在，洪钧便消除了Roger和Bill这两个"地头蛇"日后搞"军阀割据、对抗中央"的后患。

另一方面是对具体人员的调动。他要把李龙伟提拔起来加以重用，而对Lucy加以冷处理挂起来。洪钧对李龙伟的能力和人品已经越来越了解、越来越信任，他需要一个得力的人来帮他拓展那三个举足轻重的行业市场；同样他对Lucy也已经彻底看透，便因人设事地给她安排了一个新岗位。

洪钧和李龙伟的谈话进行得很顺利，因为他早已把自己的想法透露给了李龙伟，如果没有事先得到李龙伟定将全力以赴的承诺，他是断然不敢把如此重担托付出去的。洪钧和李龙伟握了握手，又把手搭在他的肩膀上说："我可就全指望你了，给你的这三个行业都很肥啊，都能出来大单子，我今年的指标你怎么也得给我承担百分之八十，你要是有个闪失，我今年可就没办法向科克交代了。"

李龙伟憨憨地笑了笑，好像被洪钧搭在肩膀上的手压得喘不过气来，终于挤出几个字："我尽力而为吧。"

洪钧替李龙伟打开门，轻松地笑道："赶紧招人吧，你的人手不够。"

接下来分别是Roger和Bill，正如洪钧所预料的，也没费什么周折。两个人失去自己的老地盘虽然都有些不情愿，但也都只能无奈地接受了，明摆着的，目前在他们手里没有与洪钧分庭抗礼的本钱。而且，两个人的新职位都使他们得以负责全国范围内的一部分业务，虽然只是部分业务，但已经足以让他们放眼全国，毕竟地盘大了。尤其是Bill，手下的兵也会比以前多。Roger虽然只分得一个制造业，但也是他本人在上海的客观原因，要想远距离接触在北京的大银行、电信公司和国家部委实在是勉为其难。洪钧觉得他俩对此番安排还是基本满意的，甚至可能好于他们事先的揣测。他们应该会安心地好好干吧，至少在近期会这样。洪钧这么想着，也不知道这是他的判断还是他的期望。

轮到Lucy就远没这么轻松了。尽管洪钧做了充分的心理准备，也竭力用Lucy能接受的方式来告知她，但是Lucy的反应还是把洪钧弄了个措手不及。他本来做好几套应急预案来应付可能出现的暴跳如雷的Lucy、大叫大嚷的Lucy、软磨硬泡的Lucy，不料他面对的竟是一位失声痛哭的Lucy。

洪钧立刻发现自己的准备工作太不到位了，他居然事先没让Mary更换一盒新的面巾纸，结果当洪钧确信Lucy在一阵沉默之后发出的第一个响动是哭声的时候，他马上拿起桌上的面巾纸盒，连着抽几下却发现只剩三张了。

洪钧走到Lucy旁边，默默地把这宝贵的三张面巾纸塞到她的面前。Lucy低着头、捂着脸"呜呜"地抽泣着，一把将面巾纸抓在手里，擦着滔滔不绝的眼泪和鼻涕。洪钧在旁边看着，那三张纸实在是杯水车薪，很快就被揉搓成湿透的一团。洪钧环顾左右，再也没有任何代用品，而Lucy自己的手包也没拿进来，看架势，Lucy一时半会儿又停不下来，他只好说一声："我去给你倒杯水。"洪钧的手刚碰到门把手，Lucy的哭声立刻戛然而止，他回头一看，Lucy的肩膀还在剧烈地抽动，只是有声电影变为早期的默片了。

洪钧走出门，快步冲到Helen的桌旁，抄起桌上的面巾纸盒，手上的感觉告诉他里面存货充足，便不管Helen一副诧异的表情转身走回办公室。

洪钧刚把门关好，便发现Lucy已经完全恢复了平静，她一脸漠然地坐着，手里捏着那个纸团在脸上一下一下地沾着。洪钧把纸盒放在Lucy触手可及的桌子边缘，心里奇怪，怎么一眨眼的工夫连默片都演完了？Lucy把纸团扔到墙角的废纸篓里，从纸盒里抽出纸巾又细致地把眼角、鼻翼等部分擦拭一遍，便像什么都没发生一样低下头看着脚下的地毯。

洪钧诚恳地说："Lucy，这个新岗位非常重要，我和科克还有亚太区的其他人都谈过，我们都认为由你负责这个业务最合适。你的英语很好，表达能力和沟通能力都很强，与跟咱们有合作关系的那些外企都可以很好地打交道，也可以配合总部搞一些活动。"洪钧特意点出科克的名字，是要向Lucy表明这已经是亚太区老板批准之后的定案。接着，洪钧又把合作伙伴的重要性以及这个负责合作伙伴业务的经理的重要性详细阐述了一通。

Lucy长嘘一口气，终于开了口，声音有些急促："这个位置以前没有的，我不知道我的待遇会不会有什么变化。"

洪钧摇了摇头："没有变化，这次只是业务的变化、岗位的调整，不涉及薪酬，等年底做考核的时候才会根据各自的业绩来决定薪酬是否需要调整。"

Lucy的声音平稳下来，问："这个位置对我来说非常新，不知道你有没有什么考虑？"

洪钧立刻回答："这个我也和科克商量过，培训是必要的，你应该到总部去接受一下全面的培训，回来之后也应该和总部保持密切联系，从他们那里争取尽可能多的支持和资源。"

Lucy苍白的脸上渐渐有了血色，能到美国总部去待上个把月，让她心里舒服不少，感觉面子上过得去了。

洪钧又勉励了她几句便站起身。Lucy也站起来问道："这个位置将来是不是也需要带一个团队？"

洪钧明白Lucy的意思，其实让她最难受的就是她今后无人可管了。洪钧可以不降低她的薪水，可以送她去美国转一圈，用这些金钱来安抚她，但洪钧不会随便给她几个人让她"管着玩儿"，公司里最宝贵的就是人，他不会把哪怕只是一个人交给不称职的Lucy来管理。洪钧脸上堆着笑，但是语气却分明没有任何讨价还价的余地："目前还没有这方面的计划，看发展吧，如果将来这方面的业务做得好，你一个人忙不过来，到时候咱们再商量吧。"

把Lucy送出门，洪钧回到自己的椅子上坐下，长长地舒了口气，回忆着刚才的这场风雨，发觉自己还是不太了解Lucy，现在细想起来，Lucy的哭恰恰说明她不是一个有城府的人，对自己也没有恶意。Lucy看来的确没有其他地方可去，也没想着要搞些什么手段，面对洪钧给她的一席容身之地，她只能满腹委屈地接受。Lucy的哭是因为她对这种结果没有心理准备，还认为她之前那一系列处心积虑的表现能保住她的位子呢。洪钧不由得摇头，看来这位Lucy真的是水平问题。

洪钧坐着等了一会儿，纳闷Laura怎么还不进来，他事先已把谈话的先后顺序告诉了他们，刚才几个人都是一个接一个主动进来的，不用他去请。洪钧拿起桌上的水杯，借着倒水的名义出来看看，见Roger、Bill和李龙伟聚在一处说笑着。他又走到小会议室门口，看见Laura和Lucy都在里面，Lucy正在低头收拾自己的东西，Laura在笔记本电脑上忙着，好像旁边的Lucy根本不存在，也没有觉察到洪钧已经站在门口。

洪钧轻轻地咳嗽一声，Lucy立刻一脸惊恐地抬头望着他，他朝Lucy微笑一下，便对Laura说："Laura，忙得怎么样了？咱们聊聊？"

Laura仍然没有抬头，双手在键盘上敲打着，眼睛扫视着旁边摊开的记事本，嘴里说："你先忙你的，我弄好了就过去找你。"

洪钧没说话，也没挪动脚步。Lucy匆忙收拾好东西，含混不清地说句什么便拎着包从洪钧身边溜了出去。Laura忙了一会儿，大概是因为没有听见洪钧的任何动静，才抬头看了一眼，见洪钧还站在那里，就说："正好赶上月底，忙死了，亚太那帮催命鬼，非要我把这个月的报告马上发给他们，真会挑时间添乱。"

洪钧不确定Laura究竟是在埋怨谁给她添乱，是亚太区的财务主管挑这个时候催她要报表，还是洪钧偏在月底她最忙的时候要她来开会？洪钧听出Laura的弦外之音了，他不动声色地说："我可以开始了。"

"好好，我马上就好。"但Laura说完就又低头盯着她的笔记本屏幕，并没有马上收摊的意思。洪钧依然站着没动，他有两个选择，要么按Laura的吩咐独自回去坐等，要么在这里继续站着。洪钧选择后者，宁可在此立等，他觉得虽然看似有些没面子，但只要能把Laura带回自己的办公室，就比空手回去傻等的效果要好，因为那时Laura一定会让洪钧第二次出来请她。

洪钧依旧站着，斜着上身靠在会议室的门框上，做出一副要打持久战的架势。他相信Laura虽然低着头，但心思一定不在什么财务报告上面，而是在留意他的一举一动。这是一场无声的较量，双方都要看看究竟谁的意志能占上风。

终于，Laura先沉不住气了，她忽然抬起头，故作惊讶地叫道："呀，Jim，你还在等我呀，对不起对不起，那咱们先聊吧，等一下我再弄这些东西。"

洪钧笑着没说话，Laura飞快地把电脑关上，压在记事本的上面，双手空空地走出来。洪钧让她走在前面，像押着俘虏一样凯旋。

两人隔着桌子坐下。Laura一眼就看见放在桌边的面巾纸盒，便把两个手指放在鼻子两侧比画着泪流满面的样子说："这个Lucy呀，就是这样子，太情绪化，其实给她的新位子已经蛮不错的了。"

洪钧一愣，看来Laura很清楚对Lucy的调动一事。洪钧确信Lucy刚才是不会向Laura讲的，显然Laura事先就知道这些。洪钧还没开口，Laura又说话了："我觉得新的架构挺好的，现在好了，大家都可以把心思放在业务上，不用再担心呀猜测呀什么的。"

洪钧又一愣，心里暗笑，他意识到已经没有必要和Laura谈她的工作安排了，毕竟Laura与前面几个人不一样，这不仅是因为Laura的工作一切照旧，所有调整都不涉及她，更因为她早已对洪钧的新班底一清二楚。

既然与各位经理的单独沟通流程已进行完毕，洪钧便抬手点下鼠标，按了"发送"按钮，把一直放在屏幕窗口上的那封"告全体员工书"发送了出去。新的管理体系从即日起生效，维西尔中国公司的"洪钧时代"真正开始了。

这是洪钧和Laura的第三次见面。三月份，洪钧曾去上海在办公室全体同仁面前正式亮相，而头一次是在去年杰森在上海召集的那次经理层会议上。洪钧发现Laura是个很讲究的女人，这几次见她都是身着考究的西服套装，纤尘不染，而且脖子上总是系一条围巾，只是随着季节变化，围巾的质地从羊绒变成了真丝，颜色也从深色变成了浅色。可能正是围巾的缘故，Laura的脖子总是笔直地挺着，脑袋也很少随意地左右转动。洪钧暗想，"端庄"这个词大概就是这么来的吧，因为总得端着个庄重的架子。

对于洪钧来说，端庄的Laura本身是一个谜，而她又是洪钧心中另一个谜的谜底。科克曾经告诉洪钧，他在维西尔中国公司里还有一位"朋友"，难怪科克能在那次上海经理层会议的第二天就对会议的细节了如指掌，而科克也曾经许诺会在"将来"告诉洪钧他的那位朋友究竟是谁，以免洪钧"觉得不舒服"，可直到现在科克都再也没提此事。洪钧当然不能主动去问，好像自己心里有鬼似的，他必须坦荡地做出毫不在意的样子，才不会损害科克对他的信任。洪钧也断定科克是不会履行诺言来揭开谜底的，因为无论是杰森还是洪钧当这个总经理，科克在维西尔中国公司都需要这么一位"朋友"。"卧榻之侧岂容他人酣睡"，洪钧不解决科克安插在他身边的这个眼线，他会寝食难安，甚至连寝食难安的日子他也过不长久。

依洪钧分析，这个谜的谜底就是Laura，随着时间的推移、事态的发展，洪钧更加确信Laura就是科克的那位"朋友"，而Laura似乎很愿意帮助洪钧揭晓这个谜底，她的言行与态度已经在不断地提示洪钧，甚至向洪钧亮了底牌："我是科克的人。"

Laura毫不掩饰她早已知道洪钧的新班底方案，好像恨不能直接告诉洪钧是科克透露给她的。Laura也毫不掩饰她对洪钧的轻慢，一再显示她与洪钧的其他下属不一样。洪钧在那次上海会议上看到的Laura并没有对杰森如此有恃无恐，看来Laura是判定他好欺负，可能因为杰森是台湾人而他是大陆人、杰森年长些而他更年轻，大概也因为Laura是看着他被科克提拔起来的，对他骤然凌驾于上有些抵触。

洪钧不由得庆幸，Laura这么做实在不算明智，肯定也违背了科克对她的叮嘱。洪钧在心里暗暗地说："Laura，你如果不是这样的爱慕虚荣、沉不住气，我还真不知道该如何对付你呢。"

洪钧满脸笑容地望着面前端庄的Laura，盘算着和Laura说些什么，而显然希望掌握主动的Laura已经又开口了："Jim，依我看，现在维西尔的主要问题还是业绩，今年必须多签几个普发集团那样的大单才有可能完成指标，你就全力以赴带领销售团队去拼项目吧，我在后面支持你。"

Laura的一番勉励其实已经把她和洪钧的分工定了调子，洪钧主外、Laura主内。Laura还特意强调她会在"后面"支持洪钧，而在后面的往往是领导，名义上是支持，实质上是监督。洪钧不禁觉得好笑，但他不想和Laura纠缠这些，他打算和Laura商量具体的事情。

洪钧笑呵呵地说："好啊，全靠你大力支持了。哎，对了，问你一下，北京办公室搬家的事怎么样了？你看看我们这儿，桌子都快要上下摞着才坐得下了。"公司新址是洪钧亲自相中的，那座大厦外面有一个气派的阶梯形广场，四周高中间低，最低处是喷水池，周围几层轩敞的阶梯可供人休憩。洪钧最中意池畔的咖啡座，向往着经常可以来此处"偷得浮生半日闲"，但实际上他日后在那座大厦度过的所有日子里，他从未有闲心去光顾过那处咖啡座。

Laura如数家珍地回答："三月底刚选好地方嘛，和他们大厦物业部的合约我不是拿给你签字了吗？现在的那家网络公司会在五月十五号之前搬出去，物业部最晚会在二十号把场地移交给我们。我正在找装修公司，争取一拿到钥匙就开始装修，到六月底肯定可以装修好，但我还是建议不要早于七月十五号搬进去，要先通风，把那些味道散干净。那些味道不仅难闻，而且对健康不好，都是有毒气体。现在的这个办公室你们可以用到七月底，我带着Helen已经和这里的物业部讲好了。"

洪钧很高兴："那最多不到三个月就可以搬到新办公室，外面这些员工都有盼头了。"然后又问一句，"装修打算怎么搞？"

Laura马上没有刚才那份耐心了，就像是女主人可以向客人喋喋不休地炫耀自己的家居，但不会愿意向客人汇报自己的账目，她回答："都按预算做嘛，预算都已经批了嘛。"

洪钧并不在意，而是接着说："新办公室的面积是五百平方米多一点，平均每平方米花两千块钱，这已经是不错的装修标准了，算下来应该不用超过一百万人民币。"

"预算已经做好，是一百二十万嘛，你要想省钱我不反对呀，反正将来是你坐在里面，不是我坐在里面，你不要抱怨我装修得不好哟。"

洪钧权当Laura这些带着火药味的话只是玩笑而已，仍然笑着说："每平方米两千，这个标准不低了，不至于那么差的。"

Laura撇下嘴："要是真想省钱，其实可以找个小一点的地方，五百平方米还是蛮大的。"

洪钧听出Laura是在暗指自己有些铺张，便解释说："我们每个人占的地方都可以小些，我本人也不需要大办公室来讲排场，这个面积里面主要包括会议室和培训用的教室，要给来访的客户留出比较大的地方，这样感觉会比较好。"

Laura笑了一下，可说出来的话音却硬邦邦的："好啊，那我多找几个方案给你来定喽，或者，你亲自来选装修公司做方案吧。"

洪钧忙摆手："刚说好的，我负责挣钱，你负责花钱，我刚才只是作为未来新办公室的一名使用者提出一些建议，一切都是你来定，你办事，我放心。"Laura的脸上这才出现一丝满意的微笑。洪钧又补充一句，"不过还是最好能争取在一百万以内解决问题。"

Laura一听，笑容便稍纵即逝，她不容置疑地说："钱要节省，事情更要办好，不能靠牺牲质量来省钱。"

洪钧被Laura冠冕堂皇的言辞噎得无话可说，只得笑笑，点了下头。

接着又聊了一些无关紧要的事，和Laura的这次过招便告结束。洪钧感觉心里一阵窝火，他清楚自己最多只能算打个平手，而作为堂堂的总经理被下属逼成和棋，实际上他是输了。

洪钧原打算和五位经理晚上一起吃顿团圆饭，就当是一场誓师宴了，结果从外地来的那四个人都表示已经订好下午的返程机票，也难怪，第二天就开始放长假了，洪钧便把饭局改到中午，到附近的一家饭馆撮了一顿。

饭后回到办公室，洪钧的心情变得很好。李龙伟、Roger和Bill立即进入角色，抓紧时间与各自在北京的下属谈话。Laura和Helen闲散地聊着什么，她自从和洪钧谈完话后，也没再埋头于她的所谓月度财务报告。Lucy和洪钧简单地告别之后直接去了机场。其实，若不是下午还有个推不掉的访客，不能让来人看到一个已作鸟兽散的空壳公司，洪钧真想早些让大家放假回家的。

洪钧在办公室里处理着一些需要他签字的琐碎文件时，桌上的内线电话响了，他接起来，里面传出Mary的声音："Jim，有位姓范的先生来找您，说是事先约好的。"

# 第五章

# 请君入瓮

　　洪钧放下电话从椅子上站起来，很快Mary就领着范宇宙出现在办公室门口。范宇宙抢步上前和迎上来的洪钧热情地握手，咧开大嘴笑着说："哎呀，老洪，有一个月没见了吧？"

　　洪钧便说是啊是啊，心想自己可并未觉得"如隔三秋"。等两人都坐下，Mary问道："范先生，请问您喝点什么？"

　　范宇宙懒得转过头去看一眼Mary，只是扬下手说："随便，什么都行。"洪钧暗笑，果然，范宇宙和自己的审美观基本一致，如果又像初次见面那样是菲比招待他，他的态度就会是天壤之别了。

　　洪钧看到Mary愣着，便说："就来茶吧。"

　　等Mary带上门出去了，范宇宙赞许道："老洪，你带兵就是不一样啊，我在楼下看见电梯里出来一拨一拨的人，都放假回家了，只有你这儿还都在坚守阵地啊。"

　　洪钧客气道："就是因为你要大驾光临嘛，所以我才吩咐他们一个都不能走。"

　　范宇宙立刻夸张地做出一副受宠若惊的模样连连摆手："哎哟，那我可担待不起。"接着便一脸歉意地说，"我也觉得拣这个时间来拜访不好，大家都准备撤了，可是你前些天又太忙，逢年过节的，我一定要来走动走动，总不能拖到节后吧，真是不好意思啊。"

　　Mary推门进来，把茶给范宇宙沏好。洪钧冲Mary点下头表示谢意，又对范宇宙说："我是特意挑这个时间请你过来的，正好让你认识几个人。"

他一边站起身一边简单提了几句公司刚改组的事，就和范宇宙一起走出来。洪钧先来到正和杨文光说话的李龙伟身旁，对范宇宙说："这是李龙伟，你早都认识了，普发项目里一起合作过的，他现在是我们这里负责金融、电信和政府部门三个行业的销售总监，以后要靠你多支持啊。"

范宇宙忙向李龙伟表示祝贺。几句客套之后，洪钧又把和郝毅谈话的Roger拉过来介绍给范宇宙，他俩是初次见面，便多聊了一会儿。然后洪钧领着范宇宙来见Bill，Bill正与武权和肖彬聊着，洪钧打断他们说："这位是范总，泛舟公司的老总，和咱们一起拿下普发单子的。这位是Bill，常驻广州，现在负责技术上的业务。老范，以后你要是想找人帮你做方案什么的，就找Bill。"

在Bill和范宇宙忙着握手、交换名片时，洪钧便偷偷看一眼坐在不远处的菲比，菲比一直深深地低着头，恨不能把自己埋到桌上的那个大文件夹里，周围的这阵骚动好像丝毫没有引起她的注意。洪钧觉得好笑，菲比一定是害怕抬头会撞上范宇宙的目光，没准儿正提心吊胆地担心洪钧偏要拉着范宇宙来和她打招呼。洪钧又看看范宇宙，发现在整个过程中他也从来不往菲比的座位方向张望，洪钧明白范宇宙肯定知道自己和菲比的关系了，绝不会再主动凑过去和菲比套近乎。

这么一圈介绍下来，刚才和Helen聊天的Laura一直抬头看着，似乎准备着下面该轮到她了，但洪钧只是笑着冲Laura微微点下头，就带着范宇宙走回了自己的小办公室。

范宇宙喝口茶说："老洪，作为朋友得给你提条意见啊。"

洪钧笑了："嗯，好啊，洗耳恭听。"

范宇宙抬手指了一下洪钧，说道："你呀，不会享受生活，兴趣太少。我提过几次了吧，趁五一这几天一起出去转转，散散心，放松放松。你呀，就是请不动。朋友就是一起开心的嘛，我不知道你是天性就这样呢，还是没拿我当朋友。"

洪钧一边微笑着静静地听，一边琢磨着面前这位善于享受生活的范宇宙，他还是老样子，腰身一点儿没瘦，但也没有更胖，个子一点儿没长，但也没有更矮。让洪钧觉得有意思的是他的打扮，每次见到他都是完全不同的风格，以前曾见过他一身西装笔挺，也见过他像胡同里的老北京，而这次他穿的是鲜艳的天蓝色唐装，上面绣着几个圆形的"萬"字图案，像是刚从某个弘扬传统文化的电视节目里下来的嘉宾。洪钧不禁有些佩服老范，他穿什么样的衣服都显得很自在，总是一副随遇而安的样子，正如同他在各种场合与各种人周旋都能如鱼得水。

洪钧听出范宇宙的玩笑中带着些许抱怨，便做出不好意思的样子又带着几分无奈说："哎呀，谁不想出去玩儿啊？我实在是事情太多，现在顾不上，等将来基本上都理出头绪了，再找机会彻底放松放松。"

范宇宙显然对洪钧的托词不以为然："事情还能有做完的时候？没个完。就看你自己会不会放松、想不想开心。对了，你现在下面兵强马壮的，应该不用像以前那么辛苦了吧？"洪钧刚想把话题转到普发集团的事情上，因为他在节后要去普发走访，该事先和老范统一好口径，不料老范紧接着说，"老洪，你这个地方恐怕不太够用了吧？要是再招一些人来，恐怕连坐的地方都没有，你自己这个房间也太寒酸和些，该换了。"

"是啊，肯定是得搬家了，面积也要扩大，已经签了物业合同，下个月开始装修，估计七月份就能搬进去了吧。"

"好啊，乔迁之喜啊，老洪，你今年真是'旺'啊，多少喜事啦？普发的单子，总经理的位子，这又要搬家，得好好庆贺庆贺，我也好沾些喜气。"范宇宙简直比洪钧还兴奋，随后他话题一转，谦恭地说，"老洪，装修的事定了吗？要是还没定的话，给兄弟我一个机会吧。"

洪钧一愣，他一点儿思想准备都没有，诧异地问："装修？你堂堂老范还帮别人揽这种小打小闹的生意？"

范宇宙赶忙解释："不是别人，是我自己。你要是已经定了给谁做了，我也就不瞎掺和了。"

洪钧忽然来了兴趣："定倒是还没定呢，可能已经开始物色了。怎么，你还做装修？"

范宇宙一听说还没定，显然自己还有机会，便抖擞精神，挺直身子说："那太好了，你这次一定要照顾兄弟我一把。我也有个做装修的摊子，现在光靠倒腾几台机器，一年能赚几个钱啊？我刚开始做系统集成那会儿，老顺手帮用户装修个机房什么的，慢慢地也做熟了、做大了，后来不仅做机房装修，写字楼装修也做了不少，连住宅的活儿都接过。不瞒你说，现在做装修比做电脑还舒服些，都说卖电脑就像搬箱子，我看搬箱子还不如搬砖头呢，就干脆正经八百地搬砖头了。我那个装修公司的实力还是拿得出手的，这我不能蒙你。"

"真的行吗？你可别用忽悠别人那套来忽悠我，怎么一直没听你说起过？"

范宇宙忙拍着厚厚的胸脯说："我蒙谁也不能蒙你呀！真的，我们所有的资质都有，从设计到施工都很专业。你想啊，那些大单位的机房都属于机要部门，防火、防尘、防渗漏、防静电，比一般的写字楼、办公室要求高多了。你放心，质量上保证没问题。"

洪钧思忖范宇宙的说法有些道理，就进一步打听道："你的装修公司和你的泛舟公司是什么关系？业务上你具体还管吗？"

"没什么关系，是两家完全独立的公司，有的客户不愿意让别人觉得什么生意都给一家做了，又从我这里进机器又让我装修机房，好像什么钱都被我挣了，目标太大就容易惹人注意，所以我当初弄装修公司的时候就是完全独立的一个摊儿。业务我根本不管，是我的一个亲戚在操持，他是从建筑设计院出来的，以前就是专门搞工程的，是个行家。"

洪钧还觉得不太明确，又问了一句："装修公司的法人代表是你吗？合同一般是谁签？"

范宇宙胖胖的脑袋摇动起来居然也挺灵活，他说："不是不是，都是我那个亲戚。不瞒你说，我下面的公司多了，哪能都是我当法人啊？"刚说完，他好像就意识到了什么，补充道，"不过有什么事还是可以咱俩直接谈，你不用管他，我都能做主。"

洪钧知道范宇宙最后这句话是误会了自己的意思，但也不想解释，该了解的他已经清楚，心里有了底，便不慌不忙地对范宇宙说："老范，大家都不是外人，你要是真心想做这事，我就给你介绍一些情况，你斟酌着办。"范宇宙急忙连连点头。洪钧接着说，"装修这事我不管，我既不拿主意也不发表意见，我已经交代给我们的财务经理，由她全权负责，我就当一回橡皮图章，只管最后签字。财务经理叫Laura，你刚才应该看见了，就是外面那位上身穿着西装、下面是套裙的，年纪和我差不多，挺有风度、挺有气质的。"

范宇宙的手在自己的脖子上比画一下，说："就是扎着丝巾的那位？我们泛舟的会计应该和她联系过的。"

洪钧笑了。范宇宙的确有一套，他刚才并没有和Laura打照面，在不经意间就把Laura的特点抓住了，他看女人的眼光真够"毒"的。

"没错，是她。她常驻上海，只要她同意让你的公司做，我不会反对，但是要注意两条，第一，不能说是我介绍的，更不能打我的旗号；第二，你和你的泛舟公司都不能出面，只能由你的亲戚出面。总之，不能让Laura觉得这事和我有任何关系。"

范宇宙是典型的大智若愚，心里的算盘快得很，他马上说："老洪，这规矩我懂，我不会让你为难的。"

洪钧听出范宇宙又想歪了，这次他不得不澄清道："老范，你误会了，我这次纯粹是帮你一个忙，没别的想法，我不会做那些见不得人的事。我给你这些建议是为你好，因为Laura现在并不买我的账，你打我的旗号只会适得其反。"

范宇宙似懂非懂、将信将疑地点了下头，有些为难地说："可是我们又没和她打过交道，她肯定有些自己的关系要照顾，我们这么找上门去好像有些不太容易上手啊。"

洪钧笑了，指点道："这点小事还能难住你老范吗？关系是可以建立的嘛。Laura肯定有她的关系，但不管她是把上海的一家装修公司召到北京来，还是通过关系在北京另找一家装修公司，成本都比较高，因为一层关系就意味着一笔费用，所有的费用最后都会落到我们维西尔出的装修经费上，而经费是有预算封顶的，中间环节的费用越高，Laura能控制的部分就越少，所以她可能更喜欢和没有任何关系的公司合作，六亲不认，既可以避嫌，又可以使自己的利益最大化。"

范宇宙听了几句就已经笑逐颜开，等洪钧的话讲完便连忙说："有道理，有道理。你放心，师父领进门，修行在个人，下面就不用再劳你费心了。老洪，朋友归朋友，生意归生意，你这么照顾我，我一定要好好感谢你的。"

洪钧的脸色立刻严肃得有些阴沉，他盯着范宇宙说："老范，我再和你最后说一次，我不会要你的任何好处，你如果还想得到这笔生意，就别再有这个念头。"

范宇宙嘿嘿地干笑两声："我知道你是实在人，那我也就不玩那些俗的了，心领了，以后用其他方式报答吧。"

洪钧也随和地笑了，客气道："先别说这些了，你们还是抓紧吧，一百二十万的装修，也不是什么大工程，工期又紧，Laura可能过了节就要定。"

范宇宙搞不清洪钧是有意还是无意地把这些底细透露给他，心里暗暗记牢了，嘴上说："看来我们真要过个劳动的五一节了，马上就得跑趟上海。"

洪钧马上叮嘱道："你可不能露面啊。对了，Laura肯定会问你们听谁说起这个消息的，你们该怎么回答？"

范宇宙又笑起来，大大咧咧地说："老洪，你不要把我看扁了啊，你说的每句话我都记下了，放心，我会让我那位亲戚去搞定的。他们做装修的和那些写字楼的物业部都有关系，哪里要新搬来一家公司、哪里要装修，他们都有消息渠道的，就这么对她实话实说就行。"

洪钧意识到自己问得实在多余，范宇宙并非刚从自己嘴里才得知公司要搬家，他原本就是冲着这笔装修生意才非要赶在放假前来找自己的。洪钧终于放了心，他也只能帮到这一步，剩下的就只有期望范宇宙和他的那位亲戚不要辜负他的此番良苦用心了。


五一长假刚刚过去，洪钧马上抽出时间专程走访普发集团，名义上是"搜集客户意见，促进项目实施工作"，实际上就是联络一下感情，正像亲戚之间没事的时候也需要经常走动走动一样。洪钧不希望在项目出现重大问题时才不得不跑来救火，也不能只在项目签约、验收庆功等喜庆场合才露面风光一番。普发的项目是在春节以后开始的，至今不到三个月，既没到可能发生问题的攻坚阶段，离最后的大功告成也还有些时日，而双方的"蜜月期"似乎将要结束，很需要在此时把感情"重温"一下。

洪钧一个人来的，没带一兵一卒，这样才像是来见自己的老朋友，而不是公事公办地来巡视，况且洪钧已经被提拔为总经理了，更要避免让客户觉得他因为身份变化而拿架子疏远他们。

洪钧踏着气派的石阶上到普发集团的大楼门口时，韩湘已经从旋转门里迎了出来，两人直接上电梯到了大楼的最高层——第八层，韩湘的办公室就在董事长金总的大办公室旁边。韩湘把洪钧让到沙发上坐下，给他倒了杯水，问道："金总也在家呢，等一下要不要过去打个招呼？"

洪钧接过水杯，笑着摇摇头说："不用了，今天是来看看弟兄们的，就不用向金总报到了吧。"

韩湘听了挺舒服，也在旁边坐下，和洪钧闲聊起来。聊着聊着，洪钧忽然暗暗有些感慨，他发现人其实真是环境的奴隶，坐在自己办公室里的韩湘就与他在美国一路上所见的韩湘判若两人了。

看看聊得差不多了，洪钧便提议："要不去看看姚工他们？"

韩湘站起身，走到自己的桌子后面把东西收拾一下，说："你的好几个部下也在这儿呢，我们给他们专门腾出了一间会议室，电脑也都和普发的网络连在一起了，从目前来看，进展还不错，需求分析都已经完成，业务流程的原型也搭得差不多了，主要的参数设置完成之后可以试运行一下看看。"

洪钧也站起来，让韩湘走在前面，说道："先下去见姚工他们吧，临走再上来看看我们维西尔的人，他们每周的项目周报我都看的。"

韩湘便依着洪钧，两人先坐电梯到了六层。信息中心占了六层的一半，主要是机房和设备室，还有一个监控中心，走廊的尽头是开放式的公共办公区，被挡板分隔成一个个小格子，信息中心的人都穿着普发集团统一的蓝色工作服，有些散坐在格子里，有些则凑在一起说笑，看不出"蓝精灵"们有任何忙碌的迹象。

韩湘领着洪钧穿过办公区里挡板夹成的狭窄过道，走到位于最里面的姚工办公室门前。洪钧发现门口不远处孤零零地摆了张小桌子，四周没有挡板，显然是临时加的，桌子后面坐着个小伙子，桌上摊开一本书，正在看着。小伙子听见有人朝门口走来忙抬起头，认出是韩湘，立刻站起来恭敬地笑着。

洪钧注意到韩湘根本没有理睬这个人，这个人的目光便向韩湘身后望过来，正和洪钧四目相对，洪钧出于礼貌微笑着点下头，小伙子好像没有防备，不知所措地急忙也点头回应，结果好像连腰和膝盖都跟着弯了一下。洪钧又打量了他一眼，发现他是整个信息中心里唯一在外面办公而穿西装的人，只是浅灰色的西装看来不太合身，袖口和下摆显然都有些短，而且在衣襟上能依稀看到几点不大的油渍。

姚工办公室的门开着，韩湘站在门口探着头说："姚工，看看谁来了？"

宽大的写字台后面，姚工双臂张开举着早上来的报纸正在看，一听见有人叫他，忙从报纸后面露出头来，看到韩湘和后面的洪钧，立刻笑容满面地站起身，抻了抻身上皱皱巴巴的西装上衣，迎了上来。

洪钧和姚工握手，韩湘拍了下姚工的肩膀，笑着说："姚工，轻闲啊。"

姚工把二人让到沙发上坐下，自己从写字台上拿来一包香烟，隔着茶几坐在对面，抽出一支点燃，回应道："哪儿是什么轻闲？不能光搞业务啊，政治觉悟也要不断提高嘛。上个季度的工作总结我拖到现在都还没交呢，总不能光说又买了几台电脑、又拉了几根网线什么的吧？得写出思想认识上的新高度，不读书不看报不行啊！我又比不上你，笔杆子，年纪轻脑子快。"

姚工说话间，外面的那个小伙子已经静悄悄地走进来，在门口的饮水机旁忙活几下，便一手端着一个放在塑料杯套里的一次性纸杯，走过来把两杯茶放在洪钧和韩湘面前的茶几上，又到写字台上拿起姚工的不锈钢保温杯，走回门口往杯里续上些开水。姚工接过小伙子递过来的保温杯，连看都没看他一眼。洪钧发现，只有自己当小伙子把茶杯放到面前时冲他笑了一下，韩湘和姚工的眼里好像根本没有这个人。

韩湘跷着二郎腿对姚工说："你就别谦虚啦，连咱们总工都说看你写的思想汇报过瘾，博古通今的，有点儿以史为鉴的味道。金总有好几次聊天的时候还训我，说真扫兴，连这个典故都不知道，说要是换了姚工肯定马上有共鸣。"

姚工左手端着保温杯，右手的食指和中指夹着香烟，用拇指和无名指抠开杯盖，然后右手在空中不以为然地摆了一下，香烟和杯盖便划出一条烟汽混合的轨迹，他说道："我那算什么？人家洪钧才是大学问呢！"

洪钧听着他俩旁若无人地彼此开着玩笑，并不觉得自己被冷落，这正好说明他俩已经都把洪钧当成了自己人，见姚工冷不防把矛头转向他，立刻笑着说："别把我扯上啊，你们俩我都比不上。"

三个人又很随意地闲扯几句，洪钧抓个机会问道："哎，刚才进来的小伙子是谁呀？我看他坐在门口，是刚分来实习的大学生？以前我没见过吧？"

姚工和韩湘听罢都一怔，随即都笑起来。姚工忙说："哎哟，怪我怪我，我以为你知道他呢，范宇宙没跟你说啊？这是他安插在我们这儿的'钉子'。"说完，他朝门口叫了一声："小薛，你来一下。"

话音刚落，小薛已经小跑着进来，一脸紧张而茫然地立在茶几旁边。洪钧站起身，姚工和韩湘纹丝不动，姚工介绍说："他是小薛，泛舟公司的，范宇宙让他天天在我这儿上班，有什么事可以马上联络。"他又转头看着小薛，说："这位是洪总，你们范总的朋友，维西尔公司的老板。"

洪钧微笑着主动伸出手，小薛有些受宠若惊，忙伸出双手握住洪钧的手上下摇了摇。洪钧立刻感觉到小薛的手心湿漉漉的，他说："认识你很高兴，辛苦了。"

小薛把手垂到身体两侧，腰微微弯着，谦恭地说："您好，洪总，能认识您太荣幸了，我们范先生常提起您，说您是他见过的最棒的销售高手，让我们向您学习呢。"

洪钧听了觉得有些不自在，小薛露骨的吹捧让他哭笑不得。可以当着病人的面夸奖大夫的医术，但不能当着客户的面夸奖销售人员的手段，否则旁边的客户仿佛成了战利品，立刻会有"人为刀俎，我为鱼肉"的感觉。洪钧忽然想起自己十多年前刚做销售时的样子，和面前的小薛很像，在初见生人时也总是不知道应该说什么好，总算绞尽脑汁、鼓足勇气说出一句来却又往往还不如不说的好。

这么想着，洪钧大度地笑笑，从兜里掏出名片来，取出一张名片，双手递给小薛，嘴上说着："别这么客气，大家都是合作嘛。见到你们范总，请代我向他问好。"他心想，过节前刚见过范宇宙，但还是要这么提一句表示一下，另外也不能向韩湘和姚工透露出他和范宇宙之间过往太密。

小薛一下子愣住了，他本以为洪钧握手之后就会径自坐下，根本没想到洪钧会主动给他名片。小薛急忙双手在西装下摆上蹭了蹭，然后毕恭毕敬地接过洪钧的名片，刚想仔细看看，忽然意识到洪钧还在等着他的名片，脸立刻涨红了，他右手下意识地在西装内兜里掏一下，空手抽回来又挠了挠头发，困窘地说："对不起，洪……洪总，我现在还……还没有名片呢，范先生正准备给我印呢。我姓薛，叫薛志诚，您就叫我小薛吧。"

洪钧奇怪，小薛对范宇宙的称呼为什么是"范先生"，但也不好问，便笑着冲小薛扬了下手，做个再见的手势。姚工在沙发上说："小薛，你先忙你的去吧。"

小薛刚走出门，韩湘说道："范宇宙也真够逗的，放这么个小家伙在这儿，简直像是派到普发来的卧底。他本来想放到我那儿，我说不行，被金总看见了太不像话，我就给塞到姚工这儿来了，看样子你们和他处得还不错。"

姚工大大咧咧地说："什么错不错的？他还是个孩子呢！不过小薛人挺老实、勤快，也肯用心，我们都没拿他当外人。"

洪钧心里暗笑，姚工的确是没把小薛当"外人"，他都快把小薛当"下人"了，但转念一想，做销售的谁没有经历过这些磨炼？小薛能有机会参与这么庞大复杂的项目也算是他的造化了。

洪钧刚要开口说话，门外传来一阵轰隆隆的声音。洪钧正纳闷，就见一辆小平板手推车停在办公室门口，一个体态臃肿的"蓝精灵"走进来，"咣当""咣当"，连着两声，从平板车上搬下两大桶纯净水，放在饮水机旁边。韩湘见了，立刻提高嗓门呵斥道："你们行政部怎么回事啊？不是说过了吗？送水要么赶在早晨上班前，要么在午休的时候。这儿正开会呢，你来送水，能不影响大家工作吗？"

这个行政部的人便转过身朝他们三个人一脸为难地嘟囔："他们纯净水公司的车刚到，怕送晚了，到中午前大家就没水喝了。"

他正说着，外面的小薛已经快步走进来，熟练地把饮水机上快见底的水桶搬下来，回手放到那辆平板车上；接着弯腰从地板上抱起一桶新到的纯净水，抬起膝盖用大腿顶着桶身把桶倒立过来，再瓶口朝下装到饮水机上；然后，小薛也顾不得拍打西装上沾的灰尘，冲里面坐着的三个人笑了一下，就转身扳着行政部"蓝精灵"的肩膀和他推着小车走出了办公室。

洪钧看了一眼刚换上的水桶，有一溜气泡从瓶口"咕噜噜"地冒到挨近桶底的水面，他又看一眼门口，空无一人，平板车已经轰隆隆地远去了。洪钧的脑子里还闪现着刚才小薛那一连串麻利的动作，这让他觉得有几分熟悉，他不由得想起自己当年给客户打杂的时候。

那是个冬天，客户的办公楼在北京城里，是一个小院，楼不高，四层，挨着院墙是一排小平房。电脑部在四楼，因为在那个时候电脑还是珍贵的东西，机房是神圣的地方，只有放到顶层才不必担心受潮，还专门把楼顶的防水层又抹了几遍。那时候也没有饮水机，大家都是拎着暖瓶到小平房里的锅炉房去打开水。洪钧常常到得最早，等办公室的门被头一个来上班的人打开，洪钧便熟练地拎起电脑部的所有暖瓶下楼打水。他的暖瓶在锅炉房的砖地上一溜儿排开，搞得其他科室也来排队打水的人怨声载道，有横主儿便后来居上，直接站到洪钧前面，所以尽管洪钧上下楼都是一路小跑，电脑部的同志们仍然常常抱怨水来得慢了。

后来洪钧忽然发现虽然电脑部没来新人，但暖瓶却多了几个，原来是同在四层的财务部那几位中年妇女每天下班前都把暖瓶拿到电脑部放着，洪钧只有任劳任怨，因为日后收款的时候就要靠这几位大婶帮忙了。洪钧的历史最高纪录是下楼时双手各拎着五个暖瓶，上楼时右手五个、左手四个暖瓶（只因在楼门口的台阶上打碎了一个）。

但洪钧不久也意识到给客户当勤务兵并不能收到预期的效果，因为客户太需要他了，舍不得放他走，所以更是拖着不签合同，签了合同又拖着不付款。而刚才的那个小薛似乎正处于洪钧的打开水阶段。洪钧这么想着，越来越觉得在小薛身上似乎看见了当年的"小洪"，小薛就像他当年的影子，他默念几遍"薛志诚"这个名字，暗暗记在了心里。


洪钧拖着沉重的脚步回到家时，已经是晚上十点多了，他掏出钥匙在大门的锁眼里一转，发现门没锁，他推开门便看见菲比正坐在沙发上，一边嗑瓜子一边看电视。

洪钧换上拖鞋走进来，菲比还是坐着没动，只是用遥控器把电视的声音关小了些，不高兴地问："怎么这么晚啊？给你发那么多短信，你连一个都不回。"

洪钧挪到沙发前，一屁股坐下来，把沙发上的菲比也震得颤了一下。他把双脚举到茶几上放着，有气无力地说："累死我了，去，帮我倒杯水，渴死了。"

菲比噘着嘴站起身，走进厨房拿了一瓶矿泉水和一个玻璃杯回来，问道："不是去吃饭了吗？瞧你累成这个样子。怎么一顿饭吃这么久，三个多小时，几道菜的大餐呀？"菲比拧开矿泉水瓶的塑料盖刚要往玻璃杯里倒水，洪钧已经伸手把矿泉水瓶抓到手里，对着嘴咕嘟咕嘟地喝了几大口。菲比见他这样，又心疼又奇怪，"到底吃的什么饭啊？怎么像是要饭的呀，而且还是要了一天什么都没要到。"

洪钧抹了一下嘴，反问道："谁告诉你我去吃饭了？"

菲比一听，眉毛立刻竖起来："咦，不是你说去凯宾斯基的吗？"

洪钧哭笑不得："去凯宾斯基就一定是去吃饭吗？我是去面试，在凯宾斯基的商务中心订了一间会议室，一个人一个小时，我连着面试了三个，这一晚上我大概说了三万句话，累死了。"

"那你到底吃饭没有啊？商务中心总能给口水喝吧，怎么会渴成这样？"

"先和李龙伟随便吃了点东西。水当然有啊，桌子上放着大桶大桶的冰水，可我不能老出去上厕所嘛，就不敢喝太多水，结果弄得我口干舌燥的。"

菲比笑了，翘起嘴角问道："都是什么样的人呀？肯定有大美女吧，要不你怎么会这么卖力气想把人家挖来呀？该！渴死你！"

"你这么一说倒提醒我了，明天我就得找李龙伟谈谈，昨天刚见的两个销售都是男的，今天谈的这三个又全是男的，这以后的工作环境也太恶劣了吧，这样下去大家上班还有什么意思？"

菲比一听，立即狠狠地捶洪钧肩膀一下，弄得洪钧手里的矿泉水瓶差点掉到地板上。菲比瞪圆眼睛说："哼！你以为都像你呀！你是还没把我撵走就已经开始物色下一个了吧？"

洪钧故意逗她："嗯，所以得赶紧跟李龙伟打个招呼，他不为他自己考虑，也得替他老板考虑嘛。"

菲比说不过洪钧，便到对面的沙发上气呼呼地坐下。洪钧也不理她，独自张着嘴呆呆地看着电视屏幕，脑子里空空的。

过了一会儿，菲比从旁边把自己的包抓过来，翻出一个空白的信封，取出信封里的一张纸，贴着茶几表面推到洪钧面前，说道："人家等你等了一晚上，就是要给你看这份东西，没想到你去面试别人比我被别人面试还觉得累似的。"

洪钧甩一下脑袋让自己打起精神，拿过那张纸仔细地看着。菲比接着说："就是你推荐我去的那家公司，人家已经定了，让我做培训协调，名片会印成'员工培训督导'，可我连这工作是干什么的都不知道。"

洪钧看完了笑着说："这不挺好吗？我觉得很理想。虽然我也不完全明白它具体都做什么，但起码我知道它不做什么。"洪钧见菲比愣着，就接着说道，"不用陪客户吃饭喝酒啊，不用经常出差啊……"

菲比听了，马上一脸委屈地打断他："你就是不想让我做销售，连这个职位是干什么的都不关心，也不管我会不会开心就让我去。"

洪钧显然对菲比的新岗位很满意，便主动挪到菲比旁边坐下，搂着她的肩膀摇晃着哄她："这个工作是很好啊，公司很好，老板也会对你不错，工作本身压力不会太大，也比较适合女孩子做。你现在只是还不太了解，等真正做起来你就会喜欢的。"

菲比无奈地把头靠在洪钧肩上，喃喃地说："你怎么就知道我一定会喜欢呢？"

洪钧没有理会菲比的质疑，而是话题一转："哎，他们让你什么时候去上班？"

"好像倒不是很急，说让我自己安排。"

洪钧立刻说："那就尽快去吧，早去早适应，反正最近你在维西尔也一直没接新项目，普发那几个客户也都移交出去了。"

菲比把头从洪钧肩上移开，抗议道："喂，你就这么急着要把我扫地出门呀！"

洪钧笑着拍拍菲比的脑袋："没有啊。可是你自己想想，在维西尔待着也是浪费时间，为什么不尽快到新公司上班？中间的过渡期越短越好，时间宝贵嘛。"

菲比晃着脑袋躲避洪钧的手，说："我不觉得浪费时间。就是因为和你在一起的时间太宝贵了，所以我才想尽量晚些去那边嘛。"

洪钧拿菲比没办法，心里有些发急，沉下脸说："你怎么不懂事啊？在维西尔这样天天混着有什么意思？你不觉得别扭，其他人都觉得别扭了。"

菲比的嘴噘得高高的，嘟囔说："谁觉得别扭了？就是你觉得别扭了……嘻，那我别不知趣了，这两天就和Helen办手续，月中就去上班，行了吧？"

洪钧笑着说："这还差不多。行啦，马上就要迎接新的革命工作了，高兴点儿，啊？"

菲比又把头放回到洪钧肩上，问道："哎，能不能在公司搞个临别聚会呀？好歹送一送我嘛，我不想就这么灰溜溜地走了。"

洪钧听后，用手把菲比的脑袋从自己的肩膀上支起来，站起身，一边走进书房一边说："我查一下邮件，你先洗澡吧。"

菲比跟到书房门口，靠在门框上说："你别装没听见呀，到底行不行呀？"

洪钧一边摆弄电脑一边回避着菲比的目光，说："不一定非得搞吧？最近都挺忙的，他们有好几个都要出差，估计人不好凑齐。"

菲比的目光黯淡了，但她还是鼓足勇气做最后一次尝试："有几个算几个呗。以前有人移民了、留学了甚至跳槽的，大家都搞一个小聚会表示一下的，怎么轮到我要走了，就这么见不得人似的？"

洪钧有些不耐烦，他挺直身子长长地呼出一口气，克制一下自己的情绪，但出口的话音还是重重的："菲比，不要再耍小孩子脾气了好不好？那种聚会搞起来有什么意思呢？大家坐在咱俩旁边，谁都知道咱俩的关系，谁都知道你为什么离开，尴不尴尬？"

菲比没说话，默默地转回身走到客厅的沙发上坐下，她觉得委屈，也觉得有些凄凉，她为洪钧也为与洪钧在一起付出了那么多，现在就连这么一个小小的愿望都难以实现，难道是自己错了？难道这个小小的愿望根本就是个非分之想？

菲比呆坐着，听见洪钧的声音从书房传出来："要不这样吧，过两天你们大家找个不错的餐馆好好撮一顿，Helen负责结账，回来报销，我就不去了，好不好？"

菲比没有回答，眼睛出神地盯着电视的方向一眨不眨，泪水在眼眶里打转，她顽强地忍着，没有让眼泪流出来。


又到了周末，下班的时候，Helen、Mary就叫着菲比和公司里的其他人出发聚餐去了，洪钧独自留下来在办公室里忙。

七点多钟，手机响了，洪钧以为是菲比打来的，正奇怪怎么这么快就吃完了，拿起手机一看，却是上海办公室的号码。洪钧刚一接通，里面就传出Laura的声音："Jim，是我，不好意思，周末晚上还打搅你，有个急事找你。"

洪钧笑着说："你好，我在公司，你打到办公室吧。"他放下手机，笑着摇了摇头，Laura的这种把戏已经搞过很多次，她常常在晚上或周末给洪钧打电话，既显示自己还在辛苦地加班，也顺便了解洪钧的行踪。

桌上的直线电话响了，洪钧拿起电话，Laura笑着说："你也还没走啊，彼此彼此。我白天找了你几次，你都在开会或者出去了，还好现在总算抓到你了。"

洪钧笑了一声，但没回话，如果Laura在白天真想找到他其实轻而易举，只要让Mary给他留言就行，洪钧懒得理睬Laura的托词，等着听她的"急事"。

Laura接着说："我现在给你发个E-mail，你马上看一下，是北京新办公室装修的事。我费了好大劲，终于找到一家比较理想的装修公司，E-mail里面就是要和他们签的合同，你看一下，如果没有问题就马上打印出来签字，我告诉Helen，周一早晨盖章，他们的人周一上午就会来把合同取回去也签字盖章，当天就可以进场施工。新办公室的免租期马上要开始了，一定要争取在免租期里装修完，不然付着房租搞装修咱们就太亏了。"

话音刚落，洪钧的笔记本电脑上就收到一封新邮件。他一边打开一边说："收到了，我先看一下，然后我给你打回去吧。"

"不用，合同很简单，你很快就能看完的，不用挂电话，我等着好了。"

洪钧听了立刻涌起一股反感，Laura制造这种"燃眉之急"的气氛完全是有意在搞突然袭击。洪钧克制了一下情绪，开始认真地查看附件中的合同文本。他看到装修公司的名称，好像从未听说过，便问道："对这家公司你了解吗？"

Laura立刻兴致勃勃地回答："以前从来没打过交道，是家北京的公司。我问了几家在北京的外企，想看看他们都找的什么样的装修公司，结果有三家都给我推荐了这家公司，那我就联系他们呗。这家公司的负责人本身就是搞技术的，原来一直在国家级的建筑设计院，参与了不少大型工程，做过设计，还做过监理，是个内行，我觉得他不像做生意的，倒蛮像我的咨询顾问，给我提了不少建议。"

洪钧顿时觉得这些话听上去耳熟，不禁无声地笑了，看来范宇宙的确厉害，真让他拿到这个合同了，便更加仔细地查看合同细节。

Laura接着说："他们还是蛮有实力的，做事也蛮正规，不是那种散兵游勇的草台班子，很多部委、机关的大型机房装修都是他们承接的。你肯定知道那种机房装修的要求和难度都要比咱们的办公室高得多，防火、防尘、防渗漏、防静电，蛮复杂的，咱们可以放心，他们装修的质量一定没有问题。"

洪钧更觉得好笑，这些话他已经从范宇宙嘴里听过"原装"的，Laura这些至少"转录"过两手的就更没什么新意了。洪钧不想再听Laura的鹦鹉学舌，就打断她，问道："总金额还是一百二十万吗？一点儿都省不出来？"

Laura听到洪钧的声音里透出失望和不快，但她仍然用一副理直气壮的腔调说："一分钱一分货的，新租的这个办公室应该会用很长时间，即使地方不够用，也只会在旁边再租几间，起码五年之内都不可能再搬的，所以现在一次性地投入多一些，摊到后面，每年其实没有多花多少，却可以免得以后修修补补、费工费时，这其实是划算的。"

洪钧心知肚明，他懒得和Laura讨论她的这笔"明白账"，又问道："付款方式这一条，'签约后一周内把全款的百分之六十支付给乙方'，首付款一下子就付过去这么多？"

Laura似乎有些不耐烦，她没想到洪钧会如此婆婆妈妈，但她没有发作，解释道："哎呀，Jim，人家有人家的行规呀，所有的材料，他们都要马上备齐的，不然就要耽误工期了，装修费用里主要就是材料的钱，他们说在人工费上已经给了咱们很大优惠的，首付要是付得再少，他们就得自己先垫钱给咱们备料了。咱们也算是跨国大公司呀，总不能这样欺负人家的吧。"

洪钧有些火了，Laura这通吃里爬外的逻辑把他气得够呛，他强迫自己把注意力放到合同的其他条款上，不再去想Laura的话。等把合同全部浏览完毕，洪钧才说："看了一下，基本没什么问题。Laura，我看这样吧，合同毕竟是你经手的，有你把关，我就放心了，我想请你先在合同上每页都小签一下，表明你已经审核无误，马上用EMS发过来，我周一就能收到，然后我签字盖章由他们取走。这样的流程好一些，你说呢？"洪钧能感觉到Laura在迟疑，看来她没想到洪钧会要求这么做，便又语气坚决地强调，"我看就这样吧，一份合同由两个人经手也是公司的规定，而且并不会耽误工期，来得及。"

Laura想必已经满足于洪钧全盘接受合同内容，既然洪钧已经同意签字，她也不想再生枝节，便痛快地说："好的呀，那就这么做吧，周一你就会收到我速递过去的合同。"

洪钧挂了电话，正回想刚才这一幕里自己有没有什么纰漏，手机又突然响起来，原来是邓汶的。

邓汶兴冲冲地说："我正要去公司呢，今天是我最后一个工作日。再过整整两个星期我就在飞机上了。两周后的那个周六，得劳您大驾到机场接我一下。"

"哟，这么快！那我一定去恭候您大驾光临。"洪钧马上又想起什么，问，"ICE没安排接你？"

"我和他们的财务总监联系了，他说一般只会派车去接那些语言不通的老外，现在无法保证到时候他们的车有空，建议我坐出租车。我订的宾馆倒是可以派车接机，但那不是还得花钱吗？还是你好，又是免费的，服务态度也好。"

洪钧笑骂一句，问清楚邓汶的航班号和到达时间，记在了台历上。

# 第六章

## 新气象

五月三十一日是个星期一，邓汶早早就醒了，这一天是他到ICE北京办公室上任的日子，也是他有生以来在中国上班的第一天，这令他兴奋不已。邓汶精心收拾一番，却发现自己没什么必须带到办公室去的东西，因为他的新办公室想必已经万物齐备，他只是往西服兜里塞了一个钱夹就出了门。

邓汶在宾馆门口上了辆出租车，把他事先抄好公司地址的纸片递给司机，司机瞄了一眼，说了声："得嘞！"就启动了车子。

车刚拐到街上，邓汶就后悔了，他觉得自己的形象和那张字条足以让司机认为他是初来乍到的外地人，肯定要绕远路"宰"他，便赶紧采取补救措施。邓汶在北京念了四年大学，说话也能带出一点"京味儿"，最近又没少和洪钧交谈，被洪钧"强化"，找回了一些感觉，他开始不停地和司机对话，希望司机会慑于他满口的"京味儿"而不敢有非分之想。但邓汶又不敢随口乱说，因为他担心在言语中反而会更加暴露出他对周围一切的陌生，只好搜肠刮肚地拣些话题。

不知道是司机果真有意绕了远路还是邓汶一路上紧张的脑力劳动所致，邓汶觉得经过挺长的时间才到ICE所在的大厦。他付了十四块钱的车费，拿着发票下了车，盯着开过去的车尾心想："桑塔纳2000，是比当年的'面的'好多了。"他感叹北京这些年的变化，也想到衣锦还乡的自己这十多年的进步并不逊于北京的进步，他便对自己和对北京都有些自豪。

邓汶出了电梯，找到ICE办公室的门口，刚往里探下头，前台里的女孩就站起来问道："请问您找谁？"

邓汶走进来贴近前台站定，微笑着说："我不找谁，我是来上班的。"

女孩马上把刚才的礼节性微笑换成了由衷的笑脸，亲热地说："啊，欢迎欢迎，请问您怎么称呼？您就叫我'Jane'好了。"

邓汶看着Jane，身处新环境的陌生和紧张已经消失大半，他对在中国见到的第一位ICE员工印象很好，回答说："我是邓汶，三点水加'文化'的'文'，是来负责研发中心的。"

Jane"哦"了一声，点下头，但邓汶立刻看出她对此一无所知，刚有些奇怪，Jane已经开口说："您先请进吧。"

Jane把邓汶领到一间会客室坐下，又给他倒了水。邓汶注意到公司里空荡荡的，看来自己到得真够早的。等Jane退出门去，邓汶站起身走到窗前看看外面的景色，又打量一番会客室里的陈设，最后从墙边的架子上取来几本ICE中国印制的宣传资料翻看起来。

没多久，邓汶能听出陆续有一些员工进了办公室。又过了一会儿，邓汶听到好像是Jane在前台和一个人说话，那个男人的嗓门很大，说："什么？已经来了？不是应该明天吗？"邓汶随即听见一阵沉重的脚步声由远及近，紧接着会客室的门被"啪"的一声重重地推开，一个身材高大的男人出现在门口，从他和门框的空隙中闪现出跟在后面的Jane的瘦小身影，Jane刚张口说："邓先生，这位是……"就被这个人打断了，他冲后面摆下手说："忙你的去吧。"

邓汶赶紧把手里的资料放回架子上，面前的人已经笑着伸出手说："欢迎你啊，我是俞威，是这儿的总经理。"

握完手之后，俞威也不谦让，先拉出一把椅子自己坐下来，问道："怎么今天就来了？哪天到的北京啊？"

邓汶一边坐下一边回答："星期六到的。"

"哦，你真心急啊，只休息了一个星期天，时差都没倒过来吧？我们都以为你是明天才来呢。"

邓汶被俞威说得感觉自己好像是个不速之客，便解释道："我和卡彭特谈好的就是今天开始上班，正好是星期一，开始一个整周嘛。"

俞威不以为然地晃一下脑袋："瞧，这就是老美的习惯和我们不同了，我们这儿来新人都习惯从每个月的1号开始，这样是一个整月嘛。"

邓汶只好尴尬地笑一下，这时门又被推开了，Jane端着俞威的水杯走进来，刚要放到俞威面前的桌子上，俞威又摆下手说："走，咱们换个地方，看看我们给你准备的办公室。"说完就霍地站起身，径直走了出去。Jane只好继续端着水杯，让邓汶走在前面，一起跟了上去。

俞威走到旁边不远处的一扇门前停下，推开门走进去，转身冲着刚进来的邓汶说："喏，就是这间，简陋了一点，原来是间会客室，你先当办公室将就着用吧，反正将来你们研发中心也会有自己的办公地点，不可能老在我这儿凑合的。"

邓汶放眼打量一下，房间不大，但仍然显得很空旷，因为只有一张普通的电脑桌和一把转椅，可以说是家徒四壁。邓汶一时不知道说什么好，一旁的Jane端着水杯也露出为难之色，她真不知道该怎么办，既不能把水杯递到俞威手里让他自己端着，也不能放到电脑桌上一走了之，因为只有一把椅子，俞威毕竟不会自己坐下而让邓汶站着。

俞威注意到了Jane，便说："拿到我房间去吧。"Jane如释重负地赶紧走出去，她端着水杯白白跟了这么一圈，结果还是放回到了俞威自己的大班台上。

俞威叉着腰来回走了两步，说："电话分机等一下就让Jane给你装上，你的笔记本电脑今天还到不了，最快可能明天吧。因为你们研发中心的经费到现在都还没拨过来，但你已经都到了，我就和财务总监商量，先用我们ICE中国账上的钱给你订了一台笔记本，以后从你们账上再划给我们就行。"

邓汶笑着说声"谢谢"，两人又搭讪几句，俞威便走了。邓汶迟疑一下，试探着坐到那把小转椅里，手放在电脑桌上，又四下看看，感觉自己像是个身陷囹圄的囚徒。

不久，Jane进来给邓汶装上一部电话分机，邓汶顺便要了一些必需的文具，再找来一些ICE的产品资料翻了翻，然后在纸上写下几个字："找地方、找人、找项目"。他刚把自己今后一个时期内的三项中心任务列出来，他的咖啡瘾便发作了。

邓汶在美国待了这么多年养成了喝咖啡的习惯，尤其是最近这几年在那家公司上班，每天的头一件事就是连喝两大杯上好而免费的咖啡，惯得他如果早上不喝咖啡，这一天就好像没有真正开始，会一直昏昏沉沉的。

邓汶步出自己的房间，在公司里四处转悠。一些员工看见他这么个陌生人都觉得奇怪，邓汶也不免有些尴尬，因为俞威根本没把他介绍给大家。邓汶远远经过那间最气派的显然属于俞威的办公室，看见里面有几个人影，又听见俞威的大嗓门正说着："没见过这么办事的，地下党来接头都得有个介绍人呢，就这么一个人冷不丁地就来了，都不知道是不是个骗子！"

邓汶赶紧装作没听见一样地走开，傻子都能听出俞威这是在说他呢，但邓汶觉得俞威说的并非全无道理，卡彭特和总部的那些老爷实在是有些不像话，只用几封电子邮件就把他这个"中央特派员"给扔来了，弄得"根据地"的同志们有些怀疑和不满也是自然的。邓汶本以为终于得以投入战友的怀抱，忽然感觉自己像是被空投到了敌占区。

邓汶走到办公室的最里端，只找到一间储藏室，一回头，发现Jane抱着一摞文件正奇怪地看着他，邓汶忙解释道："我想找找有没有厨房或者茶水间，想煮杯咖啡喝。"

Jane笑着说："我们这儿没有。您先回去忙吧，我等一下把咖啡给您送过去。"

邓汶回到自己的办公室，有些纳闷，既然自己都找遍了也没见到咖啡机或咖啡壶的踪影，Jane怎么能弄出咖啡来呢？难道她要出去替自己买来？很快Jane就进来了，端着一个杯子，手里还有一个小碟，里面放着糖袋。Jane把这些都放到邓汶面前，说："我只加了咖啡伴侣，不知道您要不要加糖，这些您自己加吧。"

邓汶已经明白这是用开水冲出来的速溶咖啡，不禁非常失望，他已有很多年不屑于尝试速溶咖啡了，但现在当着Jane的面，他还是出于礼貌强迫自己端起杯子抿了一口，然后竭力压抑着整个消化道的强烈排斥反应，堆起笑脸对Jane说："不错。大家都喝这种咖啡吗？"

Jane不太明白邓汶的意思，抬起眉梢反问道："都是同样的呀，怎么了？皮特他们来也都是喝这种咖啡的。"

邓汶一边解释一边提议："这是速溶的，不能算作真正的咖啡，这么大公司这么多员工，添置一台咖啡壶吧，如果是那种带研磨的最好，买咖啡豆现磨现煮；如果不带研磨只能煮咖啡的壶也很好，等一壶咖啡煮出来，整个办公室都会是浓郁的咖啡芳香，特别温馨，让大家觉得就像是在家里一样。"邓汶这通像广告语一样的描述说得他自己都有些陶醉，仿佛他鼻子底下正放着一杯冒着热气的咖啡，散发着那沁人心脾的味道。

Jane的一句话把邓汶又拉回到速溶咖啡面前，她显然没有对咖啡的神奇魅力产生共鸣，说："您要得很急吗？需要我现在去问问看吗？"

邓汶根本没觉得这有什么可为难的，便随口说："急倒是不很急，你有空就看看吧。"

Jane点头走出去。邓汶把面前的咖啡杯推到一边，接着整理自己的工作思路，突然听到外面传来几声咆哮，像是俞威的声音。邓汶一想，应该没错，因为公司里也只有俞威才够资格发出这种动静。接着是一阵高跟鞋匆匆跑过去的声音。

邓汶忽然意识到有些不对，似乎这阵异样与自己有关。他想了想，便原样端着刚才Jane送来的一套东西出了办公室来到前台。看到Jane正低着头坐在前台里面，邓汶轻声叫道："Jane。"

Jane忙抬起头，她脸上红一块白一块的，抽了一下鼻子，一副强颜欢笑的样子说："您需要什么？"

邓汶把杯碟轻轻放在前台上，笑着问："没事。刚才怎么了？是不是我给你惹麻烦了？"

Jane眼圈又红了，她忙甩了甩头，装出什么也没发生似的说："没有啊，没事。"

邓汶坚持要弄个究竟，继续问："不会吧，到底出什么事了？"

Jane绾了一下鬓角的头发，勉力笑着说："没事，真的，和您没关系的。"她抬手收拾着面前的杯碟，见邓汶还不死心，只好又说了一句，"以后您想喝咖啡，我还是到楼下的星巴克给您买回来吧。"

邓汶听完，立刻全明白了，他的手放在前台上，手指下意识地敲打着玻璃表面，尴尬地笑了笑，既像是对Jane的歉意和感谢，也像是对他的自嘲。


邓汶新官上任的头一天如同梦魇一般终于结束了，他用纸袋装了一些ICE软件产品技术架构方面的资料回到宾馆，打算晚上装模作样地看看，起码可以打发时间。

邓汶穿过大堂经过值班经理的桌子走到电梯间，忽然想起什么，又转回身走到值班经理的桌子前面，一个女孩坐在桌子后面正埋头在几张单子上记着东西，邓汶静悄悄地在她对面坐下，把手里的纸袋放到旁边一张椅子上。

女孩觉察到响动，忙抬起头，一看见邓汶便立刻露出一张笑脸，说："邓先生，您好，请问有什么事吗？"

邓汶一愣，又仔细端详了一下，这个女孩的脸圆圆的，留着短发，容貌不算出众，邓汶不记得以前在哪里见过，便有些迟疑地问："你怎么知道我姓邓？"

"前天您来入住，由另一位先生送您来的，是我接待的您，给您办的长期包房手续，您可能不记得了。"

邓汶长长地"哦"了一声，但他其实还是没想起来前天接待他的人长什么样子，他当时是既兴奋不已又晕头转向，光顾着不停地和洪钧感慨万千了，都是洪钧帮他办的那些琐碎手续。

邓汶笑着说："你好，我想向你打听一下，宾馆附近有什么地方卖咖啡壶？"

"咖啡壶？哦，咱们宾馆出去向北不远就是购物中心，很大的，肯定有。要不这样，您交给我吧，我去替您看看，有没有、是什么样式的，回来告诉您。"

邓汶喜出望外，心中甚至生起一股暖流，忙连声道谢。女孩说了"不客气"，又仔细问过邓汶对咖啡壶的规格要求。邓汶见她不仅热情而且周到，非常满意，放心地说声"再见"，便站起身向电梯间走去，嘴里不禁轻松地哼起歌来，可刚走没几步，后面的女孩就叫了他一声："邓先生。"

邓汶立刻站住，回头一看，原来是女孩拿着他忘在椅子上的纸袋快步追了上来。邓汶拍一下自己的脑门笑着说："看我这记性。"他又连声道谢，弄得女孩都有些不好意思。邓汶欠身致意后，便走回去了。

邓汶进了电梯还兀自咧嘴笑着，他之前在办公室遭遇的不快已经被一扫而光了。

星期二早上，邓汶吃完自助早餐回到房间，推开门发现脚下躺着一个信封，看来是从门缝里塞进来的。他拿起来打开一看，里面有张便笺，上面写着已经在购物中心找到合适的咖啡壶，单价249元，询问邓汶是否决定购买，只要在便笺上注明，交给值班经理即可。

邓汶笑了，觉得圆脸女孩的这张便笺定能给他带来一天的好心情。他把便笺放在桌子上仔细看看，便笺底部有两个圆圈，一个里面是"Yes"，一个里面是"No"，他觉得这道选择题很有创意，便掏出笔在"Yes"上认真地打了一个叉。他刚要放进信封就觉得不妥，美国人习惯用打叉来表示选中，而中国人习惯用打钩来表示选中，打叉反而是表示不选，他又把便笺摊在桌上，连"Yes"带上面的叉一并涂黑，在黑疙瘩般的圆圈下面画了个对钩，结果弄得面目全非了。邓汶耷下肩膀，干脆把"No"那个圆圈也涂黑，另找便笺的空白处工整地写下："我愿意购买，请代为采购，货款稍后即付。"

邓汶兴冲冲地来到大堂，却看见值班经理的桌子后面坐着的是另一个女孩，也冲他礼貌地笑着。他不由得有些失望，只好走过去把信封放到桌子上，对女孩说："请转交给昨天下午值班的那位小姐。"等他确信女孩已经仔细地把信封收好，便走出宾馆大门，叫了辆出租车。

星期三的早晨，邓汶在房间里对着镜子打领带，他刚在早餐时喝了两大杯咖啡，觉得神清气爽、意气风发。忽然听到门铃响了一声，正奇怪怎么服务员这么早就来收拾房间，打开门一看，原来是那个圆脸的女孩，抱着一个不大不小的纸箱站在门口。

邓汶立刻满面笑容地说句"请进"，女孩进来把纸箱放在桌子上，说："咖啡壶买好了，我完成任务了。"

她说着就要把纸箱打开，邓汶连忙摆手说："不用打开，我就这样直接带到办公室去。谢谢你啊。"邓汶把纸箱拿起来，看着四面包装上的图片和说明文字，正是他想要的那种，刚满意地要再次致谢，女孩从兜里拿出一张发票笑着递给他。邓汶接过发票看一眼金额，笑了："两百四十九，我差一点儿就是'二百五'了。"

他发现盖了章的发票上只有金额和日期，公司抬头和货品名称栏里都空着，便问："这些怎么都没填？"

女孩抬眼看着邓汶，有些不解地说："我也不知道您是愿意写'个人'还是'单位'，我也不知道您公司的名字呀，也不知道您公司有什么规矩，如果写咖啡壶让不让报销啊，所以就都空着，您可以自己填的。"

邓汶不禁惊讶甚至有些佩服这个女孩的细致周到，忙从钱夹里抽出三张一百元的钞票递给她。女孩看了眼并没有伸手接，而是问："您没有零钱吗？我手头没带钱，没办法找给您。"

邓汶立刻说："哎呀，不用找了，你跑了两趟，那么辛苦，我要好好谢你呀。"

女孩的手放在背后，坚决地说："那可不行，我是代您买的，不能多要您的钱，您现在不用给我，等您路上打车记着把钱破开，然后把正好的钱给我就行。"

邓汶也坚持着："那你先把钱收下，等你有了零钱再找给我五十或五十一块都行啊。"

女孩摇头，连整个身体都跟着左右摇："不行，到时候我还您钱，您要是客气不肯收，我就没办法了，所以您还是给我数目正好的钱吧。"

邓汶一看拗不过她，只好把钱收好，穿上西装，一手拎起电脑包，里面是头一天终于等来的笔记本电脑，一手去抱桌上的纸箱。女孩一见，忙抢上前抱起咖啡壶，说："我和您一起下去吧。"

话音刚落，她的目光定在桌上，一张十块钱的钞票被电视遥控器压住一角放在桌面上。她冲钞票努一下嘴，问："这是您特意留的吗？"

邓汶有些不好意思，他不清楚自己是不是留少了，硬着头皮说："是啊，服务员收拾房间很辛苦，意思意思吧。"

女孩笑了："其实您不必的，咱们这儿小费不是必须的，尤其您又是长包房，要是天天给小费，时间一长，就和从来都不给小费一样了。"

邓汶如释重负，开心地说："哦，这样啊，太好了，我还发愁真要是得天天给，一年也要给出去三千多块钱呢。"

女孩看着邓汶一脸实诚的样子也笑了，她把那张钞票从桌上拿起来，仔细地叠一下，替邓汶放进他西装的外侧口袋里。邓汶跟着圆脸女孩走出房门，他不仅觉得温暖，还有了一种新的感觉——踏实。


北京的春天变得越来越短，刚进入六月就已经让人感觉到暑热来临。洪钧抽空跑了趟正在装修中的公司新址，巡视一番之后，觉得进展还不错，几种关键材料都是按照设计中的规格要求选用的，他对现场的工程负责人表示比较满意。结果第二天他就收到了Laura传真过来的向装修公司支付第二笔款项的付款申请，这次是合同金额的20%。

洪钧不由得暗笑，看来Laura与装修公司的合作还是很默契的，真会抓住时机趁热打铁。他想了想，就痛快地在付款申请上签了字。估计范宇宙和他的那位亲戚应该很快就会收到二十四万块钱了。

到了六月中旬，天气越来越热。这一年的高温期来得出奇地早，维西尔北京老办公室的弊端就暴露无遗，不知是由于这家写字楼的物业公司立志要当节约能源的模范还是他们的中央空调质量不过关，洪钧在自己的小办公室里已经热得再也系不住领带，而外面的公共办公区早已人满为患，此刻真的是"热火朝天"了。洪钧算是头一次领教到老办公室难熬的夏季，数着日子盼望早一天搬到新址办公。

又过去两周，经常跑装修现场协调联络的Helen终于带回来好消息：装修按期完工。洪钧立刻叫上Helen又去新办公室看了一遍，他特意强调只是来看看不是验收。洪钧很仔细地四处检查，连一些最细微的角落都不放过，但他什么话都没说，不说满意也不指出问题，弄得现场的施工负责人、请来的监理和Helen都不知道他在搞什么名堂。

洪钧回到公司，立刻把心里暗自记下的东西全都敲进电脑存起来，接着Laura的传真也到了，这次是申请向装修公司支付第三笔款项也就是合同金额的最后20%。洪钧觉得真应该给Laura挂一块"重合同守信誉"的金匾，只是她的"重合同"是为了换得范宇宙那位亲戚的"守信誉"。洪钧这次不再马上签字，而是把它搁置一边。

第二天Laura打来电话催促，洪钧推托正在忙，稍后会处理；Laura说如果发现装修有什么问题可以马上向装修公司反映，让他们返工。洪钧说肯定不会十全十美吧，但现在顾不上，等他忙完再说；Laura提醒，合同规定完工验收后一周内要付完尾款，不然要有罚息的。洪钧一笑，说，合同上你不是每页都小签了吗？怎么不记得合同上并未规定我们必须在他们完工后几日之内去验收？既然我们还没验收，他们凭什么催款？更谈不上罚息；Laura又说，还是尽早验收吧，何必拖着呢？洪钧又一笑，说这几天实在太忙了，抽不出时间去，要不你亲自来北京一趟专程验收？这下Laura不再说话了。

让Laura碰了个软钉子，洪钧接下来要做的事只有一个字：等。他要等一个人主动来见他，他也知道这个人不会让他等太久。

果然，刚过一天，到了快下班的时候，Mary走进洪钧的办公室，轻声说："Jim，那个姓范的先生又来了。"

洪钧笑了，他想人与人之间彼此的好恶真像照镜子一样，是会原封不动地反射回来的，范宇宙对Mary的不屑直接换来了Mary对他的反感，若不是因为他是洪钧的客人，Mary都会把"先生"二字去掉。洪钧冲Mary眨了下眼睛，说："你让他自己进来吧。哦，对了，这次不用给他上茶。"Mary立刻会心地笑了。

很快，范宇宙匆匆走进来。他穿着件衬衫，西装脱下来搭在小臂上，把一个棕色的手包遮挡得若隐若现。他还没来得及打招呼就先转身要把门关上，洪钧忙笑着说："别关了吧，不然里面就真成蒸笼了。"

范宇宙抓着门把手愣了一下，马上反应过来说："其实都一样，外面好像比里面更热呢。"然后又一语双关地补了一句，"外面人太多。"

洪钧便没再坚持，因为如果等一会儿在谈话中间再关门反而更不好。他和范宇宙握了手，各自坐下，等着范宇宙开口。

范宇宙热得用手包当扇子扇了几下，马上发现没什么效果，反而显得很不得体，忙停下来说："老洪，这个地方实在太不像样子，新房子已经全都装修完了，赶紧搬过去吧。"

"刚完工，总得先散散味道，现在不能搬进去。这个地方的租约到七月底才到期，新办公室还有半个月的免租期，不着急。"

范宇宙可有些急了，说："我看够呛，这里的空调太差了，天气只会越来越热，怎么熬得下去呀？新办公室那边已经全都到位了，你赶紧验收一下，再挑个吉日搞个乔迁庆典，我也去凑凑热闹，然后你们就赶紧搬吧。"他顿了一下才意味深长地说，"你们这么大的跨国公司，财大气粗的，还在乎那几个小钱？"

洪钧轻松地说："顾不上啊。这几天太忙了，本来我正打算出去见几个人的，要不是你刚才来电话说已经在路上了，我就会劝你过些天再来。等这阵子忙完了，我再找时间去新办公室看看。"

范宇宙听洪钧这么讲，只好苦着脸恳求道："老洪，实话实说吧，我是为了那笔尾款来的。如果那20%都是我的利润，到我腰包里我也没急用，我绝对不会跑来烦你，什么时候付都行。关键是我指望着那笔款子往外付账呢，好多当初赊的材料，厂家都来堵着门催了，工人的工钱也得给人家开支呀，他们都拖家带口的。我们已经按合同规定把发票开好寄到上海了，就劳你高抬贵手，最好按合同在这个星期之内付给我们吧。"

洪钧见他一副可怜相，心里觉得好笑，却板着面孔说："当然是要按合同办事。合同是你们提供的吧？上面写着的，'装修完工验收之日起一周内付款'，我没有违反合同，我还没验收怎么能付款呢？我也没有拖延，是你的合同里没有明确规定'完工'以后几日之内必须'验收'的嘛。你卖过那么多台机器，这点经验起码有吧？如果把付款条件定成'系统安装验收之日起'，你安装完了客户全都用上了，可人家就是不验收你怎么办？这样的项目、这样的客户，咱们都遇到过太多了吧。"

范宇宙哭丧着脸说："这合同我根本没看，是我那个亲戚弄的，我也没想到你还会这么认真，用这一条把我给拿住了。"

洪钧立刻反驳道："瞧你说的，好像我成心算计你似的。是我最近的确太忙，抽不出时间去，并不是有意要拖你的款。但如果你要拿合同来催我付款，我就只好也拿合同来和你理论了。"

范宇宙忙赔笑说："没有没有，我哪能和你拿合同说事儿啊？合同本来就只是咱们兄弟之间的一张纸，做给别人看的，嘿嘿。"然后他又神秘兮兮地说，"这次都怪我自己不懂好赖，你给个杆儿我就顺杆儿爬了，你给个棒槌我就当针了，都赖我，怎么也不该赚你的便宜啊。"

说完，范宇宙回头看了眼关着的门，再把手包打开，从里面很费力地搜出一个鼓鼓囊囊的大信封，探过身子，用双手把信封放到洪钧的笔记本电脑旁边，然后一边把已经彻底瘪了的手包塞到身后一边轻声说："这次你就别再打我的脸了，以前是我不懂事儿，你就别计较了。"

洪钧面无表情，拿起桌上的签字笔把信封的口挑开得更大些，看见捆扎得紧紧的五沓人民币交错地挤在信封里。

洪钧把签字笔撂在桌上，清脆地发出"啪"的一声，说："老范，看来你还是不了解我，我这个人说话是算数的，我说过好几回，我这次纯粹是帮你一个忙，你怎么还来这一套？你如果还想要那笔二十四万，你现在马上把这个收回去。"

范宇宙的面部肌肉有些僵硬，他显然非常紧张，倒不是因为洪钧的拒绝，而是因为他实在搞不清洪钧真正要的是什么了。

洪钧微笑着站起来，绕过桌子走到范宇宙身边，从他身后把手包抽出来，又拿起信封费劲地塞回手包里，手包被撑到极限，他用双手怎么也拉不上拉链，只好说："别光看着啊，帮下忙。"范宇宙不知所措地呆坐不动，瞪眼看着洪钧终于吃力地把拉链全都拉上。洪钧把手包往范宇宙怀里一扔，坐下说，"咱们之间不需要搞这些，我正好想请你帮我一个忙。"

范宇宙还是没跟上洪钧的思路，搞不懂洪钧说的帮忙仍然是指拉上拉链，还是另外一个全新的话题。洪钧也不管他，接着说："我只是想向你打听件小事，对你来说是件无足轻重的小事，你帮我这个忙，举手之劳，对你本人和你的泛舟公司都不会有任何不利影响，你的装修公司也会马上收到那笔尾款，我还欠了你一个人情，怎么样？你不吃亏吧？"

范宇宙迟疑着，他不太相信洪钧的话，便问道："那你打算什么时候去验收？"

洪钧笑了："不用那么麻烦，付款的申请单就在我桌上摆着，我今天签了字，用不了两三天，那二十四万就应该到你们账上了。"他顿一下，转而严肃地说，"我已经去看了一次，小毛病真是不少，我会把意见整理出一个清单，交给我们这儿的Helen，她会要求你们的装修负责人照着做。比方说前台正面镶的那块玻璃，印有我们公司标志的，你们从哪儿找的那么低档的东西？尺寸也太薄了，必须换掉。但你放心，这些修修补补和那笔尾款没有关系，我相信你老范即使收到全款也会抓紧把我要求的那些做完，对吧？你老范不至于让我将来一走进我的办公室就在心里骂你吧？"

老范咧开嘴笑了："老洪你又骂我，我是那样的人吗？你放心，我一定叫他们照你要求的马上改，该换的换，该重来的重来，直到你满意为止，一定不会耽误你搬家。"说到这儿，他又显出一丝紧张，因为他不知道洪钧用这一切究竟想换取他的什么，便试探着问，"你到底想打听什么事啊？不会让我太为难吧？"

洪钧面带微笑地说："没什么，我就是想知道两个信息，一个是数目，一个是地点。"

七月十五日上午，维西尔中国有限公司在其北京办公室新址举行了一个简单的庆典，邀请了一些客户、合作伙伴公司、政府机构和媒体参加。在大厦的大堂和维西尔公司所在的楼层都摆有不少各家送的花篮，尚未全面投入使用的新办公室也被装点出一派喜庆气氛。

本来聘请的礼仪公司还策划了舞狮、剪彩、致辞等环节，但最终被洪钧否决了，如果科克能来出席的话，洪钧倒愿意搞得隆重些哄科克开心，但因为科克临时决定从新加坡赶到悉尼去了，洪钧便不愿意自己出这些风头，庆典的基调就被改成简单、随意。

上海的Laura、Roger和广州的Bill都来了，除了Lucy正在美国总部培训，洪钧的经理班底又聚齐了。洪钧和大家都忙活着接待来宾，一拨儿在大会议室享用着餐点酒水闲叙，另一拨儿被引领着在办公室各处参观，稍后两拨儿再轮换场地。十一点刚过，来宾们便逐渐散去，李龙伟他们有的专程去送几个重要人物，大多数人都赶回老的写字楼去吃午饭，办公室里只剩下礼仪公司请的一些打杂的在收拾现场。

洪钧在三三两两往外走的人群中找到Laura，便快走几步赶上去叫住她："Laura，别急着走，到我未来的办公室坐坐吧。"

Laura停住脚看着洪钧，嘴角撇了一下："今天我已经欣赏好几遍了，还要再去看呀？你自己过瘾还不够，偏要拉我奉陪？"

洪钧笑着说："走吧，这些都是你的心血，我一个人独享不忍心啊，也正要和你说点事。"

Laura见洪钧坚持且提到有事要谈，只好耐着性子和洪钧折返回来，走到位于最里面洪钧新的办公室。

洪钧的这间"新居"和即将告别的"陋室"相比当然是不可同日而语，但与他当初在ICE做一把手时的办公室比较而言却是简朴、低调了许多。本来的设计方案中，家具全要用红木的，气派的大班台，考究的八人座的长方形会议桌，洪钧看了便要求一切从简，材料变成普通的高密度复合板，外面是一层樱桃木的贴面再刷上钢琴漆，看上去效果仍然不错，但费用就变为红木的一个零头。室内的陈设如此，房间的大小也不显张扬，只比旁边李龙伟的办公室稍微大一些，不像在ICE的时候那副唯我独尊的架势，如今的洪钧比当年变得内敛多了。

进了办公室，房间里的味道仍然很重，洪钧便敞着门保持空气流通。他坐在会议桌的短边，Laura坐在长边，两人的朝向形成一个九十度的直角，洪钧可以从侧面打量Laura。Laura在这种庆典场合更是仪态端庄，仪式前专门别在胸前的鲜花还没有摘掉，脖子上这次是一块很小的方巾，薄薄的一层紧紧地箍着，让洪钧联想起狗戴的项圈。

Laura抬起手腕看一眼手表，脸上是一副"有话快说"的不耐烦表情。洪钧便说："因为明天是周五，你马上要赶回上海，所以只好趁现在抓紧时间聊几句，今天肯定也只能开个头，就算是我先和你打个招呼吧。"Laura不明就里，一头雾水地望着洪钧，洪钧接着道，"公司刚搬了家，最近新招来的这些人总算可以有自己的地方了，但这个办公室现在还显得很空，很多位子都等着人来填满，上海、广州也都在招人，销售和咨询顾问都要增加，不然今年、明年的业绩指标肯定无法完成，业绩是人做出来的，没有人，一切就都是纸上谈兵。"

Laura微微皱起眉头，不以为然的表情像是在说："这不是明摆的吗？还用你说？"洪钧却忽然话题一转，严肃地说："但是，有了人就一定能做出业绩吗？我看不见得。一个人要看他的能力和态度，一个团队要看它的战斗力和风气。到年底，咱们公司的员工总数会是现在的两倍，而且各自的背景也是五湖四海，人多了，如果没有一个良好的风气，可能还不如人少，矛盾多、摩擦多、内耗多。"

Laura的眉头皱得更紧，目光盯着洪钧，像是在琢磨：你到底想说什么？洪钧的脸色也变得越发阴沉，压低声音说："所以我觉得从现在开始就要注重打造一个具有健康风气的团队，这个风气应该是团结的、向上的，个人的利益应该和团队、和公司的利益一致，而不能一心算计个人私利，甚至侵害团队和公司的利益。如何来打造一个良好的风气？无非是两条，正面加以引导，反面加以惩戒。但现在我有些地方没想清楚，还没拿定主意，就是究竟应该以正面引导为主，还是以反面惩戒为主。"

Laura起初的不耐烦已经抛诸脑后，她现在是瞪大眼睛、张着嘴，紧张地等着洪钧的下文。洪钧的声调反而趋于和缓，幽幽地说："我这十多年从销售混到总经理，大公司、小公司都混过，国企、民企、外企也都混过，耳闻的目睹的太多了，我大体也能理解，大家都是人嘛，谁都不容易，谁都有迫不得已或者控制不住自己的时候。所以，除非实在是太过分、太不像话、不处理不行了，我一般都是采取睁一眼闭一眼的态度，有时候干脆眼不见为净，自己装傻，难得糊涂嘛。

"比方说Roger，这家伙现在的待遇不算低了吧？以前是堂堂的上海地区经理，现在是两个销售总监之一，可他每个月报销的招待费里有多少是虚报、多报的？这家伙请别人吃饭，买单的时候总要加一句'给我多开两百块钱发票吧'，以前我只是听说，现在知道是名不虚传；他每个月的单子里都会有四张同一家餐馆开出的发票，每周一张，金额都差不多，笔迹总是一个人的，他声称招待的那些客户、那些事由显然都是'莫须有'。过去几个月，我每到月底在他的报销单上签字的时候都很矛盾，到底要不要把这层窗户纸捅破？要不要把脸皮撕破？这算不算品德问题、原则问题？但是投鼠忌器啊，还是要保住眼下这种'安定团结'的大局，那些钱就算是代价吧。只要这种行为仍是个别的，没有污染团队的风气，至于我在他眼里是个傻瓜，我倒也无所谓。

"比方说Helen，今天咱们搞的这个庆典是她联系的礼仪公司，立刻一个装着一千五百块钱的信封就到手了，这还是在我大幅削减仪式内容和规格的情况之下，不然恐怕就是三千甚至五千了。前不久公司员工聚餐，她选定的一家饭店，轻轻松松拿了五百块介绍费。想想看，这钱是不是挣得太容易了？如果其他辛辛苦苦挣本分钱的员工知道了，他们会怎么想？他们会怎么做？"

洪钧看似随意点出的两个例子其实都颇具深意，Roger和Laura同在上海，Helen是Laura的直接下属，这让Laura不能不更加紧张。Laura搞不清洪钧是如何了解到这些底细的，她甚至摸不透洪钧是真的已经掌握真凭实据还是不过在捕风捉影地虚张声势，但她已经相信自己的地盘不再有密不透风的墙了。

洪钧没有给Laura更多时间思考，他的手指急促有力地敲打着桌面，说："现在让我头疼的是，Roger和Helen这些其实只能算是小儿科，还是小打小闹而已，相比之下，十万块，这才真是大手笔！"洪钧发现Laura的眼皮抖了一下，立刻接着说，"如果单说十万这个数目倒也不是什么天文数字，我以前做过的一些大项目里面，水比这个深多了。从比例来说，回扣还不到合同额的百分之十，倒也还算是适可而止。但是咱们公司里有多少员工一年的底薪还不到十万？这些你最清楚，我数了一下，差不多有四分之一，辛辛苦苦干一年，可能都挣不到这十万块钱，而且还要扣税。相比之下，举手之劳就拿了十万块，是不是太过分了？"

　　Laura的双眼直直地盯着正前方，一点不敢瞥向洪钧的方向，脸色有些发白，嘴唇闭得紧紧的，洪钧就势掷出他的最后一击："而且胆子也太大了，就在公司里面，人来人往的，好像生怕别人看不到似的。也太自信了吧，难道忘了那句老话？'若要人不知，除非己莫为'。我都担心，就算我想息事宁人，恐怕我想捂都捂不住，如果真的让科克知道了，就不是我力所能及的了。"

　　Laura的脸色越来越惨白，唯一变黑的部位就是嘴唇，一双呆呆地望着无穷远处的眼睛里黑洞洞的，她下意识地把手指伸进脖子上的小方巾里抻了抻，咽了口唾沫。Laura首先想到的就是装修公司，很可能他们不相信自己一再叮嘱他们的，仍担心不是她拍板，又去拜洪钧的庙门，便有意无意地被洪钧探听出了底细，她不禁有些后悔那么快就把尾款付给他们，现在连教训他们的机会都没了。让Laura心里越发没底的是，假如洪钧不是从装修公司得到的内情，那自己周围就再也没有安全和隐秘的地方了。

　　洪钧缓缓站起身，在地毯上走了几步，最后停在自己的写字台前面，身体靠在桌沿上，双臂交叉抱在胸前，正视着会议桌后面的Laura，说道："我说了这么多，就是想和你商量，像这些事情应该怎么处理。你看呢？"

　　Laura一见洪钧绕到了自己的正对面，便把脸偏向旁边，沉默了一会儿，清了清嗓子，终于说出了她进入这间新办公室以后的第一句话："我看，还是正面引导为主吧。"她顿了一下，接着说，"另外也不要牵涉太多人，不然会搞得人心惶惶的，人人自危，还是尽量让大家把心思都放到业务上去吧。"Laura说到这儿正过脸来，抬起眼睛看着洪钧，洪钧面带微笑盯着她，Laura勉强地翘一下嘴角，挤出一丝微笑，说，"Jim，你是老板，还是你来定吧。你放心，我自始至终都会支持你的。"

　　洪钧点了点头，Laura最后的这句话终于让他满意了，洪钧觉得在自己新办公室里的首次谈话达到了预期的效果。从今以后，Laura无论是在上海她自己那间办公室里，还是在北京洪钧这间新办公室里，都会经常回想起她和洪钧的这番对话，洪钧的确可以放心，以后科克的耳朵里不会再听到洪钧不想让他听到的东西了。

# 告 密 者

　　星期六的上午，洪钧原本打算好好睡个懒觉的，他已经很久没有真正地享受过双休日了，结果刚到九点，他就不得不从床上爬起来，因为约好了这天要在家里招待邓汶。

　　早晨刚过去，外面的热度就已经上来，晚上凉爽的气息早已荡然无存，洪钧把在后半夜打开的几扇窗户又都严丝合缝地关上，启动空调。等他才把房间大致收拾好，家里的门禁对讲就响了，小区的保安通报有客人到访。不久，门铃清脆，邓汶到了。

　　洪钧打开门，拖着长音吆喝一声："邓——大——人——到！"邓汶便一个亮相走了进来。洪钧笑着说，"来得挺快嘛，没走冤枉路吧？以为你怎么也得在路上打电话问问方位什么的。"

　　邓汶一边换鞋一边回答："你这儿是豪宅嘛，出租车都知道，直接就到了，在门口保安盘问了我几句，我没记住你告诉我的什么座、什么号，也没你家里电话，只有手机，保安查了查才找到您洪老板的名号，人家那叫一个热情，恨不能把我送上楼，你说我到得能不快吗？"

　　洪钧把邓汶让进客厅，在沙发上坐下，说："他们就是这样，该管的不管，不该管的能把你烦死，生怕你琢磨他们收的那么多物业费都干吗用了，最近又催着我们各户交钱呢，说要装什么可视门禁系统，淘汰现在这个只能语音的。"

邓汶四下打量，问道："怎么着？不带我参观一下？我也瞻仰一下您工作、学习和战斗的地方，没什么不方便的吧？"

洪钧忙站起来领着邓汶把几个房间都转了转，刚走到阳台上站一会儿，就燥热得受不了，顾不上远眺首都新貌，赶紧逃了进来。洪钧也不问邓汶想喝什么，就给他倒了杯冰水放到茶几上，说："怎么样？比你那个三层的大房子差远了吧？我这儿也就算小康水平。"

邓汶看了眼玻璃杯，没伸手去拿，而是答道："不错不错，看来是有一部分人先富起来了。我那里地方是大一些，但没你这里整洁，毕竟有小孩，有了小孩，多大的地方都不够她折腾的。"刚说完，就忍不住捂着嘴打了个哈欠。

洪钧一见便笑着问："怎么了？昨晚上太辛苦了，还是大烟瘾犯了？"

邓汶揉着眼睛："不是。我前几个周六不是出差就是去公司，在宾馆吃早餐的时候就都不喝咖啡，只有周日待在宾馆才喝它几大杯，结果今天忘了喝。哎，你这儿有咖啡吧？"

"没有，我这儿没有任何可能让我晚上睡不着的东西，没有茶也没有咖啡。"洪钧说完，拿过手机熟练地按着键，发出一条短信。

邓汶没办法，只好端起玻璃杯喝一口冰水，倒也感觉清爽了不少。两个人接着便随意地聊天打发时间。

过了一会儿，又是一声清脆的门铃，洪钧忙跃起身去打开门，菲比一只手端着一个星巴克的大号纸杯，一只手拎着几个大塑料袋和自己的手包，走了进来。洪钧只接过咖啡，送到邓汶的手上，笑着说："我刚给你叫的外卖，怎么样？服务够到位的吧？"

邓汶忙站起身看着进来的菲比，她红扑扑的脸上汗涔涔的，大包小包还拎在手里，上身是件吊带背心，下面是条发白的牛仔裤。邓汶刚要开口问候，洪钧在一旁嘻嘻哈哈地说："来，给你介绍一下，这位小姐是我请的小保姆，今天顺便替星巴克送一次外卖。"

菲比瞪了洪钧一眼，又转头冲邓汶笑着说："您好，您就是邓汶吧？听老洪说您今天要来的。您刚回国没几个月吧？老洪短信里只说让我带杯咖啡回来，也没说您要什么样的，我就只好要了那种最普通的咖啡，什么摩卡呀、拿铁呀、卡布奇诺呀都没敢要，也没加糖、没加奶，只好委屈您了。"

邓汶被对方的伶牙俐齿镇住了，他头一次听到有人称呼洪钧为"老洪"，又是从面前这个高挑的年轻女孩嘴里听到，更觉得有趣，连忙笑着答应："哎，你好，我是邓汶。"他扭头转向洪钧，轻声问："这就是那位'岁数越来越小、身材越来越好、容貌越来越俏'……"

洪钧心里激灵一下，生怕邓汶的嘴里跟着吐露出那句"脾气越来越刁"，忙岔开说："哦，她叫刘霏冰，你也叫她菲比好了。"说完扳着菲比的肩膀把她往厨房里送。

菲比冲邓汶笑着点点头，便回头小声问洪钧："他刚才那几句'越来越'是什么意思？"

洪钧一边推着她走一边敷衍："人家那是夸你越来越漂亮了嘛。"

"哦。可他以前没见过我呀……再说我也不能越长岁数越小啊！"菲比嘀咕着进了厨房。洪钧回身走到沙发旁，伸出手指冲邓汶点了一下，邓汶也明白过来，吐一下舌头。

两个人刚重新坐下就听到从厨房里传出菲比的一声断喝："好啊你，洪钧，哼！"

洪钧和邓汶都无声地咧开嘴笑了。经过这半年多时间的用心揣摩，洪钧已经大体能领会菲比各种各样的"哼"所要传达的具体含义，他不得不赞叹女人的神奇，她们可以只用一个根本没有任何明确意义的字符来细腻而准确地表露如此丰富的情绪。

菲比很快端着两杯冰水走过来，放在洪钧近旁的茶几上，自己也坐在洪钧身边，像刚才什么都没发生一样，从沙发侧面的地板上拽过一个大大的粉色绒布做的凯蒂猫抱在怀里。

邓汶一见便说："我那个小丫头也最喜欢这些凯蒂猫，但你这个比她的那些大多了，和她自己差不多一样大。"

菲比立刻笑着说："是吗？她也喜欢凯蒂呀？您都有女儿啦？您不是和老洪是同学吗？那他可比您差远了，他自己还是个孩子呢。"说完，带着报了一箭之仇的满足感用胳膊肘拱洪钧一下。

洪钧却想把菲比轰走，说："去去去，大人谈事呢，小孩儿上一边玩儿去。"

菲比把双腿盘到沙发上，继续和凯蒂猫搂在一起，说："你们说你们的，我就听着，不插嘴。"

洪钧只好向邓汶笑了笑，既像是对邓汶表示歉意，又像是对自己的不具权威感到惭愧。他说："这一个多月你都忙什么了？你已经回国了，我怎么还是见不到你的面？"

"嘿，瞎忙呗。我给你打了几次电话，你不是也忙得四脚朝天吗？今天要不是我舰着脸非要来，咱们不是还见不到吗？"邓汶说着看了菲比一眼，见菲比笑眯眯的，显然不觉得他打搅了她和洪钧欢度周末，邓汶接着说，"卡彭特说过他在八九月份就要来中国，我只有这么两三个月的时间做准备，起码得在他来之前把研发中心的架子给搭起来，要不然说不过去啊。"

"怎么样了现在？成果如何？"

"最近我倒是跑了不少地方，大连、西安、浦东、深圳，什么开发区呀、软件园呀看了好几家，我得找地方啊，看看园区环境，问问优惠政策，好决定把摊子设在哪儿。我发现这些地方的硬件条件都不错，又漂亮又先进。"邓汶说着就眉飞色舞起来，"哎，有事特有意思，有个软件园离海边不远，那环境真漂亮，那么大一片绿地，还有个小湖，都有点像是高尔夫球场了，一座座小楼，都不超过三层，什么样式的都有，一点也不拥挤，马路那叫一个宽啊，根本就没什么车，哎呀，那地方真好。"

洪钧见邓汶还在啧啧称奇，笑着说："怎么样？回来对了吧？你就等着享福吧。"

邓汶顾不上搭理洪钧，接着说："软件园的一个副主任，好像是专门主管招商引资的吧，特热情，开车拉着我在园区里转。那地方太大了，楼和楼都隔得挺远，靠两条腿根本走不过来。我就问他，占这么大的面积，全都是草坪啊小湖啊什么的，只有这么几座楼，土地利用率是不是太低了？这得浪费多少地啊？那个副主任就歪着脑袋看我，说，咦，我们这完全是借鉴你们美国的模式搞的，你们加州的硅谷、北卡罗来纳州和弗吉尼亚州那几个研发中心区，我们都去看过，就是这个样子的呀，我们这样正是和国际接轨嘛，这地方以前全是庄稼，刚刚开发出来的。我就问他，中国能和美国比吗？中国有多少人要吃粮食，美国才有多少人？美国那几个园区森林、绿地、池塘、湖泊都是原来天然就有的，只不过沿着公路往两侧纵深盖几个楼就行了。你们这儿倒好，把庄稼全砍了，现种树种草、现挖个小湖出来，这么个全凭人造出来的环境，投入也太大了吧？而且这么大园区就这么一些小矮楼，才能放几家公司啊，利用率肯定太低了嘛。那个人一听就不高兴了，勉强接下去随便转了几下就回办公室了。我后来听见他好像偷偷对其他人说，这个家伙可能是个骗子，八成不是从美国回来的，太土。哈哈，我每次想起来都觉得好笑。"

邓汶说完，端过咖啡喝一口，还止不住自顾自地笑着。洪钧和菲比互相对望一眼，洪钧硬声对邓汶说："你居然也知道中国和美国不一样？"

菲比一听洪钧话音这么冲，忙轻轻用胳膊肘又拱他一下，洪钧不予理睬。邓汶一愣，把纸杯放在茶几上，问："怎么了？"

洪钧说："既然你知道中国和美国不一样，为什么还那样随便对人家指手画脚的，什么话都说，也不讲点技巧？其实有很多情况你可能并不了解，比如你觉得人家征用那么多农田，投入太大，实际上可能人家在这方面并没花多少钱，一个文件下去，这地就征了，每亩地补偿不了多少钱，还不一定拖到什么时候才给。这你了解吗？"

菲比又拱了洪钧一下，洪钧往一旁挪了挪，逃离菲比胳膊肘的打击范围。邓汶张着嘴听完，喃喃地说："那农民不是太惨了？没地种了，还得不到几个钱。"

洪钧继续教训："我就是那么一说，只是想提醒你，你以后真得改一改这种习惯，说话得三思啊。事情都是很复杂的，人也是很复杂的，有很多东西我们都并不了解，所以不能把事情、把人想得太简单。你回国是为了什么？是为了干事业、挣钱嘛。出于这个目的，就要学会和各种各样的人打交道，建立各种可以建立的关系，利用各种可以利用的资源，说话要看对象、要讲技巧。你对那位副主任讲的一大通，对你的事业、对你挣钱有什么帮助吗？根本没有。要多交朋友，少得罪人，争取不得罪人，如果你肯定不把摊子放到那个软件园也就罢了，如果你真相中了那里，将来你和人家怎么来往？"

菲比不明白洪钧今天是怎么了，她也顾不上许多，忙用手拽了拽洪钧的衣襟，小声说："还说人家，你不是也讲这么一大通了？"随即转脸对邓汶打圆场："您的咖啡喝完了吧？我给您倒点儿别的饮料？"

邓汶还是一副愤懑的表情，好像没听到菲比的问话，瓮声瓮气地说："哼，我才不想和他们再来往呢，要是天天看着那些大草坪，我能心疼死。我当然没权制止他们那么干，但我有权不把摊子放到他们那里。"

洪钧被邓汶弄得哭笑不得，他只好转而对菲比说："你不用管我们俩的事，当初我们俩打架的时候还没你呢，我怎么说他都没关系。你看，我就是这么厉害地说他都还不管用呢。"

菲比把怀里的凯蒂猫扔到洪钧身上："我才不管你呢。"起身走进厨房。邓汶回过神来笑笑，仰脖把纸杯里仅剩的一点咖啡喝光。菲比用一个托盘端着一瓶矿泉水、一听可乐和一听橙汁走回来，放到茶几上对邓汶说："您愿意喝哪种，您自己看着来吧，我们这儿就是没有任何热的饮料。"

邓汶听见菲比大大方方地说出"我们这儿"，立刻朝洪钧挤一下眼睛，洪钧把脸扭向一边，装作没看见。菲比坐回沙发上，从洪钧手里把凯蒂猫拽回来依旧搂着。洪钧又问邓汶："你看了这么多地方，没挑花眼吧？最后到底打算把研发中心设在哪儿？"

"还是北京呗。软件这东西关键还是靠人的脑子，外地那些软件园的硬件呀、环境呀真不错，但是主要还得看当地的人力资源情况，要看能不能找到足够多、足够好的软件人才。我发现我是在往外地跑找地方，可搞软件的人都在往北京跑找机会，这不就阴错阳差了吗？所以还是得扎堆儿，就在北京吧。"

洪钧"嗯"了一声，点头说："我也觉得还是在北京最理想，起码咱俩可以经常聚聚。"停顿一下，他又问，"哎，今天怎么安排？我和她也没别的事，就陪你吧。"菲比也在旁边"是啊是啊"地附和。

邓汶迟疑着说："我也没什么想法，是出去转转，还是有什么别的主意？"

洪钧看一眼菲比，见她好像没什么意见要发表，就对邓汶说："白天太热了，我请的这位小保姆比较娇气，皮儿薄怕晒，咱们还是昼伏夜出吧。她前几天买了几张碟，咱们要不先看看碟？中午就叫附近的一家饭馆送几个菜来，晚上咱们再出去好好撮一顿，看看夜景，怎么样？"

邓汶连声说"好啊好啊"。菲比从茶几下面取出一摞影碟递给邓汶，说："您挑挑吧，都是美国新出的大片，全是大碟版，应该挺清楚的。"

邓汶翻看着，手指头抠着影碟上贴着的"8元""10元"的小标签，笑着对洪钧说："还是国内好啊，在美国要找这些可难了，大片的正版DVD都要在影片上映好几个月以后才出，而且贵得不得了。"

洪钧苦笑一下："唉，咱们干软件的天天讲版权、四处防盗版，可咱们自己不是也照样贪便宜吗？算啦，不再提公事了，咱们今天彻底潇洒一下，我也沾你的光放松一把。"

洪钧说着，站起身惬意地伸了个懒腰，他丝毫没有预感到一场麻烦正向他袭来，他想舒舒服服过个周末的念头很快就要破灭了。


此时此刻，在西三环外面，与洪钧家差不多沿北京城的中轴线对称的地方，那座四层的老式办公楼里泛舟公司还在照常上班，范宇宙从来没打算过让他的员工享受一下双休日。

小薛手里拿着一沓准备报销的单据站在小小的财务室里，他也只有在周六普发集团休息的时候才可以回到泛舟公司来，周一到周五，他的岗位是在普发。小薛静静地等着，正在低头忙碌的会计要先处理一些其他的杂事，然后才能轮到他。天气很热，那件西装早已穿不住，小薛穿着一件短袖衬衫，虽然并不凉快，可他连最上面的扣子也一丝不苟地扣上，下摆扎到长裤里面，他觉得这样显得比较正式。

就在这时，范宇宙手里拿着一把蒲扇、脚蹬一双拖鞋大摇大摆地走进来，他抬眼看见小薛，就用蒲扇拍了拍小薛的后背，说："你先出去，我跟你苏姐说点儿事。"

小薛忙转身退到门外。范宇宙等小薛的后脚刚迈出门槛，就重重地把财务室的门关上，不料财务室厚实的金属防盗门和铁质的门框碰撞了一下，虽然发出的声音不小，但并没有关严，而是借着反弹的力量又张开了一道缝。

小薛站在门外的楼道上一时没想好去哪儿，他在泛舟公司连一张属于自己的桌子都没有，既然他被派去普发长驻，精打细算的范宇宙原本就恨不能一张桌子供两个人用，当然没有必要给小薛保留座位。小薛也不想到其他人的桌上去用电脑，担心万一这期间有其他人来报销，他的领先位置就失去了。楼道里不时吹来一阵凉爽的穿堂风,小薛便拿定主意就在门外等着吧。

忽然,他听到财务室里传出范宇宙沉闷的声音:"你昨天晚上跟我提了句什么?怎么周转不过来了?"

接着是会计苏姐那清脆高亢的声音:"资金周转不过来了呗。现在这些厂商真是越来越缺德了,当初让咱们压货的时候说得好好的,这个季度机器的款子最晚在九月底以前付给他们就行,昨天突然发了份传真过来,要求在七月底以前必须付,如果晚了,当初说好给咱们的返点奖励就不给了,只能给咱们正常的代理折扣。"

小薛歪头看一眼,发现财务室的门原来还留着一道缝,便凑过去想伸手把门关严,他的手刚要碰到门把手,范宇宙突然破口大骂一句,把一群人的母亲的母亲都照顾到了,吓得小薛浑身打个哆嗦,手也下意识地缩回来,他不敢再去关门,觉得还是应该趁早回避,但双脚却好像不听使唤,他就定在原地竖起耳朵好奇地听。

范宇宙还在骂:"这帮孙子,真不是东西。就是因为指望那些返点,我才给客户报了那么大的折扣,要是返点没了,他们只按公开的代理价给我,那我不赔死了!"

"可不是嘛,但没法跟他们讲理呀。"是苏姐的声音,气愤中带着无奈的哭腔,她又提议,"要不赶紧把没卖出去的机器的报价抬起来,能卖几台算几台,卖不出去的留到第四季度接着卖,反正咱们下个季度打死也不能听他们的再压货了。"

"你放屁!把报价抬起来?现在这价都不一定能卖出去多少呢,你还要抬起来?你比别人哪怕只高出一个点,根本就没人买你的。再说了,其他那些家代理肯定都拼命抢着压货呢,咱们的订单量要是上不去,明年别说拿不到更好的价格,没准儿连代理权都得被收回去!"

苏姐想必是被范宇宙骂怕了,半天没敢再"放",好不容易才又传来她那副可怜的腔调:"那怎么办呀?咱们账上现在没那么多钱啊,离月底就十多天了。"

"这个月的工资先拖拖,下次和八月份的一起发。"范宇宙的这句话让小薛心里一惊,他脑子里立刻开始盘算自己平日那点结余。还好,苏姐的一句话让他稍微安心了些:"全员月工资总共就那点儿钱,哪儿够啊?"

"到底差多少？"

"差四百多万呢，第三季度咱们压货压得太多了，这几个月的应收款就算都能收上来，到九月底都不知道能不能凑够，现在一下子要提前两个月给他们，客户的钱都还没到呢。"

接下来是一阵寂静，小薛屏息静气地等着，终于听到范宇宙问："普发的软件款什么时候到？"

小薛心里又一惊。苏姐回答："刚才小薛在这儿的时候我问他了，他说下周应该能到，第二笔款子，五百二十万，说是普发的项目主管和财务都签字了，下周上班就办转账。"

"嘿，那还紧张什么呀？这不就妥了嘛，等这笔款子到了，月底就给那帮孙子汇过去呗。"

"不行啊，这笔钱咱们只是过路财神，维西尔早就把发票寄过来了，咱们收到普发的款子就得把里面的四百五十万给他们转过去。"

范宇宙的话伴着笑声传来："嘿，拖着呗，先把机器的货款付了，不然返点就没了，那帮孙子咱可惹不起，等到下几个月其他客户的货款都收上来，再给维西尔转过去。"

苏姐担心地问："那要是……那要是到时候有些款子没收上来呢？"

"你傻呀！什么时候有钱什么时候再付呗，大不了等普发的第三笔款子到了，再把拖维西尔的这第二笔款子付过去，等将来再想办法付他们最后一笔款子。"范宇宙的手已经把门又拉开一点，回头对苏姐叮嘱一句，"就这样定了啊，普发的款子不许转给维西尔！"

小薛连忙往后退，想尽量显得离门远一些，但门已经打开，先看见一只拖鞋，然后是范宇宙。范宇宙在门口一下子愣住，眼睛盯着小薛，抬起蒲扇指着小薛的鼻子问："你在这儿干吗？"

"呃，我……等着找苏姐报销。"小薛说着，稍微扬了下手里的报销单。

范宇宙鼻子里"嗯"了一声，趿拉着鞋从小薛身旁走过去，又马上转过头没好气地叮嘱一句："钱省着点儿花，能不花的就不花！"小薛连忙"哎"一声答应着，声音还有点哆嗦。

中午吃完盒饭，小薛还是感觉晕乎乎的，一副魂不守舍的样子，在楼道里碰到苏姐，苏姐盯着他看，问道："你别是中暑了吧？"

小薛勉强笑了笑，低下头回避苏姐的目光，嗫嚅着："没有，刚吃饱，有点儿困。"

苏姐拉住小薛的手说："上着班儿呢，困可不行，去拿凉水洗把脸吧。"小薛答应着，苏姐又在身后说，"看你迷迷糊糊的，那些钱你可小心点儿，别丢了，刚报销给你的。"小薛心想，苏姐这么高的嗓门究竟是在提醒他呢还是在提醒小偷？

小薛一想到刚报销的近两千块钱，心里就更不踏实，他在这家公司里一点安全感都没有，便走回办公室把自己的书包挎上，溜过范宇宙的房间门口偷偷朝里面瞄了一眼，人不在，他就走到财务室扶着门框对苏姐说："我可能是病了，浑身难受，我想去医院看看，您能替我向范先生说一声吗？"

苏姐忙挥着手说："哟，看你就不对劲嘛，那赶紧去吧，范先生叫上小马出去了，回头我跟他说。"

小薛道了谢出来，走到三环路边挤上一辆公共汽车，一路上把书包挎得紧紧的。他脑子里很乱，好像有两个小薛在里面打架，他不知道哪个是好的、哪个是坏的，两个小薛背后分别站着一个人，一边是范宇宙，另一边，是洪钧。

小薛一直记着洪钧，因为那天在普发姚工的办公室里，洪钧主动向他微笑、主动和他握手、主动给他名片，他觉得洪钧比其他人都尊重他，他始终记得洪钧笑着向他扬手告别的样子，像是他的朋友，也像是他的兄长。小薛觉得自己应该为洪钧做点什么，他想把刚才偷听到的情况马上告诉洪钧，虽然他不知道范宇宙的如意算盘究竟对维西尔公司、对洪钧本人会具体造成多大伤害，但他觉得几百万的款拖着不付一定会给洪钧带来麻烦。但另一个声音却在喊："内奸！叛徒！小人！"小薛不想做一个告密者，他是泛舟公司的人，他的工资是范宇宙给的，他不能出卖范宇宙和泛舟公司。

小薛在阜成门下了车，正好赶上一趟向北开去的地铁。车厢里的人一点不比平时少，小薛一手拉着垂下来的吊环一手挎着书包，被周围的人挤着，随车厢的摇摆而摇摆，他觉得自己就像河沟里的一叶浮萍，顺着水流漂着，不知道会被带到哪里，也不知道会在哪儿停下来，唯有祈祷在腐烂之前能多经过一些美丽的地方。

小薛翻来覆去地想，还是拿不定主意。他觉得范宇宙那样转嫁危机是不义之举，那样不就把洪钧给坑了吗？所以自己给洪钧通风报信完全是正义之举。可是听上去范宇宙也是没有办法啊，换了洪钧恐怕也会那么做。小薛开始懊恼，他后悔自己刚才真不应该"听墙根儿"，从那一刻起，他就已经是个小人了。是啊，给洪钧报信难道真的只是出于正义而毫无私心吗？不是，小薛知道自己想的是什么，虽然他觉得自己是在白日做梦，但他的确巴望着洪钧要是能因此给他指一条明路该多好啊。

"卖主求荣！"小薛狠狠地骂自己，他从未像现在这样鄙视他自己。但是那句老话是怎么说的？"良禽择木而栖，贤臣择主而事"，自古就是这样嘛，自己也并没有奢望名垂青史，只是个普通人，而洪钧显然是位"明主""仁主"，为什么不可以抓住机会去投奔呢？小薛觉得像自己这类脑子不够用的人，还是越少遇到这种必须做出抉择的情形越好，是非利弊都纠缠在一起，让他无法权衡、无法取舍，与诱惑接踵而全的是困惑，他想不清楚究竟该走哪条路。

忽然，小薛感觉周围的人好像少了，他低下头往车窗外看去，是黑乎乎的隧道。刚才广播的站名他没留意，只好等到外面的光线又亮起来，驶入下一个站台他才看清站名，都到安定门了。他原本是要在西直门换乘十三号线的，结果恍惚中错过了站，只好干脆到东直门再换城铁往回绕吧。

小薛走出地铁东直门站的站口，双脚踩在被烈日晒得滚烫的人行步道上，他忽然下定了决心，人这一辈子不会像乘地铁这么简单，错过了还可以再绕回去，关键的时候只有那么几步，错过一个出口、错过一个机会，可能就会抱憾终生。

小薛拿定主意，也顾不上去赶城铁，干脆就在附近找了一个有树荫的马路牙子坐下来，把书包放在膝盖上仔细地打开，把装满钱的信封又往里塞了塞，然后拿出一个黑色塑料封皮的记事本，在封皮内侧有个插名片用的小夹层，他从夹层里抽出一沓名片，一张张翻看，终于找到洪钧的名片。他从书包里拿出手机，定了定神，长嘘一口气，心想当"叛徒"也是需要些勇气的，便照着名片上洪钧的手机号码开始笨拙地按键。

小薛把手机紧紧贴到耳边，对方的铃声响了，一声、两声、三声，马路牙子的热气烘烤着小薛的屁股，他彻底体验到了"热锅上的蚂蚁"是什么滋味。等到第五声铃声刚刚响起时，电话终于被接了起来："喂，你好，我是洪钧。"

小薛的心怦怦地跳得更剧烈了，洪钧面对陌生来电的这种公事公办的腔调在小薛听来好像更透出几分怀疑和警觉，小薛清了清嗓子，说："嗯……您好……洪总，我是小薛。"

对方没有反应，小薛猜到洪钧一定是在苦思冥想"哪个小薛""小薛是谁"，他心里一沉，不由得有些失落，刚鼓起的勇气已经泄了一半，他又嘟囔着补了一句："薛志诚。"心想，如果洪钧还想不起来，一切就到此为止吧。

就在这时，洪钧热情的声音已经传进小薛的耳朵："小薛啊，你好，星期六还在普发？辛苦啦。"

小薛听了好像一瞬间感觉自己双眼都湿润了，他忙说："没有，我在外面呢。洪总，我想和您说个事儿。"

"好啊，你说，我听得很清楚。"

"嗯……我就是想告诉您……我们公司在收到普发给我们的软件款以后，不会转给你们了。"

又是一阵沉默。小薛正想再解释一句，听到洪钧平静的声音又传过来："哦，请问你是代表你们泛舟公司正式通知我吗？"

"不是不是，嗯……是我刚听说的，想赶紧告诉您。"

"哦，那我先要好好谢谢你。小薛，能不能再具体给我讲一下？你是听谁说的？"

小薛说了几句，自己都觉得前言不搭后语，最后还是被洪钧三言两语地引导着终于把事情经过讲清楚了。

洪钧笑着说："小薛，下面的事我会处理的，真的要好好谢谢你啊，你帮了我一个大忙。"小薛不知道该说什么，头上的汗已经流到了腮帮上，他听见洪钧问他，"你在泛舟公司还有什么东西吗？"

"没东西，我在那儿连张桌子都没有，所有东西都在我自己的书包里呢。"

"呵呵，我问的不是这个，我的意思是，比如，你的档案在泛舟公司吗？'三险'和住房公积金呢？"

"档案？泛舟才不管我们的档案呢，我的档案一直放在街道，泛舟也不管我们的'三险一金'。"

小薛说完，就听到洪钧笑着说："哦，无牵无挂。"然后停了一下，洪钧又非常郑重地说，"小薛，我下面的话请你一定要听好，而且一定要照着做：第一，从现在起，你不要再去泛舟或者普发上班了，不要主动和范宇宙或者任何与工作有关的人联系，他们要是给你打电话，你就说生病了要休息几天，别的什么也不要说，他们再来电话你就不要接了；第二，过几天我会给你打电话，具体哪天现在还说不好，但肯定在下周之内，你什么都不要做，就安心等我的电话，我会用我的手机给你打，你认得这个号码的。这两条记住了吗？"

小薛答应后挂了电话，他把手机从耳边拿到眼前，整个屏幕上覆盖了一层汗水，他一边想，看来光天化日之下当"叛徒"的确是种煎熬，一边把刚拨打过的手机号码保存下来，希望这个号码的主人能给他的人生带来转机。


洪钧在自己的书房里，门关着，只能隐约听到客厅里电视机传出的声响，他拿着手机下意识地把玩，心里念叨，好险啊，如果普发这笔款项真被范宇宙扣在手里，维西尔恐怕要费很大的周折才能把属于自己的那部分拿到手。普发是洪钧一手经营的项目，如果收款发生问题，其后果恐怕比当初假如没赢下项目还要严重。刻不容缓，他熟练地从手机里找出一个人的号码，按了呼叫键。

铃声响过好几下才被接起来，传出韩湘那熟悉的声音："喂，洪钧，有何吩咐？"

"岂敢岂敢。在哪儿呢？忙吗？"

"咳，天底下最苦的差事，陪老婆逛商场呢，在西单，刚才是中友，现在是君悦百货，无聊死了，就当是避暑吧。"

"嘿，真自在。不好意思啊，今天我可要煞风景扫你的兴了，我有急事得马上和你见面商量一下，你看什么时间方便？"

韩湘沉吟着："哦，什么事这么急啊？"话音里根本没有要从老婆身边"胜利大逃亡"的冲动，显然与任何公事相比，他还是宁愿选择陪老婆逛街这件"苦差事"。

洪钧笑着说："的确是件重要的事，不然我也不会厚着脸皮打扰你。"

洪钧知道虽然自己说得轻松，但韩湘肯定明白，以洪钧的分寸如此十万火急地找他，应该不是什么无谓的琐事。韩湘那边半天没有动静，洪钧猜到他一定是在向老婆请示，便耐心地等，果然，韩湘的声音又响起来："那就还是在那家咖啡馆吧，我现在往那儿赶，你也出发吧，咱们差不多同时到，待会儿见。"

洪钧拿着手机从书房走出来，客厅里的邓汶和菲比都注视着他，谁也不再关注正在播放的影碟。洪钧刚苦笑一下，菲比就说："得，让我猜中了，计划泡汤了。"

邓汶忙问洪钧："怎么了？有什么急事吗？"

"咳，没什么，我得出去见个人，韩湘，还记得吧？普发的，在赌城咱们聚过。"

邓汶"哦"了一声，脑海里立刻浮现出韩湘手揣在兜里捂着筹码的形象，张口刚想说什么，终于还是忍住了。菲比问："非得今天吗？你们俩好不容易聚聚，不出去吃饭啦？"

洪钧对邓汶抱歉地说："改天吧，先欠着，我马上就得走，也不能送你了，不是一个方向。"

邓汶立刻站起身摆手说："没事没事，我跟你一起走吧，我出去打车，你不用管我。"

洪钧简单收拾一下就走到门口拉开门，邓汶下意识地往后站，颇为绅士地想让菲比先行一步。他回头一看，菲比正笑着冲他挥手，他一下子醒悟过来，菲比并不是像他一样的客人，人家已经是这里的女主人了。邓汶暗笑自己愚钝，忙抬脚和洪钧一起走了出去。


咖啡馆对于那些选择逃避的人来说是个理想的去处，当窗外寒风凛冽的时候，里面温熏和煦；当外面骄阳似火的时候，里面清凉恬静。洪钧和韩湘时隔七个多月再次坐在那家咖啡馆的那个临窗的位置上，洪钧很快就意识到，他们之间的谈话氛围不仅比不上窗外那迟迟未曾消退的热度，更远不及他们上一次那种相谈甚欢、相见恨晚的热烈，洪钧不由得暗自叹息一声：斗转星移，物是人非。

洪钧已经预料到韩湘会是怎样的反应，果然，当听完洪钧的一通陈述之后，韩湘便把身子慵懒地靠在椅背上，过了一会儿才说："我看不至于吧，你们两家不是一直合作得还不错？可能是以讹传讹了吧，要不给老范打个电话说说？"

洪钧已经把小薛讲的一切在脑子里转了好几遍，他相信小薛说的是实情，这不会是范宇宙精心设计的一个圈套，尽管他将要提出的解决方案也会给范宇宙带来某种实惠。洪钧对韩湘认真地说："我不这么看，范宇宙的现金流的确遇到了问题，他一方面为了得到更多返利，一方面为了讨好硬件厂商，所以下狠心从厂商那里压了太多的货，但他的销售不如预期的顺利，在客户手里的钱回笼不上来，他的资金链断了，所以他才会拆东墙补西墙，你们的第二笔款项到了他手里，我相信他肯定不会按合同付给我们。"

"那也最多就是稍微缓几天再付给你们，这么大的数目谁敢赖账啊？老范的公司也做得不小了，又不是皮包公司，你是不是太紧张了？"

"钱到了他的账上，什么时候付就是他说了算，我们再想采取任何措施都更困难，而且代价更大。"洪钧顿了一下又强调，"我们只能做最坏的打算，去争取最好的结果。"

韩湘扭头看着窗外，说："即使真是这样，说实在的，恐怕也应该是你们两家公司协商解决，和普发没什么关系吧？"

洪钧一笑："按照三家之间的商务合同关系来说的确是这样，你们按时足额把款项付给泛舟公司，你们的义务就已经尽到了，但是如果事情的发展真像范宇宙计划的那样，将会受到最大伤害的恰恰是普发集团，而作为项目的负责人，最直接的受害人其实就是你本人。"

正像洪钧预期的那样，韩湘的头立刻转过来，全部注意力终于被拉回到谈话上，他问："哦？为什么？"

"因为你们的钱虽然付出去了，却没有换来你们要买的东西。维西尔和你们签的软件授权协议中写得很明确，只有当维西尔按照合同约定如期收到全部软件款项后，才会向普发提供正式的、长期有效的软件密钥，现在给你们安装的都是临时的测试用密钥，到月底就会到期失效，所以一旦我们收不到第二笔款的话，我们怎么从总部给你们申请新的密钥？"

韩湘的脸色沉了下来："怎么能那样做呢？我们把钱付出去了，结果因为你们和泛舟之间的问题反而让我们不能继续用软件，没有这个道理嘛。授权协议那张纸就是个君子协定，防君子不防小人的，如果当初知道你们会用协议做这种文章，就不按你们的协议签了，由我们普发来拟合同。如果我们没有履行合同义务，你们停了软件的密钥，我可以理解，但如果我们已经付了款，你们就必须保证我们可以继续使用软件，反正是你们自己的软件，怎么弄到密钥，你们最清楚，要么延长现在的密钥有效期，要么给我们新的。"

洪钧反而变得轻松了，因为韩湘已经认识到事态的严重性，便笑着说："咱们先都不要'你们''我们'的了，还是说说'你''我'吧。我这不是急忙来找你吗？就是为了防患于未然，赶在问题发生前把它解决掉。你想，维西尔收不到款，谁责任最大？是我；你们的密钥到期了，只能由谁出面和总部沟通解决？还是我。所以你总不能一方面让我在总部面前交不了差，另一方面又逼着我去总部给你要来密钥吧？这不是难为死我了吗？这些都还是次要的，关键是你自己的日子不好过，钱付出去了，但维西尔并没收到，万一影响普发继续实施软件项目，哪怕只是中断几天；万一维西尔总部真按授权协议来和普发较真儿，弄得还没见到项目的成效倒先发生法律纠纷，你在普发也会受到很大的压力啊。"

洪钧知道韩湘会准确理解"压力"二字的，凡是花了钱而没能如期换回东西的，其他人会怎么想，韩湘再清楚不过了。洪钧又找补一句："所有这些都是由范宇宙一手造成的，他为了转嫁自己的难处，把你和我全推到火坑里，也太不够意思了。"

韩湘沉吟片刻，端起桌上的冰红茶喝了一口，问道："那你有什么建议？"

"其实解决起来很简单，普发可以要求与泛舟公司马上签一份补充协议，把合同中原定付给泛舟的软件款直接付给维西尔。"

"这恐怕不太好吧？泛舟公司本来也应该有它的一小块利润的，一下子全被你们截走了，他们不更是雪上加霜了？"

洪钧一听就知道自己预先的判断分毫不差，韩湘如此关心范宇宙应得的那"一小块利润"，肯定是因为在这"一小块"中也有他韩湘的"一小小块"。洪钧痛快地说："当然不会，你看啊，这第二笔款你们应该付给泛舟五百二十万，而根据维西尔和泛舟之间的合同，泛舟应该转给维西尔四百五十万，你们在和泛舟新的付款协议里约好，把那七十万的差额仍然付给他们，并没有损害范宇宙应得的利益。"

韩湘觉得有些烦躁，他皱着眉头说："这也不是小事，本来已经通过正规招标程序，合同关系、合同条款全都正式敲定了，现在突然要把一部分款项绕过总承包商而直接付给分包商，得和他们、和你们分别补签协议条款，财务部、法务部都要惊动，第二笔款的审批流程本来已经走完了，现在又都得重新走一遍，我一个人想改就改？可没那么容易哟。"他停了一下，又迟疑着说，"而且……本来你们和泛舟之间的价格只有你们自己知道，这么一来，普发上上下下全都清楚泛舟在软件上有多少利润了。"

洪钧立刻叹服韩湘思维的缜密，明眼人立刻就能算出来，原来泛舟公司在五百二十万的金额中竟有七十万的毛利，这笔转手交易的毛利率超过13%，作为公开竞标项目的总承包商来说，利润的确够高的，不能不让人浮想联翩，对所有当事人的声誉都会有消极影响。洪钧意识到自己的疏忽，忙提议道："具体数目可以调整一下，比如你们只付给泛舟三十万，把其余四百九十万都付给维西尔，而我们会再把其中的四十万转给泛舟。当然这的确不是个小改动，工作量是比较大，但是你这么做正是名副其实的未雨绸缪啊，是你敏锐地觉察到可能存在的风险，是你果断地采取补救措施，才确保了项目的顺利进行，大功一件啊。"

"那老范能放心吗？咱们商量得再好，到时候他死活不答应，还是难办啊。"

"范宇宙对你和我是了解的，他知道可以信得过咱们。"说完，洪钧稍微想了想，便抛出他准备好的条件，"这样吧，咱们三家既然是合作伙伴，一损俱损，一荣俱荣，维西尔也应该尽力让大家都好做一些。我可以在范宇宙和你签妥补充协议的当天，就额外再付给泛舟十万块钱，用支持合作伙伴市场活动经费的名义给他，由他自由支配。"洪钧已再三分析，断定范宇宙不可能是为了得到这笔额外的收益而精心导演了以小薛为主角的一幕，范宇宙没这个能耐。

韩湘笑了一下："也只能这样了。你们这样有所表示，老范面子上也过得去，我这里做他工作也就容易些。当面逼着他签补充协议、把付款方式改了，我觉得倒不太难，毕竟现在款项都还在我手上。但是就怕这家伙耍滑头不肯来见我，我就只得按照原合同按时给他付款。"

"不会，我已经嘱咐相关人不要走漏任何风声。星期一早晨上班，你得先不露声色地吩咐财务部立即把款子压下不付，再挑个适当的理由叫范宇宙尽快来一趟，他不会不来。你只能先斩后奏，等他在补充协议上签了字，再把情况正式通报财务部和法务部的人，以免那些人把消息传出去。"

韩湘点了点头，直到这个时候，他才转而想到了范宇宙的难处，又摇了摇头说："老范的资金流也真够他头疼的，他打咱俩的主意这下落了空，就只有靠他另想办法喽。"

洪钧笑了："他有办法的，做生意的谁都会遇到资金周转不过来的时候，这难不倒他。"他又答应马上替韩湘起草两份补充协议，韩湘才认可一切安排妥当了。

九点多钟，天色已经彻底黑下来，但被晒了一天的柏油路上仍然升腾着热气。洪钧先把韩湘送回家，再开着帕萨特往回赶，手机上不知什么时候收到一条短信，洪钧一看是菲比问他结束了没有，洪钧便只回了一个字"嗯"。

过了一会儿，菲比又发来一条，写着"这个星期六过得比上班还累"。

正好在路口赶上红灯，洪钧等车停稳，把手机拿到方向盘上按着键，这次他的回复是三个字——"习惯了"。

# 祸兮福兮

洪钧说话算数，他没有让小薛等得太久，因为他知道那种被煎熬的滋味如何，一个人不能没有方向，如果能为陷于困境中的人打开一扇希望之门简直胜造七级浮屠，何况这个人恰恰又是为了帮助他才陷入困境的。接下来的星期四下午，小薛成了洪钧在他新的办公室里接待的第一位客人，因为维西尔北京的乔迁工程在星期二才大功告成。

小薛到得比约定的时间整整提前了一刻钟，洪钧接到Mary的通报便停下手头的事，让她把小薛请进来。小薛挎着一个瘪瘪的书包，穿一件长袖的浅色格子衬衫，领口最上面和袖口的扣子都扣得严严实实，下面是条藏蓝色的长裤，脚上是一双棕灰色的皮鞋，裤脚似乎有些短，可以看到里面的白色袜子。

洪钧热情地和小薛握手，请他坐到自己的写字台对面摆着的椅子里，刚要回身坐到自己的皮椅上，忽然觉得这样恐怕会让小薛非常拘束，便笑着说："来，咱们还是坐在这边吧。"便请小薛起身，两人围着会议桌的一角坐下。

等Mary送来一杯水之后带上门出去了，洪钧打量着小薛，说："两个多月没见了，这几天过得怎么样？"

小薛局促地笑着，双手抚弄着放在膝盖上的书包，回答说："没干什么，就在家里待着。"

"上次的事已经解决了，还算顺利，我要好好谢谢你啊，你帮了我一个大忙。"

"呃，您别这么说。"小薛迟疑一下又轻声问，"嗯……范先生那边后来怎么办的？"

洪钧笑了，看来小薛首先惦记的是范宇宙的难处，这让洪钧感到满意，他喜欢有良心的人，便说："我和他见过面，听他的意思可能会想办法找一些朋友筹措一下，银行也有这种短期贷款，找典当行也可以，只是他都得付些利息罢了，他想拖着维西尔的款不付，就是想白白用我们的钱救急还不用掏利息。"

小薛一听，心里的负担减轻不少，眉头也舒展开了："哦，我特担心给范先生惹了大麻烦，有同事发短信给我，说范先生发了好大的脾气，小马，呃，范先生的司机，给我打电话我没接，他就发短信让我走着瞧，有本事以后永远别让他碰到。"

洪钧轻松地说："不要紧的，你放心吧，他们如果真要对你做些什么，是不会给你发这种短信的，'咬人的狗是不叫的'，他们只是吓唬你、自己出出气罢了。"

小薛"哦"了一声，彻底放心了。

洪钧不想再聊这次"告密事件"，也不希望日后被其他人知道或提起，他话题一转，问道："咱们都已经成朋友了，可我除了知道你的大名之外，别的还一无所知，你先介绍一下你的情况，好不好？"

小薛的脸微微有些红，在椅子上挪了挪，挺直上身说："嗯……我是北京人，可是我不是生在这里，我生在陕北的榆林，我爸我妈都是当年的插队知青，他们俩都没什么本事，一直拖到八二年才返城，后来在街道上的工厂当工人，前几年都已经'提前退休'了，只能找些杂事干，修自行车，帮人家在服装市场看摊儿，现在家里就主要靠我了，呵呵。"

洪钧心里不免有些酸楚，但还是面带微笑，用鼓励的目光看着小薛。小薛喝口水接着说："我刚回北京的时候满嘴陕北话，胡同里的孩子都笑话我，拿我开心。后来上学了，我爸我妈也不怎么管我。他们自己连高中都没念完就下乡了，我也没念高中，上的是个中专，毕业出来就找工作了。我第一份工作是在一家公司搞推销，是那种电话推销，卖会员卡的，不好做，压力特大，老板也特黑，每个月所有的电话费还都要从我们的工资和提成里面扣回去。后来老板让我们几个男的都走了，他招了一批外地来的女孩儿，说女孩儿打电话推销的成功率比我们高。我又找了家公司，是专门做礼品的，我的工作就是'扫楼'，在写字楼里一家公司一家公司地进去问，要不要定做礼品，给人家留下名片和宣传材料，大多数时候都是刚一开口就被轰出去了。后来在报纸上看到泛舟公司的招聘广告就去了，没想到还真要我了，所以泛舟是我的第三份工作。"

　　洪钧的第一份工作也是做销售，但与小薛相比，自己的条件要好得多，吃的苦也少得多。洪钧不禁想到包括他自己在内的所谓成功人士经常津津乐道地忆苦思甜，总喜欢竭力渲染自己刚出道之时是如何窘困与艰难，其实不过是为了烘托今日的成功而已。相比之下，一直在困境之中挣扎的小薛，却能如此平静地讲述自身的经历，既没有做作的顾影自怜，也没有徒劳的艳羡他人。洪钧有种感觉，小薛在逆境中磨炼出来的心态可能正是他最宝贵的资本。

　　这么想着，洪钧插嘴问道："范宇宙是因为什么选中你的？"

　　"我觉得是因为我比较能吃苦吧，而且我要的待遇也不高。"小薛想了一下又笑着说，"对了，还有一条特有意思，范先生说过他喜欢姓里带'草字头'的，他的'范'是草字头，我的'薛'也是草字头，泛舟还有好几个姓黄的、姓苏的、姓蔡的、姓苗的、姓董的、姓莫的，呵呵，本来还有一个姓萧的，前一阵离开了。"

　　洪钧也笑起来："你这个姓薛的也待不下去了。"他见小薛的眼神立刻黯淡下来忙转而问，"哎，范宇宙有没有说过，他为什么有这个讲究？"

　　"说过，他给我们讲过好多次呢，他说他喜欢草，因为草最顽强、最有生命力，'野火烧不尽，春风吹又生'；还因为草最朴实，不花里胡哨，甘于平凡；还因为草最团结，抱团儿，一棵小草活不了，大家得长在一起连成一片才行……"说到这儿，小薛突然停住了，脸一下子红了，张着的嘴过了片刻才合上。

　　洪钧明白小薛还没有从自己"告密行为"的愧疚和自责中摆脱出来，他肯定觉得自己彻头彻尾就是一棵靠不住的令人唾弃的墙头草，便赶紧找个话题问他："你说的那个小马，可是没有草字头哟。"

　　"哦，范先生也说过，他说马是离不开草的，所以小马离不开他。"

　　洪钧听着陷入了沉思，他发现自己其实对范宇宙知道得很少，虽然他已经见过范宇宙千变万化的众多模样，但那只是冰山的一角，范宇宙的本来面目的确是个谜。洪钧一直以为范宇宙不过是个见利忘义的商人，又土得掉渣儿，充其量也只是"盗亦有道"而已，现在他不由得钦佩范宇宙的志气。他相信刚才小薛说的是范宇宙的原话，却怎么也想象不出一个引经据典、充满"革命浪漫主义、乐观精神"的范宇宙是什么样子，他从未想到范宇宙也在随时向员工灌输他自己的价值观和人生观，也在言传身教地打造他的团队。是啊，在夹缝中生存的"范宇宙们"，其生命力和能量都不可小视，这就是"草根一族"的厉害之处吧。

洪钧忽然想起 个在心中埋藏已久的疑惑，便问："我听你总是称呼他'范先生'，为什么不叫他'范总'？"

"他让我们这么叫的，他不许我们叫他'范总'，也不许叫'范董'，说因为听上去都像是在骂他'饭桶'……"

"哦，他让我叫他老范，这里面也有什么讲究吗？"

"他也说过，像客户领导呀、外企厂商呀这些他必须尊重的人，都可以叫他'老范'，因为听着像'讨饭'，这样可以提醒他，自己是在从客户和厂商那里讨饭吃，要时刻小心谨慎。他也告诉我们好多次，说做销售就像是讨饭，我们就应该像叫花子一样地夹着尾巴做人，好好为客户和厂商服务，才能有饭吃。"

洪钧暗笑，范宇宙总是如此独辟蹊径地培训他的下属，倒也自成一派。他问小薛："你喜欢做销售吗？"

"嗯……我学历比较低，也不懂什么技术，做销售没有门槛，我也不怕被拒绝，肯吃苦，所以我觉得我做销售挺适合的，我相信我能做好。"

"你觉得做销售和讨饭一样吗？"

"嗯……反正我理解范先生的意思，就是客户是我们的衣食父母，客户永远是对的，嗯……就这些吧。"

洪钧看着小薛的眼睛，说："销售是一个专业化的职业，和其他的职业一样都是崇高的，并不低人一等，无论是做厂商还是做代理，与客户都是平等的。做销售的确应该关注客户的利益，但销售不等于乞求，客户和生意也都是乞求不来的。你必须认识到你是给客户带去他们非常急需的东西，给客户带去价值，你是在帮助他们。"

小薛一边听一边懵懂地点头。洪钧笑着说："当然，我说的这些你现在恐怕还不能完全体会到，即使体会到，也不能完全做到，这需要过程，需要不断地提高。先说说眼前吧，你肯定已经不能再回泛舟了，下一步有什么打算？"

小薛不像刚才那样健谈了，又紧张起来，说："嗯……再找工作呗。"

洪钧看着小薛的窘样，又想起当年自己第一次找工作面试时的尴尬经历。其实人都能遇到各种机会，关键在于能否抓住机会，而如今抓住机会更多的不在于张开手而在于张开嘴，洪钧打算让小薛尝试一下主动张口，便启发小薛："人都有很多愿望，也总会遇到一些人可以帮他实现某些愿望，他要做的就是把他的愿望说出来。比如你面对一个客户，所有该做的都做了，最后还差什么呢？就差说出你的愿望，你要敢于问客户，咱们可以签合同了吧？如果你不说这句话，恐怕客户永远不会说，明白吗？现在你面对的是我，你应该怎么做？"

小薛的脸涨得通红，洪钧期待地注视着他，小薛终于鼓起勇气说："我在找工作，您……能帮我介绍一个工作吗？"

洪钧满意地笑了："可以。你来维西尔吧。"

小薛惊呆了，不禁怀疑自己有没有听错，连一直揉搓书包的手指也僵住了，他之前最大的"奢望"就是请洪钧把他推荐给别的公司，但从来没想过洪钧和维西尔肯接纳他，他怔了半天才说出一句话："呃，我学历太低，才中专。"

"哦，客户从来不在乎我是什么学历，所以我也不在乎你是什么学历。"

"呃，可是我不怎么会说英语。"

"那就学呗。"洪钧说得再轻松不过了，他看到小薛一脸茫然，又解释道，"现在你说'我不会英语'，我仍然会让你加入，但如果半年以后你还说'我不会英语'，我就会请你离开，不是要求你半年之内英语就能说得多么好，而是你在半年之内必须建立起自信。不会就要去学会，这不仅是一种能力，更是一种态度。"洪钧接着问，"你对工资待遇有什么要求吗？"

"没有，您定，给我多少钱我都能活。"

"那就三千吧。"

小薛眼睛瞪起来："啊！不用的，您给两千五就行。"

"你想得倒好，你以为让我把你的工资降低，就能让我降低对你的要求吗？"洪钧见小薛还愣着，似乎没明白自己开的这个玩笑，又说，"你要是有出息的话，就不要往后缩，而是应该马上问我什么时候可以涨到五千！"

小薛惭愧地低下头，但洪钧仍然可以看出他内心有多么的高兴。等小薛又抬起头，洪钧打量着他，把手放在自己领口摸了一下领带结，小薛立刻明白了，忙说："我带了领带的，公交车上太热，我就没打，本来想等到了以后在卫生间对着镜子打上的，刚才特紧张，就没顾上。"

洪钧笑着澄清："没关系。我的意思是以后不打领带的时候，最上面的扣子可以解开，不然看上去真像是你忘打领带了。"

小薛脸又红了。洪钧站起身来拍了他肩膀一下说："那就这么定了，你明天就来上班吧，我会和范宇宙打声招呼，他们不会找你麻烦的。"然后伸出手说，"Welcome aboard!"

小薛忙站起身，但没听懂洪钧的最后一句话，握住洪钧的手说："什么？"

"欢迎加入维西尔！"洪钧说着，紧紧握了握小薛的手。

把小薛送出门，洪钧便拐到旁边李龙伟的办公室。门关着，透过玻璃可以看见李龙伟正在打电话。李龙伟抬眼也看到了他，忙用手指一下耳旁的话筒。洪钧见他没有马上挂断电话的意思，料定对方是个重要的客户，就走开了。他没回自己的办公室，而是在外面的开放式办公区转悠，和几个员工逐一聊上几句。

不久，李龙伟打开门，在门口叫了一声："Jim，你找我？"

洪钧扭头答应着，走回来进到李龙伟的办公室，两人隔着写字台面对面坐下，李龙伟解释说："还是第一资源集团的人，我从来没碰到过这么难约的客户，总算定下来明天下午我过去。我最不喜欢周五下午去见客户，就算能认真谈几句，周末两天一过，也全忘了，商定的事情也无法跟进。唉，可那也得去啊，不然又不知道什么时候才能再抓住他。我先去和他谈吧，这种大家伙，日后少不了还得你亲自出马。"

洪钧点头表示知道了，然后问："你现在的人手怎么样？阵容基本齐了吧？"

"差不多了吧，光在北京我就新招了五个，上海、广州的销售也都到位了。现在人手不是问题，关键是我得带着这帮人出活儿啊，不然年底你该要我命了。"

两人都笑起来。洪钧说："我还想再给你塞个人。"便把小薛的情况介绍一番。

李龙伟听完有些迟疑地说："哦，是个小家伙，还以为你要给我推荐什么重量级人物呢。打算给他什么头衔？'销售经理''客户经理'肯定不行，就连'销售代表'都有些够不上似的。"

"嗯，他倒是根本不在乎什么头衔，在公司内部就给他定个'销售助理'吧，他的确只能算是个培训生，但名片还是印成'销售代表'吧，不然客户更不拿他当回事了。"

"哦，底薪打算给他多少？"

"三千。"

"啊？那不是比Mary都低了吗……"李龙伟刚惊呼一声，马上觉得有些失态，便又和缓地说，"咱们这儿的销售可从来没这么低的呀。"

洪钧听出李龙伟的意思，他不只是指这个工资数目低，更是在指这个小薛的水平低，便笑着说："倒不是因为我'黑'，其实多给他两千三千也没什么，省这么点钱对咱们有什么用？我是要让他明白，他挣多少工资取决于他自身的能力，而不是取决于他在哪里上班，昨天在泛舟，今天在维西尔，能力没任何变化，工资就涨一倍甚至更多，这对他的成长没有好处。他很实在，就这个数目，他还觉得高了呢，要求我少给一些。"

"看来他还算有自知之明。"话一出口，李龙伟觉得有些伤洪钧的面子，赶忙问，"你是想把他给我？你觉得让他跟哪些项目合适？"

被李龙伟这么一问，洪钧倒愣了，他事先还真没想到这些具体问题，便摆下手说："你定吧。他肯定还不能独当一面，就让他跟着你练练，你有空就指点他一下。"

"Jim，你可真会难为我，我现在带这么一大帮人已经疲于奔命了，哪有时间照顾这个小家伙啊？咱们说好，你非要把这个小薛塞给我也行，但不能因为我多了一个人而增加我的指标，嘿嘿，你反而应该给我减点儿才对哟。"

洪钧只好说："你放心，你的指标当然不变，小薛不占你的名额，你也不用让他立刻就扛业绩，先让他熟悉一下，我也会经常留意他，有什么打杂的跑腿的事我会交给他。"

回到自己的办公室，洪钧有些沮丧，倒并非因为李龙伟的态度，身为一个销售总监，李龙伟的考虑无可厚非，正是他有意无意地提醒了洪钧，作为公司的最高层，直接招来小薛这么一个最底层人物，未免有些欠考虑。其实洪钧自己也想不清楚，让小薛来维西尔是出于感谢还是出于同情？是因为认定小薛是一位可造之才还是因为在小薛身上看到了自己当年的影子？是慧眼识人的破格之举还是草率的意气用事？这一切的答案都要看小薛日后的表现了。

　　卡彭特就像小孩子的眼泪，说来就来了。八月的第二个星期，邓汶全部用来陪同卡彭特在北京的行程，他们查看了即将投入使用的ICE中国研发中心的新址，拜会了几家合作伙伴公司，还走访了三所大学，当然也少不了一些娱乐项目，最辛苦的一天就是陪卡彭特到北京东北角与河北交界的地方头顶烈日爬了一趟野长城，总体来说，卡彭特很满意，也很开心，不过这一天的气氛却与往日不同。

　　黄昏将至，两辆轿车从天坛公园西门出来，向北拐上了前门大街，前面是一辆劳斯莱斯，后排坐的是卡彭特和邓汶；后面是一辆上海通用的别克君威，开车的是俞威，旁边坐着他的销售总监Susan。劳斯莱斯是从酒店包租的，而别克君威则是俞威自己刚买的，ICE公司当初的那辆桑塔纳2000连同司机小丁都已经被他淘汰。俞威最终说服了皮特，ICE在中国一改只做直销的模式，正在大张旗鼓地发展代理商和渠道合作伙伴。此举对ICE的业绩有何影响尚待检验，但对俞威的功效可谓立竿见影，他已经把原来的捷达王换成了顶级配置的别克君威，虽然他心目中的理想座驾是凯迪拉克的CTS，但他实在等不及上海通用的凯迪拉克出厂面市，只好先委屈自己了。也好，君威也不错，尤其是名字里也有一个"威"字，俞威这么安慰自己。

　　沿着前门大街没走多远，两辆车便右转弯开进路东的一个小院，全聚德到了。邓汶定的是一个最豪华的包间，里面金碧辉煌的，还摆设着皇上的龙椅，连服务员都是一身满清宫廷打扮，仿佛置身宫庭。

　　四个人在一张宽大的圆桌旁坐定，邓汶不停地给卡彭特介绍周围的陈设和全聚德的掌故，Susan也卖力地帮忙活跃气氛，但卡彭特始终阴沉着脸闷闷不乐。过了一会儿，一位服务员拎着一个备好的鸭坯走上来，另一位在旁边笔墨伺候，Susan不等服务员解释，便对卡彭特说："你可以用毛笔在鸭子的身上写字，如果鸭子烤好后那个字还在，就说明他们没有偷换我们选好的鸭子，也说明厨师烤鸭的技术很好。"

服务员把毛笔双手递给卡彭特，邓汶也在一旁笑着鼓励，卡彭特不情愿地接过笔，皱着眉头想了想，把笔又扔回服务员手里的托盘上，气哼哼地说："我没有兴趣，我不会写中国字，也不在乎他们换不换鸭子。"

所有人都愣住了。邓汶正愁如何摆脱眼前的尴尬局面，对面的俞威笑呵呵地站起来，用汉语说了句："他不写我写。"俞威绕着圆桌走到服务员旁边，拿起毛笔蘸上糖汁，在鸭坯的白色肚皮上一笔一画写了个"好"字，只是"好"字的左右两半离得相当远，结果像是"女子"二字，他冲Susan坏笑着，挤一下眼睛，Susan笑着低声说："你呀，最坏。"

邓汶顾不上他俩的打情骂俏，忙对卡彭特说："他写的是汉字里的'好'字，我们等着看鸭子烤好了字还在不在。"卡彭特并不觉得俞威无礼，而是仍旧沉浸在他的恶劣心情里不能自拔，闷闷地"嗯"了一声。

邓汶有些莫名其妙。这天上午是在一所大学参加了软件捐赠仪式，这所大学将把ICE公司捐赠的软件产品用于教学和科研，中午学校领导设宴款待，下午邓汶等人陪卡彭特去天坛转了一圈，他想不出卡彭特心情不佳的原因，正打算问，卡彭特却已经先问他了："我们捐赠给大学的那些软件在中国市场上每年正常的维护和升级费用是多少？"

邓汶对软件价格等商务方面的细节一概不知，便看着俞威，俞威一副无动于衷的表情，Susan便回答："没多少钱，我们给这些非营利机构的报价本来就很低，估计每年两三万块钱吧。"

邓汶怕卡彭特一时换算不过来，就补充说："大约四千美元。"

卡彭特一听，先是惊讶，紧接着就叫一句"耶稣基督"，又问："就这么一点小钱，为什么他们的院长竟然亲自对我讲了好几次，要求ICE以后不要收取这笔费用，要每年免费向他们提供维护服务和升级版本？"

邓汶只好打圆场："大学的经费都是国家每年划拨的，可能经费有限吧，所以他们希望我们继续给予更多的支持。"

卡彭特不以为然地连连摇头。这时服务员已经按照事先定好的菜单开始上菜，卡彭特双眼盯着一盘盘摆上来的菜，却不理会正在报菜名的服务员，又问：

"今天的午饭有多少人吃？"

邓汶一时没反应过来，Susan接口道："你是问在大学里的午宴吗？有三桌，大概三十人吧。"

卡彭特又问："你们谁知道那顿午饭大概会花多少钱？"

Susan歪头想着，说："嗯，不太贵，我估计每人的标准是四百元，总共大概一万多块钱吧，就是大约一千五百美元。"

卡彭特刚拿起筷子，听完Susan说的最后一组数字，猛然把筷子"啪"的一声拍在桌面上，嚷道："哦，我的上帝！这么说，他们每年只要少吃两次这样的饭，就可以不必求我们给他们免费喽。我们去的有几个人？四个还是五个？他们怎么有那么多人来吃饭？除了那个院长，我一个人都不认识。"

邓汶哭笑不得，只好给他解释："这是他们用来表达诚意的一种方式，如果只有院长一个人和我们吃饭，他们会觉得非常失礼，其他人也都参加了捐赠仪式，所以就接着一起吃饭了。"

卡彭特不仅没有消气，反而更加火冒三丈地说："可笑！荒唐！如果我们白送给他们那么多东西只是为了让他们省下钱来每年可以多吃两次这样的饭，我们为什么还要做这些？如果是因为这个国家每年给大学的钱太少，使得院长他们除了吃饭之外别的什么都干不了，只好求我们白白送给他们东西，那么，既然这个国家不肯在教育上花钱，我们为什么要在这个国家的教育上花钱？"

他的话音刚落，一直默不作声的俞威腾地站起身，身后的椅子翻倒在地，整个圆桌上的杯盘碗碟都被震得一片响动，所有人都被他吓了一跳，俞威旁若无人、铁青着脸走了出去。

服务员连忙把椅子扶起来摆好。卡彭特一脸疑惑地望着邓汶，邓汶只好说："他肯定出了什么紧急的事，我去看看，失陪。"说完，忙起身追出去。

邓汶在包间外面和楼上楼下的散客区都没见到俞威的影子，便寻到店外的院子里，天大亮着，他一眼就看见了俞威。院子里挤满了车，中间一块不大的空地上，俞威正站在那里，嘴上叼着一支香烟，双手攥着一个打火机不停地打着，不知是因为里面的液体用光了还是俞威情急之下操作不得要领，无论怎么较劲就是打不着火，气得俞威用力把打火机往下一摔，等打火机蹦几下落在地上不动了，他还觉得不解气，又走上去抬起脚后跟狠命连跺几下，直到打火机四分五裂才罢休。

俞威听见身后的脚步声，扭头看是邓汶，就伸出一只手指着店里的方向，嚷道："什么东西！他算什么东西！"

邓汶冲他摆手，俞威还在气头上，近乎咆哮着说："这是我们的地界儿，我们怎么说我们自己都行、怎么骂我们自己都行，但他不许骂！他要敢再骂我们中国人，把我们说成是要饭的，我他妈的抽他！"

门口几个迎宾小姐和刚到的几车客人听到动静都往这边看，邓汶抓住俞威的胳膊竭力解劝。俞威怒气未消，接着说："他来中国干什么？我没请他来呀，是他自己想来赚钱的呀。他去大学干什么？人家没请他去呀，是他想去拉关系造声势的呀。谁稀罕他的破软件！谁稀罕他的破公司！他要是瞧不起中国人，滚蛋！ICE要是瞧不起中国，也滚蛋！老子还不要他这个饭碗了，哭着喊着要请老子去的多了……"

邓汶哄着说："哎呀，他就是那么一个人，自以为是惯了，不用和他当真。"

俞威不理邓汶，把胳膊挣脱出来，叼着烟向旁边一辆旅游大巴的司机走过去，问道："嘿，朋友，有火吗？"

那个司机正呆呆地旁观俞威发火，不料俞威忽然向他走来，吓了一跳，忙把手里的一个打火机扔给俞威，也顾不上要回，就跳上自己的驾驶室里去了。俞威接住打火机，点着烟深深地吸了一口，闭上眼睛长长地吐出来，陶醉之余，朝那个司机扬了下手里的打火机，司机连忙摆手，表示不要了，俞威便把打火机揣进兜里，朝司机一拱手，算作道谢。

邓汶见俞威抽了几口烟之后好像平静下来了，又说："进去吧，也别闹僵了，毕竟都只是闲聊，说着玩的。"

俞威已经完全恢复常态，他对邓汶笑笑说："你先进去吧，咱们一起进去不好，你就说我正打电话呢。"

邓汶这才完全放心，说了声"好的"，便独自往回走，刚才的这一幕倒令他对俞威刮目相看了。邓汶自从第一天见面，就对俞威印象不好，日后接触多了甚至变得反感，邓汶不知道应该如何与一个令他厌恶的人相处，更发愁今后如何与这样的人长期合作。直到不久前有一次在午饭时闲聊，小谭听说俞威要买新车，便随口建议道，广州本田不错，结果招致俞威一顿抢白挖苦，几乎把小谭骂成汉奸，这倒让同样誓死不买日本车的邓汶顿时产生一丝共鸣。

邓汶走到门口又转过身来，见俞威面朝西，眯起眼睛望着夕阳，惬意地抽着烟，浑身仿佛被落日的余晖镀上了一层金色，长长的影子拖曳在身后的地面上。邓汶忽然发现俞威的身材不仅高大，简直称得上伟岸了，不免有些惺惺相惜，他终于看到与俞威精诚合作的希望了。

两天之后，卡彭特终于要走了。上午，在首都机场二楼拥挤不堪的国际出港大厅，邓汶、俞威和Susan三个人来送卡彭特。邓汶他们的心里都充满了彻底解放的轻松，带着"送瘟神"一样的喜悦豪情，憧憬着即将恢复以往那种正常的日子，但脸上都是一副依依惜别、难舍难分的表情。

卡彭特情绪很高，他先和Susan握手，又紧紧地拥抱了她一下，然后搭着她的肩膀说："Susan，你是一位可爱的女士，我很喜欢你，你让我的北京之行充满了乐趣，我会记住你和你讲的那些有趣的笑话，保重。"

不知是因为激动还是因为害羞，Susan满脸通红，她灿烂地笑着说："希望能很快再见到你。"

卡彭特又走到俞威面前，握住他的手，直视着他的眼睛，简单地说了句："祝你好运！"俞威要说什么，但好像被憋住了，直到卡彭特已经松开手，他才说了句："再见！"

邓汶推着卡彭特的行李车，见轮到自己了，便腾出手和卡彭特握着，卡彭特意犹未尽，又热情地和邓汶拥抱，拍着他的肩膀笑着说："你很棒，我对你这几个月的工作很满意，我相信在你领导下，ICE中国研发中心将会成为一支非常出色的团队，继续努力吧。"

邓汶脸上露出恰到好处的笑容，但并没说什么。卡彭特接过手推车，从提包里取出机票和护照，冲他们三人笑着扬下手，便向海关绿色通道的入口走去，没走两步，他忽然停住，转头冲邓汶说："代我向Jim问好，代我向他说声'谢谢'，谢谢他把你推荐给了我。"

邓汶笑着点头说："我会的。"

在他身后不远的俞威一愣，好像没听清楚，便轻轻拉一下Susan的衣襟，低声问道："谁？什么意思？"

Susan耸下肩膀，歪头近乎耳语："会不会是Jim·洪？洪钧？他和卡彭特以前挺熟的，会不会是他把他介绍给他的？"

Susan说完，都被自己最后一句话里的三个"他"给搞糊涂了，但俞威已经听得再明白不过，哦，原来如此！这个邓汶是洪钧介绍来的，奇怪吗？不奇怪，这太顺理成章了。唯一奇怪的是自己之前竟从未怀疑到这一点。洪钧真狠啊，简直是阴魂不散，居然把他的人安插到自己身边平起平坐，而自己还被蒙在鼓里。

邓汶踮起脚遥望着逐渐远去的卡彭特的背影，还在兀自挥着手，他心里很高兴，而且终于有了一种满足感，他觉得自己这几个月的确干得漂亮，卡彭特刚才的一番夸奖，他完全是当之无愧的。陶醉中的邓汶根本没有察觉，更不曾想到，就在他身后几米开外的俞威，正咬牙切齿地把两束锥子一样的目光钉在他的后脑勺上。


不过即使是正在念叨洪钧名字的俞威也绝没想到，世界是如此之小，此时此刻，洪钧就在离他们不到百米之遥的国内出港大厅。洪钧在商务舱的柜台办好登机手续，等了一会儿，见已领好登机牌的小薛拎着行李赶了上来，便带他一起走到头等舱、商务舱旅客专用的安检通道，对工作人员解释一句："这位是我的朋友，我们一起的。"

过了安检，洪钧带着小薛走到国航的商务舱休息室，向门口的服务生递上自己的登机牌，又说："这位是我的朋友，我们一起的。"服务生一边回答"没问题"，一边要过小薛的登机牌看一眼，对洪钧确认道："您是飞广州，您的朋友是飞成都，对吧？我们记下航班号了，到时候通知您。"

两人走进商务舱休息室，找了个角落，隔着茶几面对面地坐在沙发上。小薛忍不住打量周围新奇的环境，但他今天享受到的这些礼遇都比不上洪钧向别人介绍他时说的那句话让他舒心。

洪钧说："早上吃饭了吗？那边有些三明治，还有方便面，你可以去拿。"

小薛站起身，又问："您要些什么？"

"给我拿一听健怡可乐就行了。"

小薛先跑去给洪钧拿了饮料和玻璃杯，又去给自己泡了一碗方便面端回来。洪钧等他忙完，问道："你哪天回来？"

"明天上午九点钟开标，Larry只是让我代表原厂商去露一面，把开标结果详细记好，明天晚上就飞回来，他让我不要和客户或者那几家投标商说什么。"

洪钧"哦"了一声，他注意到小薛这几个星期下来已经逐渐入乡随俗，把李龙伟叫作"Larry"，对其他同事也都叫英文名字，唯有对他仍然称呼"洪总"而不是"Jim"。洪钧笑着问："你什么时候给自己也起个英文名字啊？你的'薛'和'志诚'这些音老外都很难发出来。"

小薛正用一次性筷子搅拌碗里的方便面，忙把碗盖扣好，腼腆地回答："咳，先不着急，反正眼下也没有老外会直接和我联系，我现在英语还说不利索就给自己起个洋名，她们肯定又该笑话我了。"

"谁会笑话你？"洪钧好奇地问。

"公司里那几个女孩儿呗。"

洪钧一边喝可乐一边看着小薛把头趴到茶几上吃了几口面条，又问："你觉得她们是善意的还是恶意的？"

"我都无所谓。她们拿我开心也没关系，都是一个公司的，说着玩儿呗；她们瞧不起我也没关系，反正也没把我怎么样。"

"那你给我说说，她们都说你什么了，我也想听听。"

"起外号呗。开始她们都管我叫'白袜子'，我就问Mary，这才知道西装革履的时候穿白袜子是露怯。我本来还以为白袜子显得干净利索呢。那我就改穿黑色的呗。人家要是不笑话我，我还一直那么穿呢，所以我应该谢谢她们。后来她们又管我叫'wolf'，我知道是'狼'的意思，但还没闹清楚是为什么呢。"

洪钧低头看一眼小薛的皮鞋，里面露出的已经是深灰色的袜子，不禁笑着说："我当初也注意到了，没顾得上提醒你。叫你'wolf'，我猜可能是因为那个电影吧，《与狼共舞》，里面有只狼的脚上有白毛，所以得了个名字叫'白袜子'，可能Mary她们觉得管你叫白袜子太明显了，就改了个代号。"

"哦，呵呵，没事儿。"

"你觉得有没有人瞧不起你或者排斥你？"

小薛想了想："嗯……可能有吧，无所谓。人到一个新地方都会遇到这些，尤其是从小地方到大地方，从低档的地方到高档的地方。我小时候刚回北京，胡同里的孩子追着笑话我，我照样和他们玩儿、和他们说话，结果我很快就能说一口普通话了，他们有几个故意模仿我，结果带上陕北口音改不掉了，回家还挨家长揍过，呵呵。"

洪钧自己当年也有初进外企的经历，他能理解小薛的处境，外企里有不少人都有一种自视甚高的优越感，对资历不及自己的新人更会表露出明显的偏见和排斥。洪钧发现小薛适应得挺快，他尤其欣赏小薛这种心态，不仅善于取长补短，居然还有一种以德报怨的气度，便赞许地说："嗯，你就是应该这样，不要逃避，也不要有逆反心理，很快就能适应了。做销售要和各种各样的人打交道，不能指望所有人都尊重你、都喜欢你，首先要在公司内部尝试和同事搞好关系，然后才能出去和客户搞好关系。"

小薛嘴里嚼着面条认真地听，时不时点点头。这时一位服务生走过来对洪钧说："去广州的航班已经可以登机了。"洪钧刚站起身，小薛也赶紧站起来用纸巾擦下嘴，收拾自己的行李，服务生便说："去成都的大概还要再过四十分钟吧。"

洪钧对小薛说："我先走一步，你在这儿坐着吧。"

小薛一边抓起两人的拉杆箱一边说："不了，您一走，我自己在这儿觉得别扭。"


卡彭特走后的几天，邓汶的情绪一直不错，他经常抽空和俞威聊天，因为相互了解是精诚合作的基础嘛，了解多了，感情自然也就深了。他以前很看不惯俞威在公司里颐指气使的霸道，现在倒认为这种霸道其实是一种霸气，他甚至反思自己的管理风格中正缺乏这种霸气，所以他开始从点滴做起，首先力求让自己走路时也能"虎虎生风"，把周围空气搅动起来，让自己人还没到，威风先到。

邓汶从公司门口走到自己简陋的办公室，感觉刚才这段路走得不甚满意，便又在办公室里来回走了两趟，好像还是有些不得要领。邓汶回想着俞威走路的样子，用心地做着分解动作，他弄不清是因为手臂摆动不够剧烈还是因为步幅不够大，总觉得自己的效果差一大截，不会是因为自己的身材比俞威小一号吧？难道真是身体条件所限？这么想着，邓汶不免有些垂头丧气。

忽然门被敲了一下，俞威和Susan推门进来，先是俞威笑着问道："忙呀？"

邓汶正练习着大步走到墙角，急忙转过身掩饰着说："没有没有，活动一下，想点事情。"

俞威"哦"了一声，又说："Susan想请你帮个忙，怕她自己的面子不够大，拉我来装门面。"

邓汶笑着问："哟，怎么这么客气啊？有什么需要我效劳的？"

Susan嗔怪地瞥俞威一眼，对邓汶说："不是客气，是真挺不好意思的，你本来就很忙，还要平白无故给你添麻烦。"

邓汶的办公室已比最初的条件有所改善，如今已经有两把椅子了，但三个人中哪两人坐下都不合适，只好都站着。经过一段时间的观察，邓汶已经总结出这两个人的穿着习惯，俞威在室内不穿西装上衣的时候一般不扎腰带，他更喜欢用背带，总是变换着用宽窄不同、花纹各异的背带把裤子吊在腰间，而紧绷的背带同时把上身的衬衫勒出几许皱褶，尤其是在后背上的"Y"字形图案使俞威看上去更加魁梧；而Susan则无论身处室内室外、不管周围温度高低，总喜欢裹着件披肩，虽然披肩也是花样纷呈，但不免令人怀疑她是在刻意掩饰着什么缺陷。邓汶暗自庆幸自己的身材虽然乏善可陈，但好歹还算匀称有致，既没有优点可以彰显，也没有缺点需要遮盖，所以在穿着上就可以节省很多心思。他一边胡思乱想一边热情地说："咳，你别客气了，说吧，什么事？"

Susan看一眼俞威，俞威的手向前拨拉一下，既是鼓励更是催促，Susan便说："咱们ICE有一家全球性客户，是埃兰德公司，在全球都用咱们的产品，他们在北京有一家控股公司，在苏州和东莞各有一家合资工厂，这两家JV一直准备上咱们ICE的软件，但得经埃兰德总部批准，他们总部的CIO下周来中国实地考察JV的条件和咱们ICE中国的支持能力，然后确定什么时候上项目。我觉得从对方的级别来考虑，我带个销售去见有些不合适，我想请俞总带我去，可他不行，他就建议我来请你……"

俞威对凡是说他"不行"的都反应强烈，他对这两个字过敏，立刻打断说：

"一个是时间上冲突，我已经有了安排，两边又都不肯改期，我只能去一边；另外你也知道我的英语就那么回事，去见这个老美总不能还让Susan给我当翻译吧。他又是CIO，搞技术的，我更喜欢和搞业务的聊，就想到你了，你英语那么棒，又懂技术，级别也合适，我建议你和Susan去辛苦一趟。"

邓汶被他们俩这通紧锣密鼓的吹捧搞得难以招架，总算大致明白了是要他做什么。他挺高兴，回国这么长时间，他还没机会与哪一家客户深入沟通过，他自己也心虚，毕竟从未与国内客户打过交道，而眼前这个机会不错，是家跨国公司的CIO，让他颇有门当户对、舍我其谁的感觉。

邓汶心里踌躇满志，表面上还在努力做出一些姿态："哦，可是我对这家客户的情况一点都不了解，去见他说什么、怎么说，是不是应该准备一下？"

Susan顿时拍手跳起来："那你同意和我去了？太好了！下周二的下午，说定了啊，你可不许再安排别的事了。"

俞威按了下Susan的肩膀，让她平静下来，说："Susan会给你具体介绍情况的。也没什么太多需要准备的，她谈有关商务方面的，你谈有关技术方面的，这么分工就清楚了。"

等俞威和Susan走后，邓汶忙拿出自己的PDA，把下周二下午的这场约会记在自己的日程上，设好自动提醒。他不免有些兴奋，这个临时找上门的约会，意味着他在筹建研发中心的同时已经开始介入ICE中国的业务运作，他觉得自己的角色越来越丰满，也越来越有意义了。

# 第九章

# 危险圈套

埃兰德公司的办公室是在国贸中心，透过会议室的窗户向外望去，可以看见位于大北窑立交桥东南方向的惠普和摩托罗拉的写字楼。会议桌的一边坐着邓汶和Susan，另一边是四个人，主谈的是埃兰德公司主管全球信息技术业务的CIO，旁边还有埃兰德中国公司的IT主管、采购主管和苏州合资工厂的代表。

ICE方面主谈的是邓汶。本来已经说好，他只谈技术方面，而商务方面由Susan出面，结果就在将要进入会议室的最后一刻，Susan忽然说她觉得还是由邓汶主谈为好，她只在必要时做些补充，邓汶被她弄了个措手不及。还好，几句开场白之后，邓汶便知道CIO也是在波士顿念的大学，两人颇有他乡遇故知的感觉，花了不少时间叙旧，可惜会议桌上摆的只有矿泉水，不然他俩真可以称得上"酒酣耳热"，其余的四个人只好一直耐着性子甘当摆设。

聊得差不多了，CIO才把目光移向自己面前的笔记本电脑屏幕，看来电脑上有他准备的会谈议题，CIO说："埃兰德和ICE一直合作得很好，无论是在总部之间还是在世界上的很多分支都有密切联系，我希望在中国也将建立起这样的联系与合作。很显然，埃兰德计划在中国的两家合资公司也推广采用ICE的解决方案。需要确定的是什么时间启动，以及由谁来支持——是由ICE中国的团队、ICE总部的团队，还是由埃兰德总部的团队？而这些问题我都希望能在今天的会议中得到尽可能详尽和确定的答案。"

邓汶矜持地微笑着，等着CIO的下文，CIO接着说："首先我想请你澄清一下，我从我的中国同事这里得到一份ICE的产品报价，发现虽然是同样的配置，你们在中国市场上的报价却比我从你们总部得到的报价高出很多，其中的原因是什么？"

邓汶不知如何回答，因为他对商务并不了解，他转头看一眼旁边的Susan，却发现Susan正埋头在大记事本上奋笔疾书、心无旁骛，只好说："我刚从美国回到中国，时间不长，对这里的商务细节了解得还不多，我尽量给你提供一些信息吧，有错误或遗漏的地方我的同事可以继续补充。"邓汶又瞟Susan一眼，Susan仍是一副置身事外的架势，而CIO正满怀期待地看着他，他只好硬着头皮说，"我想可能有几个方面的原因，比如说汇率，你可能只是用中国银行公布的官方汇率来计算，把这里的人民币报价换算后去和总部的美元报价比较，但在实际的商务交易中，用官方汇率是换不到美元的，实际汇率都要比官方汇率高；其次可能还有关税的问题，ICE的软件进入中国市场销售给中国的客户，中国的海关肯定是要收取关税的；最后是版本可能不一样，总部给你们报的应该是英文版的软件，而ICE中国报的是简体中文版的软件，从英文版到中文版需要做汉化，还要提供本地的技术支持，这些都是额外的成本，肯定在总部的报价中是没有考虑到的。"这一番侃侃而谈之后，邓汶不由得惊讶自己随机应变的功力，因自己平素积累的业内常识终于派上用场而有些沾沾自喜。

CIO飞快地敲击键盘，把这些记录下来之后，他扭头看一眼采购主管，见采购主管点头会意，就开口也用英语说道："我们埃兰德中国控股公司与ICE中国公司一样，都是外商在华设立的独资公司，我认为我们双方遇到的情况和采用的商务处理方法是基本一致的。因此在把两份报价进行换算比较时，我们并没有采用官方的1美元折合8.28人民币的汇率，而是采用了1比9的换算率，如果ICE中国用的比1比9还高，可能就有些不合适了。而且无论是埃兰德中国控股公司还是我们在苏州、东莞的合资工厂，都可以享受国家对外资企业的优惠政策，我们在进口生产经营所必需的设备和软件时可以享受豁免关税的待遇，所以你们给我们的报价中不应该包含关税。另外我想提醒一下，中国在加入WTO世界贸易组织之后，好像软件的进口关税税率都已经降到零，完全是零关税了，请你们查实一下。"

邓汶能感觉到自己的脸红了，而且还不是微红，会议室里非常安静，CIO敲打键盘的手指也停了下来，只有一支签字笔在纸上不停发出的"沙沙"声，邓汶不用看也知道那是一旁的Susan还在忙，他咽了口唾沫对CIO说："我刚到中国不久，又是负责筹建研发中心，所以对这些商务上的事情不了解，我先把这些问题记下来，将尽快给你们明确的回复。"

CIO显然是念在半个老乡的分儿上宽容地点下头，他看眼电脑又问："我还想和你讨论一下有关软件产品的版本问题。据我所知，ICE软件的8.0版本马上就要正式发布……"

"八月底。"邓汶禁不住插一句。

"OK，我想知道，8.0版本的简体中文版什么时间可以推出？8.0版相对于目前的7.6.2版本都有哪些大的变化？"

邓汶一见话题终于绕到他的本行上来，顿时有种如鱼得水的感觉，他兴奋地坐直身体，又清了清嗓子，朗朗答道："ICE总部派我来中国建立研发中心，我的第一项任务正在于此。ICE以往的中文版本都是在硅谷由华人工程师做的，一些专有名词的翻译非常别扭，很多地方不符合中国客户的业务规范和使用习惯，影响客户的使用效果和满意度，所以总部才下决心大力投资。总部派我来中国建立本地的研发中心，这充分显示出ICE对中国市场和中国客户的重视与承诺。我们的研发中心新址已经全部就绪，我们已经招聘到很多非常优秀的软件人才，我们也已经和国内好几家有实力的软件公司建立技术合作伙伴关系。我很高兴地告诉你，8.0版本的简体中文版将会很快推出，肯定不会晚于今年年底，我对这个新版本的按时推出很有信心。"邓汶喝口水，马上又继续眉飞色舞地说，"8.0版本相对于以往的老版本而言，其优势是非常多的，8.0版不是一个简单的升级版或补丁版。正相反，从技术体系架构到软件工程方法，从业务应用流程到用户界面的友好程度，都有革命性的创新。8.0版本是完全面向当今互联网技术浪潮的，而且结合了众多优秀客户在业务流程上的最佳实践，我可以毫不夸张地说，8.0版本的简体中文版绝不会让任何期待它的客户感到失望。"

邓汶一口气说完，仍然迟迟不能平静，他被自己的言语打动了。CIO敲着键盘，生怕漏掉邓汶提到的每一个字。邓汶忽然觉察到刚才还一直响个不停的某种声音消失了，他转过脸看到Susan已经把签字笔撂在记事本上，正对他灿烂地笑着，看来Susan也被他的一席话感染了。

在回公司的路上，邓汶的感觉得到了证实，他今天的表现很好，不是一般的好，而是相当好，会议完全达到了预期效果，甚至还有意外收获。这些都是Susan在车里不停地夸赞他的原话，在会上一直保持沉默的Susan终于爆发了，向他倾诉着犹如滔滔江水一般的景仰和感激之情。邓汶知道Susan的嘴一向是很甜的，但他觉得Susan赞颂他的这番话并不含什么水分，基本上客观反映了实际情况，他确信自己代表ICE中国公司出席的首次客户会晤取得了圆满成功。

洪钧接到邓汶近乎歇斯底里的求救电话时，正在公司的会议室和一家客户开会。第一遍电话打来，洪钧感觉到兜里手机的振动，拿出来低头一看是邓汶的号码，便直接按了挂断键，等第二遍打来的时候洪钧干脆关了机。不料没过一会儿，Mary敲门进来，一脸难色地轻声对洪钧说："一位邓先生来的电话，说有非常要紧的事情，必须马上找到您。"

洪钧沉下脸，不高兴地问："不知道我在和客户开会吗？"他虽然对Mary和邓汶都有些不满，但这副表情主要还是做给客户看的。

果然客户的老总马上笑着说："洪总，你先接电话吧，我们几个先聊。"洪钧这才充满歉意地欠身出来。

他走回自己的办公室，接起电话就说："你们家着火啦？那应该打119啊。我这儿正和客户开会呢。"

邓汶嚷道："这里根本就没有我的家！是有人放火想烧死我，你赶紧帮我灭火吧。"

"什么事啊这么急？先等十五分钟，我开完会再打给你。"

"不行，电话里说不清楚，我现在打车去你那里，差不多也得十五分钟，你开完会就下来。"

洪钧从没见过邓汶如此心急火燎，只好答应他到时在大厦旁边的咖啡厅见面，挂断电话，还觉得莫名其妙，不知道邓汶究竟出了什么天大的事。

洪钧这次没能守时，和客户的会并没有如他所愿在十五分钟之内结束，等他在将近半个小时之后赶到咖啡厅时，一眼看见坐在角落里的邓汶正拿着手机拨号。洪钧快步走到桌子旁边，兜里的手机也响了，邓汶听到铃声下意识地抬起头，看见洪钧正微笑着站在他面前，便破天荒地骂了一句，但由于骂得很不熟练，无论骂人的还是被骂的都没有痛快淋漓的感觉。

洪钧也不和他计较，坐下来便发现邓汶面前的一大杯咖啡已经见底。正好服务生跟着走过来，洪钧要了杯可乐，邓汶烦躁地挥挥手表示自己什么也不再要了。洪钧见邓汶今天如此反常，知道事态严重，便关切地问："怎么了？出什么事儿了？"

邓汶眉头紧锁，胸脯一起一伏的，从西装内兜里掏出几张折叠过的纸，展开来拍到桌上，推到洪钧面前，说："ICE中国怎么是这么一帮浑蛋啊！难以置信！你先看看，你边看我边说给你听。"

洪钧拿起桌上的两张A4纸，上面是打印出来的两封电子邮件，邓汶语无伦次地说着，洪钧也不好打断他，总算结合邮件里的内容把事件的来龙去脉搞清楚了。

邓汶还在说着："你看，明明是他们俩请我帮忙，要我代替他去见埃兰德的CIO，前天下午见的，当时都谈得挺好，回来路上，Susan还对我说很成功，结果她昨天却给俞威写了这么一封邮件告我的状。俞威不分青红皂白，也不向我了解核实情况，紧接着就把这封邮件转发给了他老板皮特、卡彭特还有一个我不认识的家伙，而且添油加醋地数落了我好几大罪状。要不是卡彭特马上把俞威的邮件转给我，我还傻乎乎的什么都不知道呢，连个解释的机会都没有。我好心帮他们，反而惹出麻烦了，他们这不是恩将仇报吗？"

洪钧仔细推敲着邮件里的语句，笑道："士别三日，真是得刮目相看，俞威的英文长进不小啊。"他发现邓汶已经说得口干舌燥，便招手把服务生叫过来，坚持让邓汶点了一瓶矿泉水。

邓汶"咕咚咕咚"地猛喝了几大口，探身从洪钧手里把两张纸又抽回来，摊在桌面上指点着："你看看他们给我罗列的罪状，第一条，越权干预销售人员的项目……明明是他们请我去帮忙的嘛；第二条，事前拒绝销售人员对项目背景和应注意事项进行介绍……事实上我一再要求他们给我做简报，明明是他们敷衍了事嘛；第三条，面对客户，无视事先商定的角色分工，在对ICE价格政策等商务环节一无所知的情况下，胡乱解释报价体系，漏洞百出、前后矛盾，严重损害了客户对ICE的信任……明明是那个Susan缩在后面死活不肯回答，没有办法，我才替她说了几句嘛，而且肯定是由于他们销售漫天要价，这才让埃兰德怀疑的嘛；第四条最厉害，说我无视事先商定的会议目标，过分强调新的8.0版本的优越性，随意承诺中文版的推出时间，直接导致客户为了等待新版本而决定将购买计划推迟至明年第一季度以后，使ICE中国彻底失去了在今年赢得埃兰德项目的机会……明明我讲的都是实话嘛，没有夸大其词，而且说我们自己的产品好难道还有罪了？我估计，可能是Susan昨天听说埃兰德的项目出了什么问题，他们想逃避责任，便把黑锅都扣到我头上。这两个人以前都和你是同事，你肯定比我更了解他们，我无论如何也想不通，同事之间怎么能干出这种落井下石、背后插刀的事呢？"

洪钧听他说完，又把邮件拿回来看着，摇了摇头："你想得太简单了，他们不是让你背黑锅，也不是落井下石，而是特意挖了一个大坑让你跳下去，他们是想置你于死地。"他皱着眉头想了想，问，"俞威说他因为时间冲突所以不能去埃兰德，那他前天下午究竟做了什么，是不是真去了什么重要约会，你知道吗？"

邓汶睁大眼睛诧异地说："我怎么知道？俞威好像总是神出鬼没的，很多时候谁都不知道他究竟在哪儿、在干什么。我听Jane说起过，俞威有时候自己买机票、订酒店，都不让Jane帮他做，应该就是要保密吧。"

洪钧点点头："嗯，不过这个已经不重要了，不管他当时真的去做什么，他都可以说那个事情更重要，推不掉，也改不了，所以他才没去埃兰德。你的这四条罪状里面，前面三条是他们事先策划好的，就是他们原本想要的效果，但这第四条对他们来说绝对是个意外的惊喜，你的临场发挥给他们提供了最有力的武器，所以Susan才会那么兴高采烈，那个会谈是很'成功'，不过不是你所理解的成功，而是她终于成功地抓到了你的把柄。"

邓汶开始见识到人世间的险恶了，他感到浑身发冷，耸了下肩膀，但看上去更像是打了个寒战。他一头雾水地又问道："就为了整我把一个项目都搭进去，搞得埃兰德的单子今年之内没戏了，这代价也太大了吧？而且毕竟直接影响的是他们两人的业绩，这不是损人更害己吗？"

洪钧又摇摇头，叹口气说："你呀，的确是不了解销售和商务里面的这些背景。埃兰德这种全球客户其实对俞威和Susan来说并不是什么大项目，本来就没什么油水。首先，ICE总部为争取埃兰德这种跨国公司在全球范围内统一采用ICE的软件，当初就已经向埃兰德总部承诺了非常大的折扣优惠，到了中国，俞威他们也必须遵守这些承诺，在折扣上他们没有任何余地，就只有在报价上做文章，把报价抬高些，指望打了那么大折扣之后，订单金额也能尽量大些。即便如此，这种单子最终也只是个小单子。其次，就连这样的小单子，ICE中国还不能独享。ICE在总部有专门负责埃兰德这样的全球客户的客户经理，ICE中国拿到埃兰德的合同之后，业绩还要和总部的客户经理一起瓜分，俞威他们能摊到百分之五十就很不错了。你想想，这么折腾下来，这个单子最终落到俞威头上能有多大？对他们全年的指标来说简直是杯水车薪。而且单子也并没有丢，只不过拖到明年而已，谈不上什么大损失，与对你造成的打击相比还是非常划得来的。"

邓汶大致听懂了，转念一想，就轻松地说："那俞威和Susan犯得着这么紧张兮兮、大动干戈吗？为一个不大的单子，而且最坏的情况也不过是拖到明年，却把事情捅到皮特和卡彭特那里去，就算所有责任都在我，卡彭特也不会把我怎么样吧？小题大做。不过也好，让我彻底认清了这两个家伙的本来面目，呵呵。"邓汶憨憨地笑着，并未意识到这是他自刚才见面之后第一次露出笑容，他更不知道接下去他就再也笑不出来了。

现在轮到洪钧自己觉得口干舌燥了，便端起可乐喝了一口。邓汶的火气小了虽是件好事，可是他显然并没弄清事态的严重性，洪钧只好进一步给他分析："你太小瞧俞威了。从金额来看，埃兰德的确不是什么大项目，但它的政治意义却非同小可。这些全球客户都是在ICE的大老板艾尔文那里挂了号的，负责这些项目的客户经理都是手眼通天的家伙，俞威转发的人里，那个你不认识的很可能就是负责埃兰德的客户经理，你把他认为已经到手的订单拖到明年，他不会轻易放过你。而且埃兰德的项目只是个导火索，你知道他们希望接下去发生什么吗？"

邓汶吃不准，犹豫着答道："总不会因为这么一个项目，就想让卡彭特把我开掉吧？"

"先不要考虑我会给你出什么主意，你先说说，你现在打算怎么做？"

"反击啊，这还用问？人不犯我，我不犯人；人若犯我，我必犯人！"邓汶铿锵有力得像一名寸土必争的勇士，即将冲出战壕杀向敌阵，他挺起胸膛，信誓旦旦地接着说，"必须给他们一点教训，不然他们还会不断算计我。必须先把事情讲清楚，我会给卡彭特和皮特写封邮件，抄送俞威和Susan，还有那个我不认识的人，我不像他们，我是明人不做暗事，我要把事情的全部真实经过都写出来。那四条罪状里面头两条都是只有我和他们两人在场，没有旁证，但后两条都可以请埃兰德的CIO来证明，请他把当时的情况告诉大家。真相大白之后，我会要求皮特对俞威和Susan做出处理，尤其是俞威，光道歉远远不够，这种小人怎么能胜任总经理的岗位呢？"

邓汶又被自己慷慨激昂的言语所打动，他望着洪钧，期待从洪钧嘴里听到鼓励和赞许，不料洪钧只是默默地看着他，面色凝重。邓汶心里顿时没了底，刚要开口问，洪钧已经低沉地说了一句："那你就彻底完了。"

洪钧忽然觉得非常疲惫，一种心力交瘁的疲惫，他知道如果这个时候不帮邓汶一把，邓汶的结局会很惨，但他也知道这不会是最后一次，以后还不知道得帮多少次。洪钧强打起精神，对还在瞠目结舌的邓汶说："那你就真掉进人家给你设的圈套里了，连自己是怎么死的都不知道。你在ICE中国负责的是研发中心，某一个具体项目的成败得失都不会对你构成太大的影响，埃兰德这个项目即便总部那个客户经理要追究，卡彭特也会替你挡了，他把这些邮件转给你，只是让你知道一下罢了。只有在一种情况下，卡彭特才会不得不把你请走，就是当他确信你在中国已无法继续开展工作，而你刚才说的那些'反击'正是在把你自己往那条绝路上送。"

洪钧停下休息片刻，他以往连续讲话几个小时都没觉得像现在这么累，可见帮助别人远不是举手之劳那么轻松。洪钧攒了攒气力接着说："俞威的邮件即使通篇是在捏造事实，但也只是对事不对人，没有提到对你个人有任何成见。而你呢？想请客户出面为你做证？实在是太幼稚了，这种内部事务怎么能把客户牵扯进来？那不是罪加一等吗？你要写邮件找皮特和卡彭特评理，声称俞威这是在对你蓄意陷害，揭发俞威是个小人，你这么做就等于向所有人宣布，你和俞威是无法共事的，你们之间的矛盾是不可调和的。你想一想，你和俞威是ICE在中国级别最高的两个人，你们之间的关系竟然到了不共戴天的地步，ICE高层能不如临大敌吗？能不采取果断行动吗？要么一方走人，要么双方都走人。在这种情况下，最英明的老板也不会考虑你和俞威之间究竟谁对谁错、谁君子谁小人，他们只会考虑一条：让谁走对ICE在中国的业务影响最小。你觉得他们会选择留下谁、干掉谁？俞威这招狠就狠在这里，埃兰德只是个引子，Susan只是个配角，到目前为止所发生的一切都还只是整个阴谋的前奏曲，下面才是真正的陷阱，俞威就是要趁你立足未稳用激将法激你跳出来，让你用自己的行动向所有人表明你和他势不两立，他在等着你自寻死路。"

洪钧的这番话说完之后是一阵漫长的沉默，唯有一只玻璃杯不断在桌面上来回滑蹭发出响声，那是瞠目结舌的邓汶下意识地重复着手上机械一般的动作。洪钧又要了一听可乐，他开启可乐罐的一声脆响终于让邓汶如梦方醒，邓汶定定神，把目光重新聚焦到洪钧脸上，喃喃地问："总不至于，我就这么完了吧？"

"不会，只要你不上他激将法的当。俞威也好，Susan也罢，不管他们再做什么，你都要沉住气，按兵不动，甚至皮特出面，你也不要正面与皮特理论。你只需要关注一个人，就是卡彭特，你只需要做一件事，就是给卡彭特打电话，不要发邮件，一定要打电话。你在电话中向他解释，你是出于帮助销售团队赢得项目的动机，可能由于事先与他们沟通不够，也可能由于你和客户打交道的经验不足，使得项目进程受到一些影响，你已经知道今后应该怎么做了。就说这些，不要辩解太多，也不要说俞威和Susan的坏话，最好根本不提他们的名字，只说销售团队。卡彭特听了就会心中有数，不管是皮特还是总部负责埃兰德项目的人跑到卡彭特面前去告你的状，他都会帮你灭火，事情慢慢也就了结了。"

邓汶一直默默地听，面无表情，一双眼睛好像两口深邃的枯井，也不知道他是对洪钧的主意将信将疑还是他有些不甘心，过了一阵才说："还是搞不懂，俞威为什么要这么做？我究竟哪里惹到他了？"

洪钧因为刚才的几口可乐喝得太猛，按捺不住打了一个嗝儿，他把从肚子里翻上来的一大口二氧化碳呼出去，顿时感觉清爽很多，重又打起精神问道："你和俞威发生过什么冲突吗？"

"没有啊，刚开始可能有点彼此看不顺眼，可自从卡彭特来过以后，我和俞威好像相处得还不错，有时候还挺谈得来的。"

"嗯——俞威知道你和我的关系吗？"

"应该不知道吧。你当初提醒过我，所以我没跟别人说过咱俩是同学，也没提过是你把我推荐给卡彭特的……等一下……"邓汶无意中被自己提醒了，回想着说，"在机场送卡彭特的时候，他临走冲我喊了一句，让我代他向你问好，还说谢谢你把我推荐给了他。我当时没在意，后来一忙起来就忘得一干二净了，现在算是转达给你。"

洪钧扬起眉毛："就你和卡彭特在场？俞威也在？"

"对啊，俞威和Susan就在我旁边，应该也听到了。"

"哦，那就不奇怪了，看来天底下真是没有能守得住的秘密啊。"洪钧不由得苦笑一下，见邓汶不解地看着自己，便解释道，"恐怕是因为你和我有这层关系，所以俞威才对你来这手。"

"因为你？为什么？你以前提过，俞威这个人你了解，你和他曾经同事过，各自跳槽以后，经常在项目上碰到，互有输赢，这怎么了？"邓汶顿住了，洪钧方才替他分析的圈子里的腥风血雨直到现在才忽然唤醒他的自我保护意识，他警觉地问，"有什么我不知道的吗？"

洪钧刚要开口，门口有几个女孩子说笑着走进来，他再一看周围，才注意到最初空着的几排座位现在也都有了人，他看眼手表，已经将近六点，旁边几幢大厦里面的上班族都陆续下班了，就问邓汶："要不要点些吃的？他们这儿有些简单的西餐。"

邓汶摆手催促道："等会儿再点吧，你先接着说，究竟怎么回事？"

洪钧料定不解开邓汶心中的疑团就甭想吃到饭，他整理一下思路，开始将这几年和俞威之间的是非恩怨统统倒了出来。他讲了当初俞威如何撕破两人之间"退避三舍"的约定，两个昔日好友如何反目成仇；讲了在合智集团项目上他如何落入俞威的圈套，原先在ICE的位子如何被俞威取而代之；最后讲了在普发集团项目上他如何后来居上，而俞威则遭遇了"滑铁卢"。洪钧最后说："我相信俞威知道你和我的这层关系之后，必然会以为是我有意把你推荐到这个位置，让你与他分庭抗礼，以便我和你里应外合，利用你来整垮他。他这个人觉得天底下所有人都要害他，肯定会这么想。"

邓汶的眼睛始终直勾勾地盯着洪钧，浑身上下像尊雕像一样纹丝不动，唯一有变化的部分是越来越阴沉的脸色。洪钧话音刚落，邓汶冷冷地问一句："难道不是吗？"

这次轮到洪钧诧异了，他没反应过来，反问道："不是什么？"

邓汶便更冷地问了一句："难道你不是在利用我吗？"

洪钧愣了，看了看邓汶，奇怪他什么时候也学会如此一本正经的冷幽默。但洪钧马上明白自己错了，邓汶没和他开玩笑，那双眼睛里有怨恨、有愤怒，还有悲伤，但绝没有一丝善意。洪钧忙说："怎么会呢？你误会了。"

"没错，我是误会你了，以前我一直以为你真是看在四年同窗交情的分儿上，有心帮我找一个好机会，是我看错你了。"

"邓汶，你怎么能这么说？我根本就没想过……"

"是吗？没想过什么？"邓汶粗暴地打断，"你以前只告诉过我你和俞威是竞争对手，你离开ICE，他接了你的位子，可是背后的那些故事怎么从来没听你说过？ICE的人和维西尔的人当然存在竞争关系，但你和他只是一般意义上的竞争对手吗？他那么恨你，难道你不恨他？难道你不是为了打击和报复他，把我推荐到ICE去的吗？"

"我和他之间的那些事，我觉得都和你没有关系嘛，就没跟你多说，我也怕你听了以后对他有成见，到了ICE无法和他相处。"洪钧竭力为自己辩解。

"哦，是吗？你们俩的事和我没有关系？那我今天被他害成这样又是因为什么？你真是怕我对他有成见吗？你是怕我知道以后就不会去ICE那个是非之地替你卖命！你是怕你的计划泡汤！"邓汶越说越激动，前额两侧的青筋都暴突起来。

洪钧有种秀才遇见兵的无奈，他不免懊恼事情怎么突然急转直下变成这样，但又不便发作，反而得堆出笑脸辩白："邓汶，你想到哪儿去了？我就是觉得ICE有个不错的机会，所以才建议你去。你说我是为了利用你，可你想想，我利用你做了什么？我没向你打听过俞威或者ICE的任何事吧，也没要求你做过任何帮助维西尔、损害ICE的事吧。"

"您是谁呀？您是洪钧，您多老谋深算啊，您是要放长线钓大鱼。想想还是那个俞威最不是东西，陷害我倒没什么大不了，关键是他打乱了您老人家的周密计划！"

邓汶的嗓门越抬越高，周围几张桌子上的人都不禁好奇地往这边瞟。洪钧压低声音说："我嘱咐你不要向别人透露你我之间的关系，就是担心被俞威知道后他会把你看作死对头；我不把我和俞威之间的事对你和盘托出，也是不想让你夹在我和他之间，怕你为难。"

"怕我为难？你真好心啊。你这样两头骗，最后瞒的是谁？结果是人家都已经对我下手了，我还像个傻子一样什么都不知道，你要是真够朋友，起码应该在我到北京以后给我提个醒，让我对俞威有所提防吧？我都已经被你成功地派入敌人内部了，你总该想办法让我能多活几天吧！"

洪钧听到邓汶最后的这句话，心里顿时充满了愧疚和自责，邓汶说得没错，他俩的这种渊源迟早会被俞威知道，他应该早点儿让邓汶对俞威有个全面彻底的了解，而现在正是因为俞威和邓汶之间的信息不对称，才使俞威得手的。

想到这儿，洪钧好像猛然预感到什么，他马上说："邓汶，先不说这些，就算我这次是好心办坏事害了你，我道歉。但眼下你一定要按我刚才说的做，千万不要上俞威的当。"

邓汶冷冷地"哼"一声："按你说的做？我一向不都是很听你的话吗？在学校的时候我就是什么都听你的，这几个月来，我不也是一直都按你说的做吗？你多神机妙算啊，看看吧，看看我现在的下场，都是按你说的做的，你满意了吧？"

邓汶说完气呼呼地站起来，随手把玻璃杯一拨，杯子翻倒在桌面上，洪钧条件反射地把身体向后靠向椅背，还好杯子里的水刚才已经被邓汶喝光了，只剩个空杯子在桌面上滚动。邓汶拔脚就朝外面走，几乎和正端着盘子上饮料的服务生撞个满怀，他急忙闪开，踉跄两步站稳，却又反身走了回来。

洪钧刚被邓汶的举动惊得目瞪口呆，见他往回走还以为他开窍顿悟、回心转意了，正笑着想开口，邓汶已经走到桌旁站定，从西装内兜里掏出钱夹抽出一张百元钞票"啪"的一声拍在桌面上，甩下一句："不用您再破费了！"邓汶转身大步流星走到门口，忽然惊喜地发现刚才的这几步倒真的做到"虎虎生风"了。

洪钧尴尬地坐着，转过头竭力回避周围所有人投过来的目光，心里计算着，一杯咖啡、两听可乐、一瓶依云矿泉水，便从自己的钱夹里拿出一张五十元的钞票，和桌面上躺着的那张百元大钞一起压在也是躺着的玻璃杯下面，起身向外走

144

去。他走到门口，一股潮湿冰凉的空气迎面吹来，令他打了个寒战，天就像被捅漏了一样，大雨倾盆。

落汤鸡一样的邓汶从出租车里下来，走上宾馆门口的台阶，裤脚湿漉漉地紧裹在腿上，水珠顺着耷拉在前额上的发梢往下滴着。他刚才从咖啡馆出来以后为了回避可能追出来的洪钧，便顾不上躲雨，沿着大街跑到几十米开外的拐角处打车。有很多东西都仿佛故意跟你作对似的，不需要它的时候俯拾皆是，需要它的时候却难觅踪影，出租车就是如此。邓汶平日觉得北京满大街都是招摇着揽客的出租车，可当他像根避雷针似的站在大雨里盼星星盼月亮地盼着救星出租车，却根本看不到空车的影子。终于，一辆出租车停在他前方不远，他不顾地上的积水急忙狂奔上前抓住车门把手，向竞争者宣告自己对这辆车的占领，等里面的人结完账，他又像酒店的门童一样替人家打开车门，他钻进车里便重重地关上车门，说一句："总算盼来了。"

出租车司机看见邓汶浑身上下淌着雨水，真心疼自己早晨刚换上的新座套，但还是忍住没抱怨出来，等邓汶说出宾馆的名字，司机才说："雨天、雪天、堵车不好走，这活儿倒是一个接一个，哪儿是打车呀？跟抢车似的；可不下雨不下雪，路上车好走的时候，半天拉不着一个活儿，这不是成心和我作对吗？"邓汶呆呆地看着风挡玻璃上的雨刷往复摆动，琢磨这话中的哲理，自己和司机看来都是苦命人，人生不如意十之八九。这么一想，他刚才满腔的愤懑消退不少，涌上心头的是无奈和失意。

邓汶回想在刚才短短几个小时的时间里，不仅认清了自己原打算努力与之修好的俞威之流早已把他判定为死对头，更发现自己的同窗和挚友竟然出于利用他的目的而把他当作一枚棋子投到危机四伏的地方，不，连普通的棋子都不如，他已经成了弃子。邓汶看着在雨中奔波的车辆和路人，感觉到彻骨的冰冷和令他绝望的孤独，直到车子停在宾馆门口，他都没再说一句话。

邓汶迈出电梯，踏着走廊里的地毯向自己的房间走去，四周一片沉寂，只有他的双脚踩着刚才灌到鞋里的雨水发出"呱唧呱唧"的声音。这时从远处走廊尽头的一间客房里拐出一个人影，悄无声息地迎面走来。邓汶抹一把脸上的雨水，眯起眼睛看着，那个人穿的是宾馆工作人员的西式套装，等渐渐走近了，他看见一张圆圆的脸正在朝他微笑，是那个替他买咖啡壶的女孩。

两个人走到相距一两米的时候，面对面停下来，女孩先开口说："邓先生，挨浇了吧？"邓汶笑了笑，答案显然是不言而喻的。女孩又说，"北京八月份就这样，瓢泼大雨，说来就来，说停也就停了。"她又上下端详邓汶一番，接着说，"您这身衣服得赶紧送去干洗，要不然这么好的毛料晾干以后该走形了。"

邓汶微微张开双臂，低头看了一眼自己身上的西装，苦笑着说："是啊。"

女孩已经转过身，一边沿刚才的来路往回走一边说："您赶紧回房间把衣服换下来，我帮您送到洗衣房，让他们马上收拾一下，晚上再给您送回来。"

邓汶跟着女孩走到自己房间门口停住，拿出房卡打开门，看了女孩一眼，女孩说："您进去吧，我在外面等您。"

邓汶忙走进房间，三下五除二地把全身衣服扒掉，草草换上一套舒适的短裤和T恤衫，便拎着那套湿漉漉的西装拉开门走出来。女孩一见并没有伸手去接，而是推门进了邓汶的房间，打开壁橱，从里面拿出一个洗衣袋和洗衣单，又从自己兜里掏出一支圆珠笔，把洗衣单压在墙上飞快地填好，这才接过邓汶的西装大致叠几下放进洗衣袋。邓汶一直瞪大眼睛看着她无声地忙碌，心里又有了那种温暖而踏实的感觉。

女孩一手提着洗衣袋一手捏着洗衣单站到走廊上，转过身刚要对邓汶道别，邓汶忽然探过头盯着女孩胸前别着的胸牌，念道："K-A-T-I-E，Katie，总算知道你的名字了。"

Katie大方地笑着说："是啊，以后您就叫我Katie就行啦，不过忘了也没关系，一看我的胸牌就又想起来了。"

邓汶一只脚顶着房门，忽然舍不得就这么告别，他真不想一个人孤零零走回里面的房间去，他干笑一下，没话找话地问："怎么样？你挺忙的吧？"

"嘿，就是上班呗，再忙也不可能像您那样忙。"

邓汶"哦"了一声，然后鼓足勇气涨红了脸问："那你什么时候下班？嗯……我想……我想请你一起吃顿饭。"话终于说了出去，他便忐忑不安地等着，而脑子丝毫不敢懈怠，盘算着被拒绝后如何给自己找台阶下。

没想到Katie立刻很痛快地回答："好啊，没问题，我先谢谢您了。"

邓汶喜出望外，忙接着问："那你什么时候下班？你对北京比我熟，你选地方吧。"

Katie歪头想着："嗯，今天不行，我上中班，刚才已经吃过了。"邓汶像又被大雨劈头浇了个透，正觉得失望，女孩却笑着说，"咱们明天吧，我明天上夜班，后天就是周末，您也不会那么忙，咱们好好吃一顿。"

邓汶的心情像是过山车，刹那间又飞涨起来，他高兴地说："好啊，那你喜欢吃什么？"

"嗯……吃必胜客吧，我喜欢吃比萨饼，咱们宾馆南边的十字路口往东不远就有一家必胜客，您觉得呢？"

"必胜客？是Pizza Hut吗？好啊，我对Pizza Hut也比较有感情，那就这么定了。"邓汶说完，欣喜之余又想到还要再等二十四个小时，不免有些悻悻然。

Katie好像可以看透邓汶的心思，她笑着说："今天外面还下大雨呢，出去也不方便，您就在房间叫个送餐吧。咱们明天去，明天就会是个好天了。"说完，她把捏着洗衣单的手举到脑袋旁边摇了摇算是道别，便转身走了。

邓汶盯着Katie脑后的短发，目送她的背影沿着长长的走廊渐渐远去，觉得这个女孩很神奇：Katie总能在他最失意的时候出现，也总能立竿见影地让他振作起来。他相信Katie说得没错，明天就会是个好天了。


上海和北京的联系真是越来越紧密，连天气都像是有着连锁反应，北京正下着大雨，上海也下着，只不过小很多，淅淅沥沥地飘着些雨丝。

俞威是下午飞到上海的，此刻他站在酒店门口抬头看了看天，觉得这点小雨算不上什么，他向来不喜欢打伞，也不喜欢戴帽子，总之，他不喜欢有任何东西压在他头上。但他又有些犹豫，因为上海不是他的地盘，他摸不准这里的天气，不知道这雨会不会越下越大。他正拿不定主意，一直留意他的门童已经从门旁的雨伞架上取过一把印有酒店标志的雨伞双手递过来。俞威很满意，觉得这里的服务果然到位，他接过雨伞坐进了等在门口的出租车。

车从延安路拐上番禺路，往南又开了一小段，便停在了平武路的路口。俞威下了车，他看了看天，确信不需要打伞，便把雨伞当作手杖，大摇大摆地踱着方步，沿着番禺路向南一边走一边寻找。他一路找下去，起初还似闲庭信步，可慢慢就有些不耐烦。他感觉走了好远，都能隐约看见前方在路西侧的银星皇冠酒店了，他发觉有些不对头，便停下来掏出手机，仰头张望不见有任何雷电的迹象，才放心地拨了个电话。

俞威挂断电话，他的判断没错，的确已经走过了，便低声骂了一句，掉头往回走。又走了一段路，看见人行道上方有个伸出来的霓虹灯，虽然并没有启用，但仍然可以辨认出"ASAHI"五个字母，在这个朝日啤酒的广告牌下面是一间门脸很小的饭馆。

俞威一边嘀咕，怎么这么小？难怪错过了，一边推开饭馆仅有的一扇门走进去。他原本期待着门里别有洞天，结果发现迎面就是楼梯，楼梯后面看得出来是操作间和库房，但不见理应具有的繁忙景象，静悄悄的。既然没有其他选择，俞威便抬脚登上楼梯。

楼梯很狭窄，只能容一人上下，俞威全身的重量刚放上去，楼梯就发出吱吱呀呀的声音，仿佛随时可能承受不住重压而垮塌下去。俞威脚下的一双皮鞋再加上用作手杖的雨伞伞尖，有节奏地敲打着每一级楼梯，夹杂着楼梯的呻吟声，像一首奇特的进行曲，伴随着俞威上了二楼。

不知道是因为面积确实大一些还是因为没有客人而显得空空如也，二楼让俞威感觉宽敞许多，摆放着大约五六张大小不一的圆桌。只有最里面的一张小圆桌旁坐着一个三十多岁的男人，长得很白净，身上的穿着也是一尘不染，他一见俞威到了便站起来。俞威快步走上前去，笑着伸出手说："Roger，你可真让我一通好找啊！"

# 釜底抽薪

Roger握住俞威的手，脸上摆出一副矜持的笑容。等两个人都坐下，Roger说："这个地方不太好找，是吧？我没想到你会给我打电话，还要专门从北京跑来和我聊一聊，那我们就随便聊聊好啦，朋友之间嘛，也不要讲什么排场，没必要去那些大地方。这里是我的一家亲戚开的，还蛮实惠的，有几样小菜也做得蛮不错，我们就在这里吃好啦。"

俞威微笑着频频点头。显然Roger并不在意吃什么山珍海味，倒是更在意这顿饭的饭钱会进谁的腰包。俞威也就更加坚信这次是要由远路而来的自己掏钱请客了。他四下扫视一圈，说："这里挺好，安静，也干净。"

"今天的天气不好嘛，平常客人还蛮多的。咳，也不想太辛苦赚钱，我的这家亲戚岁数都已经蛮大的了，还那么累，不值得的。"Roger的话音刚落，便又传来楼梯吱吱呀呀的声音和沉重的脚步声。俞威回头看去，走上来一位五十多岁的女人，身材不高，而且显然已经开始发福，但是脸上的皮肤保养得很好，几乎没什么皱纹，容光焕发的，手里拿着个点菜用的小本子。

Roger从桌上拿起薄薄的菜单，招呼俞威："你点菜吧，喜欢吃什么就告诉我阿姨好啦。"

俞威一边随意地翻看菜单一边说："那我就不客气啦，难得有机会见识一下地道的上海菜，我是个百分之百的食肉动物，嗯……百叶结烧肉，怎么样？"

Roger马上抬头冲阿姨问道："有哇？"

阿姨忙说："有的有的。"

俞威又问："酱爆猪肝，怎么样？"

Roger又问："有哇？"

阿姨忙又答道："有的有的。"

俞威把眼睛从菜单上移开，看了一眼Roger，见Roger没有任何表示，知道点菜尚未成功，自己仍须努力，便说："嗯——我其实最喜欢吃肘子，你们上海话好像叫作'蹄髈'……"

Roger插问："蹄髈有哇？"

阿姨笑着连连点头说："有的有的，红烧的，红烧蹄髈，好不好？"

俞威说"好啊"，又说"再要两碗米饭吧"，Roger建议道："要不要喝点酒？啤酒怎么样？"

俞威问："都有什么牌子的啤酒？"

"ASAHI的。"阿姨字正腔圆地咬着日语的发音。

俞威迟疑着说："哦，我不怎么喝日本牌子的啤酒，还有别的吗？"

"嗯——百威的，还有生力的。"

"那就来两瓶百威吧。"俞威说完，又觉得既然点了酒，还应该再点几样下酒的冷盘，便接着要了一份四喜烤麸和一份毛豆，然后又看一眼Roger，见他点了点头，看来对饭菜的档次和规模总算满意了，便随口问道，"这里的位置不错，怎么没想办法再把门面扩大些？"

阿姨一边从俞威手里拿过菜单放到旁边桌上，一边热情地抢先回答："哎哟，这样已经快撑不下去了，门面再大怎么吃得消？上哪里找来那么多的客人哟？现在就盼着早点儿拆迁啊，早点儿拿到拆迁费，我们就跑到奉贤或者南汇乡下去混日子吧。咳，不过拆迁了也得不到几张钞票……"

"阿姨啊，快点把单子送下去吧，早点儿上菜，我们好早点儿吃啊。"Roger显然早已对阿姨如此健谈不耐烦，不客气地催促着。

等楼梯处的脚步声消失了，楼上又只剩下俞威和Roger两个人，俞威觉得很不自在，他不喜欢这种安静和冷清的气氛，白色的日光灯照射在白色的桌布上，四周的墙面也是白色的，连对面Roger的衬衫都是白色的，在这种"光天化日"之下谈事让俞威有一种负罪感。他真盼着旁边的各张桌子都坐满客人，再有几个年轻的服务员跑前跑后地忙碌，一个人声鼎沸的红火场面。俞威倒不是祝愿Roger以及他的亲戚们钞票赚得盆满钵满，他只是更喜欢在嘈杂的环境中谈事。

Roger见俞威有些局促不安，想不出会是什么原因，便搭讪道："怎么样？ICE的生意现在做得不错吧？"

"是不错啊，今年上半年业绩还说得过去，感觉市场好像开始有些起色，项目明显多起来了。我在整个销售模式上也做了大的调整，转型还算顺利吧，到今年年底，效果应该就能看出来了。咳，其实ICE怎么样，就算外人不了解，可像你Roger这样圈子里的老大，不用我说，也肯定知道得清清楚楚。"说到这儿，俞威忽然话题一转，笑着反问道，"我倒是听说你这位'华东王'现在越来越厉害，地盘都扩大到全国了，怎么样？现在当总监当得很滋润吧？"

Roger撇了撇嘴，既像是谦虚又像是确有不满地说："我算什么'老大'？什么'华东王'，什么总监，还不都是混日子，过一天算一天？"

"哦？我听说洪钧很器重你呀，其他几个人都还只是经理，你的头衔不是已经升到总监了吗？"

Roger听罢，顿时觉得酸甜苦辣涌上心头，正不知从何说起，阿姨步履蹒跚地端着一个大托盘又走上楼来，把两瓶酒和两盘凉菜在桌上摆好，问道："热菜做好一个就上一个吧，不要等到全做好才一起上，好不啦？"

"好的呀。"Roger回了一句。俞威却觉得让阿姨一趟趟跑上跑下有些不忍心，刚想说还是三道菜一起上吧，阿姨已经转身走了。俞威转念一想，三道菜一起端上来未免难度更大，光那一大盆红烧肘子就够沉的，算了，多跑两趟可能倒更轻松些。

Roger见俞威若有所思，便借着替他倒酒的机会用啤酒瓶轻轻碰了玻璃杯一下。俞威的思绪被清脆的响声拉回来，忙用手指在桌面上叩着表示感谢。酒倒好后，两人碰一下杯，各自抿一口。Roger接着说："我是不愿意和他们计较，我也根本不稀罕什么头衔。那个李龙伟，原先就是个技术工程师，再以前只是个销售，从来没带过团队，居然一下子和我平起平坐，手下的人比我的还多，而且还分到了三个最肥的行业，我都不好意思再提我这个'总监'两字了。咳，反正就是打工嘛，都是苦命人，只是他们不要太过分。"

俞威夹着毛豆，说："洪钧那个人我了解，城府很深，心胸又很狭窄，以你在维西尔的资历和能力，他肯定对你是又要倚重又放心不下，你也要小心，不要功高震主啊。"

俞威的话既抨击了洪钧更吹捧了Roger，让Roger很是受用，他笑了笑说："和Jim毕竟用不着天天见面，表面上彼此客客气气也就过去了。可是我在外面四处跑项目那么辛苦，回到公司里还要看那个Laura的脸色，这让我气不过。"

俞威端起玻璃杯主动和Roger干了一下，问道："那个管财务的女的？你怎么还用得着看她的脸色？"

Roger灌了一口啤酒，越想越来气，说："以前杰森在公司里凡事都还要让我三分，我毕竟是上海的头头，连杰森都要尊重我，当初我眼里根本没有Laura，她算老几呀？杰森被干掉以后，我原本名正言顺就是上海的老大了，可是Jim让我去管整个制造业行业，不再设上海公司经理，不设就不设，我还不想当那个管事佬呢！可是Laura欺人太甚，自己就把自己封成上海的经理了，什么事都管，搞得我想做点什么还得要她同意才行。这个女人，不要太得意哟，把油水都搂到她腰包里去了，她那点小把戏瞒不过我的。以前我管上海公司的时候，经常打交道的一些供应商都被她给换掉，公司所有的办公用品都是从她一个亲戚开的小公司进的，所有人的名片也都是那家做的，没几天就给大家统统又印两盒名片，也不管以前的用完没有，我的名片都快装满一个抽屉了。一盒名片多少钱？普通的荷兰白卡纸、正反两面、每面三种颜色，不超过四十块钱。那家公司要我们多少钱？每盒七十块！你说这个女人贪心不贪心？Jim那个人，不知道他是瞎子、聋子还是傻子，搞得这个Laura越来越无法无天啦。"

俞威刚才只是随口问问，没想到无意中竟然触动了Roger的心事，引得他的积怨像火山爆发一样宣泄出来。俞威暗想，Roger的这些怨言绝不是出于他的所谓一身正气，而是发端于他和Laura之间直接的利益冲突。俞威也奇怪，Roger怎么如此不拿自己当外人，这般不加保留地直抒胸臆，想必是压抑太久，总算找到了可以一吐为快的对象。

俞威替Roger把酒满上，刚想说几句安慰的话，Roger却已经又说开了："还有更气人的。你知道我们维西尔那个Lucy吧？是个有名的拎不清，什么本事都没有，真应该把她开掉的，可是Jim却把她送到总部去了，已经待了将近两个月，还不知道什么时候才会回来，工作上什么事不干，工资上一分钱不少，每天还有六十美金的补贴，一个月下来就是一千八百块美金，将近一万五千块人民币哟，而且还不用交税，这个Lucy，钞票赚得不要太轻爽哟。"

俞威把Roger说的每个字都记在心里，他的这些愤懑让俞威不禁窃喜，看来时机比预想的还要恰到好处。俞威觉得该是表明自己来意的时候了，便径直问道："Roger，你自己的那个公司，生意做得怎么样啊？"

Roger像是被高手点到穴位，整个人一下子僵住，筷子上夹着的毛豆也掉在桌上，只有脑子在飞快地转动：他是怎么知道的？他打听这事目的何在？自己该如何回答？

就在这时，楼梯又有了响动，阿姨端着一盘百叶结烧肉上来了。俞威暗自骂一声来得真不是时候，不愧是亲戚一家人，像有心灵感应，自己刚对Roger发动突然袭击，救驾的就上来了。俞威打听Roger的底细不是一两天了，他终于了解到Roger暗地里开有一家小公司，零打碎敲地承揽一些小项目，为客户开发一些小型的应用软件，当Roger碰到一些买不起也用不起维西尔软件的企业时，常常想方设法把自己的小公司推荐过去；不仅如此，有些客户即使购买了维西尔的软件，Roger也能或多或少地在项目中切出一些培训、咨询服务等方面的业务交给自己的小公司去做。

等阿姨颤颤巍巍地下楼去了，Roger也已经想好了对策，他轻描淡写地说："来，先尝尝这个。什么我自己的公司呀？不是我的，是朋友做的，看他们创业很不容易，总不能眼睁睁看着他们烧钱啊，我只能尽力帮帮他们忙吧，有时候遇到个小项目就介绍给他们。"

俞威正把一块肉送到嘴边，听了Roger的话，便把肉放到自己面前的小碟里，随即把筷子往桌面上重重地一放，力度拿捏得恰到好处，既起到了惊堂木的效果，又不至于显得无礼，他直视着Roger的眼睛说："Roger，你也太不够意思了，这些话你还是留着去对洪钧说吧。我拿你当朋友，本来打算跟你合作一场，你不给面子也就罢了，但你别骂我智商低好不好？"

Roger尴尬地笑笑，端起酒杯做个碰杯的姿态，讪讪地说："你这是在骂我呀。有机会合作当然好，只是我们实力有限，怕你看不起哟。"

俞威见Roger已经默认，他也不想继续纠缠而是照直说："ICE正在转型，主要精力用于做市场，具体项目的销售以后要依靠代理渠道来做，发展合作伙伴的事是我亲自在抓，这是我现在的重中之重。怎么样？我这个人实在吧。我有什么想法就直接对你说，不绕圈子。你想不想让你的公司成为我们ICE的代理商？"

Roger并没太当真，随口说："你这么看得起我们，当然先要谢谢你了，只是我刚才就说了，那个公司小打小闹，实力很弱的，不知道够不够资格做你们的代理呀？"

"你这个Roger，谈生意的时候不要谦虚好不好？我对你都这么有信心，你自己还怀疑什么？ICE的代理分为三个级别，第一级是白金级，第二级是黄金级，第三级是高级，其实就是最普通的代理商。今年是第一年嘛，所以亚太区不同意我在中国给出白金级的级别，如果你有兴趣，你的公司可以上来就拿到黄金级代理，怎么样？"

Roger有些意外，他原先猜测俞威找他的目的，一个可能是想把他挖到ICE去，另一个可能是在某个具体的项目上要和他做私下交易，而Roger当然对这两个都有兴趣，但没想到俞威会提出如此富有"建设性"的创意。他正琢磨着，阿姨又上来了，这次端上来的是酱爆猪肝和两碗米饭。

自己的意图已经挑明，俞威便有了饥肠辘辘的感觉，这才留意起面前的两盘热菜，结果这一留意就让他发现了问题，盘子既不大也不深，就是平常的六寸盘，而菜的分量更少得可怜，看俯视图，百叶结烧肉好像都还没有把盘底的花纹完全覆盖；看侧视图，酱爆猪肝也就将将堆到盘子的上沿，绝对没有冒尖，更谈不上"小山"一样的规模。俞威不免有些失望，但又一想，食不厌精，关键在于质量而不是分量，再说后面还有一大盆蹄髈呢。

Roger也不再对俞威客气，自己先就着菜扒拉几口米饭，然后才说："能做ICE的代理商当然是件好事，可是我们手上没有什么潜在客户，无从下手，到时候完不成你们ICE的指标，我们赚不到钱倒是其次，主要是担心会辜负你的期望、拖累你呀。"

"市场越来越火，还愁没有项目可做？ICE也在大力做市场宣传，每天都会有项目找上门来，我会尽可能支持你，源源不断地把这些项目机会介绍给你们。"

Roger听了不禁暗自冷笑，这俞威也太瞧不起人了，居然把自己当作小孩子来哄，天底下的厂商之所以发展代理商，无一不是指望代理商能替厂商找来客户、赢得生意，代理商如果反过来指望厂商替它找食吃，要么饿死，要么被厂商踢出门外。Roger不冷不热地抢白道："哪有这么便宜的事？你又不是只有我们这一家代理，你哪里照顾得过来哟？我们当然得靠自己去找项目，所以我才会发愁头几个项目从哪里来呀。代理的名分拿到了，牌子也打出去了，找不到项目，你还会再要我们吗？做不成生意，我们一群人去喝西北风呀？"

俞威"嘿嘿"地笑着说："你呀，真是捧着金饭碗讨饭，守着金库哭穷。"他见Roger一脸茫然，显然是不明就里，便干脆把话说透，"你手上那么多正在替维西尔做的项目，完全可以推我们ICE的软件嘛。你自己的公司现在只能去找一些小型企业争一些小项目做做，那能有多大油水？那些大中型企业油水大，可是对软件的要求也高，不会用小公司开发的小软件，你的公司恐怕眼睁睁看着就是吃不到嘴里，就算你千辛万苦把维西尔的软件卖进去了，作为销售，那点提成才有多少？两三个百分点就很了不起了。但是以后就不同，你可以名正言顺地向这些企业销售我们ICE的软件，那时候再拿到一个项目，作为代理能分到多少？起码百分之十五吧，做得好的话，百分之二十、百分之三十都是有的。卖谁的软件不是一样卖呀？想想看，你做ICE代理的收益是你替维西尔卖软件的十倍！"

Roger恍然大悟，事到如今，他总算明白了俞威打的是什么主意，俞威看中的并不是他Roger这个人，更不是他那由散兵游勇拼凑成的公司，而是他手中掌握的维西尔正在跟踪的那批潜在客户。如果俞威能通过Roger之手，把ICE的软件打进维西尔苦心经营的市场，此消彼长，对改变两家公司之间的竞争态势将起到事半功倍的成效。Roger虽说并不认为此举会对自己有什么不好，但总觉得好像是要被俞威利用，心理上有些不易接受，便说："这恐怕不太合适吧？我毕竟是维西尔的人，而且如果我手上的项目都被ICE拿走了，我什么客户都签不到，还能在维西尔待得下去？"

"哦？难道你还想在维西尔待下去？这么好的机会摆在你面前，你首先要做的就是离开维西尔！"俞威说完，目不转睛地凝视着Roger。Roger又一次僵住了，虽然他已经无数次赌咒发誓要离开维西尔，但那都只是说说而已，他并没有真正做好心理准备。

俞威刚要追问，却又被楼梯上的声音打断，原来是阿姨又不失时机地来替Roger解围，期待已久的红烧蹄髈终于出场了。俞威看着端上桌面的蹄髈呆住了，第一眼看见盘子就让他惊讶，他以前从未见过用同样的六寸浅盘来盛放整只肘子的，但第二眼看到的盘中物就让他用另一个惊讶覆盖了前一个惊讶，他以前更从未见过这么小巧玲珑的肘子。俞威一方面怀疑这个肘子恐怕是出自一只远未成年的猪，另一方面奇怪怎么"肘子"到了上海不仅名字改成"蹄髈"，而且入乡随俗，就连身材都大大缩了水。他盯着盘子里的蹄髈，举着筷子却半天没有插下去，这是他头一次因为恻隐之心而对已到眼前的"猎物"不忍下手。

Roger全然没有在意蹄髈，不仅由于他心目中的蹄髈就应该是这副样子，更因为他现在脑子里想的全是他在维西尔的那份"蹄髈"。维西尔不仅给他一份可观的工资，而且他自己那家公司的绝大部分日常费用也都被他以各种名目在维西尔报销了，所以他的那个小摊子几乎是在零成本运作。Roger清楚，在外企做销售虽然谈不上是什么稳定的工作，而是如履薄冰、朝不保夕，但他还从未认真想过要主动放弃这份工作。

俞威总算下了狠心，从蹄髈上剥下连皮带肉的一大块塞进嘴里嚼着，他觉得也该对已经进入射程之内的Roger发出致命一击了，便又喝口啤酒，咂巴着嘴说："Roger，你知道我有多羡慕你吗？干咱们这行，混到现在这种地位，外人看着光鲜，可咱们心里的苦衷只有咱们自己知道。像刚才你提到的杰森，在维西尔也经营了不少年吧，我听说你们亚太区的老板春节来上海和他谈了一个上午，从此他就彻底消失了。像现在换上来的洪钧，他当初在ICE从无到有地干了三年多，不是照样被开了吗？他在维西尔能混多久还是未知数呢。咱们就像是天上的云彩、水上的浮萍，没有根哪。什么是自己的根？就是真正属于自己、自己说了算的摊子。但是搭个自己的摊子没那么容易，既要有内部条件，更要有外部条件。不瞒你说，我就一直有心想自己干。打工要打到什么时候？到时候血汗被鬼子榨干了，就剩下一把骨头，想想就觉得凄凉啊。"

俞威说得自己的眼泪都快下来了，在这种气氛烘托之下，他不失时机地又一次端起酒杯和Roger响亮地碰杯，然后一饮而尽。他掏出烟来冲Roger比画一下，Roger说了声"你随意"，俞威便点上烟深吸一口，这才接着说："所以我刚才说羡慕你呀，因为你有外部条件而我没有。你想想看，ICE好歹也算是全球三大应用软件厂商之一吧，有几个人能在刚开始创业的时候就有幸拿到ICE这种跨国公司的产品代理权，还是ICE在中国发展的首批代理之一？刚才我说的内部条件就是看你自己如何打算，是一直打工打下去呢，还是愿意抓住机会开创一番自己的事业？这个大主意只能你自己拿。但是大言不惭地说，我已经为你提供了难得的外部条件，就是保证你在起步的时候就可以站在一个很高的水平上。"

Roger当然知道ICE公司软件产品代理权的分量，面对如此诱惑，他早已动心，但是他又不情愿被俞威牵着走。这的确是个重大决策，将会是他人生之路的转折点，他想按照自己的节奏行事，在自己觉得舒服的时候再从容地做出决策，便说："我先要好好谢谢你啊，有这么好的机会能想到我。不过你刚才也说了这是个大主意，所以我要好好考虑考虑。你看这样好不好？再过一段时间，到时候我要是有些什么想法再和你联系。"

"呵呵，Roger，你这个人真有意思，你等得起，我可等不起哟。你不是已经说了吗？我ICE又不是只有你一家代理，我眼下就是要在全国市场上布局，我不可能把一个地区或一个行业的市场先空着，一直等着你做决定，就算我愿意等，客户也不会等、竞争对手更不会等，就看谁下手快。只怕等到你想好的时候，机会已经让别人拿走了。"俞威进一步施加压力，但他对如何操纵一个人再清楚不过，就是必须采用"推""拉"结合的方式，只用鞭策和高压手段往往不够，压力大导致阻力大，中学上物理课的时候，他已经明白这个道理，总还要加一些诱惑，在前面拉动要比在后面推动容易得多。这么想着，俞威便决定亮出自己最后的底牌，他说，"咱们是朋友，以后又是合作伙伴，今天我就再拿出一份诚意。你知道'合作伙伴市场基金'这东西吧？根据合作伙伴的不同级别，ICE每年都要拿出一笔市场活动经费，而合作伙伴也要按照一比一的比例拿出同样金额，一分都不能少，两家把这些钱放到一起作为双方的市场基金，在一年的时间里共同用于市场宣传和营销活动。ICE黄金级代理的市场基金标准是每年五十万人民币，但你的公司毕竟刚起步，和其他一些大牌代理商比不了，这我理解。所以我可以和你来个君子协定，头一年的市场基金只由我们ICE单方拿出五十万，你们一分钱不用出，这笔五十万的基金如何使用也主要由你做主，只要事先和我说一声就行，怎么样？"

这份"诚意"的确有着实实在在的分量，Roger早已不仅怦然心动，他还要毅然行动了。前一段时间听说洪钧曾经以这种市场活动经费的名义支付给那家泛舟系统集成公司十万块钱，Roger当时就觉得奇怪，无缘无故如此大方地就把这笔钱给出去了，可从未见过真搞了什么活动，而Laura也立刻乖乖照办了，联想到他自己连日常的开销都越来越捉襟见肘，沦落到必须看人脸色的境地，更让他下了决心，这年头不当家做主是不行的。

Roger问道："你的这些好意我都明白，你看最迟需要我什么时候答复你？"

"越快越好。"俞威用力把烟头按灭在烟灰缸里，然后端起酒杯，"这不是套话，的确是越快越好，我希望最晚下周一你能给我答复。在你从维西尔彻底离职的时候，我立刻和你的公司正式签署代理合作协议；在你把你手中的潜在客户资料提交给我以后，我立刻把五十万的市场基金打到你指定的账户。事先说明啊，你把这些客户资料给我是对你自己有好处，对我其实无所谓。我们有严格的代理商项目登记制度，制造业的客户本来就零散，其他代理往往也会去接触，所以谁先把某个客户的资料报到我这儿来登记备案，这个客户的项目就归谁，先报先得。所以你尽量早、尽量多、尽量详细地把你在维西尔跟踪的那些项目资料报上来，其他代理就算眼馋也抢不走了，就可以最大限度地保护你自己的利益。"

"好的，一言为定，我会仔细考虑的，不管做出什么样的决定，下个礼拜一之前我都会答复你的。"Roger说着，扫一眼桌上已经所剩无几的饭菜，便又问，"怎么样？我看今天先到这里吧，你也早些回去休息。"他见俞威点头，就扭头冲楼梯方向高声喊道："阿姨啊，你上来一下好不啦？我们要结账哩。"

俞威一面夸赞这几样小菜味道很好，一面大动作地从兜里掏出钱包。Roger客气道："按理说是应该由我来尽地主之谊的，可是你却坚决要请客，我是实在不好意思驳你的面子，那就谢谢你啦，不过这里很实惠，花不了几个钱的。"

阿姨"咚咚咚"地走上来，腿脚明显比前几回都利索得多。俞威接过账单一看，"很实惠"的几样小菜居然要了将近三百块钱，即便如此，俞威仍然觉得这顿饭请得值。阿姨接过三张钞票刚要转身下楼，Roger嘱咐道："开一张发票，抬头写ICE公司，三个字母，I–C–E，不要写错。"他马上又低声问俞威："开多少？要不要多开些？"

俞威连忙摆着双手谢绝了Roger的好意，他不想在Roger面前显得自己那么不堪。两人闲聊了几句，俞威不想再让阿姨辛苦地爬上爬下，便由Roger陪着前后脚走下楼来，在门口收好阿姨递过来的发票和零钱，和Roger热情地握手告别之后，推开门侧身走了出去。

Roger贴着门上的玻璃看着俞威走到街边，自己正回味着刚才的谈话，楼上传来忙着收拾东西的阿姨的喊声："咦，他把雨伞掉在这里啦，赶快追上去给他吧。"

Roger不以为然地说："咳，一把雨伞，掉就掉了呗。他要想起来回来拿就给他，他要不来拿，你就留下用呗。"

安静了片刻，阿姨又喊道："咦，雨伞上面还有字哩，好像是哪家酒店的，这样打出去人家看见会笑话的。"

Roger有些不耐烦，没好气地说："哎呀，管他呢？只要不打着它去那家酒店不就行了吗？在别的地方有谁知道你不是那家酒店的客人？"楼上没有回音了。Roger又陷入沉思，难道经过这么一顿饭，自己的职业经理人生涯就要结束了？难道自己真要下海当老板了？

俞威没有回去取雨伞，雨已经彻底停了，他把自己来时一路挂着的雨伞忘得一干二净。他在番禺路上站了一会儿，两个方向居然都没有空驶的出租车开过来。俞威这些年已经养成了一个习惯，完事后总是尽快离开现场，他便向南大步走去，打算到银星皇冠酒店门口打车。

手机忽然响起来，俞威掏出来刚接通，便听到里面跳出的声音："是我，Susan，在哪儿呢？"

俞威顿时感到厌烦，女人的好奇心怎么都这么重呢？他对Susan的问题不予理睬，而是冷冷地反问："怎么样？"

"他已经把邮件发出来了，发给卡彭特的，抄送给你和我，还有皮特。"

"哦，他的动作还挺快嘛，都说什么了？"俞威问道，嘴角露出一丝微笑。

"他肯定气坏了，说你是deliberately（蓄意）给他设了trap（陷阱），要陷害他。"

"……什么？他说我什么？"

"他说你是蓄意给他设了圈套要陷害他。"

俞威这才明白了，他对着手机骂一句"浑蛋"，Susan当然以为他是在骂邓汶，忙附和着说了声"就是"，其实俞威正是在骂Susan本人，他讨厌别人冷不丁地冒出这些不怎么常用的英文词，显得他好像听不懂英语似的，让他觉得很没面子。

俞威听到Susan的回应，心里舒服了很多，他喜欢这种骂人的效果，对方明明挨了骂却毫不知觉，这让俞威反而有更大的满足感。他命令道："你听好，不要回邮件，不要和他有任何正面冲突。你只需要做一件事，就是尽快把消息散布到整个公司，要让地球人都知道，邓汶和我彻底翻脸了。"


邓汶在煎熬中度过了漫长的二十四个小时。他在给卡彭特发出电子邮件之后几乎一夜没睡，写邮件时燃起的一腔悲愤久久难以平抑，他又惴惴地吃不准下一步战局会如何发展，忐忑不安地盼着天亮以后看看各方的动静。

邓汶早早地到了公司，一切都很宁静，像往日一样平常，但他总觉得这种宁静下面埋藏着涌动的岩浆，这种平常恰恰意味着不平常。俞威全天都没在公司露面，不仅没有回复邓汶的那封邮件，就连以前经常在周末发送给公司全体员工的那种吃三喝四的邮件也没出现，鬼知道他躲到哪里去了，没准儿根本不在北京。Susan倒是在公司里很活跃，她的办公室里一整天几乎就没断过人，仿佛成了公司的交通枢纽，邓汶感觉Susan在有意回避自己，可能是要用忙碌来掩盖她内心的愧疚和不安吧。

上午的天气并未如邓汶所愿的好起来，雨还在下。邓汶喝光了自己煮的一壶咖啡之后，心境才变得镇定下来，他一边整理自己的东西为下星期搬到研发中心自己的新办公室做准备，一边不断查看是否有电子邮件到来。他一早就收到了电子邮件系统中自动发送的回执，知道卡彭特和皮特已经阅读了他的邮件，他急切地等待着卡彭特的反应，但直到过了中午还没有任何回音，他知道今天不会再有任何进展了，美国太平洋时间已经是夜晚，卡彭特该休息了，而皮特不可能在未与卡彭特商量的情况下擅自表态。也罢，给他们更多的时间来周密调查、仔细考虑吧。

邓汶的心情逐渐好起来，自己的邮件发出后起码没有带来洪钧所说的那些恶果，本来嘛，人世间还是有公理的，怎么可能让俞威之流如此猖狂呢？他盼着天气也能像他的心情一样好起来，他更盼着另一个时刻的到来，期待着他和Katie约好的晚餐。真是精诚所至金石为开，总算让他盼来了，下午下班的时候雨过天晴，等他和Katie终于在必胜客一个靠窗的位子落座，正好看见东面的天空中居然挂起了一道亮丽的彩虹。

两个人的心情都很好，自然胃口也很好，邓汶问Katie："这里有Super Supreme吗？中文名字是什么？"

Katie立刻仰脸对点菜的服务员说："来一个'超级至尊'。"又问邓汶："厚的薄的？多大的？"

邓汶笑着说："厚的吧，大的吧。大的多大？十二寸？"

服务员皱着眉头，犹豫着建议道："你们两位的话，可能九寸的就够了。"

邓汶还没表态，Katie已经笑呵呵地说："没关系，就要十二寸的，吃不完我们打包。"

点菜完毕，两个人相视而笑，邓汶问道："你是北京人吧？"

"是啊，你怎么看出来的？因为我的口音？"

邓汶忽然发觉Katie的话语听上去和往日有些不同，什么地方不一样了？哈哈，他发现了，原来这是Katie头一次对他称呼"你"，而以前都是尊称"您"的。为什么会有这个微妙的变化？邓汶猜想可能因为他们此刻不是在宾馆里面，两人之间就不再是服务者与被服务者的关系，而是平等的朋友关系了，邓汶挺开心，他觉得这样显得自然、亲近。

"不是，你的普通话很标准。我注意到你在指方向的时候喜欢说东西南北，从来不说上下左右，北京人指路就是这样，方向感特别强。"邓汶说着不由得联想到了洪钧，他马上恨恨地把洪钧从脑海里甩了出去。

Katie说："是吗？可能是因为北京的街道横平竖直，都是正南正北的吧。你是哪里人呀？"

邓汶被她这么随口一问反而不知如何准确地回答，只好说："说实在的，我自己都搞不清我究竟是哪里人。"

Katie听了似懂非懂，但也没再追问，而是用充满同情的目光看了邓汶一眼。

两个人天南海北地聊着，大约过了十多分钟，服务员就把一个大铁盘放在桌面中央，十二寸的超级至尊比萨饼来了。Katie手拿刀叉兴冲冲地比画着，邓汶用小铲子把一角比萨饼先盛到Katie面前的盘子上，正要再给自己拿一份，Katie嘴里说了句"我就不客气啦"，举起刀叉就要开始切，邓汶忙说："等等！"

Katie吓了一跳，刀叉悬在比萨饼上方，瞪大眼睛问道："怎么啦？"

"不要急着吃，再等几分钟吧。"邓汶笑着说。

"为什么？"

邓汶给自己的盘子里也放了一角比萨饼，把小铲子放回到铁盘里，才不慌不忙地用行家的口吻说道："烘烤比萨饼的时候，炉子里的温度很高，至少在华氏五百七十度，比萨饼表面的奶酪全都融化了。刚烤好的比萨饼端上来，奶酪正在逐渐冷却，但还没有冷却到味道最好的温度，如果现在马上吃，比萨饼的口感并不是最好的。"

Katie将信将疑地又问："那要冷却到什么温度的时候再吃呢？"

"具体到多少度我也说不好，但我知道最好是等五至十分钟之后再吃，冬天的时候凉得快，等的时间可以短一些，在夏天就要多等一会儿。所以你如果是叫了比萨饼的外卖，等烤好后送到你家里，那个时候吃就最合适，而不是刚出炉马上吃。"

Katie笑起来，歪着头说："可是你怎么知道这个比萨饼是刚出炉就端上来的？可能烤好之后已经在厨房凉了几分钟。而且这么大的比萨饼咱们不可能一口就全吃完呀，咱们一边吃它一边凉，吃到后来不是正好越来越好吃吗？"

邓汶也笑了："人们吃东西当然最重视第一口的感觉啦。好啦，我投降，算我什么都没说，看来想要拦住你吃比萨饼比登天还难。"

Katie已经切了一口比萨饼放进嘴里，吃完了才说："嗯，的确有点烫，但还是很好吃呀。哎对了，你怎么对比萨饼这么有研究啊？"

邓汶从兜里拿出一张自己的名片递给Katie："以前还没给过你我的名片呢。"Katie连忙把手里的刀叉放到盘子两侧，双手接过名片，前后两面翻看着。邓汶问道："你看我的名字后面印着的小字是什么？"

"Ph.D.？博士！哇，真厉害。"

"Ph.D.这个缩写还有一个意思，就是Pizza Hut Delivery，必胜客外卖。以前我在波士顿读博士的时候，主要的收入来源就是给必胜客送外卖，开着我那辆老掉牙的福特车，以我们那家必胜客为圆心，以十分钟车程为半径，那么一大片地区都是我的地盘，要不我怎么说我对必胜客有感情呢？"

Katie一边吃着比萨饼一边点头说："哦，那你一定很辛苦吧？读博士一定很累，还要开车四处跑。"

邓汶看Katie吃得那么香，也已经禁不住比萨饼的诱惑大嚼起来，他抓住嘴巴难得空闲的间隙又说："其实送外卖是个美差，既可以开车兜风，又可以赚到一些小费，后来我发现不同的人给小费的习惯也各不相同，你知道什么人给得最多、什么人给得最少吗？"

Katie摇了摇头，邓汶便接着说："在纽约曼哈顿的最南面有个公园，面积不大，叫Battery Park，中文翻译过来是'炮台公园'，就是从那里坐游船去看自由女神像。我有一次在那个公园里看见几个黑人表演杂耍，他们向周围吆喝着讨要赏钱的时候说，'中国人给一美元，韩国人给两美元，日本人给三美元，黑人给五美元，白人给十美元'，我一听，嘿，这和我自己总结出来的规律完全吻合，中国人的确是要么干脆不给小费，要给也是给得最少的。"

Katie自己从铁盘里又取了一角比萨饼，莞尔一笑："哎，你忘了我是干什么工作的了？我可是真正从事服务行业的呀，宾馆里各种客人都有，他们给小费的习惯我最清楚不过了，就是像你说的那样。"然后她意味深长地又低声说一句，"我以为你从来都是给别人小费呢，原来你也有自己挣小费的时候。"

"当然有啦，那时候可苦了。不过就算中国人给的小费最少，我还是很愿意给中国人的住家送外卖，中国人家里一般不会养那种特别大特别凶的狗，而且还可以跟他们说说中国话，他们哪儿的口音都有，可我听起来都觉得像是乡音似的。"

"为什么中国人不管走到哪儿给的小费都最少呢？因为咱们中国人最抠门儿，还是因为咱们穷？"

"嗯——可能是因为中国人挣钱挣得很辛苦吧，自己的每一块钱都来之不易，所以并不觉得别人只给咱们送了份外卖或者端了几次盘子或者开车门搬了几件行李就有什么大不了的，凭什么就可以轻轻松松得一份钱？咱们当然也就舍不得把自己的辛苦钱给出去了。"邓汶说完又想起什么，接着说，"不过这几年有些变化，老外都奇怪怎么中国人好像一下子变得有钱了，一到美国就买最好最贵的房子车子，出手都特别大方，使得纽约、泽西城、洛杉矶好几个中国人喜欢的住宅区房价飞涨。在那边的中国人都说这帮人肯定全是从国内跑出来的贪官和奸商，他们的钱实在是挣得太容易，所以才会那么挥霍。结果这些贪官奸商把中国人的名声搞得更不好了，'挥霍'还不如以前的'抠门儿'呢。"

Katie静静地听着，却没有任何评论，邓汶眼中的这些怪现象在她看来早已见怪不怪、熟视无睹了，她待邓汶把怨气和不满抒发完毕才又拿起他的名片看了看，问道："你在美国那么多年，怎么没起个英文名字呢？"

"刚到美国的时候在大学里念书，一起选课的同学哪个国家的都有，什么样的名字都有，大家都用各自的本名，好像没有起英文名字的习惯，所以我也就没想过要有个英文名字。另外，无论是我的姓还是名都是单字，而且这两个音老外都能很容易地发出来，更不用起英文名字了。哎，对了，你的中文名字是什么呀？"

Katie的脸忽然红了，她连忙摇着刚拿起叉子的手说："哎呀，快别问了，我的中文名字难听死了，爸妈给起的，甭提多土了，还是不让你知道的好，你就叫我Katie吧，或者干脆不叫名字也行。"

邓汶有些惊讶，纳闷Katie怎么会如此鄙视自己的名字，但也不便再问，只好低头吃着比萨饼。

两人一直聊得很投机，这一下忽然冷了场，Katie便马上主动打破沉默，说道："Katie这个名字是上学的时候为了去酒店实习我自己起的。和你一样，我上学的时候也经常打工，一方面是为了挣钱，另一方面主要是因为好玩儿。不过你上学念的是博士，我呢，上的是职高，旅游职业高中，和你根本就没法比了。哎，你知道我打工的时候最喜欢的美差是什么吗？"

邓汶毫无头绪，摇了摇头，Katie笑着说："是当礼仪小姐！参加各种庆典呀、仪式呀什么的，最好玩儿的是去国展中心、亚运村或者国贸中心参加各种展览会，什么汽车展呀、电脑展呀、房展呀，参展公司都要请礼仪小姐替他们站台分发资料，几天下来，挣的钱不少，还能见识很多世面。要是能争到这种机会，当时真感觉开心死了。"

邓汶的脑子又走了神，他联想到自己的研发中心下个星期就要在新址正式开始运作，要不要搞个什么仪式呢？唉，还是免了吧，一想到自己要和俞威并肩站在一起剪彩，他就彻底打消了这个念头。参展？电脑展？自己不正是在拉斯维加斯的信息技术大展上碰到洪钧的吗？不然自己现在也不会置身于此了。邓汶有些懊恼，难道俞威和洪钧这两个名字要像幽灵一样伴随着自己，永远挥之不去吗？

Katie见邓汶发愣，她这次可实在猜不透邓汶的心思了，便淡淡地说："唉，忽然感觉你和我好像都挺苦的，只是你已经熬了出来，可我还不知要熬到什么时候才是个头。"

邓汶的思绪被Katie的话牵回来，他一时不知说什么好，在他看来，始终热情开朗、总能给他带来温暖的Katie居然也有伤感的一面，邓汶不知道自己将来能为Katie做什么，眼下只能又用小铲子专门挑了一角最大的比萨饼，放到Katie的盘子里。

# 初 当 大 任

八月的最后一天，洪钧很早就被"嘀嘀嘀"的鸣叫声吵醒，他挣扎着从枕头上抬起头，伸手从床头柜上抓过闹钟，把铃声关上，在黑暗中看见带荧光的指针正指向五点半。洪钧坐在床沿上忽然听到周围有一种很微弱的蜂鸣声，他抬眼往墙上搜寻，隐约看见一个很小的绿色光点，他立刻想起昨晚睡觉前忘了把空调设置成延时自动关机，结果空调一直开到现在。洪钧摸索着打开床头灯，拿过空调的遥控器一看，上面设置的温度是摄氏二十度，他马上按键把空调关上。

洪钧扭头看一眼旁边的菲比，顿时觉得又好笑又心疼，菲比背对洪钧侧卧着，颀长的双腿蜷起来，上身佝偻着，膝盖几乎顶到胸口的位置，缩成一团的身体紧紧裹着一条薄薄的毛巾被。洪钧见菲比冷成这样，懊悔地把空调的遥控器扔在枕头上。洪钧轻轻探过身子，发现菲比的脸也让毛巾捂得严严的，全身上下只有长发露在外面，披散在枕头上。洪钧凝视着菲比，忽然感觉自己像是一头大灰狼面对一只团成刺球的刺猬找不到可以下口的地方，他正在踌躇，却发现菲比的耳垂在头发的缝隙间若隐若现，便凑过去轻柔地吻着。

菲比立刻颤抖一下，咕哝着翻过身来，闭着眼睛迷迷糊糊地问："要走了？"

洪钧站起身说："嗯，我换好衣服就走，你接着睡吧。"

菲比的手从毛巾被里伸出来挥两下就又无力地垂在床上，说："到机场给我发个短信。"

"航班太早了，起飞之前我就不发了，等到了虹桥机场我再发，睡吧。"洪钧说完，见菲比哼了一声就又沉沉睡去，便转身走出卧室。他一边晕晕乎乎地洗漱穿衣，一边暗自抱怨菲比害得自己这么早起床。

从大学时代开始，洪钧就一直习惯于晚睡晚起，他如果早起哪怕只是半个小时都像受了极大的折磨，而五点半对他而言实在是太早了。洪钧以往在国内出差，除非遇到极特殊的情况，否则他无论往返都尽量乘坐晚上七八点钟的航班，把晚上的时间用于旅途可以一举两得，既不影响白天的正常工作，也不影响他早上的睡眠。但是自从和菲比好上以后，他的"好日子"便一去不复返了。菲比老抱怨洪钧和她在一起的时间太少，她希望洪钧尽量减少在外住宿，要求去程坐早班飞机、回程坐晚班飞机，这样两头都不至于影响她和洪钧难得的团聚，可以把因洪钧出差而造成的损失降低到最小。菲比把这种行程安排称作"早出晚归"，并作为一项制度确立下来，强调"晚出晚归"或者"早出早归"都应尽量避免，而"晚出早归"则是被明令禁止的。

洪钧收拾完毕，拎着行李哈欠连天地出了门，随手掏出钥匙把门锁好，脑子里想着他即将开始的上海之行。头一天Roger打来电话突然提出辞职，洪钧正在电话里竭力挽留，Roger的辞职信已经通过电子邮件和传真两个渠道几乎同时递到了洪钧手里。洪钧试图打听出Roger辞职的真正原因和去向，但Roger不肯透露更多详情，只说自己不打算继续这样打工，想探索一下其他的发展空间，他一再强调他的辞职与洪钧或任何人无关，他对洪钧和维西尔公司也没有任何不满意之处，纯粹是出于个人职业发展考虑，想趁着自己还年轻有冲劲，尝试一下风险很大但预期回报更大的事业。

洪钧虽然感觉到Roger去意已决，但仍然决定亲自去上海一趟，即使实在挽留不住，也可以当面和Roger料理一下"后事"，尤其是他手上那些项目的交接工作。照洪钧以往的风格，遇到这种突发的重大事件，他一定会放下电话就直接打车去机场，但如今有了菲比的制度，他的行动便延后到了第二天。

上午九点半，国航CA1831航班平稳地降落在上海虹桥机场的跑道上，四引擎的空客340型宽体飞机徐徐滑向将要停靠的廊桥，机舱里的乘客大都已经不顾机舱广播的提醒和空姐的劝阻，纷纷打开手机并起身抓取行李箱中的行李，拥挤在走廊上跃跃欲试，中国人的急性子在此时暴露无遗，仿佛抢先走出机舱的人就能在以后的竞争中拔得头筹。

洪钧稳稳地坐在商务舱的座位上，后面的乘客已经各自对着手机大呼小叫。洪钧回头一看，各有一位空姐摆出一夫当关万夫莫开的架势，站在两个走廊上经济舱和商务舱的分隔处，看来若不是她们挺身而出，后排的乘客早已涌进来挤在舱门前面了。其实空客340在机舱前部有两个舱门供乘客上下飞机，不知是不是因为虹桥机场的廊桥设施所限，只能启用一个舱门。

飞机刚一停稳，洪钧迅速站起来拿好自己的行李快步走出舱门，他一边沿廊桥走着一边打开手机。很快，手机屏幕上显示有三条短信，他刚要查看短信的内容，手机已经响起来，他看一眼来电显示，奇怪，怎么会是他自己家里的座机号码呢？

他刚把手机放到耳边，菲比的声音就穿透鼓膜灌进了脑袋里："洪钧！你干的好事！"

洪钧已经基本掌握菲比的"习性"，每当她连名带姓直呼自己的中文名字时，往往是因为自己恰恰没干什么好事，洪钧忙问："怎么啦？"

"怎么啦？你把我锁在家里啦，我出不去啦！"

洪钧一时没反应过来，怎么会呢？但他马上想起自己早晨出门时竟然糊里糊涂地把自己家的大门从外面反锁上了，菲比从里面无论如何是打不开的。洪钧没想到这种双向防贼的门锁居然头一次发挥了作用，他忍不住笑出声，一方面是在嘲笑自己的糊涂，另一方面想象菲比被锁在房间里无计可施的样子一定很好笑，他说："哟，对不起，给你来了个瓮中捉鳖。"

"哼，你才是鳖呢。"菲比说完，又觉得这句话把她自己也给骂了进去，忙说，"还笑呢，气死我了。我们公司同事见我没上班，打手机问我在哪儿呢，我都不知道怎么回答。"

"你什么时候发现的？想什么办法了没？"

"八点钟吧，我全都收拾好了，要出门上班才发现门打不开。你还在飞机上呢，手机关机了，就给你发了几条短信。想给楼下的保安打电话让他们来开门，可我又不想被他们问这问那的；我都想从阳台上把钥匙递给隔壁的邻居，让他们过来开门，可又不想被他们看笑话，就这么一直傻坐了一个半小时。气死我了，回来看我怎么收拾你。你快点想办法呀。"

洪钧对菲比的"威胁恫吓"毫不在意，因为菲比每次所谓的收拾他都变成了被他收拾。这时他已经走到行李提取区，能看见前方到达大厅里熙熙攘攘的接机人群了，他想了想说："可是我现在已经到上海啦，总不能坐飞机回去给你开门吧。"

手机里立刻传来菲比带着哭腔的声音："那怎么办呀？都怪你，老糊涂了。那我只好找保安了，我就说是被你诱拐来的，让他们救我出去，然后再把你抓起来。"

洪钧刚才已经想到了解决方案，但觉得有些不够稳妥，他沉吟着说："其实我还有一套家里钥匙放在公司桌子的抽屉里，Mary有我的办公室和抽屉的钥匙，她可以拿到，不过……"

洪钧犹豫的正是这个，他不想让Mary拿着钥匙去他家，结果打开门里面是菲比。虽然Mary等人都知道洪钧和菲比的关系，但这种细节还是过于隐私了些，尤其是女孩子之间太过敏感。果然，菲比在电话那边也反对道："啊，让Mary来给我开门呀，那多不好意思呀，我见到她该怎么说呀？"

洪钧已经想到一个合适的人选，他对菲比说："好啦，我知道怎么办了，我先打个电话安排一下，然后马上给你打回去。"

洪钧挂断电话，在手机存储的电话簿里找出他的人选，按下呼叫键。


接下来的半个小时，菲比一直像是只笼中困兽，在洪钧家的客厅里来回踱步。她越想越生气，马上就到十点了，就算自己的工作再悠闲再无足轻重，也不能平白无故迟到一个多小时啊。她也开始后悔，如果早知道要拖这么久，还不如直接把钥匙扔给保安或邻居请他们来开门了。

十点整，菲比忽然听到有人敲门，声音不大，一下、两下、三下，简直像是特务的接头暗号，为什么不用门铃？菲比不由警觉起来，她冲着门口问道："谁？你找谁？"

敲门声停了，片刻的沉寂之后传来一个男声："嗯……不找谁，我是来给你开门的。"

声音不大，但菲比还是听清了，她长舒一口气说："那你倒是快点把门打开呀，还敲什么敲？"

门外嘟囔道："我怕走错门，也怕吓着你。"话音刚落，就传来一阵开锁的声音，但不知是因为紧张还是因为对这套钥匙和门锁都不熟悉，先是显然插错了钥匙，等选对钥匙之后又在锁眼里转错了方向。菲比更不耐烦，刚走过去要指点一下，门锁"嗒"的一声打开，门被从外面推开，一个小伙子怯生生地站在门口。

菲比上下打量这个人，感觉他和自己的岁数应该差不多大，中等身材，普通得不能再普通的相貌，一身典型的公司小白领的穿着，衬衫领带、西裤皮鞋。菲比一方面因为终于重获自由而觉得轻松，另一方面毕竟是初次见面，便露出一张笑脸礼貌地问："你好，你就是……小薛？"

小薛迎面看了菲比一眼，就马上把头偏向旁边，说："是我。您好。"

菲比一愣，她还是头一次遇到有男人看她第一眼之后竟不愿意再看她第二眼，又听到小薛用"您"来称呼她更觉得诧异，自己有那么老吗？她马上怀疑自己的化妆和装束是不是有什么问题，不由自主地转身对着门厅侧面的镜子仔细审视一番，光彩照人，一切都很好啊。

菲比心想，大概是这个小薛自己不好意思吧，嘴上说着："谢谢你啦，麻烦你跑一趟。"

小薛还是不愿正眼看菲比，而是把手里的一串钥匙递过来："洪总说把钥匙交给您就行，不用再放回他的抽屉里了。您要是没别的事，那我先回去了。"

菲比觉得又好气又好笑，忙说："等等，我也得赶紧去上班了，一起走吧。"

锁好门进了电梯，两人在电梯里始终保持沉默，等出了楼门，沿着花园小径走向小区大门时，菲比才说："你刚才叫他什么？'洪总'？他让你这么叫的？"

小薛始终走在菲比身旁稍稍侧后的位置，眼睛一直盯着脚下小径上用碎石铺成的花纹图案，听到菲比问他便回答："不是，洪总一直让我管他叫'Jim'，他不喜欢我叫他'洪总'，可我习惯了，改不过来，也不想改了。"

"呵呵，估计维西尔公司上下那么多人里，只有你一个人这么叫他吧？哎，对了，听老洪说你是刚来的？"

"对，七月二十三号到维西尔上班的，还不到六个星期。"

不知是因为自己和洪钧的关系还是因为感觉自己比小薛资格老，毕竟菲比离开维西尔的时候小薛还没加入，但也可能是由于小薛对她如此客气甚至谦恭，菲比忽然有一种居高临下的感觉，她侧过脸看小薛一眼，说："呵呵，原来你刚过'满月'啊。我刚才还奇怪老洪为什么那么信任你，单单叫你来，可能就是因为你在维西尔是新人吧。"

小薛淡淡地笑一下，但没说什么。两人走到小区门口，小薛招手叫来一辆等候的出租车，替菲比拉开后车门。菲比扶着车门问："你去哪儿？回维西尔吗？"小薛点头，菲比就说："那一起走吧，你先送我然后再去维西尔，差不多正好顺路，老洪和我每次都这么走的。"刚说完，菲比自己的脸不由得红了。

小薛痛快地说："行。"菲比坐进后座。她正往里面蹭，以便把右侧的位置腾给小薛，小薛却已经关上后车门，自己坐到了司机旁边。菲比暗笑自己傻，小薛肯定不会挨着自己坐的。

菲比把先后两个下车地点告诉司机。车开动之后，就又是长时间的沉默。小薛直直地盯着前方，菲比则看着他的后脑勺，仿佛都能感到小薛浑身的紧张和僵硬。

好在菲比的公司也在东三环上，很快就到了，菲比对司机说："就停在前面的过街天桥底下吧，马路对面就是我们公司了。"

小薛对司机说："还是到前面掉个头吧，把车停到马路对面去。"

菲比忙说："不用了，你们接着走，前面右转弯就到维西尔了，要不然还得掉两次头，老洪每次都是把我扔在这儿，我自己走天桥的。"

小薛没有回头，说一句："天这么热，还是开到门口吧。"又侧脸对司机语气笃定地说："你照我说的走，到前面掉头。"

菲比心里就像外面的天气，热乎乎的，她有些过意不去地说："那太麻烦你了，耽误你这么多时间。"

小薛还是没回头，只嘟囔一声："没事儿。"

车继续往前开，到了一个跨线桥底下才掉头开回来，一直把菲比送到她公司所在的写字楼门口。小薛迅速下车替菲比拉开车门，像保镖一样守在车旁，等菲比从车里出来便说声："那我走了。"又回身坐到前排座位上。

菲比冲小薛挥下手，刚说句"谢谢啊"，车子已经开走了。菲比眺望着出租车汇入三环路上的车流，直到彻底不见踪影，心里还觉得暖融融的，她暗想：

"臭洪钧！你什么时候也能学会这么疼我？哼！"

　　洪钧在上海只住了一晚，第二天晚上就飞回北京，他早晨一进公司就把李龙伟叫到自己的办公室，两人隔着写字台面对面坐下。李龙伟见洪钧一脸疲惫，就问："不是好消息？他还是要走？"

　　洪钧斜靠在座椅的扶手上，左手不停地按压两眼之间的睛明穴，低着头说："嗯，简直是义无反顾，怎么拉都拉不回头。"

　　"他有没有透露下一步什么打算？"

　　洪钧坐直身子，又恢复了以往的精神，笑着说："其实任何人离开都没什么好奇怪的，世上没有不散的筵席，但我关心的是为什么在这个时间离开，而且还走得这么急。之前一直没看出任何征兆，而且他连合同上规定的一个月提前期都等不了，恨不能明天就是他在维西尔的最后一个工作日。"

　　"你估计他会去哪家公司？"李龙伟换了个方式问道。

　　"Roger是这么向我解释的，说他会自己开公司当老板，不想再给任何公司打工了。这种志向我倒是很赞赏。我问他自己的公司准备开展哪些方面的业务，他说还是做软件、培训和咨询服务，仍然是围绕企业管理软件这一领域，还说很可能会和咱们保持密切的合作。我说好啊，求之不得。可是我让他把现在手里的项目逐个给我介绍一下，他又显得心不在焉，始终是轻描淡写、闪烁其词。好在所有的客户资料和他以往与客户的联系情况倒是已经都在咱们的数据库里了。"

　　"哦，只要不是去竞争对手那边，对咱们的影响倒不会太大。至于交接嘛，他可能是怕把有些深层的东西都交代给你，咱们会很快把项目接过来，他今后想和咱们合作就没什么筹码了。"李龙伟分析道。

　　"可能吧。我和Roger商量好了，各自让一步，九月十五号是他的最后工作日，这两个星期之内，他把项目交接完成。"

　　"那他的摊子谁来接？那几个销售和所有的项目……"李龙伟见洪钧对自己露出一丝微笑，立刻猜出洪钧的心思，马上摆手说，"嘿，你可别打我主意啊。"

　　"为什么？"洪钧凑近桌子问。

　　"我担当不起啊，如果把郝毅他们那几个再划给我来管，我就得带二十几个销售，这肯定不是一个理想的比例，既要照顾到每个人，又要把精力重点放到大项目上，我很难兼顾啊。如果你真这么打算，那我就要建议把这二十几个人按行业分为四个组，每组选拔一位头头儿，我直接带这四个人，他们每个人带四五个销售，但这样就平白无故多出一个中间管理层，我觉得并不可取，结构还是越扁平化效率越高。而且平心而论，我也不建议你把所有的销售都交给我，总不能把所有鸡蛋放到一个篮子里吧？呵呵，这是为你考虑，不是我有意推卸责任啊。"

洪钧听了便知李龙伟获悉Roger离职后已经有所考虑，所以他的说法于情于理都站得住脚，看来他很关注洪钧下一步的举动，而这也正是令洪钧发愁的地方。其实洪钧在上海的时候就想到了另一个人选，自己在ICE公司的旧将——小谭。当初自己拒绝接纳小谭是因为在维西尔没有给小谭留出位置，但Roger这一走正好给小谭腾出了个机会。小谭对制造业很了解，接Roger的摊子应该驾轻就熟。但洪钧也有一层担心，小谭和信息产业部关系很好，对电信行业的业务和人脉都比较熟悉，他肯定希望在制造业之外还能再把电信这块肥肉纳入自己的管辖范围，这就会与李龙伟发生摩擦，两人都在北京，这种摩擦可能更会加剧。而李龙伟从技术工程师破格提拔成销售总监才仅仅四个月，还处于证明自己、树立威信的阶段，在这时候引来一个小谭，很可能会在销售团队内部埋下隐患，不如先缓缓吧。

洪钧沉思片刻，便拿定主意说："我看这样吧，你还是继续带你现在的团队管那三个行业，不用分心，我会从外面物色一个人选来接Roger的位置。在这个过渡期内，Roger的工作我自己先接下来，郝毅他们几个原来汇报给Roger的暂时汇报给我。另外还有个历史遗留问题，Roger手上有几个客户是他自己在跟的，像浙江澳格雅那个项目，当初我就叫他转给下面的销售，身为总监不应该再自己独自直接做项目，不然难免会和下面的销售有利益冲突，结果他还没来得及交出来自己倒要离开了。小薛不是还挂在你下面吗？你把他交给我，我让他去负责浙江澳格雅那几个Roger自己跟的项目。"

李龙伟顿时眉开眼笑。洪钧搞不清在自己的这两个安排里哪个更让他高兴，是躲开了Roger的摊子还是终于摆脱了小薛？李龙伟毫不掩饰自己的轻松，说："那你可就太辛苦了，老板亲自当销售经理，对我们前线将士的斗志是莫大的鼓舞啊。"

洪钧白他一眼："你少说风凉话，我天生就是个劳碌命。还好是暂时的，最多四个月，年底之前新人必须到位，这样可以接手明年整年的工作。"

李龙伟估计洪钧找自己来的议题已经谈完，就说："中国第一资源集团那个项目，我心里有些不踏实，带着杨文光他们几个去接触了几次，感觉还是只停留在表面上，没有深入进去，项目是肯定要上，而且绝对会是个大单子。客户和ICE走得比较近，但据我了解，好像也没什么实质性的进展。我有些奇怪，这个客户好像对哪家都不温不火的。"

洪钧沉吟着说："摸不到客户的脉搏，是吧？不知道他们真正想要什么，也就无从引导项目的进程。你不是急于今天就要讨论出对策吧？"见李龙伟摇头，洪钧便接着说，"那你先把第一资源集团的整个项目背景做个简单的分析报告，然后咱们尽快找时间专门讨论一下。我现在得赶紧把Roger离职和咱们刚商量好的安排在公司宣布出来。对了，你先帮我把小薛叫来，我向他交代几句项目的事，让他有所准备，好不好？"

李龙伟答应着起身走了。很快，小薛便站在门口敲了一下敞开的房门："洪总，Larry说您叫我。"

洪钧招手让小薛进来坐到自己对面，笑道："前天的事辛苦你了，谢谢啊。"

小薛愣了一下才明白洪钧指的是什么，忙说："您别客气，不就是跑一趟吗？"

"她没欺负你吧？她被我关在房间里，气坏了。"

"没有没有。"小薛忙摇着头说。

洪钧言归正传："来了一个多月，各方面应该都熟悉了吧？我们可没有养兵千日的条件啊，你上阵的时候到了。"

小薛的脸红了，心怦怦地跳。自从加入维西尔，尽管他忙忙碌碌地干了不少杂事，但身为一名销售人员，却没有承担明确的销售任务、没有独立负责具体项目，在他人眼里简直就是一个闲人、废人，他当然希望能真正拥有自己的位置；另一方面，虽然他感觉自己已经学到很多东西，大大开阔了眼界，但他也越来越见识到自己与专业销售高手的差距。听了洪钧的话，他既有所期待又心存疑虑，不知如何表态，只好问："您需要我做什么？"

洪钧知道小薛此刻的心思，但他还是想先让小薛对下一步的工作有所了解，再来谈具体的困难和问题，便把Roger的离职以及需要交接的项目情况大致讲了，然后说："所以在年底前你就重点负责这几个项目，直接向我汇报。当然在过渡期内有任何问题你还可以随时找Larry，他也会帮你。从现在起，你就要开始独当一面，要对这些项目的输赢负全责，换句话说，你今后就是维西尔一名正式的销售。"小薛只是点头没说话，洪钧又吩咐，"等一下我会发邮件，把数据库里这几个项目负责人的名字改成你，你就有权限来接手了。我大致看了看，感觉浙江的那个叫澳格雅的项目好像最有戏，你可以先作为重点接触一下。怎么样？有没有信心？"

小薛强迫自己笑了一下，说："我试试看吧。"

洪钧显然对这个答复很不满意，摇着头说："在我的字典里没有'试'这个字，我们做任何事都必须不遗余力。我允许你失败，但如果你抱着'试试看行不行'的态度去做事，其结果一定是不行！"

小薛一见洪钧板起面孔，吓了一跳，这还是他头一次见识洪钧严厉的一面，他没想到自己随口说出的几个字竟带来这种后果，连忙表态说："嗯，我明白了，我一定努力去做。"

洪钧这才缓和下来，问道："怎么样？你觉得现在哪些方面有困难？"

"嗯……我英语还是太差。"

这个回答让洪钧有些意外，小薛有畏难情绪他并不奇怪，销售人员对接手他人的项目都会感到头疼，如果起步阶段能找到全新的项目从头开始耕耘对小薛来说反而更容易些，但没想到他冒出的是这个问题。洪钧问："浙江澳格雅以及其他几个项目都是国内企业，应该没什么要用英语的机会吧？"

小薛尴尬地坐着不吭声。洪钧明白了，这是个信心和心态的问题，在维西尔这种外企既然沾个"外"字，外语似乎就是最起码的条件了，无论某个员工在实际工作中是否需要大量使用英语，也无论他的英语能力是否影响到他的工作成效，只要他的英语水平相对较低，在不少同事眼中，他都会显得非常另类，简直是"鸡"立"鹤"群。

这显然不是一朝一夕就能解决的问题，洪钧只得连安慰带鼓励地说："英语就是个工具，用得多了，水平自然就提高了。"他忽然瞥见放在桌角的一摞文件上有封刚打印出来的电子邮件，便拿过来递给小薛，"正好，有个事你帮我办一下，就当作练习英语的机会吧，省得我再交代给Mary。"

小薛接过邮件，嘴唇微微翕动，不出声地念着邮件，眉头慢慢皱紧。洪钧说："我在这个月中旬要去澳大利亚开亚太区的会，本来定好在悉尼开的，突然通知说改到珀斯，你帮我给上面提到的这家酒店打个电话，看看维西尔亚太区的秘书有没有帮我把房间订好，再和酒店说一下我的房间要不吸烟的，还要大床，不要那种两张床的。"

小薛认真听着，确信自己听懂了，嘴里默念着，以免忘掉洪钧吩咐的细节，站起身说："那我先去打电话，弄好了再和您说一声。"

小薛一走，洪钧便埋头于成堆的电子邮件之中。等他把邮件处理完毕，那封告知Roger离职事宜的邮件也已经发给公司里的每一个人，他便从桌上拿起水杯准备到茶水间去倒些水来。洪钧刚要拐进茶水间，却瞥见小薛在几间会议室门口逐个地探头探脑，便停住脚步好奇地观察他。等小薛又走近一些，洪钧看出他手里捧着一个记事本，还拿着一张纸和一支笔。小薛似乎感觉到什么，一扭头看见洪钧，忙站在原地不动，脸也刷地红了。洪钧走过去问道："你要用会议室？有客户要来？"

小薛一副手足无措的样子，吞吞吐吐地说："嗯……不是，我是……想找个房间打电话。"

洪钧已经看清小薛手里的纸就是自己刚才给他的那封邮件，也就明白了八九分，又问道："在你自己的座位上不能打吗？应该都可以直拨国际长途的吧？"

小薛的脸已经涨得通红，他局促不安地说："能打，嗯……我是怕影响到周围的同事。"

洪钧若有所悟地"哦"了一声，看了看旁边的几间会议室，门都关着，门上的状态标记也都是"使用中"，便说："会议室别人都在用，这样吧，你到我的办公室打电话吧，正好我要休息一下。"

小薛推辞说："那不好吧。不用了，我等一会儿再打。"洪钧却坚持让小薛现在就去他的办公室。小薛没办法，见洪钧进了茶水间，便马上快步走进他的办公室。

小薛轻轻把门关严，走到写字台前把那封邮件和记事本都摊在桌面上，记事本上是他刚刚用英文认真起草好的在电话中要念的"台词脚本"，然后在自己刚才坐过的椅子上坐好，又把邮件和台词看了一遍，做一个彻底的深呼吸，这才一脸庄严肃穆地拿起桌上的电话。小薛刚按了几个号码，办公室的门就被推开了，身后传来杂沓的脚步声，吓得他连忙放下电话，慌乱中听筒竟没有放正，滚落到桌面上，他赶紧去抓，等他手忙脚乱重新把电话放好，这才发现房间里已经站了好几个人。

洪钧笑着对大家说："小薛要往国外打个电话，他让我把你们请来，让咱们一起帮他听听他的英语都有哪些问题。"

小薛的脑袋"嗡"的一声，他向四周看去，能辨别出Mary、Helen、武权、肖彬、杨文光几个人的面孔，他忽然觉得周围黑压压全是人，可视线却模糊得看不出其他人具体的容貌了。其实洪钧只叫了这五个人来，郝毅等几个原先由Roger管辖的销售人员他都没叫，因为他们是小薛今后的同组同事，他不想让小薛将来面对那些人没了底气。

洪钧和其他几个人都站着，他对小薛说："好了，你就想象我们都不存在，打电话吧。"

小薛硬着头皮再一次拿起电话，房间里安静得仿佛只有他自己的心跳声，他先照着邮件上的号码拨了一遍，中间拨错一位，只得挂断再来，第二次总算拨通了。电话里传来一个女声热情的问候："Thank you for calling Sheraton Perth Hotel. Good morning. How may I help you?（感谢致电喜来登珀斯酒店。早上好。请问有什么可以帮您？）"

小薛忙在记事本上寻找着，说："嗯……I call from China, Beijing.（我从中国北京打来。）嗯……My boss want to see his room is OK or not.（我的老板想看看他的房间订没订好。）"

"Well, hold on for just one second. Your call will be transferred to front desk.（好的，请稍候。您的来电将转至前台。）"

电话里传出轻松悦耳的音乐，小薛的心情也稍微放松下来，等着电话被总机转到酒店前台，他猜想酒店大概也知道给他们打电话的人心情多么紧张，不然放音乐干什么。音乐停了，换成一个男人的声音："Front desk, Andrew speaking. What can I do for you today?（这里是前台的安德鲁。请问有什么可为您效劳？）"

小薛说："嗯……My boss want to see his room is OK or not.（我的老板想看看他的房间订没订好。）"

"Your boss? OK, May I have his name?（你的老板？好的，请问他的姓名？）"

"Jun Hong. J–U–N H–O–N–G."虽然发音不怎么准，但小薛仍然充满信心地拼着洪钧的名字，全然没有注意到洪钧在一旁夸张地用口型冲他说着"Jim"。

"Thank you. Let me have a look. Hmmm...I haven't got any 'J–U–N' here. Does he have any other name?（谢谢。让我看一下……我这里找不到，他有其他名字吗？）"

奇怪，记录中没有洪钧的名字？难道真没预订上？显然小薛的台词脚本中没有设计到这个情节，他皱起眉头想着，猛然间恍然大悟，忙说："Sorry. His name is Jim. J–I–M.（对不起，他的名字叫Jim。）"

"Thanks. Give me one second. Aha, here it is. I have his reservation here, booked by VCL Australia Pte Ltd. Mr. Hong will check–in on September 15th and check out on 18th. Would you like to make any modification?（谢谢，请稍候。找到了，由维西尔澳大利亚公司预订。洪先生将于九月十五日入住，十八日退房。您有什么要修改的吗？）"

小薛核对着酒店预订记录的细节，下意识地频频点头，又在记事本的下面几行搜寻，然后说："啊，Yes. My boss do not smoke，嗯，and, he want his room have a big bed.（是的，我的老板不吸烟，还有，我的老板要房间里有大床。）"

"Excuse me? Er...Oh, I see. You mean a non–smoking room with a king–size bed, is that right?（对不起？哦，我明白了。你是指有一张大床的无烟房，对吗？）"

"嗯，Yes！"小薛兴奋地喊道，无烟和大床这两条要求也搞定了。

"OK, no problem, sir. Mr. Hong will get exactly what he wants. Is there anything else?（好的，没问题。洪先生一定会得到他所要的。还有其他事吗？）"

"No. No. Thank you. Thank you very much.（没了没了，谢谢，非常感谢。）"小薛根本顾不上听完对方最后的一长串告别用语就高兴地挂断电话，此时的他已经汗流满面，而珀斯喜来登酒店前台的那位名叫安德鲁的接待员恐怕会在几天之内都记得这个与众不同的来电。

小薛抬头看眼周围，脸色旋即黯淡下来：Helen和Mary已经笑弯了腰，一手捂着肚子，另一只手互相搭在对方肩膀上，好像不这样彼此搀扶就都要倒在地上；武权和肖彬相比之下就矜持得多，但也都憋不住抿着嘴笑；而杨文光的眼里似乎有一种轻蔑和嘲弄；只有洪钧面带微笑地看着小薛，目光中充满欣慰和鼓励。

洪钧对小薛扬了下手说："我先点评几句。你的英语究竟好不好？我觉得不够好，发音不准，语法错误很多，关键是你说的英语都是从汉语直接翻译过去的，不是英语中常用的表达方式。"他见小薛蔫头耷脑地站起来，就转而提高嗓音接道，"但是，我又觉得你的英语很好，因为你完全达到了此次沟通的目标，完成了我交代给你的任务，我很满意。"

洪钧停了一下，等到大家都专注地看着他，才既像是对小薛又像是对所有人说："所以想练好英语，最大的障碍就是个面子问题，生怕对方或周围的人觉得你的英语说得难听说得不对，今天我就是要把你的这层面子戳破。现在大家都已经知道了你的英语很差，你今后也就用不着躲躲藏藏的，不要再找没人的地方才敢说英语，要大大方方地说，不要怕错误百出，对方只需要知道你想表达的意思而不会在乎你的英语是否正确规范。所以你要放下包袱、厚起脸皮，要想练好英语就要胡说八道，明白吗？谁都有第一次，第一次是最难的，都会觉得不好意思……"

刚说到这里，洪钧就发现Helen和Mary两个人的脸不约而同地红了，都把头转向一旁。洪钧心想，现在的女孩子脑子真快，一下子就想到别处去了，自己以后说话真得更加小心。洪钧装作没注意到两人的反应，接着说："之所以把你们几位请来是想提醒你们，谁都有过初学乍练的时候，其实大家的水平也都是半斤八两，不要五十步笑百步。我今天把丑话说在前头，"他扫视着除小薛之外的几个人，笑着说，"以后谁要是再笑话小薛的英语，可就别怪我笑话他。"

忽然门被推开，李龙伟愣愣地站在门口，诧异地说："哟，开会呢？"

洪钧笑道："我们正集体学英语呢。"他见李龙伟一脸莫名其妙，便摆手让大家都各自散去，等房间里只剩他们两个才问，"什么事？"

李龙伟一边坐下一边说："普发的事。咱们不是要安排他们一个考察团去欧洲吗？德国、法国、奥地利和意大利……"

洪钧笑着插话："我知道，都是当年八国联军里面榜上有名的。"

"呵呵，是啊。已经定好的九月中旬出发，国庆节前回来，人数是十二个人，咱们已经把当地的导游、接待都安排好了，在每个国家都要走访维西尔的分公司和一家样板客户。可是普发刚才突然通知我，柳副总临时决定也要去，之前他都是明确说不参加的。"

"那怎么了？去就去呗，现在申请签证也来得及，这几个都属于'申根'国家，只要办一个签证就行。咱们那么多钱都出了，也不在乎多掏他这一张机票。"洪钧不理解，有什么值得李龙伟大惊小怪的？

"我想说的不是这些。原定的十二个人都是普发中层以下的，所以咱们只安排了旅行社和留学生负责当地陪同，走访客户由维西尔各地分公司的人协调，没打算从北京派人去，但现在柳副总要去，我在想，咱们是不是应该派个人全程陪一趟？"

洪钧这才闹清李龙伟的来意，他立刻觉得李龙伟考虑问题仔细周到，便问："嗯，有道理，柳副总既然要去，不派个人跟着是有些不妥，你觉得派谁好？"

"我就是想不出合适的人来啊。菲比走了以后，就没再安排销售专门负责普发，因为普发近期不会再有新的单了，也因为一直是你和我直接与普发联系，派个小销售去，他们不会买账。"

洪钧思索着，像是自言自语地说："要么从在普发做项目实施的技术人员里选个人去，要么另外调一个销售去。"

李龙伟听了却摇头："技术人员都腾不开身，普发的人出去游山玩水，可项目都留给咱们的人做，要想在十月份把整个新系统正式投入运行，连国庆假期都得加班呢，把谁抽走半个月都够呛，而且让技术人员去陪柳副总效果也不一定好。别的销售和普发从来没接触过，谁都不认识，而且销售都知道这种出国其实是伺候人的苦差事，不仅不能开心自在地玩儿，对完成自己的指标还一点帮助都没有，别看是去欧洲转一圈，恐怕还真没谁愿意去。"

洪钧一想，的确如此，维西尔各方面的业务进展都不错，技术人员各种境外培训机会很多，销售人员只要拿下大的合同也都有机会陪自己的客户出去潇洒，更不必说各种名目繁多的到境外开会的机会了。洪钧有些一筹莫展，而他料想李龙伟一定已有他心目中的人选，便问："还有什么其他的选择吗？"

李龙伟一笑：“我倒是有个想法——小薛，你觉得怎么样？他以前在泛舟就是专门负责普发项目的，那些人他都熟，而且我估计他之前应该还没出过国，积极性会比较高，他眼下大概也没有迫在眉睫的大项目要扑上去，所以时间上不会有什么冲突。”

洪钧沉吟：“他的英语恐怕够呛。”

“问题不大吧，到哪里都有当地的导游陪着，不需要他出面，他只要一路上把柳副总伺候好就行了。”

洪钧沉默许久才说：“还不只是英语的问题，我总觉得有些不放心，可又说不出来具体是因为什么。对了，他有护照吗？”

“应该已经有了，上个月我就让Helen帮他申请护照了。你可能是担心他没有经验吧，可也真想不出还有谁更合适了，我会把需要注意的事项给他交代好的。”

洪钧又想了一阵，终于下了决心：“也只好这样了。你马上请德国维西尔给柳副总和小薛分别发邀请函，赶紧办签证。”

“你和小薛打声招呼吧，关于他出国的事。”李龙伟提议道。

洪钧笑着摆手：“不用，你和他谈吧，是你建议让他去的。头一次去欧洲当然是件好事，这种好消息还是你去告诉他吧，属于你的人情，我可不想掠人之美。”李龙伟听了，心里不由一热，洪钧身上最令他佩服的就是这一点，凡是可以表功的机会，他一定会让给别人，但责任与过失他都会自己承担。


一直忙到晚上八点多钟，洪钧才收拾东西走出自己的办公室，他习惯性地在公司里四处转转，却发现只剩下小薛还在靠近走道的座位上忙着。洪钧走过去，见小薛正低头在记事本上写着什么，便扶着办公区隔断的挡板问道：“还没回去？”

小薛被吓一跳，抬头见是洪钧，忙站起来说：“差不多了，马上就走。”

洪钧笑着问：“忙什么呢？”

“今天打了好几个电话，白天乱哄哄的，晚上得把电话里聊的情况都记下来，不然该忘了。”

洪钧看着小薛，想起自己当年也是这样，白天奔波之后，总要趁夜深人静把一天的工作详细记录下来，再反思一番，然后列出第二天的任务清单。这个习惯一直保持到现在，他刚才在办公室里做的正是这个，只不过他是输入到电脑里，而不再用老式的记事本。

小薛说完，又弯着腰写了几个字便把本子合上，把东西简单收拾一下就背起他的那个书包。洪钧心里暗笑，恐怕只有小薛才会这么做，换作别人，一定会再坚持哪怕只是几分钟，也要等洪钧前脚走了，他再后脚回家，以免洪钧觉得这人是特意加班做给他看的，不然怎么就那么巧，洪钧忙完他也正好忙完？但洪钧知道小薛应该还没有这么多的心计。

两人往门外走，小薛沿路顺手把天花板上的灯一一关掉，弄得洪钧觉得自己像是个黑暗使者，所过之处立刻变得漆黑一片，他问小薛："Larry和你说过出国的事了？"

"嗯，他告诉我了，我挺紧张的。"小薛说着把公司的大门锁上，跟着洪钧走到大厦的电梯间，抢前一步按了向下的按钮。

"紧张什么？"洪钧问。

"以前没出过国，没想到刚来就要出去陪这么重要的客户。"

即使在电梯间不甚明亮的光线下，洪钧也能看到小薛脸上果然浮现出一丝忧虑和不安，便笑着说："上午我不是给你讲过那个道理吗？任何人做任何事都有第一次，所以你要更多地把它看成是一个机会，而不仅仅是挑战。"

小薛点头说："嗯，我试……"他刚想说"试试看"，就想起洪钧今天教训过他的话，忙改口说，"我一定尽力。"

电梯来了，里面空无一人，小薛跟在洪钧身后走进电梯按了"L"层。洪钧像是想起什么，忽然说："记得买一瓶正宗的镇江香醋带上。"

"香醋？带到哪儿？"小薛没听明白。

"带到欧洲啊。"洪钧见小薛一脸茫然，笑着说，"你们路上可以吃。欧洲的大多数中餐馆，不管是自己厨房里调味用的还是摆在桌上供客人往菜里加的，都不是咱们国内这种地道的香醋或陈醋，而是苹果醋，颜色很浅，几乎是透明的。国内的人出去可能吃不惯西餐，吃当地的中餐又总觉得味道不对，调味品的差别是主要原因，吃饭的时候你给每个人倒上一小碟醋，既可以调味，又可以开胃。"

小薛点头："嗯，我记住了。"

"估计普发去的人也是北方人占多数，吃中餐的时候可以给他们多点些面条，少要些米饭。但你不知道吧？在欧洲的中餐馆一碗面条相当于一盘热菜的价钱，有些客户不了解，还以为面条和米饭一个价呢。"

正说着，一层大堂到了，电梯的门徐徐打开，洪钧在走出电梯前又对小薛叮嘱道："你要记住，第一，该花的钱一定要花，不要让客户觉得咱们小气；第二，花钱一定要花在明处，不要钱花了却没收到效果。"小薛又重重地点了下头。

走到大厦门口，洪钧招下手，一辆北京现代生产的索纳塔开过来停在他面前，在他坐进车里的一瞬间恰好瞥见小薛的背影正向不远处的公共汽车站走去，洪钧心里又涌起一阵不安，不知道为什么，小薛的这次欧洲之行让他总是放心不下。

# 第十二章

## 异乡劫难

弗兰茨·约瑟夫·施特劳斯国际机场位于慕尼黑郊区的东北方向，是德国的第二大机场。使这座机场因其得名的施特劳斯与奥地利的那几位也姓施特劳斯的音乐家父子没什么关系，这位施特劳斯是个政客，在第二次世界大战时是一名德军军官，在战后盟军占领德国期间，他和那位有名的巴顿将军成了朋友，并得以继续在政坛出头露面，后来当过德国巴伐利亚州的总理。

九月十七日，当地时间下午五点三十分，一架德国汉莎航空公司的空客A340飞机正点到达慕尼黑机场的2号航站楼，小薛拎着维西尔公司刚配发给他的电脑包随着人流走出机舱，头一次踏上了异乡的领土。经过十个半小时的飞行，小薛没有丝毫的倦意，反而兴奋不已，觉得一切都是那么新奇，只是这个下午好像非常漫长，LH723航班于北京时间中午一点起飞，飞了这么长时间，他在飞机上都吃过两顿午餐了，结果慕尼黑此刻还是下午，小薛纳闷之余领略到了夸父追日般的飞行乐趣。

小薛打量着周围的一切，心情很快从兴奋变成紧张，普发一行十三人将于十八日飞抵慕尼黑，他是提前一天来打前站、与当地的导游接头的。航站楼里熙熙攘攘，小薛紧跟着同机到达的大队人马，生怕自己掉队后迷失方向，前面是长长的仿佛一眼望不到头的甬道，换了一个接一个的水平自动扶梯走了很远，小薛正要怀疑大家是不是都走错方向了时，他看见了前方不远处的行李传送带。小薛托运的旅行箱很快就出现在传送带上，这是他为此次出国特意买的，等把旅行箱搬到行李车上，他心里的一块石头才落了地，之前最让他担心的莫过于自己的行李没有和自己登上同一架飞机。办理入境和海关手续很顺利，这让小薛觉得一阵轻松，他想，哈哈，从现在起，我就可以在欧洲的十五个国家纵横驰骋啦！

小薛在大厅里找到一个货币兑换处，他谨慎地打开电脑包，从里面的钱包中抽出一张一百美元的钞票，换得了不到九十欧元，他没打算换更多，事先有同事嘱咐说在机场换钱都比较吃亏，而导游都能在城里找到汇率划算得多的兑换处。小薛将大把的美元和这几张欧元收好，一抬头就看见标有"TAXI"的指示牌，便按照指引走出航站楼的大门。

出门往右一转，前方就是排队搭乘出租车的地方，小薛把旅行箱从行李车上搬下来，抬眼向前望去，顿时傻了眼。排队等客的出租车几乎全是"奔驰"，中间夹杂着几辆宝马和沃尔沃，车身崭新而宽大，都被涂成一尘不染的奶白色，上面顶着黄底黑字的"TAXI"标志。小薛愣着，这种阵势完全出乎他的想象，他以为德国的出租车应该不是"普桑"就是捷达，充其量也就是帕萨特，没想到竟是成群的"大奔"！打辆"大奔"跑几十公里到城里的酒店这得花多少钱啊！小薛没敢打听也没细算，他已经觉得心疼了，便提起旅行箱低着头从等候的队伍中退出来，又走回了航站楼大厅。

他四处张望，正想找问询处打听一下有没有机场巴士那类便宜些的交通工具，一眼看见个醒目的圆形标志，绿色底上是个白色的字母"S"，标志旁边写着"Train"。小薛灵机一动，他记得旅行社在给他的电子邮件中特别提到，为他和考察团在慕尼黑订的酒店叫作Inter City Hotel（城际酒店），三星半、准四星的档次，就在火车总站附近，距离不到五十米，既然如此方便，为什么不坐火车直接去火车总站呢？小薛拿定主意，一路顺着绿底白字的"S"标志走到了位于两个航站楼之间中央区的轻轨车站。

到了这里，小薛觉得周围的景象有些熟悉，与北京的城铁站很像嘛。他花不到九欧元买了一张车票，又在行车路线图上确认好不管是"S1线"还是"S8线"都可以到达火车总站。短短几分钟之后他已经坐在舒适整洁的轻轨车厢里，望着窗外异乡的美丽田园风光，他不禁有些得意，一切顺利，初来乍到的自己居然找到了如此便捷的解决方案。

大约四十分钟之后，列车到达位于慕尼黑市中心稍微偏西方向的火车总站，小薛拎着行李伫立在站台上，他又呆住了，眼前又是一个挑战。小薛没见过这样的火车站，与其说是车站，倒不如说更像小薛曾经见过的硕大的工厂车间，十来条铁轨的末端都停靠着火车，就像车间里的流水线；在明亮的天棚下面是一间间商铺，又像是一个巨大的集贸市场，小薛迷路了。

正值周末下班高峰时间，车站内摩肩接踵、行人如织，小薛像一根中流砥柱一样立在人流中间，想找个人问路。他猜测年纪越轻的人会说英语的可能性越大，而年轻人走路更急更快，他只好硬着头皮近乎失礼地拦住一个与他年纪差不多的棕发小伙子，他越急嘴巴越不听使唤，结结巴巴总算说出了自己的意图和酒店的名字，那个小伙子很快反应过来，回手一指，用虽然发音较硬但很流利的英语告诉小薛：向前走，向右转，再向前走，出大门，城际酒店就在前面。

小薛忙道了谢，嘴里重复着刚打听来的路线，拖着行李向前走，撞到一间店铺的橱窗再向右转，然后一直走，最后穿过一个悬挂巨大的"可口可乐"广告牌的大门，他来到了站外的大街上。

此时已过了七点半，暮色刚开始降临，路灯和周围建筑物的灯光把街道照得一片明亮。小薛已经根本辨不清方向，全然不知他是刚从车站的南门走出来，面向南方。他往自己的右手方向看去，是出租车等候区，停的全是奔驰车，这里没有宝马和沃尔沃，小薛知道没有必要打车，他离酒店不过五十米之遥了。

小薛向街对面望去，右前方就是一家酒店，他辨认着墙上醒目的标志：Le Meridien，显然不是他要找的那家。他在街角看到了街牌标志，两块牌子成直角挂在一根杆子上，迎面的那块街牌上的头几个字母是"Bayer"，小薛立刻喜出望外，他想起来自己订的酒店就是在Bayer街上，因为在他印象里德国拜尔制药公司好像是维西尔的客户，便记住了这个街名，他顾不上多想便穿过马路，沿着刚才正对着的街道向前走去。

可惜小薛已经与他要找的城际酒店失之交臂，本已近在咫尺，现在却越走越远。就在他刚才驻足过的车站南门外的位置，左手就是这家酒店，一幢底层是灰色、上面四层是红色的不怎么起眼的建筑，他的脚下其实就是拜尔街，而他却跨过拜尔街向南走入了以德国大文豪歌德的名字命名的歌德街。小薛刚才明明看到了街牌，但另一块头几个字母写着"Goethe"的歌德街牌子被拜尔街的牌子遮挡住了，可能小薛没想到他的酒店原来和车站如此接近，也可能他想象中的酒店不是这种样子，他竟鬼使神差一般地错过了他要住的酒店而误入歧途。

歌德街的路面比不上北京的城市干道那么宽阔，但也不是欧洲古城中那种狭窄的街巷，中间是机动车道，两侧错落种着一些树，树木既不高大也谈不上枝繁叶茂，看来树的年代并不久远，一溜树中间会间或出现一段空地，有些汽车停在这些空地上，街道两旁的建筑物都是古色古香的，高不过六七层，但楼与楼肩并肩地紧挨着没有一丝缝隙，楼面宛若连绵不断的屏障，使得街道像是被放大了的北京胡同，给人一种压迫感。

小薛拖着旅行箱沿街道左侧的人行道边走边不时察看两旁建筑物上的标志，徒劳地寻找着他的酒店。路灯通明，不时有汽车穿梭驶过，人行道上常可见到三三两两的路人，也有啤酒馆摆到街边的小摊，虽然说不上人气兴旺，但也绝不是黑暗僻静。小薛往前走了不到一百米，大概正好走到街区中段的位置，看见前面有个身背巨大旅行背包的男人，看一眼建筑物上的标志，又借着路灯看一眼手里拿着的地图，显然也迷失方向了。他见小薛走来便急切地迎上前，用英语说了一串地名，好像是请小薛帮忙指引方向。小薛看着这个金发碧眼的小伙子不禁苦笑，这个老外真够傻的，难道看不出他也是个人生地不熟的老外吗？他停下来冲这个背包客用英语说："对不起。我不知道。"

背包客并不罢休，像是抓住救命稻草一样把手中的地图凑到小薛眼前指指戳戳，嘴里叽里咕噜地说着，小薛只听得他不时冒出几个"please"。小薛先是坚持着拒绝，但忽然有种"同是天涯沦落人"的感觉，心想没准难兄难弟能互相帮助各自找到目的地呢，便放下一直拉着的旅行箱，把脑袋凑过去端详地图，指望自己能帮上什么。

忽然身后有人喊一声，他俩同时扭头，看见从不远处的树荫里快步走出两个男人，走在前面的用德语又喊了一句，见他俩没有反应就换成英语喊道："警察！不许动！"

小薛心里一惊不知发生了什么事，两个警察已经走到面前，他们都穿着黑色的夹克衫，下面是牛仔裤，一样的中等身材，但毛发显然贫富不均，刚才喊话的是个秃顶，另一个则是满脸的络腮胡。秃顶从夹克衫的内兜里掏出一个皮夹，打开后在小薛和背包客的眼前亮了一下，小薛看见皮夹里一边是贴有秃顶照片的证件，另一边是一个盾牌形的徽章，上面的图案是一只鹰。秃顶冲他俩说了一串英语，小薛连蒙带猜估计秃顶是在介绍他的身份，而最后结尾像是疑问句，估计是问他俩在做什么。

背包客显然也被这场变故搞得紧张起来，忙用英语解释说："我们什么也没干，我在请他帮我指方向。"

小薛听懂了，一边点头一边说着"yes"。秃顶满脸狐疑地质问背包客："你开玩笑？难道你看不出他不是本地人吗？他怎么可能帮你指方向？"

小薛听明白了，这正是他刚才觉得奇怪的地方，便也扭头看着背包客，背包客一脸无辜，红着脸耸下肩膀，往人行道两端看了看，意思大概是周围偏偏没有其他人可以问嘛。

秃顶接着说："这个地区治安不好，很多游客都知道不要到这一带来，尤其是在晚上，我怀疑你们是在买卖毒品！"

小薛觉得自己听懂了，但最后的"drug"一词又让他不敢相信自己的耳朵，"毒品"？我的天！这可不是闹着玩儿的！他又急又慌，连忙摆着双手叫道："No! No! No!"

秃顶问小薛："是他先对你说话的？"见小薛点头，他指着地上的旅行箱提醒道，"请看好你的行李。"然后和络腮胡把背包客围在中间。

小薛把旅行箱挪到两腿之间夹紧，把肩上挎的电脑包括在身前，听到秃顶用英语对背包客说："请把你的证件拿出来。"

背包客忙把手里的地图夹在腋下，腾出手把背包卸下来，打开侧面的一个拉链取出一本黑色的护照递给秃顶。秃顶打开护照把相片和背包客本人对照一下，又用手里的一个小东西在护照上比画，然后把护照递给络腮胡，问背包客："你有没有卖毒品给他？"背包客的头摇得像拨浪鼓似的，秃顶又说，"请把你的钱包拿出来。"

背包客急于证明自己的清白，迅速打开背包的另一个拉链，取出一个钱包递给秃顶，秃顶从钱包里拿出几张美元，捻了捻，怀疑地问："你只有这点钱？来德国旅游？"

背包客指着钱包说："我没有多少现金，我都是用信用卡的。"秃顶从络腮胡手里拿回护照，连同钱包一起递还给背包客，问道："他有没有卖毒品给你？"背包客摊开双手否认。

秃顶转身走到小薛面前，说："请把你的证件拿出来。"

小薛一见背包客似乎已经过关，而警察的注意力转移到自己身上来了，心里更加惊慌，甚至有几分恐惧，忙以背包客为榜样，与警察通力合作，他打开电脑包从里面的口袋里取出自己崭新的深红色护照，秃顶接过护照打开，一边对照相片一边掏出手里的小东西，这回小薛看清了，那东西很像他给客户做宣讲时用的激光笔，秃顶把激光笔似的东西压在护照里的纸页上打开，果然在纸面上投射出一个红色光点，秃顶用红点扫视着纸面，估计是在通过诸如水印之类的防伪标记来辨别护照真伪。

秃顶把护照直接还给小薛，这让小薛放松不少，秃顶又说："请把你的钱包拿出来。"小薛便从电脑包的另一个口袋里取出钱包，秃顶随手接过钱包，同时对络腮胡说，"你检查一下他的背包，看看里面有没有这个人刚卖给他的毒品。"

背包客很不情愿但还是把背包打开，任由络腮胡像机场安检的保安一样翻弄。秃顶打开小薛的钱包，从一个夹层里取出几张欧元，看了一下又放回原处，又从另一个夹层里取出一沓百元面额的美元现钞，用手捻一下，举到小薛眼前问："这些现金是你的？还是他刚付给你的？"

小薛急了，涨红着脸用英语说："这是我的钱，不是他的！"

秃顶扭头问络腮胡："查到什么了吗？"

小薛抬头看见络腮胡还在翻着，嘴里说："没有。"小薛低下头看见秃顶已经把这沓美钞放入钱包，递回他手里按着他的手叮嘱说："请把钱包收好。"小薛心里踏实了，忙把钱包放回电脑包里原先的位置。

秃顶皱着眉头说："就这些吗？请你把其他的钱包也拿出来，否则如果我们搜出更多的现金，就要怀疑是你卖毒品得到的。"

小薛刚放下的心又提到嗓子眼，他看见络腮胡已经把背包里外的拉链全打开，而背包客无可奈何地冲小薛耸了耸肩，小薛一见这种掘地三尺的架势估计是混不过去的，便咬牙下了狠心又从电脑包的底部取出一个印有维西尔公司标志的信封。

秃顶接过信封，从里面拿出更厚的一沓美钞，又用手捻了捻，立刻如获至宝，带着人赃俱获的得意向络腮胡吆喝，小薛在惊恐中好像听得秃顶的意思是要络腮胡仔细搜查背包客，因为背包客身上应该有同等价值的毒品。背包客连声叫起来，好像在说自己太冤枉了，忙把衣服上的几个口袋都翻过来，络腮胡迅速地搜着。

秃顶问小薛："这些钱都是你的？你怎么有这么多钱？"

小薛忙申辩说："都是我的，因为我没有信用卡。"

秃顶将信将疑，这时络腮胡向这边说了一句，小薛转头看见络腮胡对秃顶摇了摇头，显然他在背包客身上一无所获。秃顶把美钞放回信封，把封口折好放进小薛的电脑包，一边帮小薛把电脑包的拉链拉上一边问："你为什么带这么多现金？你不知道这样很危险吗？"

小薛重复着："我没有信用卡。"

秃顶点着头，脸色和缓下来，说："他的身上没有什么现金也没有毒品，说明你和他之间没有毒品交易，就没有必要再检查你的行李了。谢谢你的合作，你可以走了。"

络腮胡好像也在对背包客说着类似的话，背包客嘴里骂骂咧咧的，迅速收拾好背包，拿着地图朝火车总站相反的方向走了。秃顶又对小薛叮嘱说："你要小心你的行李，不要在街上拿出你的信封和钱包，那样很危险。"然后他拍一下小薛的肩膀，笑着说，"祝你在慕尼黑玩得愉快。"说完，他和络腮胡也顺着背包客刚离开的方向走去。

小薛惊魂未定，跨坐在旅行箱上让自己喘息片刻，他猛地拍一下脑袋，觉得自己真傻，刚才为什么不向两个警察打听一下自己要找的酒店呢？他抬头向前方望去，咦，怎么一眨眼工夫背包客和两个警察已经全都无影无踪了？难道他们都忽然蒸发了？就在刹那间小薛觉得自己的头好像被闪电击中了，五脏六腑都像被绑上铅锭一样沉下去，他的脑子里有两个声音，一个在说："糟了！"另一个在说："不会吧？"

小薛站起身，拽着旅行箱挪到最近的一棵树旁，看看周围没人便不顾秃顶临走时的那句嘱咐，从电脑包里取出钱包翻开一看，哦，都还在，几张欧元和那沓美元原封不动地躺在夹层里，小薛嘴角露出一丝笑容，心说："吓死我了。"他把美元拿出来，看着头一张上富兰克林胖胖的头像，居然和刚才的秃顶有些像，他笑着把美元捻开，笑容僵住了，他不敢相信自己的眼睛，下面的八张美元上面胖胖的富兰克林全变成了瘦瘦的华盛顿！面额百元的美钞全变成了面额一元的！

小薛脑袋发涨、眼冒金星，他恍惚中又拿出那个信封取出那沓更厚的美元，最上面一张的头像仍然是富兰克林，他颤抖着手展开下面的，果然，变成了华盛顿！他一张张地数、一张张地看，不多不少还是原来的二十五张，但除了头一张是百元的，其余二十四张全变成了一美元。

小薛攥着这些钱无力地靠在树上，他不相信在刚才这短短几分钟里所发生的一切都是真的，他看看左手那张富兰克林又看看右手那沓华盛顿，空信封飘飘悠悠地落到地上，慢慢地，小薛的身体一点点向下滑，最后他整个人瘫坐在树下，脑子里一片空白。


珀斯位于澳大利亚这块孤零零大陆的西南角，这座美丽的城市有条美丽的河，这条美丽的河有个美丽的名字叫天鹅河，透过喜来登酒店每间客房的窗户几乎都能看见天鹅河在不远处悄无声息地流淌。

这是洪钧在这家酒店住的第三个也是最后一个晚上，他已经凭窗眺望过天鹅河很多次，不过现在他看不到了，两层窗帘都已被严实地拉上，此刻已经将近夜里两点了。

洪钧靠在床头半躺着没有一丝睡意，他手里拿着遥控器，望着对面的电视屏幕发呆，CNBC频道上不时交替着纽约股市交易大厅的场景和评论员们用机关枪般的语速报告的股市即时行情，还有两个小时一周的股市交易就要结束了。

电视上的画面和声音洪钧一概没有注意，他脑子里想着他的老板，维西尔亚太区总裁科克·伍德布里奇。为期两天的亚太区会议已经结束，洪钧却始终没得到机会和科克单独交谈，这让洪钧有些不踏实。

第三季度的最终业绩虽然还有两周才见分晓，但已经可以断定维西尔中国（大陆）区的形势是很不错的，公司重组和人员扩充已经完成，业务重心已经调整，抓住了重点行业和重点项目，现金流也很宽裕，而最关键的是在用业绩说话的维西尔，今年头三个季度维西尔中国（大陆）区的数字不难看，李龙伟带领的销售团队又即将拿下几个漂亮的合同，考虑到年底前全力冲刺的惯例，全年的销售额应该可以达到预期。

但是在两天的会议中洪钧总能感觉到科克的状态好像有些不对，显得有些隐隐的焦虑，没有了往常那种澳洲牛仔式的豪爽和诙谐，当他听到洪钧向大家汇报完维西尔中国的情况之后，没有像以前那样站起来一边叫喊一边挥动拳头既赞赏又加油，而是只拍了几下巴掌。洪钧还注意到科克有几次在遇到自己的时候，好像都有一种欲言又止的神情，而这最让洪钧捉摸不透。

洪钧本来希望科克会在这最后一个晚上约自己会面，晚饭后他就一直守在房间里，期待房间电话或自己的手机随时会响起来，他在等待科克的召唤，然而不知不觉已经过了午夜，他知道这个晚上科克不会来电话了。

洪钧扭头看眼床头柜上的时钟，液晶屏上显示两点整，他轻轻叹口气，祈祷着这些都不过是自己的神经过敏、杞人忧天，但愿科克还是以前的科克，但愿什么事情也没发生。洪钧把电视关掉，将遥控器扔到枕边，又探身去拿床头柜上的手机，就在他的指尖刚要触到手机的时候，手机的铃声突然尖厉地响起来。

洪钧被吓一跳，他的第一反应是：这个科克，总算把你等来了。他镇定一下拿起手机，屏幕上显示的是一串"0"和"1"，洪钧有些奇怪，自己的手机已经切换到澳洲当地的移动网络，应该可以正常显示出科克的手机号码吧？他按了通话键，说声："Hello。"

出乎洪钧的意料，电话里传出的显然不是科克的声音，因为是中国话："洪总！总算找到您了！我出事了！"

洪钧没有辨别出对方是谁，问道："我是洪钧，你是？"

电话里的声音很急促，隐约还能听到粗重的喘息和哭腔："我是小薛啊！我出事了，我刚才给Larry打电话他关机了，我就想要是再找不到您我就完了！"

洪钧大惊失色，忙问："小薛？你冷静点，到底出什么事了？"

"我被人抢了！刚到德国就被抢了，钱都被抢走了。"

"啊？那你人怎么样？受伤没有？现在你在哪儿？"洪钧这一下更是睡意全无。

"我？我还在街上呢，我人没事，什么事都没有，就是钱都没了。"

洪钧那颗悬着的心放下来，心想这个小薛啊，不被你吓死也得被你吓出心脏病来，便说："哦，人没事就好，被你吓得够呛。"又接着问，"被抢了多少钱？"

"三千一百六十八美元！"

洪钧愣了，他没预料到自己会听到一个如此有零有整的精确数字，诧异地问："你就在大街上清点的？还是你估计的？"

"我总共带了三十五张一百美元的，拿一张换了欧元，应该还有三十四张，现在只剩下两张是一百的，另外三十二张都变成一美元了。"小薛说着，这些数字让他的心都快要碎了。

洪钧奇怪，还有这么"抢"钱的？但他马上明白过来，问道："你看清楚啦？都变成一美元的了？你这不是被人抢了，你是被人'切'了吧？"

小薛不懂"切"是什么意思，但洪钧的声音已经让他安定下来，他便满腹委屈地把刚才的案发经过向洪钧详细诉说一遍。洪钧听完就说："你是碰上团伙了，你肯定对付不了这三个家伙，他们的手都很快，比变戏法的还快，你是碰上'切汇'的了。"洪钧知道现在不是总结经验教训的时候，交代说，"你现在要做三件事：找到你的酒店；找警察报警；解决手里没有现金的问题。你首先走回到火车站，在那里再仔细打听一下你的酒店位置，或者干脆打车让司机送你去，不要怕花钱；或者你在车站直接报警，当然不指望警察能抓到那几个家伙把你的钱追回来，但要拿到警察给你出的报案记录，作为这件事的证明，而且警察会送你去酒店，你听清了吗？"

听到小薛"嗯"了一声，洪钧便接着说："至于那三千多块钱，德国维西尔已经下班了，他们周末休息是雷打不动的，银行都关门，要想周末找到德国人为你加班做事那比登天还难。我只能尽量和他们联系，但估计最快也要在下周一上午你才能去维西尔慕尼黑办公室，我让他们先把钱给你，然后我们再和他们结算。你明天不是能见到当地的导游吗？先向他借点钱用，不要影响柳副总他们明、后两天的活动开销。"

小薛又"嗯"一声，洪钧最后嘱咐说："小薛，注意安全，事情已经发生了就不要再去想它，好好把柳副总照顾好。一直开着手机，我和他们联系上之后会马上通知你。"

通话之后洪钧立刻翻身下床，走到写字台前把笔记本打开，他要登录维西尔公司的内部网络去查找慕尼黑办公室负责人的联系方式，他算了一下时间，德国现在是晚上八点多，但愿他们的手机还没关机。洪钧坐等网络链通便又想到了小薛，他不知道小薛出的这个事故是否就是他之前一直担心的事情，但愿吧，但愿此事发生之后，小薛的欧洲之行不会再有其他变故了。

而此刻，小薛挂断手机后仍然坐在树下，从这个国际漫游加国际长途的高昂话费又想到那三千一百六十八美元，他的心已经疼得没有感觉。小薛手撑着地面让自己站起来，回想着洪钧刚才的吩咐，决定先原路返回火车总站再说。

小薛拎起旅行箱刚要转身，前面不远处走来两个身材魁梧的人，身穿草绿色制服，戴浅色大檐帽，脚蹬皮靴，等两人走到近前小薛看见他们左臂佩戴的臂章上也有一只鹰的图案，还有"Polizei"的字样，腰间的皮带上挂着手枪。小薛觉得这两人的打扮和他在机场入境时见到的边检官员有些像，估计臂章上写的可能是德文的"警察"。

小薛脑子里飞快地想着，要不要报案？要不要问路？可是直到警察扫视了他一眼之后继续向车站方向走去，小薛的嘴巴都没能发出任何声音。经历刚才那场遭遇之后小薛现在像是一只惊弓之鸟，不管是真警察还是假警察他都怕，他既怕自己的英语不足以把事件表达清楚，更怕再惹出别的麻烦。小薛拿定主意，还是回到车站去打听酒店的方位吧，想到这里他忽然感觉自己累极了，口干舌燥，他捂着电脑包，里面的贵重物品只剩下那本护照，勉力拖着旅行箱和沉重的双腿，向刚才来的方向走去。


进入九月以后，邓汶就发现自己周围的气氛变得微妙起来，随着日子一天天过去，他逐渐意识到自己的处境越发艰难，甚至到了岌岌可危的境地，正如洪钧当初替他分析的那样，他连同他在ICE的职业生命都掉入了别人设下的陷阱。但是还有比他目前的局面更让他揪心的，就是他根本不知道如何才能扭转目前的局面，他觉得自己就像是个得了绝症的病人，只能眼睁睁等着自己末日的来临。

他在义愤填膺之时发出的那封邮件，只换来了皮特几天之后发的一封回信，皮特斥责说"你的这些行为表现出了你的不专业"。"不专业"是个很重的词，而把某个行为上的不专业引申为这个人整体的不专业，这句话的分量就更重，它涵盖了从能力到态度、从水准到人品，一棍子打死，盖棺论定了。邓汶想明白了，无论皮特对俞威印象好坏，只要皮特认为邓汶的邮件不仅是对俞威个人的攻击，而是对上至皮特、下至Susan这一整条业务链的攻击时，皮特自然要出来反击。

卡彭特当然看到了皮特的这封信，但他保持沉默，他只是在又过了几天之后才给邓汶打了个电话，在耐心地听完邓汶向他申诉整个事件的内幕之后，他仍然没有表态，只是淡淡地问邓汶以后是否还能和俞威继续合作。邓汶想起了洪钧当初说的话，他觉得自己应该给予卡彭特肯定的答复，但是他已经高调和俞威开战，面子让他骑虎难下，结果他对卡彭特的回答是：只有在俞威向他正式道歉之后，两人才有继续合作的可能。卡彭特听完只说了一句："我明白了。"

而最让邓汶受不了的是公司内部的氛围，似乎所有人都知道邓汶和俞威已经势不两立，似乎所有人都听到冥冥之中有人说："嘿，现在站队了，不要站错啊！"而所有人都做出了同样的决定，都生怕被打上邓汶同党的烙印，邓汶发现自己成了瘟神，他被大家隔离了、划清界限了。虽然研发中心已经搬出ICE北京办公室独立办公，但是就连邓汶亲自招聘的那些直接下属都不再和他亲近，而是摆出一副纯粹工作关系的架势。接下来，邓汶心中惴惴不安的猜测就被公司上下的传闻证实了，据消息灵通人士透露，ICE总部已经在物色邓汶的继任者，邓汶的日子不多了。

这些天里邓汶只要不去公司就把自己关在宾馆的房间里，只有Katie经常过来陪他。

晚上，邓汶刚在房间吃完他叫来的一份意大利面，正要把餐盘放到门外走廊的地毯上，Katie又来了。这次她怀里抱了一大摞杂志，等两人从门口走回来，Katie便把杂志往圆形的茶几上一放，笑着说："我又假公济私了，这是我从商务中心给你搬来的，没事的时候解闷吧。"

邓汶笑着坐到沙发上，随手拿起一本杂志翻看，Katie却没像往常那样去坐茶几另一侧的那个沙发，而是坐到离邓汶最近的床沿上，双腿直直地向前伸，撑在地毯上，两个人的脚尖都快顶到一起了。邓汶借着跷起二郎腿的机会，把自己的脚尖往回收了收，问道："你怎么老有空啊？是不是又开小差啦？"

Katie晃着脑袋得意地说："这要靠我的巧妙安排呀，我已经和我们经理说好了，以后我上班时间主要是晚班和周末，都是你不上班的时候。"

"那你多辛苦啊？"

"不辛苦，白天可以睡觉啊，省得我老出去逛街花钱，一举多得。我们经理夸我敬业，抢着艰苦的岗位上；同组的几个女孩都骂我偷懒，因为晚上和周末其实客人都不多，挺轻闲的，还说我贪心，就惦记多挣那点儿补贴。"

"哦，那你也别把她们都得罪了，同事之间如果处不好，要么干不长，要么干着也不开心。"邓汶说完却想到自己眼下的处境，正是因为陷入矛盾纷争而干不长了，便立刻黯然神伤。

"咳，没事的，我和她们好着呢，都是说着玩儿的，而且本来也是大家轮流的，过一阵我又该上白班了，所以，更得抓紧难得的机会呀。"Katie的脸忽然红了，她也注意到了邓汶的神情，便把脚尖凑过来碰了邓汶的脚尖一下，话题一转说，"哎，你这些天怎么一直闷闷不乐的，是工作上的事？还是……家里的事？"

邓汶竭力装出一副轻松自然的样子说："没有，挺好的啊。"他站起身掩饰着心中的沉重和不安，问道，"哎，你喝什么？给你倒点水？"

Katie一下子笑出来："瞧你，什么时候变得这么客气了？居然想照顾起我来了。虽然是在你房间里，但也还是在我的宾馆里呀，所以你还是客人，还是我来照顾你吧。"

邓汶尴尬地笑了笑，但心里暖暖的，来自Katie的照顾已经是他在北京唯一能感受到的温情了。他刚要坐回到沙发上，房间的电话忽然响了。

邓汶走到床边坐下，拿起放在床头柜上的电话，他猜是廖晓萍打来的，果然，当他刚听到话筒里传出那声熟悉的"喂"就马上说："哎，昨天晚上你们去哪儿了？我打了好几次电话都没人接，后来太晚了我不敢再打，怕你们都睡了。"他看了眼表又问，"你在家还是到公司了？送Cathy去幼儿园了吗？"

邓汶说话同时注意着Katie的反应，奇怪，以前只要碰到廖晓萍打电话过来，

Katie就马上静悄悄地拉开门出去，可是这次她没走，而只是在床沿挪了下方向，拿起遥控器打开电视看起来。

邓汶正纳闷，电话里传来廖晓萍疲惫的声音："还去什么公司啊，也甭提幼儿园了，Cathy病了。"

邓汶一听就急了，忙问："怎么啦？什么病啊？厉害吗？"

"她昨天在幼儿园就有些发烧，我接她的时候老师告诉我了，回家以后还发烧，老哭，说浑身难受，我就带她去医院了，我还以为是感冒，结果到那儿一看，人家医生立刻就说，Chicken Pox（水痘）。"

"什么？"邓汶没听清。

"水痘！"廖晓萍不耐烦地嚷了一声。

"水痘？怎么会呢？不是一般春天的时候出水痘吗？现在是九月份啊。"

"你问我我问谁呀！都长出来了，后背上、胳膊上，连脸上都有一个了。"廖晓萍更烦了。

"那……那怎么办呢？"邓汶又着急又因为自己帮不上忙而内疚。

"还能怎么办啊，在家养着呗，我已经请假了，至少一个星期甭想去上班了，总得等到水痘结痂吧。"

"Cathy现在干什么呢？我和她说几句？"邓汶怯生生地问。

电话里面能听到廖晓萍召唤女儿的名字，过了一会儿女儿稚嫩的声音传了过来："爸爸，我身上有泡泡了，好几个了，特别痒痒，可妈妈不许我挠。"

邓汶心里一酸，眼泪一下子流出来，他竭力笑着说："Cathy，千万得忍住，一定不能挠，要是挠破了就会留下疤的。"

"嗯，我知道，我不挠，要是还特别痒痒我就靠在墙上蹭蹭。"

女儿这句话逗得邓汶带着眼泪笑出声来，忙说："蹭也不行，只有狗熊才去蹭墙呢。再怎么痒也不能碰那些泡泡，懂了吗？"

女儿说："懂了，妈妈给我戴上小手套了，软乎乎的，就是有点热，妈妈不让脱。爸爸，狗熊也长Chicken Pox吗？"

邓汶想象着女儿戴着手套的小手抓紧话筒，对着话筒坚强地点头的样子，他哽咽得一时说不出话来。女儿又说："爸爸你什么时候回来呀？妈妈说因为我长了Chicken Pox，所以你就不敢回来了，你害怕你也长泡泡，那等我的泡泡没了，你就回来，啊。"

邓汶知道自己不能再和女儿说下去，他受不了，便让女儿把话筒还给廖晓萍。廖晓萍先是叹口气，然后说："愁死了，别的病还好说，生水痘最麻烦了，她痒得难受啊，和你讲电话这会儿她倒装得像花木兰似的，等会儿痒得厉害她就该哭了，老得盯着她，生怕她忍不住去挠。"

邓汶想了想，可找不出别的话来安慰，只好说："要是我在就好了。"

"好什么呀？你小时候不是没出过水痘吗，小孩得水痘没关系，要是像你这岁数的成年人得了就不好说，到时候我都不知道该照顾谁。医生刚告诉我的时候我特别生你的气，就是你非回北京不可，现在剩我一个人怎么办啊？可后来一想幸好你不在，不然要是传染给你可就糟了，算我自认倒霉，你就在北京逍遥自在吧。"

邓汶听廖晓萍在如此麻烦缠身的时候还能这么关心他，心里刚嘀咕一句"还是老婆好啊"，却又看见坐在床脚处的Katie的背影，便支吾道："我？没有。"

廖晓萍一听就马上问："你房间里有人啊？"

邓汶吓一跳，心想女人的感觉真是敏锐到了洞察秋毫的地步，慌忙掩饰："啊，是宾馆的值班经理，来给我送东西。"

"哦，那你先和她说吧，我等着。"

"啊，不用，她刚把东西放下，已经走了。"邓汶说完就发现一向不会说谎的自己刚才的谎话竟然是脱口而出，不由得惊讶自己的变化，也不知道自己究竟是进步了还是退步了，他又看一眼Katie，她的背影一动不动，仿佛正完全沉浸在电视画面中。

廖晓萍又叹口气："烦死了，什么时候是个头啊？北京就那么好？你一点儿都不想回来？"

邓汶的鼻子又开始酸起来，他也叹口气，说："其实，我这边也挺难的。"

"那就回来呗，起码一家人能在一块儿啊。"

"不，不能就这么回去，既然来了北京，怎么也得干出点什么再回去。"邓汶这话与其说是给廖晓萍听的，不如说是在咬牙给自己打气。

廖晓萍不以为然："何苦呢？当初刚来美国的时候那么难，你就是死要面子不肯回国，现在去了北京你又是死要面子不肯回波士顿，你这不是和自己较劲吗？"

邓汶心里一阵凄苦，心想自己其实再也干不了多少时间，灰溜溜地回波士顿的日子已经不远了，但他还是不认输地说："那当初不是就坚持下来了吗？说明坚持是对的。我起码要再试试看，不能就这么回去，我到时候还要把你们俩都接过来。"邓汶说完，好像看到Katie的身子抖动了一下。

廖晓萍没再说什么，两人商量好每天至少通一次电话以便邓汶了解女儿的病情发展，便挂上了电话。

邓汶看着背对自己的Katie，正想着应该说些什么，Katie忽然站起来，回头冲邓汶笑一下："好啦，我也该回去上班了，你休息吧。"说完就向门口走去。

邓汶愣愣地站起来跟着送到门口，替Katie打开门，直到看着Katie沿走廊走远了，他都没想出一句合适的话来。

邓汶闷闷地回到床头坐下，看见电视上居然是德国之声DW的德语频道，没听说Katie还懂德语啊，他忽然明白Katie刚才的心思都放在哪里了。

邓汶正枯坐着，电话又响了，他以为是廖晓萍刚才遗忘了什么所以再次打来，便接起电话故作轻松地说："喂，又怎么了？"

电话那端不是廖晓萍，邓汶听到的是另一个他所熟悉的声音："喂，我是洪钧。听上去你今天心情不错？"

邓汶的心情立刻变得不能再坏，他奇怪洪钧怎么会打宾馆的电话，以前都是打手机的，他马上反应过来，想必洪钧是怕自己看到来电号码就又挂断他的电话，这么想着，邓汶便没有马上挂断，而是冷冷地问："你有事吗？"

"没什么事，我上周去澳洲开会了，周末才回来，想问问你最近情况怎么样。"洪钧平静地说。

"哦，多谢你的关心。你是大忙人，飞来飞去的，就不必操心劳神惦记我这点事了。"邓汶的语气没有丝毫好转。

"卡彭特那边有什么消息吗？我上次给你出的主意……"

洪钧还没说完就被邓汶打断，邓汶对着话筒嚷道："你少提你的什么主意，我自己的事情我自己解决！"说完他就把话筒重重地摔在电话机座上。

洪钧举着电话，任由里面的长音单调地响了半天才放下。虽然邓汶什么情况都没说，但洪钧已经清楚他所预言的全都不幸言中，他所担心的已经全都发生了。洪钧了解邓汶的秉性，对自己针对ICE各方利益纠葛的分析判断也充满自信，如果事情不是像他分析的那样或者如果邓汶按照他的建议做了，邓汶现在的情况都应该还好，他会对洪钧表现出一些宽宏大量；而现在邓汶如此气急败坏和恼羞成怒，恰恰说明洪钧的分析都是正确的，而邓汶根本没有采纳洪钧的策略。洪钧可以想象出邓汶如今的处境，他也知道此时要想与邓汶冰释前嫌、让邓汶听从他的主意去谋求绝处逢生，已经是根本不可能的事。洪钧想了想，觉得他还有机会可以挽救邓汶，而且也只有他才能挽救邓汶了。

洪钧独自在书房里呆呆地坐着，菲比静悄悄地从客厅走进来，凑到洪钧面前看一眼，笑着说："哟，鼻子上怎么全是灰啊？"

洪钧没反应过来，下意识地拂一下鼻尖，看看手上什么都没有，这才明白菲比是在取笑他，他自嘲地笑了笑，把菲比拉到自己大腿上坐着。菲比又说："你刚才这个电话，可以打一个灯谜，谜底是一种曲艺形式，猜得出来吗？"洪钧有心事，懒得动脑子，就直接摇了摇头，菲比自己憋不住笑了，"三句半！你没打过这么短的电话吧？"

洪钧被她逗笑了，手指用力胳肢她一下，等菲比叫唤着跳起来，洪钧说："我夜里得打个电话，估计那倒会是一个很长的电话，你今天回家去住吧。"

菲比噘起嘴："我都跟家里说了今天不回去。给谁打呀？还非要等到夜里。"

"美国。"

"那里是夏时制，现在也可以打了呀。"菲比看一眼墙上的挂钟说。

"旧金山。至少得等到零点以后才能打。"

"咦？你和科克还有总部的电话会议不都是安排在大清早吗？"

洪钧没说话，只是摇了摇头，又把菲比搂在怀里，菲比更下决心不回去了，便说："你打你的，我睡我的，互不干扰。"

等菲比睡了，洪钧又到书房打开电脑忙了一会儿，看到钟表的时针和分针已经完全重合在一起，就拿起电话照着电脑上通讯录里的号码拨出一串数字，然后把话筒放到耳边耐心地等，很快电话接通了，从里面传出一位女士悦耳的英语："ICE公司，卡彭特先生办公室。早晨好。我是杰西卡。"

# 再给一次机会

　　每到一个季度的最后一天，洪钧都像过年关似的。所有的销售人员都像猎犬一样被放出去，扑到客户那里做最后一搏。季度末是收获的时刻，无论果实成熟与否只要能摘的都要摘下来，以求得到那诱人的一次性业绩奖金；季度末又是清算的时刻，如果交不出"租了"完不成定额，悬在头上的大棒就要舞动起来，几家欢喜几家愁，喜庆与肃杀两种气氛交织在一起。

　　这年头客户也越来越精明了，都知道卖方厂商会在季度末最后冲刺，而为了在最后关头拿下订单就很可能答应一些平常不可能答应的条件，所以客户也都把合同拖到季度末再签，这就形成了一个怪圈，好像一年之中的生意都是在那四个季度末的日子里做的。

　　洪钧在大本营坐镇，随时会接到某位销售人员从某家客户现场打来的电话，客户说了，只要答应他们的什么什么条件他们就马上签合同。洪钧会问肯定吗？他们的授权代表在场吗？客户可以当场正式签字盖章吗？在得到全部肯定的答复后，洪钧会故作忍痛割爱状地答应销售人员的请求，再三强调优惠条件当日有效，过期作废，而心里却是又得到一份合同的喜悦。

　　当然也不全是好消息，季度末不仅是维西尔公司的季度末，也是ICE、科曼等众多竞争对手的季度末，他们也在近乎疯狂地抢收抢割，所以也会不时传来ICE果然签到了哪家客户、科曼真的拿下了哪个项目之类的消息。不过洪钧明白，市场不是维西尔一家的，生意不是他洪钧一个人的，洪钧不怕坏消息，竞争对手们分得一杯羹正常而合理，他怕的是意外的坏消息，只要不出现他本以为维西尔能赢却在最后关头被其他家赢了的情况，他就非常知足了。

九月三十日这天，洪钧比以往的季度末更忙碌，李龙伟上午专程去了普发集团拜见刚从欧洲回来的柳副总，因为没有李龙伟替他抵挡和分担，公司里二十多个销售人员全都直接与他联系，搞得洪钧与其说是总经理不如说是电话接线员。洪钧连中饭都没顾上吃，一直忙到下午两点多，却忽然发现电话铃声不再响起，他一下子闲了下来。洪钧意识到这是因为第二天就是国庆，大多数单位只上半天班，既然都已经提前放假，天大的事也要等到长假结束以后再说了。

洪钧已经饿过了头，反而不再觉得饥肠辘辘，就干脆把这顿午饭省了，他悠闲地坐在办公室里等着Laura做完季度销售业绩汇总，经他过目之后发往亚太区。这时有人敲门，洪钧答应一声，李龙伟推门走进来。

洪钧立刻笑骂道："你这家伙真会躲清闲，把我累得半死，现在嗓子还哑着呢。"

李龙伟一脸苦笑地坐下："我倒真想和你换换呢，我可是去堵枪眼去了。"

洪钧一听立刻把仰靠在座椅靠背上的身体挺直，问道："哦，怎么？普发有问题？"

"问题大了！柳副总像疯了似的。他昨天刚回来，今天一早就打电话找你，Mary这次反应挺快，她一听对方口气不对就没转给你而是转给我了，我就说你不在，估计柳副总是急着要找个人出气，就把我叫去了，骂了我整整一上午，中午我请他好好吃了一顿饭还是无济于事，这次小薛算是把柳副总得罪到家了。"

洪钧心里一沉，他担心的事情还是发生了，忙问："怎么回事？柳副总有没有具体说都有什么意见？"

"你想想，说了一上午加一顿饭的工夫，能不具体吗？他那架势，就是三天三夜都控诉不完似的。"李龙伟运了运气，攒足精神接着说，"主要的意见就是小薛太抠门儿，该花的钱不花，弄得考察团怨声载道，搞得柳副总不仅自己没玩好，更觉得是在下属面前丢了面子，他死活不相信这是小薛个人的问题，说肯定是咱们公司授意小薛这么做的，是咱们不重视他、不尊敬他。他举了几个例子，在巴黎他们都想去看红磨坊，说是慕名已久盼星星盼月亮似的，结果小薛临时把这个节目取消了，说是没订上座位，后来普发的人从导游嘴里探听出来，票早都预订了，是小薛为了省钱硬给取消的；导游还生气呢，本来带上十多个人的团去看演出，门票和酒水他都能挣到不少回扣。还有，本来也安排了在巴黎坐船夜游塞纳河，也被小薛借口天气不好取消了。"

洪钧的眉头越皱越紧："不会是小薛钱不够的问题吧？这些大宗节目费用都是由旅行社代付然后再找咱们结算，而且他丢钱以后我也让慕尼黑维西尔把钱借给他了。"

李龙伟摇头："应该不是钱不够的问题，他带的钱本来就只是给柳副总他们零花用的。在法国和意大利坐的是旅行社的大巴，小薛都不肯在车上预备足够多的矿泉水，每次提了意见小薛就只多买几瓶，很快也喝光了，弄得大家渴得够呛。他们一路上对伙食也不满意，想吃面条，小薛起初不肯给买，后来总算答应了，结果是两三个人合着吃一碗面条。柳副总特生气，说一碗面条才多少钱啊？还说小薛特意带了一瓶镇江香醋，好像想得挺周到，可是每次吃饭都只给每人倒出那么几滴，像是观音菩萨那个玉净瓶里的甘露似的。就算手头钱不够，也不至于差几碗面条钱、几瓶醋钱吧……"

洪钧心头一震，他不知道把香醋比作甘露这么富有诗意的比喻究竟出自柳副总还是李龙伟，但带醋这个主意肯定是出自他。洪钧觉得一阵酸涩，就把他当初给小薛的提议对李龙伟讲了，然后说："没想到这个小薛，我的话他都只听后半句不听前半句。我提醒他带上香醋给客户开胃让客户吃好，结果他只记得倒一小碟，最后变成只倒几滴；让他给客户多上些面条，结果他就记得面条比米饭贵这句话了。"

李龙伟听出洪钧有些自责，忙替他开脱道："这些本来都是芝麻大的事，没什么了不起，关键是小薛没把柳副总女儿的事给安排好。"

"谁？谁女儿？柳副总的女儿？没听说他女儿也去呀！"洪钧一脸惊讶。

"是啊，我也是刚知道。柳副总的女儿不是在英国上学吗，所以柳副总就安排她飞到慕尼黑，父女俩不仅团聚一下，他女儿还跟着考察团把欧洲四国玩了一圈。他要求小薛给他女儿全程安排单人房，可是小薛不肯，说没提前订房没有空房了，结果他女儿一路上只好和普发的一个女人合住，柳副总气坏了，说明明打好招呼的，为什么没给他女儿订房？"

洪钧的注意力立刻从小薛转到柳副总女儿身上，他问："打好招呼？咱俩怎么都不知道？他女儿的机票是谁出的？"

"这一点小薛倒是打听出来了，是范宇宙出的，还是头等舱。"

洪钧听了长长地"哦"一声，恍然大悟："难怪，这个范宇宙，是他成心使坏啊。"按照洪钧和范宇宙商量好的分工，一直由范宇宙负责与柳副总的单线联系，柳副总肯定和他提过女儿的事，范宇宙便满口答应，说他负责机票费用，维西尔承担酒店费用，而柳副总自然不会再向维西尔提及此事，他以为一切已安排妥当，但范宇宙却故意不通知洪钧，让维西尔措手不及，又赶上小薛这么"一根筋"。此时再怎么向柳副总解释都没用，范宇宙会一口咬定是维西尔出尔反尔，而柳副总肯定宁愿相信范宇宙的话，他女儿在天上坐的是头等舱，在地上挤的是双人房，这真是地地道道的天壤之别，他怎能不对维西尔咬牙切齿？

李龙伟也明白了，他双手一拍："对，有道理。范宇宙肯定记恨上次付款的事，你让普发修改合同直接把款付给咱们，他觉得是你算计他。"

洪钧不以为然："是他先算计我，我只是为了保护咱们的利益。"他沉思片刻，又转而说，"我在想，小薛倒是挺敢做主的，这些事他都没和你商量一下？"

李龙伟苦笑："没有啊，我刚才问他了，点几碗面条的事不用商量，可柳副总女儿的事他应该和咱们商量一下啊。你猜他怎么说？他说用国际漫游的手机打国际长途太贵了，舍不得打。"

"发邮件也行啊。"洪钧觉得不可思议。

"别提了，他根本就没带电脑，说担心路上丢了。"李龙伟讲完这句话就和洪钧互相看着，两人半天都没再说出话来。

终于是洪钧率先打破沉默，他冷不丁问道："你知道范蠡的故事吗？"

李龙伟被洪钧没头没脑这么一问，愣了，想了一阵才说："范蠡？吴越争霸的时候帮着越王勾践卧薪尝胆的那个？"他见洪钧点头，又说，"后来他辞了官，带着西施跑了？"

洪钧笑道："行啊，典故知道得不少嘛，不过西施那段就算了，那是野史。

你知道从勾践把西施献给吴王夫差，到勾践最后把吴国灭了、夫差自尽，花了多少年？十八年！十八年，西施早就年老色衰了，范蠡才不会再要她。我指的是范蠡和他几个儿子的故事，知道吗？"

李龙伟也笑着说："不知道，你讲讲，我还没听你讲过故事呢，反正今天下午也没什么事了。"

洪钧喝口水，整理一下头绪便开始讲他的故事："范蠡辅佐勾践灭了吴国成了春秋五霸里的最后一位霸主，然后他的确是跑了，因为怕勾践杀他。范蠡后来成了中国历史上第一位有名的大商人，人称'陶朱公'，其实他呀，先是当养殖专业户，接着当长途运输专业户，就这么发的家。哎，我才发现，范宇宙不会是范蠡的嫡系后人吧？看来姓范的真是天生的商人材料啊。"

李龙伟笑着插话："你想啊，姓范的'范'和贩卖的'贩'本来就是一个音嘛，范宇宙能把整个宇宙都给'贩'喽，人家做生意当然是把好手。"

洪钧顿时大笑起来，连连说："说得好，精辟！这个典故我得记下来。"刚才的凝重气氛已经在笑声中一扫而光，等两人笑过一阵洪钧继续讲，"范蠡有三个儿子，等他岁数大了已经富可敌国时，他的二儿子却在楚国杀了人被抓起来，凶多吉少，范蠡就要派小儿子带上一车金子去搭救，可他的大儿子哭着喊着不干了，说自己的弟弟出了事自己这个做长兄的不去搭救不替父分忧，反而看着刚成年的小弟弟出去跑，还有什么脸面活下去？就要去自杀。范蠡一看没办法，只好让大儿子带上金子去了。大儿子一走，范蠡就整天唉声叹气的，家里人问他，不是去救了吗，还担心什么？范蠡说，二儿子活不成了，大儿子的牛车去的时候拉的是金子，回来的时候就会再加上二儿子的尸首。果然，大儿子到了楚国舍不得那车金子，总想不花金子把弟弟救出来，结果弟弟还是被砍了头，他只好一路哭着用牛车拉着弟弟的尸首和金子回家了。家里人一见全哭了，可这时候范蠡却笑了，他说大儿子生于贫贱，和自己一起吃苦受累、历尽艰辛，知道金子来之不易所以舍不得，自然换不回弟弟的性命；而小儿子生于富贵、锦衣玉食，视金银如粪土，根本不把这车金子当回事，所以他舍得，因此自己最初是打算让小儿子去的……"

故事讲完了，接下来又是一阵长时间的沉默。李龙伟把脸扭向窗外，但最终实在受不过这种气氛的煎熬，清了下嗓子说："当初你觉得派小薛去总有些不放心，是不是就有类似范蠡那种想法？Jim，你别想太多，这事责任在我，是我建议派小薛去的，事先我对他叮嘱得不够细，他在欧洲的时候我也应该主动打电话过问一下。"

洪钧勉强笑了一下，他知道李龙伟的话是诚心实意的，但还是无法疏解他心里的懊悔和遗憾，叹口气说："我对小薛的背景知道得比你多，他比咱们起点低，经历也比咱们苦，每一分钱都来之不易，总要精打细算，这个烙印太深了，所以他舍得花力气但舍不得花钱。他始终没把客户当作客户，而是不由自主把他们当作一个个纯粹的人来和自己比，老把做销售和他过日子混在一起。比如对柳副总的女儿，小薛肯定会想，为什么她小小年纪就可以跑到英国读书？为什么她就必须一个人占一间单人房？而自己只念了中专就得出来打工挣钱，自己一路上都是和导游合住一间房。每碗面条将近十欧元，差不多是一百块人民币，小薛会觉得这碗面条在北京可以请他们十三个人每人一碗了。巴黎红磨坊一张门票就差不多一千块人民币，用他十天的工资看一个多小时的大腿舞他觉得不值。他是对自己的定位有问题，还没进入角色，这是我最担心的。他必须忘掉他是薛志诚，他只是维西尔公司的一名销售；他应该清楚他不是作为一名消费者到欧洲旅游的，他是带着任务去工作、是去保证客户满意的。他省下了多少钱？最多两三万吧，可咱们为普发这个考察团的食、宿、行、游总共花了多少钱？好几十万！结果不仅这几十万全打水漂了，造成的负面影响恐怕再花几十万都无法挽回！"

李龙伟表情肃穆地听着，他知道洪钧的话里既有自责也有对小薛的失望和不满，大概还有对他李龙伟的批评，但他不清楚这三者中哪个更多，只好一言不发。洪钧好像知晓李龙伟的心思，接着说："还是怨我自己啊，你知道我当初是怎么嘱咐小薛的吗？我告诉他'该花的钱要花'，我这不是废话吗？问题的关键就在于什么钱该花、什么钱不该花，各人的标准不同，我觉得该花的、柳副总觉得该花的、小薛觉得该花的，都不一样，小薛就是一味按照他自己的标准来行事，结果弄得一团糟。关键就是什么该，什么不该，各人有各人的标准。"

李龙伟见洪钧还是把责任都揽到自己身上，忙宽慰说："很难有先见之明的，范蠡不是也只能让大儿子去了吗？"

洪钧一听这话不由笑了，他摆下手表示这个话题到此为止，却又想到一个细节，问道："哎，为什么他不带信用卡？公司没有给他办张运通卡？"

"他级别不够，不会给他办的。"李龙伟被洪钧提醒了，反问道，"那三千多美元怎么办？谁来承担？"

"他报案了吗？有没有报案记录？"

"没有。"李龙伟摇摇头。

洪钧无奈地把身体向后靠在椅背上，一副爱莫能助的样子："那没办法了，没有报案记录就没法证明他是遇到了不可抗拒的意外，只能说是他自身过失造成的，他自己承担吧。"

"那些美元是他从公司预支的款，三千多美元，小三万人民币了，他一下子拿不出来吧？是不是公司替他承担一部分？"李龙伟试探着建议道。

洪钧狠下心摇了摇头，他注视着李龙伟的眼睛说："不行，不能开这个先例。咱们了解他，知道小薛是诚实的，但其他人不一定了解他，难免会说三道四；咱们了解他，但咱们不一定了解其他人，万一以后其他人出差回来也说钱被劫了也拿不出证明，也都是公司承担？咱们唯一能做的就是可以宽限他一段时间，分几个月从他工资里把钱扣回来。这种事你不要出面，我会让财务通知他。"

李龙伟点头答应，暗自叹服洪钧的考虑的确周密得多，他想了想，像是下定了决心："Jim，我已经考虑一段时间了，你真觉得小薛还适合继续干下去？"他停顿了一下，看到洪钧平静地望着自己，又接着说，"你刚才也提到他至今没有进入角色，而且他做事的方式好像也和咱们不是一个路子，花钱的时候胆小得要死，可自己拿主意的时候胆子又太大，他好像不具备起码的悟性吧？"

洪钧知道李龙伟说的"悟性"有着丰富的含义，他也完全明白李龙伟所指，小薛确实缺乏基本的常识，不太懂外企的规矩，他的思维方式也和其他人不太一样，洪钧已经观察了很久也思虑了很久，尤其在小薛欧洲之行惹下这么大麻烦之后，但凡坐在洪钧这种位子上的人都会得出同样的结论：应该请小薛离开了。但是做决定的不是冷冰冰的位子，而是位子上活生生的人，洪钧也搞不清究竟是为什么，他总觉得还应该再给小薛一次机会，可能就像他自己，正是靠着别人一次次给他机会他才坐到今天的位子上。

洪钧脑子里很乱，嘴里也不像刚才那样斩钉截铁了，而是含混地说一句：

"再看看吧。"

李龙伟刚要再说什么，忽然有人敲门，一下、两下、三下，洪钧高声说："请进。"

门被推开，小薛怯生生地走进来，一见李龙伟也在，忙要转身出去，嘴里说："你们在开会哪，我等会儿再来。"

洪钧冲他招手说："没关系，你有事就说吧。"

小薛没有走近洪钧的写字台而是就在房间正中站定。洪钧看一眼小薛，又看一眼李龙伟，正好和李龙伟的目光相遇，洪钧忽然觉得非常悲哀，他和李龙伟仿佛是两个判官，刚刚还在谈论如何决定小薛的"生死"，而此刻近在眼前的小薛却一无所知。洪钧暗自嗟叹：人啊，能有几个可以掌握自己的命运？他心里感到一阵压抑，脸上却努力摆出一副笑容，问道："什么事？"

小薛也是看一眼洪钧，又看一眼李龙伟，最后迟疑地对洪钧说："是澳格雅那个项目，我去欧洲之前就给他们打过电话，今天上午又打了一次，我想去他们那里一趟，但约了两次都没约成，他们总说忙、没时间，什么时间有空也说不好。您看，我应该怎么办？"

洪钧注视着小薛，很简单地回一句："那就再约第三次。"

小薛没想到洪钧会这么回答，愣了。李龙伟也把头转过来看着洪钧，洪钧面无表情地坐着。小薛见洪钧没有再开口的意思，只好说："嗯，我明白了。"然后轻手轻脚地走出去，把门带上。

李龙伟干咳一声："刚才……是不是应该帮他分析分析，看看有什么更好的方法？"

洪钧摇头："现在帮他找窍门为时尚早，窍门应该教给勤奋的人，教给绝不轻易放弃的人，他才被人家拒绝两次就开始怀疑自己，还是先让他自己想办法吧。"

李龙伟被洪钧弄得有些糊涂，洪钧刚才还对小薛心慈手软，当着小薛的面却如此铁面无情，他正想不通，洪钧问他："柳副总那边怎么办？"

李龙伟忙回过神来答道："今天在他面前该说的、能说的我都已经说了，他可能还是想见你，但我觉得你没必要见他，我已经代表公司向他正式道歉，不能再惯他的毛病。"

洪钧沉思着，像是自言自语地说："走着瞧吧。"

快下班的时候洪钧开始收拾东西，第三季度的所有业绩报表和相关的合同订单他已同Laura审核完毕，国庆的七天长假对他而言是一种可望而不可即的奢侈，加班在所难免，所以他拿定主意在国庆前夜彻底放松一下，好歹对菲比也算是个交代。

他拿起电脑包刚要向房间门口走去，被小薛恰好堵个正着。小薛尴尬地说："哟，您要出去啊，正想和您说个事呢。"

洪钧便和小薛一起走回来，隔着写字台面对面坐下，和颜悦色地说："我没事，你说吧。"

小薛先是紧闭嘴唇，像是运足丹田之气，然后说："我想过完节就直接去浙江澳格雅，我不想再和他们在电话里磨嘴皮子，打电话的目的就是为了见面，那还不如我就干脆杀过去见面。"小薛说完，脸上挂着好似大义凛然、慷慨赴死的表情看着洪钧。

洪钧听小薛的口气显然并不是在征求自己的意见，而是主意已定，只不过来和自己打个招呼，他心里顿时一喜，他喜欢这种风格，就故意逗小薛："哟，要是你去扑了空或者吃了闭门羹，往返机票可就白花了，你不心疼？"

小薛的脸红了，但很快稳住阵脚，有条不紊地说："嗯，是有可能白跑一趟。但是如果我傻等着他们和我约好再过去就可能会耽误时间，而且他们那边可能已经发生了咱们还不知道的情况，这样就会有丢掉项目的风险，丢掉项目可比白花往返机票的损失大多了，所以我觉得应该飞过去。"

洪钧敏锐地觉察到什么，他马上问："刚才Larry和你聊过了吧？"

小薛的脸更红了，他低下头："嗯。"

果然是李龙伟向小薛面授机宜，洪钧暗想原来他和自己一样心软。洪钧说："你要记住你是干什么的，作为销售，你的首要任务就是拼项目、签合同，你首先要想尽办法给公司挣钱而不是只考虑替公司省钱，不能舍本逐末。"

小薛点头："嗯，我明白。洪总……我这次陪他们出去给你们惹麻烦了。"

洪钧并没客气而是严肃地说："道歉的话就不用说了，关键是要从中吸取教训，争取做出业绩将功补过，证明你自己。"

说完，洪钧就站起身，小薛也忙跟着站起来，却没向外走，而是立在原地说道："洪总，我有件事一直想不通。"他见洪钧定住脚望着他，便问，"为什么三十二张一百的不多不少变成了一块的？而且我是分成八张和二十四张两组，被他换了以后还是八张和二十四张两组，其实即使差几张我当时也根本看不出来。"

洪钧笑了，他拍一下小薛的肩膀，说："这就叫职业水准。多换或少换几张那都不算本事，高手有高手自己的标准，人家也要精益求精。你是碰上高手了，所以并不丢脸，也没什么遗憾的。"

"可他是怎么做的呢？我眼睛一眨不眨地盯着，他怎么可能呢？"

"你的眼睛肯定离开过你的钱，他们有一套办法转移你的注意力，所以永远不要被别人牵着你的视线，不要轻易相信自己的眼睛，眼见不为实，你看到的可能恰恰是别人特意让你看到的，你相信的可能恰恰是别人故意让你相信的。"说到这儿，洪钧直视小薛的眼睛，"做销售尤其如此，你面对的可能都是别人精心布置的假象，不要轻易相信你所看到的、听到的，不然你的损失可就远不止几千美元喽。"

小薛像根桩子一样定在地上，洪钧的话在他脑海里一直回荡了很久。


沿着八达岭高速公路向北过了清河收费站，第一个出口就是小营，在高速公路西面一个拥挤的十字路口的西南角，有一间不大的麦当劳餐厅。这是七天长假里最后一天的下午，小薛好不容易在角落里等到一张空桌，拿着两杯可乐坐下来，他在等一个人。

没多久，一个高挑的女孩从门口风风火火地挤进来，戴着墨镜的眼睛显然无法适应室内的光线，她便把墨镜推到头顶，站在原地向四周找寻。女孩的出现就像忽然投下一块磁石，把麦当劳里十二岁以上男性的目光都吸了过去，这些男性里既有成群的中学生也有带着孩子的父亲，还有小薛。

小薛一看见菲比，忙站起身冲她挥手。菲比也看见他了，嫣然一笑走来。男人们的目光投到菲比身上时恨不能把目光变成手，等菲比走到小薛面前，男人们的目光便移到小薛身上，立刻恨不能把目光变成刀了。小薛仿佛被那些男人如刀似剑的目光拦腰斩断，缩着脖子一屁股坐下，都顾不上和菲比谦让一下。

菲比坐下来，一边用手当扇子扇着一边说："热死了，都十月份了怎么还这么热？"

小薛不敢看周围也不敢正眼看菲比，便把目光放到一杯可乐上，把可乐推到菲比面前："赶紧喝吧，喝了就凉快了。"

菲比看了眼可乐就笑着低声问："你替我买的？你怎么也不问问我喜欢什么？"

小薛更窘了，只好说："忘了问。那……你想喝什么？"

"只能点喝的呀？我就不能吃点什么？"菲比打趣过后才说，"巧克力圣代，我不想喝可乐，灌一肚子气，说话的时候老打嗝。"

小薛马上站起来说："你等一下。"就跑去排队了。

菲比挺高兴，她喜欢居高临下拿小薛开心，也喜欢看着小薛为自己忙碌，她把可乐推回到小薛的那杯可乐旁边，耐心地等着。小薛很快双手端着一杯巧克力圣代回来，放到菲比面前。菲比仰脸笑道："谢谢啦。"便用塑料勺子挖着吃起来。

小薛趁菲比垂下眼帘盯住圣代的工夫才仔细打量菲比几眼，这是两人的第二次见面。小薛客气地说："不好意思啊，让你跑这么老远，其实我进城很方便的，有城铁，公交也很多，你干吗偏要约到我这边？"

"没关系，很顺的，走三环到马甸上高速，从小营出来左转不就到了嘛。我是奉旨行事，老洪说的，怕你又把钱丢了，所以要在你家门口接头。"

小薛的脸一下子红了，苦笑道："我平时出门身上不会带多少钱，没事。而且我那次丢钱的时候，离酒店比我现在离自己家还近呢。"

"是啊，所以有时候你怎么小心也没办法的，不怕贼偷就怕贼惦记，谁让你被贼盯上了呢？再说其实丢钱的损失最小了，钱可以再挣嘛。"

"洪总把我的糗事也告诉你了？我挺对不起洪总的，这次把事情搞砸了。"小薛诚心实意地忏悔。

菲比故意逗他："是啊，我听了也生气。要不是我离开了维西尔，本来应该是我陪他们去的，不仅保证可以把他们哄得开开心心的，我自己也能在欧洲好好玩一圈。老洪确实对你太好了，我都还没去过欧洲呢，你刚来就去了。"

小薛被这一番话说得又惭愧又懊悔，一头碰死的心都有，他把头低低地垂下去，头发都快耷拉到可乐里了。菲比一看知道自己玩笑说重了，忙笑着说："哎呀，你看你，小日本要是有你这种认罪态度就好了，我是和你说着玩儿呢。柳副总那个人就是讨厌，谁去陪他谁倒霉，不赖你。"

小薛抬起头望着菲比："听说普发的项目是你赢下来的，你一定是个特棒的销售。"

这回轮到菲比的脸红了，她忙埋头于杯子里的圣代："唉，要是这话能从老洪嘴里说出来就好了。普发的项目都是老洪亲自做的，我就是个跟包的。"菲比怅然地用勺子搅拌着圣代，"咳，好像都已经是很久以前的事了。"

小薛似懂非懂，也不便细问，就试探着问："洪总有没有对你说过他对我的看法？他是不是对我特失望？"

菲比一愣，没想到这个小薛已经开始旁敲侧击地想利用自己这个渠道来打听内幕消息了，这倒像是一个不错的销售人员的潜质。菲比回想洪钧的确嘱咐过她，说虽然小薛看上去挺皮实、不怕别人讽刺挖苦，但他实际上自尊心特别强，他经常提及小时候被嘲笑的经历正说明别人对他的伤害让他如此刻骨铭心，洪钧还说到上次逼他当众说英语的做法可能有些欠妥，八成伤了小薛的自尊心。

菲比想着，嘴上却很自然地回答："没有，怎么会呢？老洪不怎么和我聊工作上的事，他倒是提过一次，说觉得你挺像他年轻时候的。"

小薛一怔，他不信，他无法想象也无法接受洪钧竟有像他这么笨的时候，叹口气说："真羡慕你啊，能和洪总一起做项目，收获肯定特别大。"

菲比的脸又红了，她心想最大的收获就是得到了洪钧，但马上又有些黯然："咳，反正也没机会再跟着他做项目了，我现在都已经不再做销售了。"

小薛见两人聊得有些沉重便想岔开话题，他问："你电话里说是洪总让你找我，他特忙吧？需要我做什么吗？"

一杯圣代已经被菲比彻底消灭，她把杯子推到一旁，挺起上身说："他交给我一个艰巨的任务，让我替他把这个转交给你。"说着，她从小背包里取出一个印有维西尔标志的信封，蹭着桌面推到小薛面前。

小薛满脸疑惑地拿起信封，信封没有封口，他往里面一看是两沓人民币，立刻睁大眼睛看着菲比："这是……"

"老洪说因为你要把丢了的钱赔给公司，以后好几个月工资都剩不下多少，怕你负担重，手头的钱不够花，所以把这两万块钱先给你救急用。"菲比说完忐忑地等着小薛的反应。

不出所料，小薛飞快地把信封推回到菲比面前，满脸通红地摇头："不行不行，这钱我不能要，我怎么能要洪总的钱呢？"

菲比像拉锯一样又把信封推过去，这次她把手放在信封上按住说："不行，你必须收下。"

小薛犯难了，他当然不敢去碰菲比的手，只好用眼睛直直地瞪着信封，仿佛号称具有特异功能的人想凭意念把信封顶回去。

菲比语气坚决："你要是不收下，老洪非把我骂死不可，我可是立下军令状的，你要是不收我就不回去见他。"菲比所言倒是实话，她的确是因为受不了洪钧的威逼利诱才硬着头皮接下这份差事的。

小薛脑子里很乱，他猜想洪钧是因为担心亲自给他会被拒绝才特意让菲比来的，这也算是一种苦肉计吧，但小薛还是觉得不能要，他摇着头说："我不需要这些钱，我可以分好几个月一点一点还的，我又没有什么要花钱的地方，这钱我真用不着。"

菲比毫不退让："那你就把钱存起来，用不用、怎么用都是你自己的事，但你现在必须收下。老洪说了，这钱不是白给你了，是借给你的，怕你最近有急用，他说等你签了单子挣到提成的时候再还给他。"

小薛还是摇头，菲比脸一沉，虚张声势地说："你怎么这样啊，扭扭捏捏的，你成心想让我没法向老洪交代是不是？你再不收下我真生气了啊。"

菲比这种色厉内荏的招数曾经对洪钧用过多次，遗憾的是，从未得逞过，所以她对小薛使出这招时心里也是七上八下的。还好，小薛只又犹豫了片刻就把手慢慢伸向信封，菲比忙把按着信封的手抽回来，小薛便把信封拿起来揣进自己的西服内兜里。

菲比如释重负，说一句："这还差不多。"

小薛说："我先存起来，十字路口往东就有一家工商银行，等我签了头一个合同就把钱还给洪总。"

菲比马上提醒他："你小心啊，这街上人这么多，我看着挺乱的，你那种西服兜最容易被掏了。"见小薛点了点头，菲比又问道，"你已经开始做项目啦？"

"嗯，洪总把几个项目交给我去跟了，我明天一早就飞杭州，浙江澳格雅。"

菲比听后发觉自己真是和几个月前不一样了，以前只要听说有项目，无论是否与自己有关她都会马上饶有兴趣地打听，她喜欢与各行做销售的人切磋，而现在她早已没了那种好奇心。她冲小薛淡淡一笑："你也别太急于求成。老洪以前对我讲过，销售越是急于做成项目，他的感觉就越可能不准，他的判断也越可能出错，就像一个人越是拼命想去抓一样东西，身体就越容易失去平衡。"

小薛若有所悟地答应了一声。两个人又聊了一阵，聊来聊去话题却总是离不开洪钧。

菲比和小薛分手后上了一辆出租车，车子刚启动她就掏出手机拨了洪钧的号码，电话一通她便忙着表功："嘿嘿，大功告成，我厉害吧？喂，你答应给我的奖赏，赶紧兑现吧。"

洪钧笑着问："说吧，你想要什么？"

"嗯——我想要个蛋糕。"

"怎么又要蛋糕？你不是刚过完生日吗？"洪钧不解。

"不仅要蛋糕，我还要一根蜡烛。"菲比摇头晃脑地说。

"几根？一根？那就不用买了，你自己就像根蜡烛。你往床上一站就是个谜语，谜底就是'周岁生日蛋糕'。"洪钧得知小薛已经把钱收下，便有心情轻松地调侃。

"切！你才像蜡烛头呢。真笨死了，还没想起来呀？是给你准备的周岁生日蛋糕。"菲比听洪钧那边迟迟没有反应，就又大声说，"到明天你在维西尔就整整一年啦！"

洪钧恍然大悟，这才明白菲比的用意，便笑着说："真的啊，都一年了，太快了。我现在被科克逼得只有季度的概念，只记得我刚刚挺过了四个季度。"

菲比的语气变得轻柔起来，一字一顿地说："你和我，也已经认识整整一年了。"

"哦，才一年啊，真慢，我怎么觉得像是过了365年似的？"洪钧说完就大笑起来。

片刻之后，电话里传出菲比的厉声断喝："哼，洪钧！被你气死啦！"

十月八日，小薛正点飞抵杭州萧山机场，他又坐了一个多小时的出租车，才到了位于浙江省中部一个小镇上的澳格雅集团总部。

这个名不见经传的小镇完全是因为出了这家澳格雅集团才发达起来的，其实小镇本有其得天独厚的条件，四周点缀着一些低矮的丘陵，被分列东、西的两条溪流夹在中间，典型依山傍水的风水宝地，又正好地处交通要冲，浙赣铁路和320国道都在不远处经过。但是直到镇上出了一位名叫陆明麟的人，直到这位陆明麟有一天开始拉着板车做起了生意，这个小镇的面貌才终于有了翻天覆地的变化。

澳格雅总部在小镇上是名副其实的地标性建筑，九层的楼并不算高，但它那全封闭的玻璃幕墙使大楼璀璨四射，显得比它的实际规模壮观得多。大楼前面是一个不小的广场，三根旗杆上旗帜猎猎飘扬，国旗居中，两侧想必是澳格雅公司的旗帜。广场和大楼都被不锈钢栅栏圈起来，小薛在栅栏外把出租车打发走，径直向门房走去。

小薛填好访客登记单，便走进大门穿过广场，沿着台阶拾级而上，经过两扇自动门，这才真正进入澳格雅的总部大楼。站在宽敞气派的大厅里，正面墙上是澳格雅的巨大标志，标志下面是接待台，里面背手站着三位身穿蓝色制服、头戴黄色贝雷帽的接待小姐，小薛觉得她们既像是航空公司的空姐又像是女子特警队的霸王花，便不由想起"英姿飒爽"这个词，略带迟疑地走了过去。

中间的那位"英姿飒爽"很热情，也最具有军人气质，她看了小薛递过去的访客单，问道："请问您和沈部长约好了吗？"

小薛面不改色心不跳地撒着谎："约好了，要不然我怎么会从北京大老远跑来？"

"英姿飒爽"脸上挂着训练有素的标准笑容，笔直地把右手向右前方一伸："请您先在来宾休息区等候，我马上为您通报。"

小薛转身走到"来宾休息区"，发现不过是在落地窗下的大理石楼面上摆了几张沙发，便坐到沙发上开始等候。正如他所预料的，等候是漫长的，但他仍然没预料到会是这么漫长。十五分钟过去了，半个小时过去了，不少人穿过大厅向外面走去，想必是午饭时间到了，小薛又去问了一次"英姿飒爽"，回答是已经通报，请耐心等候。三刻钟、一个小时都过去了，吃饱饭的人又都潮汐般地走回来，也不时有访客走过来坐下，但很快就被从楼上下来的人谈笑风生地接走了，只有小薛始终无人认领。

小薛饥肠辘辘地等着，终于下决心拿出电脑摆弄起来，他并没心思真正做些什么，只是想起码掩饰一下自己的困窘。让他朝思暮想的沈部长负责的是澳格雅的企划部，根据Roger留下的客户资料，沈部长一直是Roger的直接联系人，也是澳格雅企业管理软件项目选型的负责人，小薛在北京打的几次电话便都是给这位沈部长，但除了软钉子之外一无所获。

等了一个半小时之后，小薛实在忍不住又走到接待台前，发现"英姿飒爽"们虽然还是一样的英姿飒爽，但面孔都变了。也难怪，连国旗班的战士们站两个小时也得换岗，这些接待小姐总不能站一天吧。小薛问中间的那位："沈部长在公司吧？"

"您不是和他约好了吗？您应该知道他在不在公司的。"新一代"英姿飒爽"昂首挺胸地回答。

小薛立刻没了底气，想必老一代"英姿飒爽"们不仅戳穿了他拙劣的谎言，而且交接班的时候也把他说谎的劣迹交接下来了，他只好尴尬地笑笑，狼狈地走回沙发旁坐下。

小薛断定自己作为不速之客一定不会受到热情接待，但没有想到他根本就不会受到接待，这让他心里开始发慌，他总不能落个空手而归的下场，这么一想，他掏出手机决定豁出去给沈部长打电话。

就在这时从电梯间的方向走来一个人，瘦高的个子，细长的脖子，白衬衫扎进棕色长裤里，腰带松松垮垮地系着，分不出哪里是腰部哪里是胯部，整个人活脱脱就是一根麻秆。"麻秆"走到接待台前和"英姿飒爽"们嘀咕着什么，刚才令小薛铩羽而归的那位"英姿飒爽"冲小薛坐着的方向一抬下巴，"麻秆"便向这边走来。

小薛猜想来人就是沈部长，因为电话里的沈部长总是一种懒洋洋的腔调，既像是病夫又像是大烟鬼。小薛开始兴奋而紧张，兴奋的是总算等来了，紧张的是不知道自己等来的是一番怎样的接待。

"麻秆"晃晃悠悠地走着，手里拨弄着挂在脖子上的胸卡，踱到小薛面前，斜着眼睛居高临下地打量他。小薛忙站起来，仍然比"麻秆"矮半头，他刚要伸出手去，"麻秆"已经大大咧咧地坐到对面的沙发上，跷起二郎腿不停地晃荡着。小薛也只好欠身坐下，心里暗自盘算，来人显得很年轻，估计比自己大不了多少，尤其是这副做派实在有失中高层领导的风范，小薛从内心深处反感这个人，衷心希望来人并非沈部长。

小薛从西服兜里掏出名片夹，刚要递上名片并做个自我介绍，"麻秆"却首先开了口，他依旧斜睨着小薛，声音像是从牙缝里挤出来又像是从鼻子里哼出来的："就是你要找沈部长？"

# 第十四章

# 图穷匕见

小薛一听对方果然不是沈部长本人，顿时松口气，暗叹一声"老天终于开眼了"，一边躬身用双手呈上名片一边说："您好，我姓薛，叫薛志诚，您就叫我小薛吧，我是北京维西尔公司的，今天是头一次来澳格雅拜访。"

"麻秆"依旧斜靠在沙发上晃荡着二郎腿，只把右手稍微伸出来一些接过小薛的名片，把正、反两面翻看几眼，抬起眼皮问道："'销售代表'？以前没听说你们维西尔还有这种头衔啊，和'销售经理'有什么区别？"说完随手把名片撂在身旁的沙发上。

小薛笑容可掬地回答："是这样，销售代表和销售经理、客户经理都属于销售部门，重点负责某些行业或某种产品的叫'销售经理'，专门负责某个大客户的叫'客户经理'。"

"那你们起码应该派个'客户经理'来我们澳格雅吧？""麻秆"显然认为澳格雅天经地义应该属于大客户的范畴。

"哦，那要在澳格雅真正成为维西尔公司的客户之后，才会有专门的'客户经理'来负责。处于签约之前的潜在客户阶段一般是由'销售经理'或者'销售代表'来和您联系，我刚加入维西尔公司时间不长、经验还不够，所以是'销售代表'。"小薛没料到对方会在这个问题上纠缠不清，冷不防又出了一个破绽。

果然，"麻秆"瞪起眼睛问："哟，你们维西尔派个没有经验的'销售代表'来我们澳格雅是什么意思啊？是对我们不重视吧？想用我们澳格雅来练兵是吧？你上面的经理是谁？"

小薛感觉自己头都大了，忙回答道："是洪总。"

"哪个洪总？洪钧？他不是你们维西尔中国（大陆）区的大老板吗？"

"麻秆"这一愣神的工夫给了小薛宝贵的一瞬间，他马上想出对策，一脸诚恳地说："是啊。本来像我这样没什么经验的销售代表不可能独力负责具体项目，但是洪总说澳格雅不一样，他说你们选型已经选了一段时间，对软件行业很了解，自身的管理基础又好，选软件、用软件你们都是行家，根本不需要别人再去给你们讲什么，倒是我应该好好向你们多多学习，所以就派我来了。另外洪总和我之间本来是隔着好几层的，可是他对澳格雅的项目特别重视，特意要求我直接向他汇报。"

不知是小薛的吹捧起了作用还是因为小薛的话也算自圆其说，"麻秆"没再穷追猛打，而是抱着得饶人处且饶人的态度准备和小薛言归正传，他问："你来找我们有什么事？"

小薛想起洪钧对他说过，不要只是被动地回答客户的问题，也要善于向客户提出问题，这样既可以得到更多自己想要了解的信息也可以引导客户的思路，他便试探道："我能先问一下吗？请问您是？"

"哦，我姓陆。""麻秆"回答得倒挺痛快。

小薛立刻想到澳格雅的老板陆明麟，不禁脱口而出："哦，陆先生，那您和陆总是亲戚吗？"

不料姓陆的"麻秆"却一脸鄙夷："天底下姓陆的人成千上万，难道都是他陆明麟的亲戚？少见多怪。"说着他从衬衫兜里翻出一张名片，漫不经心地向小薛一晃，"我是陆翔，这里的IT主管，是陆明麟专门从上海把我请过来的。"

小薛忙起身上前，像领受嗟来之食一般双手接过陆翔的名片，一边满怀崇敬地端详一边暗自琢磨：陆翔习惯于直呼陆明麟的大名，是要表露他对陆明麟的不满和轻蔑呢，还是要暗示他与陆明麟的关系非同一般？

陆翔又问道："你来有什么事？是为了软件项目吗？"小薛忙点头称是。陆翔一撇嘴，"你们还来呀？不觉得已经太晚了吗？九月份你们都干什么去了？你们不是不打算做我们这个项目了吗？"

小薛被这一串质问砸蒙了，他还没来得及解释，陆翔已经随手拿起小薛的名片塞进兜里，然后站起来眯着眼睛对小薛说："你不要在这里傻等了，沈部长不在公司，他和赖总去上海了。"

小薛忙站起来，顾不上掩饰自己的惊讶、失望还有无知，急切地问："啊，沈部长不在呀？那……赖总是谁呀？"

陆翔一脸的不齿，冷笑一声："你连赖总是谁都不知道？就这样还来做项目？赖总是陆明麟的妻弟，澳格雅堂堂的国舅爷、大内总管，看过《雍正皇帝》没有？赖总就相当于那个隆科多。生产、市场、销售、投资都是陆明麟管，其他内务都是赖总管，软件选型就是赖总说了算，就你这样瞎子聋子似的还想做成项目？"

小薛没在意陆翔对他的讽刺挖苦，他内心已经被一种不祥的预感所笼罩，涨红着脸又问："那……他们去上海，是不是和软件项目有关呢？"

陆翔本已转身要走，被小薛这么一问反而又来了兴趣，似乎亲手把小薛的最后一线希望击碎能给他带来巨大的快感，他盯着小薛，像是要让小薛一字不落地铭记在心，头一次口齿清晰地说："你以为呢？你以为你们维西尔不来，我们整个项目就死掉啦？你以为你们维西尔不来，别人也不会来的呀？人家ICE早跑来好几趟了，原来你们维西尔的那个Roger也一直在跑来跑去呀。赖总他们去上海做什么？你去问ICE好啦，去问Roger好啦。"说完，就像来时那样一路晃晃悠悠地走了。

小薛呆若木鸡地站着，又有了那种被五雷轰顶的感觉，他脑子里纷乱如麻，好不容易终于冒出一个清晰的念头，他想到的竟然是：晚上的住宿费用倒是可以省下来了。


十月九日上午，洪钧被李龙伟用内线电话请到了公司里的一间会议室，关上门坐下，洪钧才注意到小薛也在，立刻涌起一丝不快，自从他因Roger离职而对销售团队做了调整后，小薛在过渡期后改为直接向他汇报，不应该大事小情还像以前那样去找李龙伟，他担心小薛的做法会打乱销售团队的队形，因为队形和士气是决定团队战斗力的两个主要因素。洪钧刚想提醒一下小薛，却看到两人的脸上都像挂了一层霜，知道等待自己的不是什么好消息，就故意笑着说："哟，有什么好事要告诉我？"

李龙伟和小薛互相看了一眼，然后李龙伟让小薛先把头一天的澳格雅之行汇报一下。洪钧听完小薛的叙述，脸上的笑容早已消失殆尽，他说："把澳格雅的事放一放，先了解一下Roger究竟去了哪里、最近都干了些什么。"

李龙伟说："找你来就是要说这事。早上听小薛一说我就觉得不对劲，我让他赶紧给另外几家Roger交接下来的客户打电话，委婉地问了问，果然Roger在上个月都去过了，他现在是代表一家叫洛杰科技的公司，给客户推的是ICE的软件。"

"洛杰科技？怎么好像有点耳熟？好像我和他们签过合同，等我问一下Laura。"洪钧说着，拿起会议桌上的电话拨了上海办公室的号码，和Laura简单聊了几句就挂上电话，他对面前的两个人说，"没错，咱们有几个项目需要给客户搞的初级培训就是包给这家洛杰科技去做的，所有的合同都履行完了，款项也都结清了，Roger可能和这家公司以前就有联系。奇怪，他不是说要自己创业吗？怎么会去这么一家小公司？"

李龙伟意味深长地说了一句："恐怕不仅是有联系吧？"他见洪钧注视着他，就接着说，"八成这家洛杰科技根本就是Roger自己的公司。我前一段听上海的几个同事提过，说Roger好像一直有自己的生意。"

洪钧已经在瞬间明白过来，不免有些懊恼，自己本以为掌握到Roger贪小便宜的底细已经算明察秋毫，其实那只是皮毛而已，自己对Roger的大手笔竟然一无所知。他嗔怪地瞪李龙伟一眼，心想你这家伙当时就该马上把这么重要的信息告诉我嘛。李龙伟耸下肩膀，分明是在无奈地表示自己只是道听途说而已，并无真凭实据，当时也没有什么迫在眉睫的事端，怎么能乱讲呢？

一旁的小薛对两人这番无声的交流不明所以，提醒道："还有，洛杰科技现在是ICE的代理了。"

李龙伟忙补充说："是啊，在ICE的网页上已经能看到，洛杰科技是他们的什么金牌代理……"

"黄金级代理。"小薛插进来更正。

"呵呵，对。小薛挺机灵的，他假冒一个客户的名义给洛杰科技打电话，他们的一个销售傻乎乎地也不仔细了解一下，就一股脑儿地把他们的情况都介绍出来了。"李龙伟笑着说。

小薛也笑着自嘲："比我还傻，您说他们那个销售得有多傻。"

洪钧却笑不出来，整个事情的台前幕后他已经了然于胸，这肯定又是俞威的得意之作，俞威一贯追求的最高境界就是"既打击敌人又壮大自己"，而此次策反Roger无疑堪称一石二鸟的经典，Roger若不献上澳格雅这几个项目作为"投名状"，俞威怎么肯接纳洛杰科技这样的小公司做代理呢？洪钧的脑海里不禁浮现出俞威志得意满的神情，仿佛他正面带微笑欣赏着自己吐出的朵朵烟圈。

洪钧马上把思绪收拢回来，果断地说："Roger造成的危害就像冲击波，首先是澳格雅，因为他肯定也觉得澳格雅最有戏，然后是另外几个他自己跟过的项目，然后会是郝毅等几个原来归他管的销售在跟的项目，但影响不会只限于他负责的制造业领域，最终一定会波及Larry你那三个行业的客户，只要他之前稍有了解的他一定会去骚扰，ICE不把Roger这点油水榨干是不会善罢甘休的。"

李龙伟有些懊丧地说："也怪我，我九月份光顾着四处收单子，季度末嘛，只盯着九月底以前能签的项目了，我想如果手里有很快能签的大项目Roger也不会急着走，我就没把他那几个项目放在心上。"

洪钧听出李龙伟这又是在有意宽慰他，因为Roger留下的项目应该是洪钧亲自负责。洪钧早已意识到了自己的大意失荆州，但他也觉得无奈，分身乏术啊，看来真得尽快找一个人来接手Roger留下的摊子了。

洪钧按下内线电话上的免提键，接通Mary，说："Mary，我要尽快和一些销售开一个电话会议，所有原来汇报给Roger的销售都要参加，大约要开半个小时，请你马上安排好通知下去。"

向Mary布置完，洪钧又对李龙伟说："你也参加，然后要让你下面的销售也都有所准备。"

洪钧转向正在发愣的小薛，笑道："昨天还是一个战壕里的战友，今天就是刺刀见红的敌人，刺激吧？"

下午，洪钧正独自在办公室里忙着，有人在敞开的房门上敲了两声，洪钧抬头一看，原来是小薛。小薛看到洪钧向他点头示意便走进来，回身把门紧紧地关上。洪钧有些奇怪，小薛向来没有关上门谈事的习惯，他似乎一直认为在公司内部、同事之间没有什么秘不可宣的事，今天怎么神秘兮兮的？

小薛在洪钧对面的椅子上坐下，嗫嚅着说："嗯……洪总，您现在有时间吧？我想问一下，嗯……您说，一个项目到什么时候，就是彻底没希望了？"

洪钧微微皱起眉头："你是指澳格雅那个项目？怎么忽然想起问这个？"

小薛一副欲言又止的样子，洪钧只好催促："你说吧，你来不就是想和我聊聊吗？"

小薛吞吞吐吐地说："您上午给我们开了电话会议，中午吃饭的时候郝毅和杨文光我们几个就聊到澳格雅的事。嗯……他们都说在澳格雅咱们肯定已经没戏了，因为Roger以前一直把澳格雅捂得严严的，给澳格雅做过技术方案的几个工程师都没见过客户高层，和客户高层的关系都抓在Roger一个人手里，估计还没等我见到他们，他们就和Roger签合同了。嗯……还有，因为Roger对咱们的情况太了解了，方案啊、报价啊他一清二楚，肯定在客户面前说了咱们很多坏话，我要想去扭转客户对咱们的印象已经很难了。"

"郝毅他们有什么建议？你是怎么想的？"洪钧尽量保持耐心。

"嗯……他们说我应该去找些新项目来做。我也没想好，所以想问问您，像澳格雅这种项目，到什么时候就是彻底没希望了？"

洪钧没有马上回答，他靠在椅背上，胳膊肘支在扶手上，手托着下巴面无表情地看着小薛。小薛被他盯得如坐针毡，嘴角抽动一下似笑非笑又马上收紧。洪钧平静地重复着小薛的话："一个项目到什么时候就彻底没希望了？"他顿了一下，忽然提高嗓门，"我的回答是：当你自己不再抱任何希望的时候！"

小薛被洪钧的话震得浑身一哆嗦，声音略带颤抖地问："您的意思是……"

"我的意思是，只要你自己放弃，这个项目就一定没戏了；但换句话说，只要你不放弃，任何项目无论进行到任何阶段都还有机会。坐镇后方的统帅即使放弃一场战役，他还有机会重整旗鼓；但在前线的士兵却不可以放弃一场战斗，因为他放弃的后果就是死亡，两个士兵拼刺刀，谁也没有第二次机会。"

洪钧说完这番话，情绪也逐渐平静下来，他知道这种喊口号似的强心针只有很短的疗效，虽然小薛的斗志可能被暂时激励起来，但遇到困难又会气馁，他接着说："只要客观地分析一下咱们的机会在哪里，你就会明白我的信心是有根据的。其实郝毅他们说的都对，但是他们只看到了事物的一个方面。比如Roger对咱们的情况很了解，可以在客户面前准确地攻击咱们，但你不要忘了当初在客户面前说尽维西尔好话的也是他，这是典型的'以子之矛，攻子之盾'，如此反复无常，他在客户心目中的信用就会大打折扣。另外，ICE的代理不止Roger的洛杰科技一家，他们首先会齐心协力攻击维西尔，但在判断维西尔机会不大以后，他们之间就会开始争夺，所以这个项目不见得会很快被洛杰拿到。当他们闹得你死我活的时候，反而是维西尔的机会，咱们从明处转到暗处，正可以不动声色地做工作。'木秀于林，风必摧之'，你要知道，从夺标热门变为冷门黑马倒更可能坚持到最后脱颖而出，不被其他家当成主要对手往往不见得是坏事。"

小薛虽然频频点头，但心里仍然惴惴的："我明白，可是这么关键、这么复杂的项目，是不是应该派更有经验的销售去做，我跟着打打下手，嗯……我是担心我做不好。"

"你的心情我理解，但我可以告诉你，这个项目恰恰应该你去做，换了别人反而机会不大。"小薛一脸困惑，显然想不出自己的优势在哪里，洪钧继续给他打气，"你听过'哀兵必胜'这句话吧？我就是要用你这支'哀兵'来达到'奇兵'的效果。Roger也罢、ICE的其他家代理也罢，都是一群老油条，他们都会绞尽脑汁说维西尔的坏话，然后再互相泼脏水，肯定会搞得乌烟瘴气。而你正好和他们形成鲜明的对比，你要尽可能保持低姿态，不要吹捧维西尔，也不要攻击ICE，更不必攻击Roger本人，你要让客户看到你的执着和真诚，要让客户认识到你与那帮家伙都不一样。"

小薛忽然憨憨地笑起来："嗯，那我就盼着'傻人有傻福'吧。"

洪钧也笑了，但很快敛起笑容，他把脸转向窗外，望着远处说："我今天倒是一直在想，你没注意到吗？你昨天去澳格雅收获很大呀。"

"您又逗我了，哪有什么收获呀？连沈部长的影子都没见着，等了两个小时，挨了五分钟骂。"

洪钧扭回头看着小薛，认真地说："我没开玩笑，难道你没意识到？那个叫陆什么的？哦，对了，陆翔，他泄露了多有价值的信息啊。我们现在知道了：维西尔处境不利，ICE介入了，Roger成了ICE的代理，项目的决策人是赖总，他和沈部长昨天去了上海。"

"嗯，倒是不少，可都不是什么好信息。"小薛神色黯然地承认。

"不，我不这么看，信息本身并无所谓好坏之分，只有准确与错误之分，没有这些准确而及时的信息，我们很难对整个形势有所了解，所以很有价值。"

"呵呵，您是没听到他是怎么损我的，那家伙光顾着嘴上痛快，傻了吧唧地把不该说的都说出来了。"小薛想到自己头一天受到的羞辱仍不禁咬牙切齿。

"嗯，可能那家伙的确是没脑子。但也有另一种可能，"洪钧的眼睛又移向窗外，像是自言自语地说了一句，"他可能……并不傻。"

就在这时有人急促地连敲几下门，洪钧刚说声"请"，李龙伟就像被人推了一把似的撞进来，他刚叫了一声"Jim"，就看见小薛也坐在里面，便马上止住了。

洪钧立刻预感到不妙，但还是微笑着看了眼小薛。小薛忙起身说："那我先出去了。"

李龙伟在小薛身后把门关上，紧接着说："就是小薛埋的地雷，现在炸了，普发的麻烦来了。"洪钧立刻站起来，可是还没等他追问，李龙伟已经接着说，"是柳副总，他反对系统切换和项目验收。"

两个人隔着写字台对视，一时无语，过了好一阵洪钧才勉强说了一句："哦，我等一下给韩湘打电话吧。"

两人都坐下来，李龙伟刚想多说几句，见洪钧并没有进一步讨论这个话题的意思，便改口说："还有件事，我刚才想了想，咱们是不是应该告Roger啊？"

"告Roger？告他什么？告他违反了和公司签的保密协议？"

"对啊，像澳格雅这些项目，都是他在维西尔工作期间获得的客户信息，他现在利用这些信息去推ICE的产品，不是明显侵害咱们维西尔的利益了吗？我觉得咱们应该和他打官司，即使不能让他赔偿，起码可以把他从这些项目上赶走。"李龙伟又变得义愤填膺起来。

洪钧却在沉思，他不是没想到这一点，但已经被他否定了。Roger的离职本身其实算不上大事，科克不会加以关注，但如果维西尔中国卷入任何法律诉讼，就不仅会惊动亚太区，连总部的法务部都会直接介入并接手，到那个时候就不再是洪钧所能控制的局面了。Roger在维西尔任职期间经营自己的小公司一事，洪钧也负有失察的责任，所以他并不想把事情搞大、搞复杂。

洪钧另找别的理由说："这种官司，首先取证很困难，而且旷日持久，牵涉太多精力。客户也会反感，客户都希望由他们自己决定该和什么人做生意，而不会愿意受法院影响。另外，官司即使打赢了也不算什么业绩，让Roger在表面上撤出这些项目，我们就一定能打败ICE吗？换句话说，与其和Roger在法庭上见，还不如和他在项目上争个高下，我们也不见得输给他。"

李龙伟迟疑地问："你真觉得，在澳格雅项目上，小薛是Roger的对手？"

洪钧的心一沉，他没有回答李龙伟，而是在心里暗暗地说：死马当活马医吧。


盈科中心二层有家咖喱风味的餐馆，俞威出了电梯踱进餐馆门口的时候，Roger已经在里面等候多时。俞威一边坐下一边说："哎呀，不好意思啊，老是你先到。"

Roger皮笑肉不笑地回应："你事情多嘛，不像我，就是专门来北京找你的嘛。"他和俞威各自翻开菜单，又说，"其实旁边有家日本料理也蛮不错的。"

俞威硬邦邦地回了一句："我吃不惯。"便信手点了一份椰子风味的套餐。

Roger要了咖喱牛肉饭，然后说："本来想好好聚一聚的，但是看你这么忙，就随便吃点吧。"

俞威掏出烟来点上，吸一口之后问道："什么时候回去？"

Roger暗想，刚见面却已经在问何时回去，短短两个月还不到，俞威对自己的态度已经和上次在自家小饭馆相会之时大相径庭了，他心中虽然不快，但还是笑着回答："明天吧，又得马上去澳格雅了。"

俞威敷衍着说："你也很忙嘛，看来生意不错，怎么样，手头的项目机会不少吧？"

Roger忽然觉得气不打一处来，他虽然努力克制但还是忍不住反问道："我手上都有什么项目你还不知道？不是一五一十都汇报给你们了吗？"俞威"嘿嘿"笑了两声，手指轻盈地把烟灰弹进烟灰缸里，却不说话。Roger知道俞威绝不会主动引入正题，便接着说，"前天的会，澳格雅的赖总都亲自来了，咱们说好你会出面的，怎么没来上海呀？"

"哦，电话里不是跟你打了招呼嘛，八号临时在北京有急事，我走不开，只好抱憾了。反正你们也谈得不错，现在的形势不是很好吗？"

Roger实在压制不住不满了，他话中带刺地说："形势很好？是你们ICE形势很好吧？反正不是我洛杰科技的形势很好。现在维西尔已经没戏唱了，剩下的都是ICE的代理，不管谁赢都是你们赢。到现在你们ICE的人都不肯和我们一同见客户，弄得客户觉得我们像是后妈养的，你们总应该向客户表示一下你们对我们的支持吧？"

俞威一副左右为难的样子，摊开双手："我也很难做啊，都是ICE的代理商，手心手背都是肉，我支持谁、不支持谁，都很难表态啊。"

Roger心知肚明，当别人口口声声对你说什么"手心手背"的时候，千万不要愚蠢地以为你要么是"手心"、要么是"手背"，其实你连脚底板都不是，而是被人家脚底板踩着的东西。Roger愤愤地质问："谁也不是傻子哟，我当初在维西尔同澳格雅接触的时候，根本没有ICE的代理介入，客户也没说过要主动联系你们ICE，怎么我刚向客户推荐了ICE的产品，别的代理就跑去了？"

俞威的脸也沉了下来，他把烟头掐灭："这话说得就不太合适了吧？他们的腿都长在自己身上，你我都不是他们的老板，人家凭什么听咱们的？你可以去澳格雅，他们也可以去嘛。"

"可你当初讲过项目登记制度的，先报先得，我第一时间就把澳格雅还有其他好几个项目报给你了，为什么别的代理还可以去和客户接触？"

这时点好的饭菜被端了上来，可两人谁都没有兴趣动筷子。俞威说："制度当然有，定的规矩也的确是先报先得，可我是同时收到你们几家代理上报的澳格雅项目，你说我该给谁？"

Roger冷笑："是不是真的同时收到的，当然只有你自己知道。可我觉得恐怕是你把我们的项目透露给其他家代理的吧？"

俞威刚拿起筷子，一听Roger这话便又把筷子撂下，板起面孔说："Roger，要是连个最起码的信任都没有，恐怕就很难合作了吧？你刚才不是说了吗？你们谁赢都是我ICE赢，我干吗还要把其他代理引进去？"

Roger针锋相对，亮出自己的底牌："亲戚有远近亲疏之分，老婆还有正房偏房之分呢，你对我们这些代理也不是一视同仁吧？跑去澳格雅的那家代理商是北京一家叫莱科的公司，刚刚拿到的营业执照，我打听了一下，他们还有另一家公司，叫普莱特，是科曼公司的代理。你从科曼到了ICE，他们就马上另开一家公司做ICE的代理，老板看样子和你关系好得很哟，你对他们看来也是蛮器重、蛮支持的哟。"

俞威眼睛瞪起来，但他想了想还是不打算翻脸，便用略带嘲讽的口气说："Roger，不要只许州官放火，不许百姓点灯，你的洛杰科技成立时间也不太长吧？你们以前不也是跟在维西尔屁股后面跑吗？莱科公司虽然新，但实力不差嘛，人家的注册资金是一千万人民币，你的洛杰才多少？好像是一百万吧？不要瞧不起人家嘛。"

Roger的底气登时泄了，苦笑道："我哪里敢瞧不起人家，我羡慕人家都还来不及，我真想找他们讨教一下，怎么能让你也器重、支持我们。"

俞威笑了，语重心长地说："老弟，你的确需要学习啊，作为朋友我想提醒你一下，做代理和做厂商可大不一样，你得转换一下思维、改变一下心态，老不上道儿可不行啊。"

Roger虽然恨得牙根痒，但也不得不面对现实，俞威说得没错，自己是得改变一下心态了，本以为不打工改当老板就可以当"爷"，现在看来自己还是得当"孙子"，不然这代理是做不长的。他语气软下来，说道："我们洛杰虽然比不上莱科的实力，但做事也很到位啊，我们是打算和ICE长期合作下去的，你也不能总是只照顾莱科一家啊，他们吃肉我们总可以喝点汤吧。只要你肯对我们支持一下，我们不会辜负你对我们的好意。"

俞威心里暗笑：Roger这家伙上道儿还是挺快的，稍加点拨就明白道理了。他便进一步诱导说："既然是合作就应该把细节商量好，这样我们才好互相配合，说说你的想法吧。"

可事到临头Roger又心疼了，他含混地推托说："我对圈子里的规矩不太了解，事先也没考虑太多，你比较有经验，要不还是你提个方案吧。"

俞威暗地骂了Roger一句，心想是你来求老子，还想让老子开口要价？休想，老子还瞧不上你这种小家子气呢。他说："那就不急，等你有了明确的想法再说。"然后便闷头吃起来。

Roger仍不甘心，便把另一桩心事提了出来："嗯，还有你上次说过，我把项目资料报给你以后，那笔五十万的合作基金你就会马上打给我们，不知道什么时候能落实啊？"

俞威一口饭差点喷出来，面前的Roger让他哭笑不得，他还从没见过这么不懂事的生意人，看来刚才的一番调教简直是对牛弹琴，他没好气地说："那事也不是我一个人说了算，亚太区在财务上刚有新规定，说不允许一次性把市场基金都付给合作伙伴，只能每次搞活动的时候分批花出去，我也没办法。本来我还想替你们争取一下，但后来一想何必呢，弄得公司上下还会怀疑我好像和你们有什么猫腻似的。"

Roger一听就急了，自己一心指望着的这五十万怎么一下子就没影了！他气哼哼地说："怎么能这样呢？当初你清清楚楚和我说好了的，怎么能说话不算数呢？"

俞威笑了，他没想到Roger居然幼稚到认为说过的话就都要算数，而且居然以为这笔钱是靠讲道理就可以要到手的。俞威现在已经不生气了，他觉得没必要和Roger一般见识，便说："你也在外企做过，你应该知道我不是老板，我只是个打工仔，身不由己啊。"

Roger无奈地想到了自己的"孙子"地位，又软下来："那你看，有什么办法能让ICE把那笔钱打给我们呢？你看需要我做些什么？"

俞威心想这个Roger真是一会儿糊涂、一会儿明白，但老是不能彻底明白，你既然是在求我把钱打给你，你总要先讲出我能得到什么好处吧，难道还要我求你吗？他只好下决心最后一次启发Roger："Roger，做厂商和做代理不一样，在公司做销售挣工资奖金和自己当老板做生意又不一样，你得转变一下角色、开拓一下思路啊，不能精明有余、聪明不足啊。"

Roger已经彻底乱了方寸，他想不通，自己原本是理直气壮地来讨公道来要账的，如今倒变成自己不懂规矩，得自己先拿出诚意、做出承诺。Roger当然也懂"欲先取之，必先予之"的道理，可当真要"予之"的时候，他的心真疼啊。

Roger的脑子里正进行着激烈的思想斗争，俞威却话题一转："你的手笔不是一向挺大的吗？我听说你给沈部长在杭州的西湖高尔夫买了个终身会籍，是张银卡？也得二十多万吧？"

Roger心里一惊，马上搪塞道："你消息真灵通啊。好像没那么贵，具体多少我也不清楚，是刚好有朋友转让出来一张，钱也还没都付过去呢。"

俞威很不以为然："都传得满城风雨了，未免太张扬了吧？"

Roger干笑一声："那东西本来就是用来张扬的嘛，他其实也不喜欢打球，要个会员身份本来就是想显摆，总不能让他藏着掖着。"

俞威不客气地说："所以你得去引导他，他要什么你给什么，那轮到赖总你打算给什么？赖总知道了会怎么想？不是不可以给，但要考虑在什么时候给合适，你也要替他想出一个自圆其说的解释，他就那么点工资，自己能掏得出那笔钱？"

"他说是他的一个大款朋友移民新西兰了，把卡留给他先玩一阵，等人家回来就会要回去的。外人也只能瞎猜，抓不到把柄的。"俞威听罢摇头，但也没再说什么。Roger又想起另一件事，有些忧心忡忡地说，"沈部长、赖总都不用担心，但是他们那里有个小家伙，主管IT的，叫陆翔，他其实以前和我关系一直不错，可最近好像有些情绪，八号赖总他们来上海我就特意没让沈部长带上他。"

俞威用纸巾擦擦嘴，然后把纸巾往桌上一扔，不屑一顾地说："连这种小毛孩子你都搞不定？还是那句话，对客户你得去引导，不能迎合他，不管是来软的还是来硬的，想办法让他闭嘴！"

Roger却先闭了嘴，他默默地琢磨着俞威对这些人的态度，从沈部长想到陆翔，又从现在的自己想到以前的自己，不禁有些后悔，他在内心深处喟然长叹：看来唯有作为俞威的竞争对手，才能从他那里得到起码的尊重。


晚上八点五十分，洪钧走进普发集团总部八楼的一间灯火通明的会议室，范宇宙已经先到了，两人谈笑风生地握手、寒暄，一副好友久别重逢的亲热场面，但彼此却都心知肚明。两人天南地北地聊着，从北京的交通聊到2008年奥运会，从北京的房价聊到中东局势，正在从阿拉法特聊到本·拉登的时候，走廊上响起了脚步声，周副总、韩湘和姚工鱼贯而入。

周副总首先笑着说："哟，你们两位贵客倒先到了，我们也太失礼了。"

洪钧和范宇宙起身与他们一个不落地握了手，洪钧一边坐下一边说："我们都是熟门熟路，保安都认识我们这些常客了。"

韩湘让周副总坐在中间，他和姚工分列左右，然后冲着对面的洪钧和范宇宙说："不好意思啊，这么晚还把你们两位大老板请来。"

洪钧和范宇宙都摆手表示这不算什么，周副总接一句："来了就不能放过你们，等聊完正事咱们搓几圈麻将。"

姚工一边和范宇宙借火把烟点上，一边说："那我就不奉陪了，你们四个正好一桌。"

范宇宙瞄一眼姚工手里的烟："姚工，这个牌子的烟好像不多见喽。"

"那是，如今谁还抽这么便宜的烟啊。"姚工把烟盒拍在桌上，"我抽烟的习惯和我买东西的习惯差不多，都可以反映本人的历史。当年刚参加工作的时候，无忧无虑，那时候北京刚有超市，我买东西只管往篮子里划拉，就跟东西不要钱似的；后来，买东西就开始看贴着的价签儿了，为什么？因为结婚了；再后来，买东西主要看保质期和营养成分了，为什么？因为有小孩了；再后来，买东西又只管往篮子里划拉了，为什么？因为孩子大了，我们家也小康了；可从今年夏天开始，买东西又开始盯着价签儿找最便宜的了。"

"为什么？"所有人都齐声问道。

"呵呵，因为孩子考上大学了。"

所有人先是一愣，然后都齐声笑起来。又胡扯几句之后，韩湘看了周副总一眼，见周副总点头会意，韩湘便说："今天这么晚把大家请来，为的是什么事大家都清楚，咱们还得连夜拿出办法来。普发集团现代企业管理示范工程，或者说就是咱们这个软件项目，从三月份开始实施到现在已经半年多了，有赖于集团领导的高度重视和亲身参与，"他说这话的时候特意看周副总一眼，周副总忙谦虚地摆下手，韩湘接着说，"还有整个项目组的辛勤工作，"他又探头看了眼姚工，"当然也离不开你们厂商的大力支持，"又冲洪钧和范宇宙点了点头，"项目已经进行到了最后也是最关键的阶段，"韩湘习惯性地喝口水，"这个阶段就是软件系统的正式切换。按计划在十月底之前，要把整个集团的生产、采购、库存、销售、财务、人事等管理流程，从现有的手工作业或老的软件系统，都切换到维西尔软件系统上去。截止到目前为止，各方面准备工作已基本就绪，但临时出现了一个新情况，国资委要搞一次突击性的清产核资和财务大检查，检查组在月底会进驻咱们普发集团开展工作。所以柳副总就有一些担心，如果在月底月结时进行系统切换发生了问题，比如账对不上，甚至生产、销售的业务受到影响，会不会导致咱们普发集团通不过这次大检查？所以柳副总提出能否把系统切换拖后进行。我个人觉得柳副总的考虑有道理，咱们讨论一下，要不要拖后，要拖的话拖到什么时候，如果不拖后该怎么办。"

　　韩湘这一大段八股文式的开场白，倒使洪钧得以抽空整理了一下思路。这个财务大检查来得的确不是时候，正好给了柳副总一个冠冕堂皇的理由，系统无法切换，项目自然无法验收，维西尔的第三笔也是最后一笔软件款和大部分实施服务费就都收不上来，洪钧当然拖不起。这两天他已经分别给韩湘和姚工打过电话，好在两人也都表示不希望推迟切换，尤其是韩湘，言语中流露出的急切比洪钧有过之无不及，似乎推迟切换会对他本人造成某种极大的影响，但他又不肯透露究竟是什么，这让洪钧喜忧参半，喜的是韩湘与自己利益完全一致，忧的是如果真的推迟切换则后果似乎比自己预料的还要严重。他很有些后悔国庆期间没亲自去向柳副总赔罪，不仅应该赔罪还应该采取一些补救措施，看来自己当上总经理之后是不如以前那样能屈能伸了，而柳副总显然不买李龙伟那点儿面子的账。李龙伟还觉得由他来参加这天的会就足矣，但洪钧与韩湘通完电话之后便决定自己来，因为这是一个各方首脑必须亲自到场的会。

　　这个小会虽然表面上由韩湘主持，但周副总显然是真正的主席角色，他等韩湘说完便开口道："老柳的意见有他的道理，这种大检查不仅对老柳，就是对金总都有一票否决的作用，当然马虎不得。不过从另一方面来讲，如果拖延切换也会带来不小的影响。'一年之计在于春'这句话用在咱们普发身上再合适不过，从元旦到春节这'两节'期间的销售额就占到全年的四成以上。我把丑话说到前头，如果在十一月以前软件系统没有切换，那就得推到明年三月以后再说了，'两节'期间搞切换肯定会影响咱们的旺季销售，那个后果更没人承担得起。"

　　韩湘忙问："那您的意思是，把切换推到明年三月以后？"

　　周副总的眉毛立刻竖起来，半开玩笑般大声说："我那么说了吗？我的四个销售本部、全国七个大区、各省分销网直到所有终端网点，全都培训完了，我都已经宣布从十二月开始不再接受任何手工订单，也不许再用电话、传真订货，所有订单都得走电脑系统，我就是要争取在明年'两节'销售高峰期杜绝错单、误单，杜绝有人私自埋单、甩单，如果推迟切换，那我上这套软件的效果就得等到后年'两节'才能体现出来，那大伙儿今年不就白忙活了吗？"

洪钧这才松口气，他料想一向精明的韩湘把周副总抬出来一定不是让他来唱反调的。周副总又问："老柳有没有提出来都有哪些具体困难？"

韩湘回答："客观上月结的时候财务最忙，估计抽不出人手搞切换；主观上对新系统信心不足，觉得问题肯定很多，担心无法通过大检查。"

周副总提议说："那能不能新、旧两个系统并行？用旧系统生成的数据报表来应付检查，新系统作为试运行阶段先观察一下，就不至于拖累整个系统切换上线。"

一直独自喷云吐雾的姚工忽然插话："这主意不怎么样。当初财务从手工记账改为电算化的时候就搞了一段并行，弄得怨声载道，每笔业务都得手工来一遍，电脑再来一遍，所有人都累得贼死。更重要的是，搞得公司上下两套数据、两套流程同时在跑，到底以哪个为准？原来挂双拐，现在换成电动轮椅了，你还非得又坐轮椅又挂拐，怎么走得动？前车之鉴啊。"

姚工说完也不看周副总，又兀自抽上烟了，好在大家都知道姚工的脾气，周副总也不计较，而是把头转向洪钧问道："洪总，你是专家啊，别光听我们这些外行瞎说八道，你得出主意啊。"

洪钧笑着说："刚才姚工虽然举的例子有些不太恰当，好像把咱们普发比作残疾人似的，不过的确是这个道理。越来越多的项目证明，切换的时候新旧系统并行真是有些费力不讨好，大家都会对旧系统有些依赖，而且数据和流程的唯一性至关重要，新、旧两个系统的准确性、规范性、权威性都会发生矛盾，所以按道理的确应该避免这种混乱的发生。不过有时候并行也是一种没有办法的办法，周总刚才提到的也很重要，如果因为财务部门的疑虑而推迟切换，可能损失会更大。"

韩湘抓住时机引导方向："我看可不可以这么理解，按计划切换，有困难也有风险，但如果不按计划切换，肯定会有损失，而且损失可能会无法估计。"

周副总打断韩湘的话，挥着手说："现在干什么没困难、没风险？关键是要找出克服困难、驾驭风险的方法。哎，金总是什么意思啊？"

韩湘笑道："金总的意思是让咱们充分讨论，把各种困难都想得尽量全面些，争取找出一个稳妥可行的方案。"

周副总不由得摇头，嘀咕一句："这个老金。"

洪钧见韩湘已经顺利地定了调子，便提出了他考虑好的方案："是不是可以这样，除财务部以外的所有部门都按计划切换到采用维西尔软件的新系统上，财务部仍然沿用目前的记账软件，在这套记账软件与新系统之间进行数据交换，只是这种交换不是实时的而是批量的，当天晚上把所有与财务相关的数据清理出来，导入记账软件，财务部在第二天白天就可以进行处理，再把处理的结果与新系统的结果进行比照。我了解了一下，维西尔软件和记账软件之间的数据接口已经做好，不过当初一直考虑接口是单向的，只需要在切换前把记账软件里面的历史数据一次性导入维西尔的新系统，现在看来双向都会用到。这种做法其实就是分步切换，其他部门先上，财务部后上。柳副总担心两条，一个是影响他底下人的工作，另一个是新系统万一出了问题没办法交差，咱们把财务模块的切换先往后放，既不牵扯财务部的精力，他们也得以依靠记账软件完成月结并保证通过检查。"

周副总紧接着问："这么做有什么不好的地方吗？"

"坏处就是没有实现整个系统的实时集成，与财务相关的作业都要等到第二天才能继续，比如销售发票要第二天才能提供出去。"

周副总"哦"了一声，想了想说："那倒问题不大，咱们和经销商之间以往结账最频繁的时候也就是一周一次，库存每天盘点一次也是有了新系统才敢提的目标，生产计划也没必要每天生成一次嘛，所以一天的延迟应该可以承受。"

韩湘问道："不过普发上这个软件项目的目的就是打造一个全面集成的实时管理系统，财务是核心，现在反而把核心甩到外面，我担心维西尔软件的价值会不会打折扣？"

洪钧明白韩湘担心的就是新系统的成效被低估甚至影响验收，这对他身为项目负责人的形象当然不利，洪钧微笑着说："我只说把财务部甩在外面，没说把维西尔软件的财务模块甩在外面闲置不用。"

韩湘不解："你的意思是？"

"我在想能不能搞个'影子财务部'？由这个'影子财务部'替代实际的财务部的角色，使用新系统财务模块的功能，在财务部完成月结和通过大检查之后，马上移交给他们。"

周副总一拍桌子："好，其实这还是一种并行，不过是一明一暗的并行，我觉得没什么不可以。"

韩湘沉思了一阵，有些犹豫不决："这个'影子财务部'的工作量很大啊，除了模拟财务部的全套业务之外，既要负责每天导出数据给财务部，还要和记账软件的结果进行比照，随时做出修正，还有大批原始单据要传来传去，上哪儿找这么一批人来？"

洪钧的目光看似不经意地掠过姚工坐着的方向，姚工立刻心领神会，他把烟头摁灭在烟灰缸里："依我看，有时候笨办法可能最管用，来'人盯人'吧。"

其余四个人的目光都投向姚工，周副总追问："怎么个'人盯人'？是打篮球还是踢足球呀？"

姚工不紧不慢地说："咱们抽调一批人，按照财务部的实际人员分工，人盯人，一个萝卜一个坑，给财务部的每个人都找个影子。新系统不是已经搞过不止一次模拟运行了吗？咱们就来一个真枪实弹演习，我信息中心的人大概能抽出六七个，洪总、老范看看能不能也抽出些人来？"

洪钧立刻说："维西尔派到普发项目上的人都可以供你们调配使用，也是七个人，不过他们本来在切换阶段就会非常辛苦，这下更得连续开夜车，但恐怕我也抽不出再多的人来待两三个星期。"

所有人的目光都投向范宇宙，弄得一直如同梦游一般的范宇宙不禁哆嗦一下，忙笑着说："有需要我的地方一定尽力。"

洪钧再清楚不过，范宇宙刚才都是在超脱地看笑话，毫不在意被众人冷落，他在普发项目上关键的款项都已经收到，剩下的几笔要么与他无关，要么他也只是过路财神，所以他才不在乎能否切换、能否验收的事，不然他也不会毫无顾忌地挑拨柳副总与维西尔为难。

姚工听到范宇宙无的放矢的表态，翻着眼睛看着他说："你别以为没你的事了，这次切换也是对所有硬件和网络系统的真正的压力测试，你的人必须始终在场，出了问题随时解决。"

韩湘也话里有话地说："这个项目是多方密切合作的成果，如今到了最后关头，大家的利益都是一致的，只有保证系统顺利切换、成功验收，大家的合作才算画上个完美的句号。"

范宇宙忙哈着腰说："是啊，我这边要人出人、要枪出枪，还都自带干粮，呵呵。"

周副总不屑地瞥了一眼范宇宙，话题一转："总不能完全没有财务上的人吧？"

韩湘回答："会有的，我的项目实施小组里，财务部来的几个人都很不错，比如那个小崔就很积极，我想让他们稍微辛苦一下，这些天轮班连轴转，白天在柳副总的现实财务部，晚上在咱们的'影子财务部'，问题不大。"

洪钧问道："哪个小崔？"

"就是那个结巴，你忘啦？还向你提过问题的。"姚工说。

洪钧想起来了，就是那次他请金总来听宣讲时被柳副总授意向他发难的那个口吃的家伙，不由得纳闷，小崔不是柳副总的人吗？韩湘看出洪钧的疑惑，笑着说："士别三日当刮目相看啊。我对他们讲，当初搞电算化的时候，死守算盘不用键盘的，都提前让位子给你们了，你们要是也想给新来的人让位子，那你们就大可不必花心思在维西尔软件上面，呵呵，他们都是聪明人。"

洪钧提醒："还是要和柳副总好好沟通一下，不要让他有什么误会，觉得咱们是撇开财务部另搞一套。"

周副总看了眼手表，摆手说："柳副总的工作得由金总亲自去做。看看，都十点多了，洪总你别害怕，我不留你，我和小韩得马上整个东西，明天一早得向金总汇报。"

几个人都站起来，又是一通热烈的握手话别，轮到洪钧和范宇宙握手的时候，两人不约而同地都暗自加了些力量。

# 第十五章

# 万事皆有因果

　　星期五的晚上，准确地说应该已是星期六的凌晨，因为早已过了午夜，俞威靠在床头抽烟，眼睛盯着电视屏幕，全神贯注地看他新搜罗来的一部A片，不时按动遥控器让画面静止、慢放、快进，忙得不亦乐乎，期望尽快把白天发生的事情忘掉。

　　一旁的Linda已经又困又累，无力地靠在俞威肩头，她的眼皮几经挣扎还是慢慢地垂下来，忽然俞威捅了她一下，让她浑身一激灵，像回光返照一样精神起来。俞威一边把电视音量调大一边说："嘿，你听听，这女的叫声怎么和你这么像啊，你跟她学的吧？"

　　Linda又萎靡不振了，想扬起手捶打一下俞威，可胳膊抬到半路就像没了骨头一样耷拉下来，她嘟囔："声音关小点，这房间不隔音的，隔壁的韩国人都听得到。"

　　俞威坏笑："嘿嘿，隔壁听得还少啊？你叫的时候怎么不记得把自己的音量关小点？百家争鸣嘛。"

　　Linda没有反应。俞威侧过脸看见她的眼皮又闭上了，便一拱肩膀把Linda晃醒："别睡啊，你不是老埋怨我不陪你吗？我今天好不容易有机会可以不走了，你还不充分利用一下？春宵一刻值千金，你可不能虚度啊。"

　　Linda不想搭理俞威的撩拨，她知道俞威正在酝酿下一回合，但她实在是无力也无心奉陪了。Linda瞟一眼电视，场景不知什么时候已经切换到一片高尔夫球场，一对男女正在果岭上练习着推杆进洞，她羡慕地说："嘿，咱们什么时候也能搞些室外活动啊？成天只有这种室内活动，像老鼠一样，闷死了。"

"哟嗬，没看出来你还挺想玩新鲜刺激的，好啊！趁现在天气还不冷，哪天我带你出去，咱们也找地方来场'野战'，在车里也行啊。你看你看，这俩在果岭上就干上了吧？不过这个咱们可学不了，想办高尔夫包场可包不起。"

Linda扭下身子，说："你想哪儿去啦？恶心死了。我是说什么时候咱们也能大大方方地一起出去吃饭、一起看电影、一起逛街，像现在这样，每次在一起都是在我家，除了那个还是那个，你把我当成什么啦？"

俞威嘻嘻哈哈地说："也不只是在你家，咱们在公司不也见面吗？哦，原来你还想在办公室里'那个'，早说啊，我求之不得呢。"

Linda有些生气了，她觉得俞威不仅根本没把她的话当回事，分明也根本没把她当回事，她手撑在床上坐起来，歪头看着俞威："喂，我问你，你到底把我当成什么？"

俞威顾不上回答，他的目光正投在电视上，恨不能跳入画面中去，因为屏幕上正好是"高潮"时刻。Linda伸手在俞威的眼前晃悠，试图阻挡俞威的视线，俞威挪动脑袋躲闪，气得Linda一翻身骑在俞威身上，用整个上身遮挡住电视画面。这下俞威不再看电视了，而是饶有兴致地看着骑在自己身上的Linda，笑道："哟，都急成这样了，可我还没准备好呢。"

Linda这才意识到她和俞威正摆出一种什么姿势，顿时又羞又恼，她马上从俞威身上下来，随手把被子罩到俞威头上。等俞威把被子掀开，Linda噙着眼泪问："我和你说正经的呢，你说呀，你到底把我当成什么？"

这个问题Linda已经提过无数次，而这次俞威却并没有马上烦躁起来，他从白天烦躁到晚上已经烦透了。他想不清楚自己与邓汶之间剑拔弩张的态势怎么忽然偃旗息鼓，对自己非常有利的形势怎么在卡彭特召集皮特、邓汶和他开了一场电话会议之后便被悄然化解，但他已经不愿再想，他现在只想在Linda身上寻求宣泄、寻求逃避、寻求解脱。俞威的注意力又投到电视上，他在培养情绪、积蓄力量之余心不在焉地说："现在都流行出选择题，你也给几个答案，我来选吧。"

Linda气哼哼地说："那好，你听着：A.老婆；B.情人；C.二奶；D.鸡；E.什么都不是。"

俞威摇头晃脑地说："老婆嘛，肯定不是，户口本上的名字还不是你；情人和二奶有什么区别？哦，是不是情人可以有好多个，二奶只能有一个，别的只能叫三奶、四奶了？鸡也肯定不是，呵呵，因为我从来没给过你钱嘛。算了我不猜了，你说吧，你觉得或者你希望我把你当成什么？"

Linda拿俞威没办法，她对俞威从来不敢发火也无从发火，俞威的话分不清哪句是真、哪句是假，哪句是玩笑、哪句又是一语双关。她觉得俞威就像是包围住她的四面墙，让她无处可逃，她也不想逃，因为失去围墙的保护会更危险、更没有归宿感，她想扬手向墙上打去，但疼的只会是她自己。

Linda竭力克制着情绪说："我所指的二奶，是被男人包起来满足欲望或者生儿育女用的，我不需要你包，我自己养得起自己。我所指的情人，是指真有感情的，是因为彼此真心喜欢而愿意在一起的，但情人都做不长久，而且也像你说的，情人不一定是唯一的。所以我觉得现在我是你的情人，不过我希望你能把我当成你的老婆，你听好，我说的是'当成'，我只要你在心里把我当成你的老婆，我才不要什么结婚证、户口本之类的，但我也不想老像现在这样，人不人、鬼不鬼的。"

俞威挠挠头打个哈欠，重复一遍刚才说过的话："可我还没准备好呢。"

Linda虽感到身心俱疲但困意全消，她追问："什么没准备好？还需要怎么准备？"

"我不了解你，或者说我只了解过去十多个月里的你，但之前的你，我不了解。"俞威把烟头掐灭，"比方说我刚接手一个项目，只了解眼前这么点情况，但项目的历史我并不清楚，我怎么能确定这个项目就是我的？我怎么敢全力以赴投入到这个项目上？这是同样的道理嘛。"

Linda听俞威把自己比作项目并不生气，她反而觉得俞威总算重视自己了，自己的地位居然可以与他的那些项目平起平坐，便问："好吧，那你说，你还想了解什么？"

"你的情史啊。"

"你不是早都审问过无数次了吗？我也早告诉你了，之前是和洪钧。"

俞威来了兴致："可你每次都交代得不详细、不彻底，你说，他和我比起来，怎么样？"

"哎呀，你烦死了，问过八百遍了，他哪方面都比不上你，你哪方面都比他强，行了吧？你到底是要了解我还是要了解他呀？"

俞威被Linda的一针见血弄得有些尴尬，忙说："好啦好啦，说别的吧，我可不信那是你的初恋。"

"当然不是，我第一个男朋友是大学里的同学，在一起时间倒是不短，可当时什么都不懂，毕业以后他不愿意来北京，就这么分手了，早都不联系了，也不知道他在哪儿。"

"还有呢？接着说。"

"说什么？没啦，然后就是洪钧了。"

俞威冷笑一声："没了？你待在北京的头几年一直是一个人？骗谁呢！"说着，他就又把眼睛移到电视上去了。

Linda瞪着眼睛，一脸无辜的样子："真没有，我骗你干吗？"

俞威面无表情，Linda拉着他的胳膊晃了晃。俞威冷冷地说："算啦，爱说不说，什么时候想说再说吧，我倒要看看你什么时候可以做到对我毫无隐瞒。"

Linda辩解道："可是那些事情和你有什么关系呢？那时候咱们根本还不认识，我也不知道以后会和你在一起呀。"

"没错，那些事情本身是和我没关系，所以你为什么不可以告诉我？而且你对那些事情的隐瞒就和我有关系了，我可不希望我老婆的心里一直有块自留地。"俞威接着又欲擒故纵地补了一句，"算啦，我也不想知道了。"

Linda听到"老婆"二字时心里一阵感动，她开始觉得俞威的要求合情合理，把自己毫无保留地展示给俞威似乎是换取俞威真心承诺的前提条件，她试探道："那我告诉你，你可不许生气，不许胡思乱想，那时候的我和现在的我不一样，那时候我还没遇到你呢。"

俞威"嗯"了一声，沉住气努力装出毫不在意的样子。Linda深吸一口气，做出了一个重大的抉择，她原本是希望踏上阶梯登堂入室，此刻却是闭上眼睛抱着

"我不入地狱谁入地狱"的决心跳了下去。她说："我刚到北京的时候在一家美资的广告公司打杂，公司一个客户的老板对我印象不错，就把我招到他们公司做市场。后来，我和他好了一段时间，大概有两年吧。"

俞威扑哧笑出来，揶揄道："哟，难怪，看来你和公司的老板就是有缘啊。"

Linda红了脸："他是个美国人，从总部派到中国来做总经理，他老婆也跟来了，但他们各忙各的，他老婆特别喜欢香港，差不多每个月都要去香港像发疯似的买东西，我就经常去他家。"

美国人，到哪儿都躲不开美国人，俞威开始觉得心中好像有一股火在升腾，忍不住插了句："看看，我早说你肯定吃过老外的肉吧，你当初还不承认。"

Linda仿佛没听见俞威的话，而是沉浸在那段回忆中不能自拔，她幽幽地说："那两年真是人不人、鬼不鬼的日子，他没有小孩，家里只有一只大狗，特别大，简直不是狗，像狗熊，从美国带来的。他老婆不在家，可那只大狗在啊，对他，我是尽可能地取悦；对他老婆，我是尽可能地提防；可对那条大狗，我是既要取悦又要提防。有时候我还能想起那种感觉，说不出来，反正不是滋味，我再也不想过那种生活了。"

"后来呢？"俞威追问，他心头的火熊熊燃烧。

"他的合同任期就是两年，后来他就带着老婆，还有大狗，回美国了。"

俞威咂几下舌头，既像是为Linda和老外的结局感到惋惜，又像是对故事就此结束感到遗憾，他压抑着不让自己的火爆发出来，掐着手指，说："嗯，据不完全统计，我是你的第四个。"

"你是我的最后一个。"Linda抓住俞威的手，伏到他身上，"我呢？你说，我是你的第几个？我不在乎你以前有几个，我只要你把我当作最后一个。你到底怎么想的嘛？我不想老是这样人不人、鬼不鬼的。"

俞威眯起眼睛打量着Linda，说："我对你挺好啊，我又没养狗，你抱怨什么？哦，我知道你为什么还不满足了……"俞威说完自己已经忍不住，"嚯"地翻身把Linda压在身下，发狠地说，"我准备好了，这就让你满足一回。你不愧是被老外开发过的，功夫不一般啊，来，我倒要看看我一晚上能不能过五关、斩六将！"俞威咬牙切齿地动作着，他恨美国人，恨从美国回来的中国人，恨被美国男人干过的中国女人，而现在，他只能把对卡彭特和邓汶的恨一并发泄到Linda身上。

Linda觉得自己已经身心交瘁，既不能也不愿再去迎合俞威，她挣扎着想把俞威推开但完全是徒劳，她就像惊涛骇浪中的一条船，失去了动力也失去了方向，只能听天由命地任由风浪把她托起又抛落。Linda心中忽然泛起一阵凄凉，她发现自己想要的要不到，想守的守不住。她明白了，和俞威这个半人半鬼的家伙在一起，注定她也只能半人半鬼了。她无意中瞥了一眼电视，赫然发现她和画面上的女主角有几分相像，难道……自己已经像这种人一样了吗？这个想法把她惊呆了，觉得天旋地转，她用尽最后一点气力把遥控器抓到手里，关上了电视。


一大早俞威就走了，他约了人去打高尔夫，当然和以往一样没带上Linda。Linda晕晕沉沉地起来，洗漱完毕在梳妆台前坐了半天，望着自己熊猫一样的黑眼圈唉声叹气，等总算把自己打扮好便浑浑噩噩地出了门，冥冥之中好像有一只手指引着她，她又指引着出租车，下车的地方竟然是洪钧所住的小区门口！一切仿佛回到了一年多以前，Linda又像回家的主妇一样自然地冲保安点头微笑，保安还没反应过来Linda已经进去了。花园的小径、楼里的电梯，一切都那么熟悉，可是等她走到洪钧家门口时，她像一个梦游的人突然醒了。

看着那扇她开启过很多次的门，Linda感到异常恐惧，甚至不由自主地哆嗦起来，她不知道自己怎么会鬼使神差地出现在这里，也不知道自己想来干什么。她像个幽灵一样站好长时间，终于抬起手，在门铃按钮上只轻轻一按手指就像触电一样弹开，然后紧张地等待着。一阵清脆悠扬的铃声过后，什么反应也没有，门里又恢复到一片沉寂。

Linda的手伸到手包里摸索，居然摸到了那串钥匙，洪钧家的钥匙。洪钧当初交给她后一直不曾收回，两人的分手就像足球场上的"突然死亡法"，之前毫无征兆，之后再无联系。Linda想不起来这串钥匙究竟是她一直带着的还是早上出门前特意拿上的，她哆嗦着把钥匙取出来，弄得钥匙哗啦啦地响。她找出那个最大的钥匙，对准门上的锁眼凑了过去。就在这时，门里忽然传来噼里啪啦的脚步声，然后是一个女人的声音："怎么这么快啊？"Linda被这突如其来的情况吓呆了，拿着钥匙的手向前伸着，僵在那里。

门打开了，两个女人面对面地隔着门框站着，虽然素未谋面，但两人都立刻知道了对方是谁。

菲比首先反应过来，问道："你是要找洪钧吗？"Linda点了下头，紧接着又摇了下头。菲比说着"请进"，同时把门完全敞开。

Linda下意识地抬脚走进去，在门厅里习惯性地把高跟鞋脱掉，正要换上拖鞋，才发现鞋柜上曾经专属于自己的那双拖鞋早已不在，只好不穿鞋随着菲比走进客厅。

客厅的陈设与当初没什么变化，只是收拾得整洁了许多。Linda已经感觉到洪钧并不在家，她不知道自己现在应该做什么，只好呆呆地站着，打量着菲比。菲比也已经转回身，盯着Linda。接下来客厅里呈现的是一幅奇特的画面，两个女人活像两只好斗的公鸡，在决斗之前进行着无声的较量，两人的目光都肆无忌惮地在对方的脸上和身上扫视，找寻着对方哪怕最微不足道的缺陷，同时傲然屹立摆出自认为最理想的姿态，以求用气势取得不战而屈人之兵的效果。

一段漫长的僵持过后，最终是菲比败下阵来。Linda在出门前用了将近一个小时把自己精心打扮得靓丽妖媚，而菲比起床后只随便洗了把脸就投身于每周例行的打扫工作；Linda的穿着是正式社交场合的一身楚楚动人的正装，戴的首饰也是环佩叮当、熠熠生辉，而菲比则是一身睡衣睡裤外罩一件围裙，手上还戴着胶皮手套。这场淑女名媛和丫鬟仆妇之间的比美斗艳，结局自然是显而易见的。

菲比虽因自惭形秽而有些气馁，但她很快意识到自己最大的优势在于目前的地位，便马上转守为攻地问道："洪钧不在，你找他有什么事吗？"紧跟着又来一句，"和我说就可以了。"

这句话果然击中了Linda的要害，她本来看着周围这些熟悉的旧物已觉得有些感伤，现在更意识到连自己也已经成了旧人，面对新人的质问她垂下眼睛，有些局促地回答："呃，没事，过来看看他，嗯……希望他……过得开心。"

菲比带有几分得意地笑着说："那我代他谢谢你，他过得很好。"Linda六神无主地四下张望，想着如何不失体面地脱身。菲比又追问道，"还有别的事吗？"

Linda忙回答："呃，没了，那我先走了，还有个约会。"说完便转身向门口走去。

不料她刚走出一步，身后便传来菲比的声音："请等一下。"

Linda惊讶地站住，回头一看，菲比已经跟到她面前，并伸出左手，手心向上摊开。Linda有些莫名其妙，她的第一反应是菲比要和她握别，但马上否定了，没见过要握左手的，更没有握手时手心向上的，她诧异地问："什么？"

菲比朝Linda的右手微微一扬下巴，摊开的左手更加坚决地往前一伸，说："钥匙，你不是来还钥匙的吗？你已经不再需要它了。"

Linda低头一看，原来自己的右手还握着刚才那串钥匙，她的脸"腾"地红了，恍惚间把钥匙递到菲比手上便飞快地走到门口，好像地板忽然变得烫脚似的，她把脚塞进鞋里就夺门而出。

Linda逃进电梯时仍然惊魂未定，手脚冰凉，等电梯门关上以后她还呆呆地一动不动，竟没想到要去按1层的按钮。她更没想到，房间里的菲比也已经颓然跌坐在沙发上，两行眼泪夺眶而出，呆坐了好久才想起去把房门关上。


洪钧步履沉重地回到家时已经过了中午，他原本只是想在周末约小谭吃顿饭好好聊聊，没想到小谭兴致极高，非要拉着他去打高尔夫，使得他睡个懒觉的愿望落了空，一大早跑到远在河北涿州的一个球场，而真正令他沮丧的还不是因为早起，而是因为他打算招小谭来维西尔的计划意外地落了空。

洪钧一直以为小谭仍在苦苦等待他的召唤，他只需要在他愿意的时候把门打开而已，可当他决定以恩人自居接纳小谭时却发现小谭不想来了，这对洪钧是个不小的打击，他发现自己的运筹帷幄完全是一厢情愿。

半年不见，洪钧第一眼就惊讶地发现小谭当初的可怜相已经一扫而光，他便没有马上表明自己的意图，而是先关切地询问小谭的近况。小谭颇发自肺腑地说，幸亏听了你的忠告啊。洪钧却不记得自己除了婉言拒绝小谭前来投奔之外，还给过他什么忠告。小谭就说，是你建议我去和皮特搞好关系的嘛。洪钧这才回想起来，忙问谈得怎么样。小谭喜形于色地说，谈得很好啊，难道你还看不出来吗？

等打完第一个洞洪钧才终于弄清个中蹊跷，原来皮特成立了一个负责亚太区范围内重大项目的小组，在ICE亚太区各分公司都安插了嫡系，而小谭就荣幸地成为该小组在ICE中国公司的唯一成员，得以直接向皮特汇报，虽然他下面仍没有一兵一卒，但总算逃出了俞威的管辖范围。尽管俞威将"打狗还要看主人"的常理反其道而行之——"看了主人才更要打狗"，再也没给过小谭任何好脸色，但他也只能借此泄愤而已，却不能奈何小谭了。

洪钧的心已经凉了半截，随口问怎么一直没在哪个项目上碰到你？你都负责哪些重大项目？一声脆响，小谭用1号木杆奋力将球开出，手搭凉棚眺望着白色的高尔夫球在空中划出优美的弧线，直到飞去两百码开外，得意地说哪能真做什么大项目啊，没有大项目是等死，真有大项目是找死，碰上的大项目万一有个闪失就得吃不了兜着走，做销售的谁不懂这个道理？对了，我现在唯一的项目就是俞威，我只要替皮特盯紧俞威就行，你说这日子滋不滋润？

洪钧目睹小谭的高尔夫球技突飞猛进便知道他的确过得滋润，也知道小谭近期不会再有离开ICE的念头，而且如今的小谭也已经不是洪钧需要的那个小谭了。

洪钧站在自家门前按响了门铃，等了等，里面没有回音，便掏出钥匙开门，进来看到的第一眼竟把他吓了一跳，菲比像尊雕像一样伫立在客厅中央，精心妆扮得近乎夸张的脸上挂着一层捉摸不透的笑容，与她冷艳的面庞形成鲜明对照的，是她身上那一袭华丽的盛装，洪钧还从未见过菲比如此打扮，估计她一上午都没干别的。

洪钧睁大眼睛围着菲比转了一圈，仔细欣赏一番之后坐到沙发上，问道："你这是干什么？要出去？"

菲比仍然保持着雕像的姿态，冷冷地说："不干什么，不出去。"

洪钧更加莫名其妙："那你在家里穿这么一身干什么？"

"给你看呀，你那么有眼光，阅人无数，想请你给打打分，点评一下。"

洪钧听出菲比话里有话，皱起眉头问道："你今天到底是怎么了？"

"没怎么，我只是想告诉你，我平时不怎么化妆，并不说明我不会化妆；我平时喜欢穿长裤，并不说明我不适合穿裙子。我还想告诉你，我对我自己有信心，并不说明我就不需要你的欣赏和赞美。"菲比俯视着沙发上的洪钧，期待着洪钧对自己上述宣言的反应。

洪钧的第一反应是"晕"，他猜不出菲比没头没脑地在搞什么花样；他接下来的感觉是"累"，起个大早，来回开了两百公里的车，被小谭拽着勉强打完了9

个洞；他最后的感觉是"烦"，所有这些都是白受累，自己还得另外物色人选来接替Roger留下的摊子，而一到家却见菲比竟用这种怪样子来迎接自己。

洪钧竭力和颜悦色地说："好啦，我欣赏你，我赞美你。喂，你今天怎么这么反常啊？"

菲比生气了，她坐到洪钧对面，厉声说："是你反常吧？你明明约了人，怎么自己倒一大早跑出去了？"她停了一下又问，"还是你成心想让我领略一下她的风采？"

"谁？她是谁？"洪钧彻底糊涂了。

菲比仔细审视着洪钧的表情，的确不像是装出来的，看来他事先真不知情，便紧接着试探第二种可能："她来过了，专门来找你的……你真不知道？就是你在ICE的那个。"

"她？她来干什么？"这太出乎洪钧意料了，他惊愕地瞪大眼睛，同时不免有些莫名的紧张。

"我怎么知道？她当然什么都不会跟我说，你要是真不知道，那你自己去问她吧。"

洪钧觉得自己的脑子不够用了，他想不出Linda为什么会突然来找他，应该不会有什么具体事，况且就算有什么具体事也轮不到他来解决，也许Linda只是想旧地重游，缅怀凭吊一番？他也不理解菲比为什么反应如此强烈，是Linda说了什么刺激的话，还是菲比过于敏感？但洪钧已经明白一条：用逻辑推理来分析女人是很难奏效的，因为女人根本不讲逻辑，他只盼尽早结束这个话题，便说："算啦，我不知道也不想知道，就当她没来过好了。"

菲比见洪钧企图蒙混过关，火气更大了，她继续穷追不舍："我倒是想当她没来过，我都想当她从来就没存在过。可是，这个又怎么解释啊？"说着，她把从Linda手里缴获的那串钥匙抛了过去。

洪钧的确是累了，连手眼配合的基本技能都退化了，明明看准了去接，钥匙却"啪"的一声掉在地板上，他叹口气，弯腰捡起来翻看着，疑惑地问："这是什么？哪来的？"

"切！"菲比嗤之以鼻，"连你自己家的钥匙都认不出来了？她说她是来还钥匙的。"菲比有意撒了个小谎，盯着洪钧的反应，以期发现什么蛛丝马迹。

洪钧拿着钥匙愣了半天才想起来，也就一年多前的事，曾经的刻骨铭心如今已是过眼云烟，短短一年多已经发生了这么多的事情，他不禁生出沧海桑田的感慨。

洪钧痴痴的表情让菲比再也无法忍受，她觉得洪钧肯定是沉浸在往事的回忆中不能自拔，她双脚在地板上跺着说："她怎么还会有你这里的钥匙啊？如果我是你，我不仅会把钥匙要回来，而且早都把门锁换了，你可真信任她呀，是不是一直等着她回来？对不起，我应该替你把她留住，好好招待她，等你回来和她鸳梦重温。"

洪钧也快忍不住了，他站起来提高嗓门说："这都什么乱七八糟的！她突然犯神经病似的跑来，和我有什么关系！"

"神经病？将来你也会这么说我吧？我一直以为这是咱俩的地方，没想到还有别人也可以自由出入！哦，看来是我搞错了，你这里原来是旅馆，客人一拨接一拨，那好，我现在退房了！"菲比说完也腾地站起来，拿过自己的手包，从里面翻出钥匙正要扔给洪钧，洪钧却已经抢先爆发了，他额头青筋暴突，瞪着布满血丝的眼睛嚷道："你今天犯什么毛病？就不能让我安静待一会儿吗！惹不起躲得起，我走还不行吗！"洪钧大步跨到门口拉开门走出去，把门重重地在身后摔上。

菲比惊呆了，门被摔上时发出的那声巨响把她震得浑身哆嗦了一下，让她逐渐清醒过来。怎么会搞成这样？她百思不得其解，想来想去没觉得自己有什么做得不对的，她判定是洪钧举止异常，以她的经验，洪钧如此暴躁只能是工作压力所致，可洪钧已经很少和她谈及工作上的事了。他一定遇到了什么非常大的难处，菲比越想越担心，她决定马上打听一下，而现在她在维西尔公司只剩一个信息渠道了。

菲比拿起手机拨了一个号码，刚等对方接起来她就说："喂，小薛吗？你好，是我。"可当她听到电话那端的小薛回了声"你好"后却忽然冷静下来，她告诫自己不能贸然行事，便尽量平静地问，"怎么样？最近在公司还顺利吗？"

小薛对菲比的来电虽然觉得有些意外，但还是如实回答："呃，不怎么顺，客户那边抵触挺大的。"

"哦，没事，慢慢来，总会找到突破口的。"菲比开始后悔打这个电话，她一边应付着一边发愁应该如何结束通话。

小薛说："嗯，好，我知道。下周我还要再去一趟客户那里，我没别的优点，就是脸皮厚。"

菲比又不知所云地搭讪了几句，便说："那好，不打扰你了，祝你好运，等着你的好消息。"

小薛认真地答应："你放心，会有好消息的。"菲比却没往心里去，说"拜拜"后就挂了电话。

菲比独自站在客厅里，周围安静得出奇，她忽然想起洪钧曾不止一次说过小薛很像当年的他，怎么可能呢？菲比把现在的小薛和现在的洪钧仔细对照一番，找不到任何相似之处。如果现在的小薛就是当年的洪钧，那洪钧经过这十年在商场和职场上的摸爬滚打已经发生了多大的变化啊；如果现在的小薛在十年之后能变成现在的洪钧，那现在的洪钧在十年之后又会变成什么样子呢？自己能陪洪钧几个十年呢？菲比想到这儿，不禁打了个冷战。

洪钧开着帕萨特漫无目的地行驶在三环路上，后面不时传来喇叭声，这些声音意味着催促、抱怨甚至咒骂，有些人在超车时还要转过头恶狠狠地瞪洪钧一眼。洪钧不禁感慨，现代化的交通工具除了制造空气污染之外还制造了情绪污染，中国人越来越急的脾气就是证据。

洪钧憋了一肚子气，已经不觉得饿了，他琢磨今天已经够倒霉的，就不在乎再碰上更多的倒霉事，他不奢望锦上添花也不惧怕雪上加霜，便拿定主意向邓汶住的宾馆驶去。一路上菲比不停地打他手机，还发了好几条情真意切的短信，洪钧一直没理睬，等到了宾馆停车场他才简洁地回了一条短信："在邓汶处。"

洪钧只在邓汶回国的那天到过这家宾馆，他惊讶自己居然还记得邓汶的房间号，如此出色的记忆力令他颇为自得，也让他满怀自信地按响了邓汶房间的门铃。

片刻之后，房间里传出邓汶的声音："谁呀？什么事？"同时一阵脚步声走到门后停住，洪钧知道邓汶在透过门镜向外张望，便冲着门镜报以善意的微笑，不料门后传来一阵低语声，洪钧正觉得诧异，门开了，里面站着两个人，一个是邓汶，旁边是一位身着宾馆制服的圆脸女孩。虽然看上去是邓汶碰巧要送女孩走，但洪钧立刻明白是自己的不期而至才使他们匆忙结束的。

女孩很自然地先对洪钧笑着说声"您好"，又转头对邓汶说："邓先生，那先这样，您要是还有什么需要请随时向我们提出来。"说完就沿着走廊款款地走了。

洪钧看了眼邓汶，邓汶一脸不自然地往侧面让了让，抬手做了个"请进"的手势，洪钧没有看出任何敌意，面前又是他熟悉的邓汶，立刻放了心。他一边往里走一边笑着说："不好意思啊，我是怕打了招呼你就不让我来了，所以直接闯来，结果破坏了你的约会。"

邓汶尴尬地干笑几声："哪里？怎么会？没事的。她是宾馆的值班经理，你想哪儿去了？"洪钧在靠窗的沙发上坐下盯着邓汶，邓汶更窘了，只好又说，"普通朋友，有空的时候聊聊天。"

洪钧忍不住大声笑道："你看你，不打自招了吧？我又没问你，你向我解释干吗？"

"不是解释，是怕你误会，怕你想歪了。"邓汶的脸色由红变紫。

"呵呵，我没误会，我是过来人，这种事明眼人一眼就能瞧得出来，你还是先想好怎么向廖晓萍交代吧。"

"向她？有什么可交代的？我和Katie就是普通朋友嘛。"邓汶变得紧张起来。

"哦，叫Katie，够亲热的。就算现在还是普通朋友，恐怕日后不会还只是普通朋友吧？"

"你这家伙神经过敏，我又不是你，不会拈花惹草，我可没那么多想法。"

洪钧听了不再嘻嘻哈哈，而是认真地说："你不拈花惹草，并不见得花草就不来惹你；你没别的想法，并不见得Katie也没有更多想法。"

"她很单纯的，根本不会有什么想法，她也不会耍心眼儿。"邓汶下意识地开始替Katie辩护。

"单纯？学过中学物理吧？单色不等于无色。这么大的人了怎么可能没有想法？所谓的单纯，单一而纯粹，说明她只有一个想法、一个目的、一个心眼，这叫什么？这叫执着，可怕得很哪。我对此深有体会，当初菲比……"洪钧忽然顿住了，他没想到说着说着竟绕到自己身上，旁观者清，当局者迷，而自己正是典型的"能医人不能医己"，他张着嘴一时不知道换个什么话题。

邓汶从吧台拿来一瓶矿泉水，拧开盖放到洪钧身边的茶几上，然后坐下来。两人沉默了一阵，邓汶说："这次的事，谢谢你啊。"他见洪钧一愣，又解释说，"卡彭特说你给他打过电话，说要不是你提醒他，他几乎犯了大错。我们昨天刚开的电话会议，事情已经解决了。"

"哦，怎么解决的？方便透露吗？"

"有什么不方便的？反正你肯定也都知道，不是你给卡彭特出的主意吗？我们研发中心改名字了，不再叫中国研发中心而是叫ICE北亚研发中心；不仅名字改了，而且和ICE中国（大陆）区也不再有任何直接关系，财务、人事、运营完全独立。如果俞威再要我们帮他做什么，他要先去找皮特，由皮特找卡彭特，再由卡彭特来找我，这样凡事通过总部协调，总部对一切了如指掌，俞威也就无法再搞什么花样了。"

洪钧静静地听完，轻松地说："这不挺好吗，只当远亲，不做近邻，也就不会再发生冲突。"

邓汶说："是啊，所以我要好好谢谢你，如果不是你把俞威是个什么货色告诉卡彭特，如果不是你把你、我和俞威之间的矛盾纠葛给他讲清楚，他也不会明白这是俞威有意陷害我，我就真没地方说理了。"

洪钧摇了摇头，叹口气说："你呀，看来还是没明白啊，我如果和卡彭特说这些，恐怕现在我正在机场送你回波士顿呢。"

邓汶一脸不解："那……那你和他怎么说的？"

洪钧又觉得身心疲惫，只好缓缓地说："公司的管理者，既不是幼儿园里的老师也不是法庭上的法官，公司内部那么多的是非恩怨他们管不了也不想管，所以遇事就找上级去告状、去讨说法在公司内部是行不通的。道德上的是非、行为上的善恶，在公司管理者眼中并不是主要的判断标准，管理者考虑的首先是如何保护公司利益、如何保证公司业务不受影响，而不愿介入矛盾双方的纠纷中去。就像球场上的裁判，他们不在乎球员在场下的历史恩怨，只盯着球员在场上的一举一动，一旦发生冲突，他们判罚的目的也不是为了主持公道、伸张正义，而是为了保证比赛顺利进行下去。所以就像我当初给你分析的那样，把整个事件归咎于个人恩怨，指望卡彭特来当裁判，只会适得其反。"

"这些我明白，那你到底怎么跟他讲的呢？"

洪钧喝口水，不慌不忙地说："我没替你辩解也没说俞威的坏话，相反，我强调的是这次冲突的原因并不在你们二人身上，而在ICE的这种组织架构。ICE在中国设两个平起平坐的人，两人合作越多，职责划分就越不明晰，会不断介入对方业务，而合作中的摩擦也会多起来，进而就会彼此提防，担心两个机构随时可能合并，自己被另一个人取而代之，时间长了就会从被动提防转为主动攻击，希望挤走或者吞掉对方。我对卡彭特强调你和俞威之间没有个人恩怨，假设把俞威换成我，尽管你我是朋友，我也会想方设法把你除掉；即使把你换成别人，俞威也会和他闹得鸡犬不宁，所以换人不是办法，应该换的是这种架构。我给卡彭特出的主意就是把近邻改为远亲，不要小看改名字这个动作，深意都在于此。俞威管的是中国（大陆）区，你管的是北亚研发中心，除了碰巧都常驻北京，你们之间没有任何关系，也就没有彼此替代的可能，只有这样才能相安无事。"

邓汶没有马上说话，在默默品味了一阵之后，他把手在茶几上方伸过来拍拍洪钧的肩膀："你不仅替我解了这次的围，还替我彻底消除了后患，谢谢啦！"

洪钧抬手拍了一下邓汶放在他肩头的手，笑着说："你呀，还是没有危机感啊，哪有一劳永逸的招数？我了解俞威，他这人有个优点，就是从不放弃，所以你还是时刻准备着吧。当初我劝你回国时就对你说过，你这个位置有很多人盯着，像你我这样的，得时刻战战兢兢、如履薄冰。"

"嗯。只是这么一来，干什么都要经总部协调，也就不可能有什么高效的合作了，对ICE在中国的业务其实是个损失。"邓汶虽然连连点头，可嘴里说的却是另一个话题。

洪钧冲邓汶挤了下眼睛，带着幸灾乐祸的笑容说："对找来说，这不挺好吗？"

邓汶也笑了，他感慨道："记得上次在拉斯维加斯的时候，我说过到北京后要好好谢谢你，结果不仅没谢你还狗咬吕洞宾，不识好人心，这次又欠了你一个人情，我都不知道该怎么还了。说真的，我前些天已不抱希望了，没想到被你这么轻松地解决了。"

一场深深的误会就此化解，就像什么都未曾发生过，以洪钧对邓汶的了解也没指望他还能有什么更多的表示。洪钧刚想客套一下，却听到邓汶说出"轻松"

二字，心头一阵苦涩，看来日后还少不了要继续"轻松"地帮他，便没说什么。

邓汶问道："哎，怎么老是你关心我、帮助我啊？好像从来没听你说过你们维西尔的事。"

"咳，我能有什么事？都是老样子，习惯了，那些事就像家常便饭，有什么好说的？"洪钧敷衍着。

邓汶的脸色暗淡下来，闷闷地说："是你觉得和我说没用吧？嫌我帮不上忙？"

洪钧见邓汶如此认真，觉得不说点什么不太合适，便随便拣出一条说："对了，那个韩湘，你在赌城见过的，他们普发集团的项目这些天正忙着切换。一要上线什么麻烦就都出来了，当初设置的不少参数都有问题，流程上也有漏洞，销售部门明明卖出了东西，发票也开了，可是库房的出库单却对不上，应收账也没增加，该匹配的全匹配不上。韩湘几乎天天向我告急，搞得我头都大了。"

邓汶沉吟道："都会经过这个阶段的吧，应该没什么关系，只要再花些时间，这些问题慢慢都能解决，你急也没用，解决这些问题也不是你总经理的责任嘛。"

洪钧暗想，可这些问题如果解决不了就是我的责任喽，着急的确没用，可对你讲这些同样没用，你说得轻巧，只要花时间慢慢来就行，问题是哪有时间容我慢慢来！

洪钧不由得又想到了摆在自己面前的一桩桩麻烦事，头又开始疼了，他忽然意识到最可怕的并不在于这些压力本身，而在于他已经找不到可以舒缓排遣压力的办法，他无人可以倾诉，也无处可以逃避。


浙江澳格雅集团所在的镇上档次最高的饭店是三星级，而这家唯一的三星级饭店简直成了澳格雅集团的招待所，因为几乎所有的房客都是来和澳格雅谈生意的。

小薛和从维西尔上海公司来的一位售前支持工程师已经在这里住了好几天，除了一日三餐之外均无所事事，更谈不上有什么进展。他在北京时和澳格雅的沈部长通电话，得知澳格雅准备邀请几家公司来宣讲方案，便一再恳切地表示维西尔非常愿意参加，沈部长推托不过，便懒洋洋地说你们非要来就来吧，而小薛来了之后便一直没人搭理。

晚上，小薛和同事坐在饭店餐厅一个冷清的角落里，默默地吃着他们早已吃腻了的那几样特色菜。而餐厅的另一侧却热闹非常，被屏风围起来的几张大圆桌上，澳格雅和上海洛杰科技的人正在觥筹交错、吆五喝六。小薛对此已经习以为常，住在这家饭店有一个好处就是可以旁观澳格雅集团的主要商务应酬，前一天在屏风那边也是这样一幅场景，不过推杯换盏中的一方是北京莱科公司。

小薛以前在公司里只见过Roger一次，现在透过屏风的缝隙能依稀辨认出他的模样。在Roger旁边的是沈部长，小薛在前一天沈部长酒足饭饱之后才在门口堵到他，总算和他见了第一面，那时候沈部长舌头已经硬了、脑袋已经晕了，所以小薛怀疑沈部长根本对他毫无印象。小薛还能辨认出另外一个人，瘦高的身子、细长的脖子，吊儿郎当的，似乎对周围的一切全不放在眼里，用小薛的话说，就是把他烧成灰也认得出来的那个"麻秆"陆翔。

小薛闷头吃着，心里盘算不能老这样当吃客和看客，他记得洪钧常说的得想方设法"突破"才行，他打算等一下再找个机会和沈部长打招呼，希望能争取到让维西尔宣讲的机会。

小薛站起身往大堂走去，他想借上洗手间的机会近距离观察一下那几张桌子上的"战况"，他顺路凑近屏风，尽量自然地把头微微转过去，放慢脚步扫视着。Roger和沈部长等人都已经酒酣耳热，根本注意不到小薛的举动，看上去沈部长似乎比前一天还要尽兴，小薛暗暗叫苦，估计用不了多久沈部长就会滑到桌子底下去了，和这么个不省人事的家伙还能谈什么呢？小薛又扫了几眼其他人，也都已经没什么战斗力，倒是那个陆翔似乎与众人有些格格不入，脸色还是白白的，应该没喝多少酒，正旁若无人地用牙签剔着牙。小薛好像看到陆翔斜着眼睛翻了他一眼，忙把脸扭回来朝向前方。小薛对Roger是憎恨，对沈部长是怨愤，而对这个陆翔就只有厌恶。

小薛走进洗手间，站在洗手池前望着镜子里的自己发愣，想不出还有什么办法，看来今天晚上又将一无所获，只好等到明天再去硬闯沈部长的办公室了。他正想着，忽然"哐"的一声，洗手间的门大概是被人踢了一脚，豁然洞开，陆翔双手插在裤兜里大摇大摆地走了进来。

小薛连忙打开水龙头，装出正在洗手的样子，心里念叨着真是"不是冤家不聚头"，同时强迫自己堆出一脸笑容，在镜子里看着陆翔，准备向他打招呼。而陆翔却对小薛视而不见，他先把整个洗手间扫视一遍，再走到离他最近的一个厕位前，弯腰低头从门板下方的缝隙向里张望，然后直起身用脚踢一下门板，厕位豁然洞开。小薛猜陆翔是要找一个空着的厕位方便一下，好把肠胃腾空以便再次投身饭局，便磨蹭着又挤出一些洗手液，准备等陆翔进去关上门后便离开。

不料陆翔并没有走进去，而是又移到旁边的厕位，仍是弯下腰去张望一下再一脚把门板踢开，直到他如法炮制把洗手间全部四个厕位逐个巡察一番之后，才放心地走回来，站在小薛身后。

小薛有些紧张，猜不出陆翔如此怪异的举动是什么意思，他抬起头冲镜子里的陆翔咧嘴笑了一下。陆翔没笑，脸上毫无表情冷冷地开了口："你的房间号是多少？"

小薛下意识地回答："315。"

"你晚上在房间等我，我找你有话说。"

小薛心里一惊，不知道陆翔打的什么主意，也不相信从他嘴里能说出什么好话，但这起码是个新动态，总算比一天白白地过去有些收获，便点了点头。

小薛刚要开口说句什么，陆翔已经用命令的口吻说："你先出去，等一下我再回去。"

# 惊心动魄

　　小薛已经很擅长等待了，而且在自己的房间要比上次在澳格雅总部的大厅舒适惬意得多。他没告诉上海来的同事陆翔要来找他，吃完饭便回到自己的房间，看电视消磨时光。将近十点半的时候，有人急促但轻微地敲了三下门，小薛一跃而起，忙去把门打开，一个瘦长的身影"倏"地闪进来。

　　小薛把陆翔从门廊让进房间。陆翔伸着脖子四下打量了一番，阴阳怪气地说："315，一听就知道只是个'标间'，人家Roger住的是501，大套间，以前他在维西尔的时候来这里也是住标间，当了老板就是不一样啊。怎么样？你打算什么时候也当老板啊？"

　　小薛注意到陆翔换了一身衣服，看来他是吃完饭又特意回宿舍换的，心想不管你身上裹的什么皮，里面的瓤儿都是同一副德行，脸上却堆着笑说："您请坐，您要喝点什么？"

　　陆翔也不客气，一屁股坐到沙发上，蹬掉皮鞋，把双脚支在对面的床沿上，舒服地半躺半坐，嘴上说："你这里能有什么好喝的，不就是小冰箱里那点东西嘛，拿啤酒吧。"

　　小薛没从陆翔口中闻到一丝酒气，看来他刚才在酒桌上还真做到守身如玉了，这么一想小薛竟破天荒头一遭对陆翔略微有了点儿好感。他从小冰箱里拿出两听喜力啤酒，又拿了两个玻璃杯，走到茶几旁坐下，打开一个易拉罐把一个杯子倒满。陆翔问："你来了几天了？有一个星期了吧？"他拿起杯子，也不理睬小薛，径自喝了一口，咂巴着嘴又说，"除了澳格雅，你就没有别的项目可做啦？"小薛没回话也没给自己倒酒，只是憨厚地笑着。陆翔又喝一口，摇头说，"搞不懂，你们维西尔明明已经没有希望了嘛，为什么还在这里泡着？趁早去找别的项目吧。"

小薛刚才对他产生的那一丝好感早已抛到九霄云外，克制住满心的厌恶很诚恳地说："不是还没最后定吗？而且就算你们真的和其他家签了合同，以后也会发现他们并不能满足你们的要求，所以我们仍然有可能合作。"

陆翔斜着眼睛瞟了小薛一眼，擦了一把嘴唇上的啤酒沫，嘲讽道："你倒挺有信心的嘛，真是死猪不怕开水烫。你怎么知道其他家就做不好我们的项目？"

小薛快憋不住了，士可杀不可辱，他真想把陆翔轰出去，但还是忍着说："如果真想把项目做好，就不该一心光急着签合同，也不该讲其他公司的坏话，而是应该把心思都用到了解、分析你们的业务需求上。"

陆翔好像来了兴趣，歪着头笑："哟，看来你也知道别人讲你们的坏话了，你凭什么说别人讲的都是坏话而不是事实呢？"

"本来嘛，如果他们肯把事实告诉你们，你们就会知道维西尔公司是好公司，产品是好产品，我们做事情是认真的，我们对客户是负责的；如果他们没讲我们的坏话，你们起码会愿意直接对我们进行了解考察。"

陆翔撇了撇嘴："我们不是没了解过你们，也不是没考察过你们，我们最先接触的就是你们维西尔，那个Roger当初也把你们说得天花乱坠的，好得不得了哟。"

"我不会把维西尔说得天花乱坠，世上就没有完美的产品，更没有完美的公司，维西尔肯定也有很多问题。但是就像我，水平不比别人高，条件不比别人好，但我做人会比他们实在，做事会比他们认真。"小薛说的是真心话，他已经不在乎项目的输赢，他只想让别人了解到真实的他和真实的维西尔。

陆翔连着喝了几口闷酒，一阵沉默之后把玻璃杯重重地放到茶几上："如果我能帮你们维西尔拿到这个项目，我能得到什么好处？"

小薛心头一震，他没想到陆翔会如此直截了当地索要好处，他毫无准备，事先也从未听洪钧或李龙伟讲过任何有关回扣的事，这可如何是好？小薛的大脑飞速运转，这个陆翔真能帮自己赢得澳格雅的项目吗？他能怎么帮？他为什么要帮维西尔而不帮洛杰、莱科、ICE？当初Roger代表维西尔有没有向他承诺过什么？他的胃口有多大？他要的好处难道不能从洛杰或莱科那里要到吗？他真会露骨到如此厚颜无耻？会不会是在试探甚至耍弄自己？自己可以不向洪钧请示就擅自承诺吗？自己做的承诺他会相信吗？

小薛苦思冥想的结果是问题越想越多却得不出一个答案，最后竟想到了陆翔刚才说的一句话——死猪不怕开水烫，觉得这倒正是如今自己的真实写照，便打定主意，说："如果能有机会与澳格雅合作，我们维西尔一定会尽全力帮助澳格雅把项目做好，到时候整个澳格雅公司都将受益，而您作为主要的决策者和直接的参与者肯定也会受益，不仅对您的事业有帮助，也能给您带来极大的成就感，这都是很大的好处啊。"

陆翔听了冷笑一声，不屑地看小薛一眼，从牙缝里挤出三个字："就这些？"

小薛心一沉，看样子陆翔是来真格的了，面对他的狮子大开口小薛感到绝望，澳格雅唯一声称能帮助自己的人竟是这么一个货色，小薛不相信陆翔真想帮他也真能帮他，更不相信洪钧会同意他和这种人做交易。小薛对这个项目已不抱任何希望，想到今后不必再和面前这个家伙有任何瓜葛，他忽然觉得一阵轻松，对一个与自己毫不相干的人又何谈喜欢或厌恶呢？

小薛看了眼陆翔，似乎他已经不再是客户，只是一位刚刚萍水相逢又将形同陌路的听众而已，小薛已经没有任何负担，定了定神，坦然地说出了自己的心里话："您刚才问我为什么还在这里泡着，其实我也老这么问我自己，知道项目没戏了就撤呗，起码不伤自己的面子嘛，为什么死皮赖脸地还不走？我甚至还问我自己为什么要丁这份工作、为什么要来维西尔，我图的是什么。图钱？不瞒您说，我工资不高，每个月到手的也就刚够买一张北京到杭州的往返机票，就算赢了澳格雅的项目提成也没多少，可能都不够我还上公司的欠款。图工作条件？写字楼里是挺舒服，西装革履的，出门打的、出差坐飞机，可那是驴粪蛋儿表面光，像我这样被人瞧不起的新手在公司里没少受挤对。那我为什么还来维西尔？因为洪总看得起我，洪总尊重我，他觉得我能行，我不能让他失望，不能给他丢脸。项目没戏了为什么还接着做？因为我就是要争口气，宁肯被人打死，不能被人吓死，输也要输个明白，死也要死出个样儿来。我图的就是别人对我的尊重，即使项目输了我也要让客户尊重我，说我这人地道；即使项目输了我也要让竞争对手尊重我，说我这人不玩儿黑的；即使项目输了我也要让公司同事尊重我，说我这人值得共事。"

小薛一口气说了这么多，陆翔居然没打断，而是一直面无表情地看着正前方的墙壁。小薛想到自己此前卑躬屈膝、好话说尽，又换来了什么？便一不做二不休，把憋闷已久的话一吐为快："我知道你瞧不起我，你从第一眼看见我就瞧不起我，当然，可能你这人就是谁都瞧不起。话说回来，我也觉得你这人不怎么样，但我以前一直没有瞧不起你，可是从你刚才问我能得到什么好处，我就开始瞧不起你。你要的好处我们给不了，我们给得再多也比不上那几家公司。但是他们虽然愿意给你好处，可心里照样瞧不起你，他们给你的越多就越瞧不起你。您要是愿意帮我，咱们就是朋友，我打心眼儿里尊重您，我们洪总也会尊重您，也会把您当成真正的朋友，在您需要我们的时候我们也会尽全力来帮您。虽然我没挣过多少钱，但我觉得挣钱并不太难，难的是赢得别人的尊重，这用多少钱都换不来。"

忽然陆翔"扑哧"一声笑出来："你一会儿说'您'一会儿说'你'，累不累？你们北京人就是这个毛病，你就说'你'，好不啦？"小薛又一惊，他没想到自己豁出去说了这么多重话，陆翔竟会是这种反应，他正觉得诧异，陆翔又开口了，"哎，你怎么不喝酒？"

小薛的胆子已经彻底放开，他笑道："你是客人，酒是招待你的，我怕我一开喝就没你的了。"

陆翔嗤之以鼻："吹什么牛？你是舍不得这点钱吧，小冰箱很贵的哟，一听啤酒要35块的。"

小薛被彻底激怒了，他拿起另一个易拉罐打开，对陆翔说了句："你看着表。"然后仰起脖子把易拉罐举到嘴的正上方，直接把啤酒往嘴里倒，他的嘴像漏斗一样始终张开，喉结有节奏地上下运动，手上稳稳地调节着易拉罐倾斜的角度，使倾泻而下的啤酒始终保持着均匀的流量。不一会儿，等最后几滴啤酒落进嘴里，小薛便把易拉罐往茶几上一放，擦了一下溅在面颊上的酒滴，得意地看着陆翔。

陆翔的嘴也一直张着，到此时还没合上，他猛醒过来忙看了眼手表，叫声："十二秒！"然后又呆呆地看着小薛。

小薛又懊恼又惋惜地说："水平太差！我以前的最好成绩是九秒。"

陆翔仍是一副活见鬼的神情，痴痴地连声问道："怎么可能呢？你是怎么喝的？不是应该喝一口咽一口的吗？你不咽的呀？你最多能喝多少？"

"我也不知道最多能喝多少，啤酒根本就不算酒。我生在陕北榆林，从小就喝用谷子和高粱土法混酿的酒，根本没什么勾兑一说，都不知道酒有多少度。回北京上小学后，我爸老让我替他到胡同口的小卖部打二锅头，回家路上我就老偷喝，小卖部的老头每次往酒里掺水多了还是少了我都能品出来。胡同里一帮小子老欺负我，有一次拦住我要把酒抢走，我也不敢跑，一跑酒就全洒了，我一想，与其被他们抢了还不如我喝了呢，我就往胡同中间一站，一手叉腰，一手举着酒瓶子，'咕嘟咕嘟'把三两二锅头都喝了，那帮小子都吓傻了，这下全服我了，呵呵。"

小薛说着竟开心地笑起来，这是他当着陆翔的面第一次发自内心地笑。陆翔没有笑，不知道是因为酒的作用还是别的原因，原本惨白的脸红了，他端起杯子抿一口啤酒，说："你刚才说对了，老子就是谁也看不起，老子也不爱喝酒，一喝就醉，但老子一旦肯和谁喝酒，就说明看得起他。"

小薛根本没在意这些话，他不相信这张口口声声自称"老子"的嘴里能吐出象牙，但是从"狗嘴"里接下来吐出的一席话就不仅让他在意，更让他震撼了。

陆翔愤愤地说："老子为什么看不起人？就是因为上上下下、左左右右没有一个人能让我看得起。以前还有一个，就是陆明麟，我就是他请来的。他在上海遇到我，对我说澳格雅要搞信息化、国际化，要由一流的人才用一流的软件来打造一流的企业，请我来帮他搞这个软件项目，所以我才来的，要不然谁会从上海跑来这么个鸟不拉屎的鬼地方！来了一看傻眼了，这里都是些什么人呀！沈部长是个什么东西？他原来是市里的记者，他懂个屁企业管理，早先就是个给陆明麟写马屁文章的；企划部是干什么的？就订了一堆员工守则、写了首《澳格雅之歌》，每个星期一早晨升旗的时候唱，哎哟，难听死了，这还号称是什么CI工程，'澳格雅'这个恶心死人的名字也是他们起的，搞的就是这个样子的企业形象呀？结果陆明麟倒把这么重要的软件项目交给企划部管，我算什么？我就成了个顾问，有人顾没人问。Roger那个家伙，本来我对他印象还不错的，可他像变色龙一样说变就变，昨天还说维西尔好，今天就说ICE好。哦，你卖维西尔的东西我就该买维西尔的，你卖ICE的东西我就该买ICE的，当我是傻子呀！其实他才是个傻子，连ICE都不拿他当回事。刚才吃饭你也看见了，只有他们洛杰的人在，可是昨天莱科就是和ICE的人一起来的，ICE的人还大言不惭地说'我们对莱科公司有信心'。哦，你ICE让我选莱科我就得选莱科，当我是你儿子呀！这么一帮人翻手为云，覆手为雨，把项目搞得一塌糊涂，把我当成木偶、当成废物，你说，我能看得起他们吗！"

小薛趁陆翔停下来喝酒润嗓子的工夫赶紧插一句："Roger和澳格雅关系那么深，ICE为什么偏要支持莱科呢？"

陆翔鄙夷地啐了一口："他关系深个屁！我现在就很讨厌他，他只搞定了沈部长，莱科虽然来得晚但好像已经搞定了赖总，而且莱科本来就是被ICE推荐来的。"

小薛有些难以置信："他们也给赖总好处了？你不是说赖总是陆总的亲戚吗？澳格雅就是他们自家的公司，那些钱本来就是他兜里的钱，他怎么还能被别人搞定呢？"

陆翔又狠狠地啐了一口："他算个屁！澳格雅只姓陆，不姓赖，他一点儿股份都没有，和我一样都是打工仔，整个公司都是陆明麟一个人的。陆明麟的儿子今年十七岁了，陆明麟可能很快就要让儿子接替赖总的位置，他不想让儿子念大学，说大学里培养不出企业家，要先干起来，以后需要学什么再去学。所以赖总的日子不多喽，怎么会不拼命捞钱？"

小薛起身去把仅剩的第三听啤酒拿来给陆翔倒上，陆翔接过杯子喝了一大口，紧接着打个酒嗝，激愤不已："你看看，还有好人吗？你能尊重谁，谁又会尊重你？我是甲方，我就觉得你们卖东西的没有一个好东西；你是乙方，你肯定觉得我们买东西的也没一个好东西。今天咱们是幸会，两个难得的好东西碰到了一起，来，干一杯。"

陆翔把杯中的酒往那个一直没用的杯子里倒了一半，递给小薛。小薛接过来和他"当"地碰了一下，然后一饮而尽，等着陆翔分作几口才把他那半杯喝完，刚要说话，陆翔已经翻着眼睛叫唤："哎，啤酒没啦，还有别的酒吗？"

小薛只好又去把小冰箱打开，指着冰箱门的内侧支架上摆着的各式各样的小瓶子说："就剩这些洋酒了，连名字都叫不出来。"

陆翔晃晃悠悠地凑上来，蹲下身子翻看瓶子的标签，说："讲你是乡下人你还不愿意听，连洋酒的名字都不认得，还在外企混呀？这不是白兰地吗？这不是威士忌吗？这个是朗姆酒，这个是金酒，这个小瓶子是'黑方'，这个不是写着'Jim Beam'吗？"

小薛真想踢陆翔屁股一脚，陆翔却把这堆小瓶子都拣出来，捧到茶几上说："你不是说啤酒不算酒吗？那我看你喝洋酒有什么本事，咱们把这些都喝了吧，一醉方休，我晚上就住你这里了。这些酒蛮贵的哟，你不要心疼钱，咱们喝到肚子里就算再吐出来，也比把钱送给沈部长、赖总他们要划算。"

小薛也坐回到沙发上，不甘心地问："你刚才不是说能帮我们吗？你想怎么帮？"

陆翔专注地把一瓶迷你"黑方"打开，将酒倒进玻璃杯里，端着杯子晃悠几下仰脖喝了，立刻龇牙咧嘴："哎呀！什么鬼味道？真呛人……你还当真啦？我只是随口一说，看看你和他们是不是一丘之貉。我这个人呀，最多也就是败事有余，但成事肯定不足啦。赖总、沈部长都让他们搞定了，陆明麟现在的心思也不在这上面，还能有什么希望？"

小薛脸色铁青："那你把这些酒都喝了吧，就算我谢谢你给我讲了这么多实话，也算是告别酒，明天我就回北京。"

陆翔一副嬉皮笑脸："哟，要跑啦？刚才你不是还慷慨激昂地说绝不放弃吗？"他见小薛依旧黑着脸就转而说，"你呀，该做什么还做什么。莱科和洛杰都讲过了，你明天就去找沈部长，要求无论如何也要让你们讲一次。马上要交最后的方案和报价了，你们也交一份，管它有没有用呢？我只提醒你一句，你要是真有骨气就不要给沈部长、赖总任何好处，不是说他们要的你给不起，而是他们根本就不会要你的，他们知道和你不是一路人，他们不信任……"

刚说到这儿，陆翔猛地捂住嘴跳起来跑进洗手间，趴在洗手池边上吐起来，小薛跟过来，强忍着刺鼻的气味，靠在洗手间的门框上注视着他。陆翔一边吐一边打开水龙头冲刷秽物，总算吐干净也冲干净了，才直起身子转过脸对小薛抱歉地说：“出尽洋相了，这下更让你瞧不起了。我想洗个淋浴，你等我一下。”

小薛把洗手间的门关上，走回房间坐到床沿上，等洗手间里同时传来莲蓬头喷水和排风扇转动的声音，他便拿起手机给洪钧打电话。等电话拨出去小薛才注意到时间已将近零点，他下意识地刚要把电话挂断，洪钧已经接起来问道：“小薛，怎么了？”

小薛连连表示歉意，然后把刚才的情形简单讲述了一遍，然后问：“您说在这种情况下，他对咱们还能有什么帮助吗？”

洪钧想了想，并没有正面回答小薛的问题，而是说：“做销售的不可能做一个项目赢一个项目，但如果每做一个项目都能交到一个朋友，也算是很大的收获了。”

洪钧此时并没有睡，还在书房里的电脑前处理电子邮件，他是在等普发的消息。和小薛通完电话没多久，手机又响了，洪钧抄起手机问道：“Larry，怎么样？”

电话里传出李龙伟急切的声音：“Jim，情况不妙，月结的所有报表都出来了，还是对不上。”

“什么对不上？”洪钧眉头紧锁。

“别的都没什么问题了，就是成本对不上，用咱们的软件核算的普发主要产品的成本，和他们现有记账软件算出来的成本对不上，有的高、有的低，有的误差还很大。韩湘他们都急了，明天就要给检查组做总结汇报，成本算不对，利润就更是糊涂账，不仅影响到普发的盈利和效益指标，弄不好还有偷漏所得税的嫌疑。”

洪钧的心里也很紧张，但还是尽量平静地说：“不至于的，这几天的汇报不都是根据财务部现有记账软件生成的报表做的吗？咱们的软件把他们的成本算多了还是算少了，不会影响他们通过这次财务大检查的。”

李龙伟更急了：“谁也不担心他们会通不过检查，担心的是咱们的项目会通不过验收！柳副总肯定要拿这件事做文章，他同意咱们搞‘影子财务部’就是想看咱们上线切换的笑话，我和韩湘都担心他这次不仅是要看笑话，还要落井下石。"

"究竟是哪里出了问题？什么时候能找到解决办法？"

"咱们的人都在这儿呢，已经乱成一锅粥了，什么意见什么猜测都有，很可能就是某个很细小的参数设得不对，也可能是某个算法的问题，但关键是咱们没时间了，明天上午他们就要开会了。"李龙伟的语调比言辞本身更说明事态的严重性，他已经不抱希望了。

深夜一片死寂，洪钧感觉到自己的心脏和太阳穴都在不停地跳动，是啊，没时间了，剩下的这几个小时只够用来想想如何应付系统切换失败后的局面，换句话说，该准备后事了。


第二天上午，洪钧孤零零地坐在普发集团总部八楼的一间小会议室里，桌上摆着一个白底蓝花的瓷杯，里面是刚才进来的接待员给他沏上的茶水，韩湘刚才也来过，面色凝重地匆匆打了个招呼就跑到隔壁的会议室开会去了。刚刚进入十一月，暖气还没来，但冷空气已经来了，洪钧身上的西装里只有一件衬衫，他觉得前胸后背都凉飕飕的，虽然双手紧捂着烫手的瓷杯，但他还是止不住偶尔颤抖一下。

柳副总的动作又比他快了一步，早上他刚要给柳副总打电话，柳副总的电话就来了。洪钧觉得柳副总在电话里很客气，甚至比以往还要客气。柳副总说："项目上发生的事情想必你也都知道了，既然是合作伙伴嘛，遇到问题就要像一家人一样聚到一起商量，本来是不应该由我来打电话请你的，但因为问题主要和财务有关，所以我就亲自打了，交给别人我不放心。"洪钧试探着问："上午不是要向检查组做总结汇报吗？我去合适吗？"柳副总热情地说："没关系的，你来听听也好，大家一起分析一下原因嘛。"

洪钧觉得等着他的将是一场现场批斗大会，他本可以借口有事来不了，反正李龙伟就在普发，让他代表一下即可，但洪钧还是硬着头皮来了，恰恰因为是这种场合他才要亲自来。在会议室门口他迎面碰上了金总、柳副总还有韩湘，柳副总刚要开口，金总抢先招呼说："哎呀！你来得真不巧，我们正有个重要的会要开，要是别的会叫上你也没关系，你也不是外人了，但这个会有上面来的领导，只好委屈你先到旁边等一下。"柳副总还想说什么，已经被金总拉着走进会议室了，只剩下洪钧站在走廊上，用感激的目光望着金总的背影。

隔壁的总结汇报大会已经开了半个多小时，气氛似乎很热烈，不时传出阵阵掌声，洪钧却像个犯人，随时准备着可能对自己的传唤，同时焦急地等待着对自己的审判结果。至于在隔壁的会议室里究竟发生了什么，是在会后经韩湘绘声绘色地一番讲述之后，洪钧才知道的。

会议室被一张长长的会议桌分成两半，一边坐的是国资委派来的清产核资和财务检查组的领导和成员，另一边是金总、柳副总和财务部门的其他主要负责人。周副总没来参加，韩湘也没有坐到挨着桌子的头一排，而是缩在靠墙的一把椅子上。

柳副总代表普发集团做汇报发言，他正在眉飞色舞地念着："普发集团在集团党委和班子集体的正确领导下，始终注重财会队伍的建设，经过多年培养锻炼，已经造就了一支勤奋、负责、严谨、求实的高素质的财会队伍。在普发集团完善现代企业制度、争创具有国际竞争力的现代化企业的过程中，我们既虚心地学习借鉴国外先进管理思想和管理手段的精髓，同时又不迷信盲从国外一些花里胡哨的技术时髦。实践证明，起决定性因素的永远是人，所有的先进技术都是为人服务的、要由人来掌握的，否定人的主观能动性，一味夸大信息技术和软件产品的功能和作用，一味强调用电脑代替人脑，都是本末倒置的。在普发集团正在进行的现代企业管理示范工程中，我们也始终遵循了"以人为本"的方针，而没有被一些似是而非的观点所误导去搞所谓以技术为本、以软件为本。当然在实施过程中也不可避免地还是发生了一些问题、绕了一些弯路，但我们正在不断摸索经验，总结教训，在必要时将会采取相应的调整措施，以保证这一重点工程的顺利实施和圆满成功。财务工作是企业管理工作的核心，我们将始终以效益为目标，以成本为主线，狠抓财务制度和规范的落实，围绕财务管理来规划、建设企业管理体系，争取不断把普发集团的管理水平提升到一个更高的……"

柳副总的发言稿韩湘事先已呈给金总过目，他并不记得有这么一段内容，想必是柳副总临时加进去的，企图借助检查组的影响使他的财务部门夺回在管理示范工程中的控制权，并在整个普发集团的管理层中发挥主导作用。韩湘正觉得愤愤不平，会议室的门被轻轻推开了，小崔无声地溜进来，手里拿着一摞报表，坐到离韩湘不远的位子上。

这一切自然没有逃过柳副总的眼睛，他似乎一直在等着小崔的出现，便马上中断发言，回身指着小崔对检查组介绍说："这个小伙子叫小崔，你们前几天可能已经见过了，是我们财务部的骨干。管理示范工程选用的那家外国软件在我们这里有些水土不服，这几天出现了不少问题，他一直在帮助软件小组找问题、想办法。"他又笑着对小崔说："怎么样？问题找到了吗？给大家说说吧。"

小崔的脸已经全红了，再加上满面的痤疮，活像个熟透了的草莓。他局促地站起来，张了几下嘴却没有发出声音。柳副总耐心地鼓励着，小崔终于挤出几句："柳……柳副总，还……还是以……后再说吧。"

柳副总摆着手说："不用嘛，今天这个机会就很好嘛，检查组在座的各位都是专家，正好也可以帮我们把把脉。项目中出了问题是好事，要正视问题，不要回避，你说吧。"

小崔还在犹豫，柳副总仍然笑着，但眼睛却狠狠瞪了他一下。小崔没办法，只好说："问题找……找到了，不是他……们软件的问题。"

柳副总有些疑惑："那是谁的问题？"

"其……其实谁的问题也……也不是，如……如果非说是谁……的问题，那……那就是咱……咱们的问题。"小崔一脸苦相地看着柳副总，表情像是在说"我本不想说，是你非让我说的嘛"。

柳副总脾气上来了，抬手一指小崔："你把话说清楚，究竟是什么问题？"

"咱……咱们现在核算成本的方法，都是用上……上个月甚至更早的历史数据，像原材料，都没有考虑价……价格变动情况，用的就是历史平均价……价格，人员工资也是上……上个月的数字，其他各项成本也……也都是这样，都是到年底再分摊、再修……修正的。维西尔软件现在算出来的就都……都是实际成本，这件产品的成本，就是用这件产品里的原材料在采购时的价……价格，再加上生产这件产品的平……均工时工资，等等，所以，维西尔软件并没……没有错。"

韩湘如梦方醒，他使劲攥了下拳头，暗自骂了自己一句，真是糊涂，这不正是当初实施维西尔软件的主要目的之一吗？怎么等效果出来了，反而把老的数据奉为圭臬并因此怀疑新系统呢？

检查组的带队领导笑着说："哟，听上去不错嘛，你们要是真能实时跟踪到每批产品甚至每件产品准确的实际成本，这个信息可太有价值啦，如果把实际成本的大量数据积累下来进行分析，就能根据成本变动的规律和走势去预测未来的情况，这是从经验决策到科学决策的重大飞跃啊。老金，你搞了这么个好东西还捂着盖着的，怕别人偷啊？当初这个项目立项的时候我们就表示可以支持一下，挂到国资委的重点攻关技改项目里，你就是不领我们的情，现在成效出来了还搞你的地方保护主义啊？"

金总笑容满面地说："哪里哪里，是你们检查组时间太紧、任务又重，我怕节外生枝影响你们的工作进度。你们要是有兴趣，我当然欢迎你们专家现场指导啊，你还不知道我吗？我就是脸皮厚、不害臊，什么家底都愿意翻出来显摆嘛。他们在另一间会议室搞了个东西，叫什么来的，小韩？哦，对了，叫'驾驶舱'，有点像火箭卫星发射场的控制中心，很大一面墙全是大屏幕，分成很多小屏幕，上面能看到各种形象直观的统计图，生产情况、质量数据、原材料库存、半成品和成品库存、市场销售情况、现金流和资金占用情况，诸如此类。以后我们开会就都在那里开，所有实时数据一目了然。本来想再搞得好一点，等下次专门请你们来看看，如果你们有兴趣，等一下我就带你们过去，好不好？"

检查组的人兴致全起来了，似乎都忘了柳副总的汇报刚念到一半，只有韩湘从侧后方观察了一下柳副总的表情，只见他脸色铁青，从腮帮上都能看出他的牙关咬得紧紧的。

就在此前十分钟，隔壁洪钧独自枯坐的小会议室的门被推开了，李龙伟一下子冲到洪钧面前，他的西装被揉搓得满是褶子，领带早已摘下来塞在兜里，满眼血丝，显然是和项目组又熬了个通宵。

洪钧下意识地问："又出什么事了？"

话音刚落，却看见李龙伟咧开嘴露出一口白牙，抑制不住满心的狂喜，笑着说："问题找出来了！不是咱们的问题，是他们自己的问题！"

一阵兴高采烈的忙乱之后，洪钧在返回公司的路上终于有机会问李龙伟："采用跟踪分解的方法得出实时成本，本来就是实施维西尔软件的一个重要内容，新、旧两种方法大相径庭，得出来的数据当然会与以往的历史平均成本不一致，要是和老系统一致那还搞新系统干什么？为什么大家竟都认为不一致就是错误，而且花了那么多时间都迟迟没想到会是这个明摆着的原因？"

李龙伟红着脸回答："所有人都晕了，没日没夜地干了三个多星期，中间出过那么多问题，一直在想办法和他们老系统的数据对上，神经早都快要崩溃了，最后关头一发现成本数据对不上，所有人脑子里的缺省值就都认为又是咱们维西尔软件出了问题。"

洪钧看着李龙伟疲惫不堪的样子，把手搭在他的肩膀上按了按，动情地说："大家都辛苦了！"

李龙伟笑道："可是值得啊，你没见刚才金总带检查组来参观的时候大家高兴的样子？简直跟庆功会似的，那几个女孩子都哭了，从大悲到大喜，我也有点受不了。"

"还有一个人更受不了。这次我不能再犯错误了，今天晚上就要去好好做他的工作，要不然日后没准儿还得从大喜到大悲。"

"谁？"李龙伟一脸诧异。

洪钧平静地说："柳副总。"


第一资源集团的总部位于北京西二环的金融街上，洪钧站在会客室的落地窗前，望着月坛桥上堵得死死的车流发呆。虽然他作为一名客户，曾经多次光顾第一资源集团位于不同区域的营业网点，但第一资源集团的总部他这才是第二次来，而他来的目的是要把第一资源集团变成他的客户。

第一资源集团实在太庞大了，虽然还没大到全国人民都是它的客户的程度，但如果说全国人民都和它或多或少有着某种联系，恐怕并不算言过其实。但是庞大并不等于复杂，正相反，第一资源集团既惊人地庞大，也惊人地简单。

李龙伟当初给洪钧介绍这个项目背景的时候，刚讲了两句第一资源的业务，洪钧就说不必介绍了，介绍一下他们的组织结构吧。李龙伟把自己的笔记本电脑转过来，屏幕上就是第一资源的组织结构图，洪钧一看就笑说，这也太简单了，还不如咱们维西尔的复杂。

之所以简单，是因为第一资源的业务实在太新、发展实在太快。它新到什么程度？一个简单的事实即可说明，迄今为止第一资源还没有一位退休职工，平均年龄不到三十岁；它快到什么程度？也有一个同样简单的事实，十年前公司筹备时只有几百人，而现在已经超过十万人！这十多万人的组织是一个极为扁平化的结构，飞速膨胀的不是它的中枢神经，而是它遍布全国的网络末梢。公司总部还不到三百人，第一资源集团大厦他们自己只占了五层，其他楼面都对外出租了。

这五层楼里的三百来人靠什么管理全国的十多万人？这十多万人靠什么服务全国数以亿计的客户？靠信息技术！信息技术在第一资源集团业务中的地位可想而知，信息技术部门的负责人在第一资源集团决策层中的地位也就可想而知，洪钧这两次来拜访的就都是这位举足轻重的人物——第一资源集团常务副总裁兼信息技术部总经理郑总。

第一次见郑总，洪钧是由李龙伟陪着来的，时间是上个星期五的下午。李龙伟一路上不停地表示愧疚，说："咱们都不喜欢周五下午拜访这么重要的客户，但实在没办法，只有这时候能抓住他，我前几次来见他还有上次给他搞演示全是这种时候。"洪钧倒觉得无所谓，周初见有周初见的好处，周末见也有周末见的好处，关键是要因时制宜。

李龙伟还打听到郑总刚从美国回来，是专程去走访ICE总部和样板客户的，洪钧心里"咯噔"了一下，这倒是个重要情况。李龙伟安慰他说，不过好像不能说明什么问题，所有的钱都是郑总他们出的，第一资源有的是钱，郑总每年有将近一半的时间在国外跑，出国对他没什么诱惑力。洪钧说这才更要认真对待，出国本身对郑总没诱惑力，恰恰说明郑总真是要了解ICE的情况才肯花时间和精力跑这一趟。李龙伟又说，不过从他回来以后的态度上看，好像跟没去一样，对ICE和对维西尔都还是老样子。洪钧说这就奇怪了，以ICE总部的气派和北美那些大牌客户现身说法的感染力，以往去过的国内客户没有不动心的，郑总却居然无动于衷，要么说明郑总见过太多的世面，要么说明郑总想要了解的不是这些，也可能两者兼而有之，但不管怎样都要求维西尔得想出更高的招数才行。

第一次来时是在另一间大些的会客室，洪钧和李龙伟刚坐下不久，一个看上去四十多岁的人就走了进来，洪钧立刻断定他就是郑总，因为只有郑总才会有如此气宇轩昂的气派，洪钧竟然感受到一种震慑，这是他以前和各种各样的客户打交道时从未有过的。他意识到这不是因为郑总的级别，比他级别高得多的人洪钧也见过不少，而是因为郑总眉宇间流露出的强烈自信和霸气。

郑总和洪钧交换完名片，坐下来拧开桌上摆着的一瓶矿泉水，把水倒进一个玻璃杯里，说了句："请随意，我就不招呼你们了。"然后自己喝了一口。

洪钧看着郑总不禁有些意外，没想到他旁边连一个陪同的人也没有，事先自己还担心只带李龙伟一个人来是否显得轻慢，结果郑总倒来了个单刀赴会。

郑总刚才并没有正视洪钧，却好像对他的心思洞若观火，笑着说："咱们三个人聊就行，这不是对你们有任何轻视，也不说明我想敷衍了事。下面的人也都很忙，我这里不搞群策群力，我是'独策群力'，我拿主意他们照办就是。"

洪钧又吃了一惊，他断定郑总的经历一定是一帆风顺，出身豪门的人可能会有一种贵气和骄气，而只有一路呼风唤雨、心想事成的人才会有这种霸气。

谈了一会儿，洪钧就觉得底气不足，无论他说什么郑总都不时地点头，而且点头的次数越来越多、频率越来越快、幅度越来越大，不过点头并不意味着赞同，而是礼貌地表示着不耐烦，仿佛在说"我都知道、都听过了"。

等洪钧一番话讲完，郑总还是那副让洪钧心里发虚的笑容，说："维西尔的情况小李已经向我介绍过几次，我已经比较了解。其实不只是你们维西尔，ICE也好、科曼也好，这几家公司的情况我都清楚。口气再大一点，不止你们这三家，国外的也好、国内的也好，软件、硬件、通信、网络，所有主要厂商的情况我都心中有数。我们第一资源在这十年里什么先进的技术没用过？什么复杂的设备没搞过？什么庞大的网络没铺过？什么昂贵的软件没买过？可以说，我是亲眼见证、亲身参与了中国引进和应用信息技术过程中的所有里程碑。我很清楚我们要做什么、我们需要什么，我已经对小李讲过，不知道他有没有理解、有没有向你转达，我们第一资源不是在简单地寻找一个供应商、不是在找卖主向他买东西，我们是在寻找合作伙伴。买东西还不简单吗？我们养活着多少家IT厂商啊，靠我们起死回生的就不止一家。但是这次的软件项目，我们不希望和厂商只是一种单纯的买卖关系，我们希望是一种真正的合作伙伴关系，一种长期的战略合作伙伴关系。"

这个意思李龙伟当然向洪钧转达过，而且每听郑总说一次他就要转达一次，但洪钧一直没往心里去，因为这种话他听得太多了。如今"建立战略合作伙伴关系"是一句时髦用语，买卖双方无论生意大小都爱这么说，仿佛只要提升到战略合作伙伴的高度，双方之间的交易就变得神圣起来，自己在对方心目中就举足轻重起来，其实不过是自欺欺人的文字游戏而已，你知我知，大家讨个吉利、图个热闹罢了。

但等到洪钧亲耳听到郑总亲口说出来的这句话，他不能不当真了。他感到郑总不是在说套话，郑总的意思已经很明显，如果你们就是想把软件卖给我，拿钱走人，那么，免谈！洪钧开始有些后悔，自己的准备太不充分了，这很可能将是一次完全失败的拜访。越是面对重量级的客户，洪钧在头一次见面中就越追求富有震撼力的效果，只有给对方以震撼才能抓住对方的心，而这回他却被郑总震撼了。

郑总究竟要寻找的是什么样的合作伙伴？他话中究竟蕴藏着什么样的深意？洪钧苦苦思索，第一资源集团的项目很可能是他在圈子里这几年见过的最大的，对这种史无前例的大项目必须采用前所未有的策略才行，要想在竞赛中拔得头筹，必须在竞赛规则上做文章，要让对手直接输在规则上。忽然，灵光乍现，他知道了！洪钧强忍住内心的喜悦，一边看似从容地和郑总接着聊，一边在脑子里周密地思考着下一步的对策。

不到半个小时，会晤已到尾声，三个人都站起来，一边客套一边走到会议室门口。郑总打开门，向洪钧伸出手，似乎已注定这是一场平淡无奇的见面，洪钧注定只能给郑总留下苍白的印象，甚至根本留不下任何印象。但就在这时，洪钧紧紧握住郑总的手并往自己怀里拉了一下，使郑总不由自主地和他挨近了些。洪钧说："郑总，我刚才忽然有个大胆的设想，咱们可能有一种全新的合作方式，要玩儿就一起玩儿一次大的。不过这可不是我能随口说了算的，我得先征求一下维西尔总部的意见。我希望尽快和您再谈一次，争取共同运作一个真正的大手笔。"

郑总不禁一愣，眼睛瞬间闪亮了一下，洪钧心头暗喜，断定自己的话既出其不意又正中他的兴奋点。果然，郑总也紧紧握了一下洪钧的手，说："玩儿一次大的？好啊，我等你电话。"

洪钧第二次来也学乖了，干脆没让李龙伟一起来，他独自望着西二环的主路和辅路上的车流仍像蜗牛一样往前爬，隐隐感到信心不足，第一资源集团的项目正像眼前的交通一样，所有的竞争对手都围上来胶着在一起，自己唯有独辟蹊径才能独占鳌头。

这时会客室的门被轻轻敲了一声，郑总的女秘书推门进来，笑盈盈地说："洪先生，郑总开完会了，我带您去他的办公室吧。"

郑总的办公室很大，也很空。一见洪钧进来，郑总便从大班台后面走过来握手，招呼洪钧坐到宽大的真皮沙发上，他抬手一指摆在茶几上的几种饮料说："想喝什么你自己来吧。"

洪钧客气地笑了一下，并没动手，而是环顾四周说道："这么大的办公室，真是气派啊。"

郑总摆了下手："大而无当，浪费。"然后就盯着洪钧认真地说，"说说你的设想，希望真的很有价值。"

洪钧已经领略过郑总雷厉风行的作风，但还是被他的开门见山弄得不免有些紧张。郑总如此急切地想听到洪钧的设想固然是件好事，但洪钧也清楚，如果自己的设想听上去不是"真的很有价值"，那么这次的会晤恐怕就比第一次还要简短，而且不会再有第三次。

# 激变前夜

洪钧抱着背水一战的决心，直截了当地抛出了他的设想："其实，我的想法并不复杂，归纳起来就是两个关键词，一个是'外包'，另一个是'合资'。"

郑总脸上的表情看不出任何变化，只是微微地点了下头。洪钧暗暗松口气，因为与前次他领教过的那些都不一样，此番点头是在表示"请说下去"。郑总又把手伸进兜里掏出一个精致小巧的手机，把它关上又放回兜里。这串不起眼的动作让洪钧心中一阵狂喜，就像刚发现手里的彩票中了头奖，不，比彩票中奖更令他振奋，因为他这一举中第不是靠撞大运，而是靠他精准的分析和判断。

洪钧接着说："第一资源集团自身的业务特点和面临的发展机遇，决定了它独具特色的组织结构，它与大多数企业的金字塔结构有很大区别，我很冒昧地给它起了一个不太好听的名字，叫'蚁群结构'。第一资源目前的十多万员工中，绝大多数是底层人员，其中数量庞大的技术人员、营业员、客服人员，就像是蚁群里的工蚁，市场销售人员就像是兵蚁，众多工蚁和兵蚁围绕着一个蚁后，就形成一个蚁群。自然界大多数蚁群中只有一个蚁后，但也有第一代蚁后带着多个第二代蚁后组成一个更大的蚁群，而第一资源集团就像这种很少见的庞大蚁群，第一代蚁后就像是集团总部，第二代蚁后就像是第一资源的三十多家省级公司。"

洪钧一边讲一边观察郑总的反应，只见他嘴角露出一丝不易察觉的微笑。洪钧知道自己是在走一条险路，在客户的高层面前谈论客户内部深层次的问题无异于班门弄斧，但唯有如此才可能打动客户的高层。洪钧并没指望表现得比郑总更了解第一资源，只要郑总认为他比竞争对手都更了解第一资源就足够了，洪钧心中有数，他没打算和"鲁班"比，他是在和其他"木匠"比。

洪钧继续阐述："外界有人说第一资源是'暴发户'，管理水平简单粗放，我不这么认为。第一资源的组织架构的确简单，但简单不等于简陋，就像那么庞大的蚁群依靠清晰有序的分工协作，只有两三个层级，三四种角色，虽简单但高效。在同样能达到目标的方法中，最简单的就是最佳的。您上次提到第一资源目前管理上的人手不够，跟不上业务发展，其实从某种意义上来说，企业的管理就应该始终处于这种短缺状态，第一资源相比传统行业那些机构臃肿、人浮于事的老牌企业有着得天独厚的优势，这个优势千万不能丧失。管理力度不够，应该利用诸如电脑软件这些先进管理手段来解决，而不是靠增加人手，企业应用管理软件的目的就是减少业务部门的层级，提高管理机构的效率。说实话，我倒觉得第一资源的结构还可以再简单一些，人手多了，干成的事情不一定多；脑袋多了，想出的办法不一定好。"

洪钧此话是专门揣摩郑总"独策群力"的理念而投其所好，不料郑总只"哦"了一声，仍然不表态，洪钧只好加速切入主题："现在的竞争比的就是效率，谁能用单位人工和单位投资在单位时间内创造更大产出，谁就是胜者。怎样提高效率？谁越专业谁的效率就越高，所以应该专注于把核心业务做得更专业。什么是核心业务？创造最大利润的业务就是核心业务，其他都是从属或辅助业务。第一资源的核心业务显而易见，尽管信息技术部的作用非常重大，但只是单纯花钱的部门，是个成本中心，属于辅助业务。所以我大胆地说一句，信息技术部的地位有些尴尬，一方面举足轻重，所有的运营和管理都依托在这个信息技术平台上，出什么问题都是大事故，压力很大；另一方面又是为他人做嫁衣，甘当绿叶，很难定量评估信息技术部的效益和贡献。恕我直言，不如把这块业务外包出去。"

郑总爽朗地笑了，说："外包，我们不仅了解而且一直在做。集团人事管理上大量烦琐的具体业务都外包给了专业的人力资源服务公司，集团大量的日常性采购也都外包出去了，我们自己只负责关键性的大宗采购。至于IT这块，说句妄自尊大的话，即使我想外包出去，有谁敢接？又有谁真能接得住？"

洪钧不慌不忙地解释："不错，外包的原则是一定要包给比自己更专业的人来做。第一资源的IT业务就像一个金字塔，最底层是第一资源的全套IT基础设施网络和核心业务运营平台，没有这一块，第一资源就不是第一资源了，当然不能外包出去，因为没有任何人比你们更专业。基础设施和运营平台之上，是管理信息系统，再上面是决策支持系统，我所说的外包是只把上面的这两层外包出去，其实也不是外包给别人，而是外包给你们自己。"

郑总从茶几上拿起一瓶矿泉水，把水倒在一个玻璃杯里，推到洪钧面前，做了个"请"的手势。洪钧见郑总居然肯为自己倒水，暗喜自己的待遇又提高一级，连忙点头致谢，同时说："您看这样的思路是否可行，从第一资源剥离出一批人员和资产，组成一个专业的IT服务机构，由这个机构来负责第一资源的管理信息系统和决策支持系统的建设、实施、运营和维护，向第一资源提供服务并收取费用，可以约定一年甚至几年的费用总额，也可以根据业务量来结算，比如处理一张发票多少钱，维护一条员工记录多少钱，更新一笔固定资产台账多少钱，等等。"

郑总说："如果只是单纯这样做，并不外包，而是承包，这和我们现在搞的责任承诺制没什么区别。我们和业务部门签好协议书，定好服务目标和质量规范，做得好有奖励，做不到要处罚，不就是这样吗？"

"在第一资源内部的确可以这么理解，但是之所以成立这个机构，就是着眼于让这个机构到第一资源之外去寻找更多的客户。第一资源的管理信息系统和决策支持系统都很关键，在投入运行以后不能有任何闪失，需要随时保持一支高水平的应急队伍，不能依赖软件厂商或咨询公司；但另一方面，这种系统上线以后要尽量保持稳定，没问题不要去动它，这样一来除非系统出问题，否则整个队伍将长期处于闲置状态，所以这支队伍还应该争取为其他企业提供服务。早先是只有产品，把东西生产出来卖出去就行，没有服务；后来服务日益重要，变成了产品不可缺少的一部分；而今会反过来，产品变成服务的一部分，这个趋势已经越来越明显了。第一资源有那么多中小企业客户，可以为他们提供一项新的增值服务，把他们的信息系统的运营和维护业务外包过来，这样，第一资源不就找到了一个新的利润增长点了吗？"

郑总终于第一次赞许地点了下头："你讲了这么半天，到现在才讲到有意思的地方。实话告诉你，我和其他几个头头聊过，抽调信息技术部的一批人作为骨干成立一家公司，用我们第一资源这次的管理和决策系统项目作为起点，在服务第一资源的同时，着手为我们已有的成千上万个企业客户提供类似的服务，不只是中小企业，一些大企业可能也希望把这一块外包给我们，因为我们第一资源的实力足以让他们信得过。"他马上又语气一转，"不过这事也没这么简单，首先，新公司不是用来分流冗员的，需要的是精兵强将，但恐怕不少人会舍不得离开第一资源，比如我，是留在第一资源，还是去主持新公司的工作？"

洪钧忍不住插嘴说："您可以既是第一资源的常务副总裁，又是新公司的董事长嘛。"

郑总不置可否地一摆手，顺着自己的思路说："其次，究竟这块市场有多大，值不值得做？第一资源这几年钱赚得实在太容易，要是小钱的话都懒得弯腰去捡。当然，我们很清楚，竞争在加剧、市场在饱和，要未雨绸缪、居安思危，我们如果能把IT应用服务推给企业和集团客户，未尝不是一个方向，但还需要进一步论证。"还没等洪钧接茬，郑总又问，"刚才这些说的都是'外包'，你的另一个关键词'合资'又是什么意思？"

洪钧被郑总一手操纵的如此之快的谈话节奏搞得疲于奔命，但又无力扭转，只得喝了口水笑着说："您一再强调，第一资源这次的软件项目不是简单地找个买主买东西，而是要寻找紧密的合作伙伴，'合资'不正是一种紧密的合作方式吗？不管是内部承包独立核算，还是对外开展外包业务，您都没把它看作是一次性项目，而是一项事业；您不是买套软件让第一资源用起来就万事大吉，而是要把这套软件作为这项事业所需要的基础，把它再加工以后提供给未来的广大客户，因此您不会和软件公司做一锤子买卖，而是要绑在一起，风险共担、利益共享，这样您才觉得踏实。就像外包可以有多种形式一样，合资也有多种选择，比如现金投资，维西尔投一笔现金到这家新公司；或者非现金投资，维西尔用软件作为投资，无论以实物资产还是无形资产来做评估都可以；另外也可以考虑卖方信贷，维西尔向银行申请贷款，就不需要新公司一次性付清全款来购买维西尔的软件，新公司可以在经营中逐年付款。"

郑总很干脆地说："头两种可以考虑，第三种就不必了，第一资源的支付能力没有任何问题，而且我不需要你们作为新公司的债权人，你们应该作为股权人，这样才能共担风险、共享股东权益，其实你们那点钱我们并不缺，这么做就是要把大家绑在一条船上。"

洪钧又一次体验到郑总的犀利，像这种他根本无法掌握主动权的交锋还为数不多。洪钧委婉地说："我理解，第一资源只是需要一种形式把双方的利益完全融为一体。不过'合资'也有很多具体的细节要考虑，国家现在还没有对'外包'这种经营方式制定明确的法律法规，对外资开展外包业务也有所限制，如果采用传统意义上的合资方式，对新公司拓展业务会不会有什么拖累？或许，还是那些'独资'的好一些，就像您说的，'独策群力'要比群策群力好。"

郑总笑了，洪钧恰到好处地引用他的经典语录让他觉得舒服，他说："这些都有待讨论，详细加以分析论证，咱们聊的不是件小事，要全盘考虑的因素还有很多。但是，大的方向已经有了，就是第一资源要与有实力、有诚意的软件公司合作，通过某种方式建立一个实体，由这个实体负责第一资源管理信息系统和决策支持系统的建设和运营，并争取向更多的客户提供同样的服务，打造一条全新的业务链。今天和你的交流当然只是初步的，还谈不上有什么结论，但是我可以明确告诉你，咱们之间的交流，比我和其他公司的交流都更全面、更深入、更有实质意义。我相信维西尔是有实力和有诚意的，也希望你们维西尔把这件事重视起来，作为战略合作来优先考虑。"

郑总所谓不是结论的一番结论让洪钧激动不已，还能期待比这更好的结果吗？郑总甚至连最终意向都已经明确表露了，洪钧觉得不仅应该表态，还应该再向郑总交心，只有交心才能把两人的关系拉得更近，他非常诚恳地说："您和外企打了很多交道，对外企很了解，肯定知道像我这种位置的人其实处境很尴尬。中国对于任何一家跨国公司来说都只是一个区域市场，不管这家公司叫嚷得多么动听，说中国如何具有战略地位，那都只是说给咱们听的，中国只是他们赚钱的一块地方而已。但我们这些在外企做事的中国人就不一样，我们对这块地方有感情，总觉得这是我们自己的地方，总想除了替公司、替自己挣钱之外，还能为这块地方做点什么，但是很难。大多数外企对中国市场谈不上有什么真正的战略，更不可能由我们这帮中国人替总部制定什么战略，连建议权也少得可怜，我们只是执行，最多在战术上有些变通。所有的外企对中国都是短视的，只想收获，不想耕耘，归根结底这不是他们自己的地方，不是他们的根本利益所在，所以外企在中国只讲战术不讲战略，只想近期不想长远。但我们希望有长期打算，希望现在做的事能在长久以后看到效果，希望除了赚钱之外也能有些成就感，但是真的很难。郑总，我在外企年头不少了，我要谢谢您，感谢您能给我这个机会，我一直想有机会真正运作一件事，不是为了一个合同，不是为了这个季度的任务，而是真正长远地运作一个宏大的事业，这也算是我的一个心愿吧。我很高兴能和您这样的人合作，做一件比单纯的买卖交易更有意义的事。"

郑总点了点头，没说什么，但洪钧知道自己的话他都听进去了。郑总把身体抵在沙发的靠背上，神情头一次放松下来，说："都说你们搞IT的是一帮最聪明的人，这么一帮聪明人在圈子里斗来斗去的，老感叹'既生瑜，何生亮'。我的这些想法也谈不上高深莫测，可ICE和科曼的人为什么都没看出来我真正想要的是什么，唯独你看到了？"

洪钧矜持地说："郑总，并不是每家企业的老总都能有您这种眼光和气魄。至于这些厂商之间的差别，可能是做事的方法不同，关心的也不一样。另外也有个具体情况，ICE和科曼在中国主要是发展代理商，通过代理商去做项目，但第一资源所筹划的事情不是那些代理商所能参与的，即使ICE或科曼愿意直接与第一资源合作，这种'外包'加'合资'的模式也会与他们的代理商体制有冲突，所以，可能他们也意识到了第一资源的想法，但还是想引导你们按照传统项目的方式去做。"

郑总面带微笑地盯着洪钧："你的确和他们不大一样，你要么很有眼光，要么格外用心，呵呵，当然也可能是又有眼光又肯用心。"

洪钧只是很有分寸地笑了一下，这是他面对别人的夸奖时最常用的反应。他和郑总其实心照不宣，郑总既希望用合资来牢牢抓紧维西尔，但又并不想绑死在维西尔一家身上，双方之间的博弈即将开始。洪钧想，万里长征刚走出第一步，自己明年首要的工作就是运作好第一资源这出重头戏，得马上和科克详细商量一下，虽然之前科克已经对洪钧的思路原则上表示认同，但还有太多框架性的东西没有明确，更不用说所有的细节了。

　　洪钧没想到他很快就有了当面和科克讨论第一资源项目的机会。直到坐在飞往新加坡的飞机上，洪钧还在琢磨三天前科克打来的电话。科克上来就说，Jim，我要和你谈谈。洪钧立刻笑了，说英雄所见略同。科克没笑而是紧接着来一句，要面对面地谈。洪钧一怔，"呃"了一声，他嗅出气氛非比寻常，问，我去新加坡？科克说对。洪钧又问，你希望我什么时候去？科克说如果你问我，我会说现在马上，接着干笑一声说可惜不可能，我只能说越快越好，我这星期都在新加坡。洪钧知道不会得到答案，但还是试探着问，什么事这么紧急？科克说我见到你时会告诉你。

　　洪钧更没想到他竟会和韩湘坐在同一架飞机上。那天他刚挂断科克的电话，脑袋正蒙着，手机又响了，吓他一跳，原来是韩湘。韩湘上来就说我有个好消息你猜猜。洪钧正在猜科克的哑谜，又蹦出来一个韩湘的，根本无心招架，随口说你高升了。韩湘顿时泄了气，说没劲，一下子就猜中了。他不甘心地又问，那你猜我升哪儿去了？洪钧这下连瞎蒙都没了方向，普发总部在北京已经是首都了，还能往哪儿升，他的办公室在普发大楼的第八层已经是最高层了，还能往哪儿升，难道升天了？只好胡扯说调你去国资委了。韩湘得意地笑了几声揭开谜底，我要去新加坡了。洪钧吃惊不小，今天是怎么了，都是突如其来的电话，还都要去新加坡。韩湘已经在解释，原来普发集团在紧锣密鼓地筹备赴海外上市，几个证券交易所考察了几圈，最后选中了新加坡，要先在新加坡成立一家控股公司，韩湘被派去做总裁，专门打理上市事务。

　　洪钧忙道了声恭喜，又说怎么这么巧，我也正要去新加坡。韩湘马上来了精神说你哪天走，我早几天晚几天都行，咱们一起走吧。洪钧说声好。韩湘窃笑道，不瞒你说，俺也能坐商务舱了，上次去美国坐商务舱还是沾你的光，嘿嘿，如今俺也进步了。洪钧正纳闷一向沉稳的韩湘怎么会如此喜形于色，忽然间恍然大悟，当初柳副总要推迟系统切换时韩湘之所以急成那样并不顾一切地主张按计划切换，正是担心项目拖延会影响他的此次荣升，看来韩湘对这个机会垂涎已久，一个人一辈子难得碰上几次机遇，可以理解。

在六个小时的航程中，韩湘始终心潮澎湃，不停地对洪钧忆往昔、展未来，洪钧却一直心不在焉。韩湘好几番提到他俩在咖啡馆的第一次深谈，说："这还不到一年吧？"

"不到，那天是十二月九号，我记得那个日子。"洪钧说着，脑子里又浮现出那幅刻骨铭心的画面，菲比细长的身影倔强地挺立在被大风吹歪了的两棵小树中间，苦苦地守候着他。

韩湘啧啧称赞："你的记性就是好，真服了你了。你看还不到一年，咱们当初的设想就全都实现了。要不是我听了你的建议去负责那个软件项目，肯定没有这次去新加坡独当一面的机会。"

洪钧听韩湘在"软件项目"前面加了"那个"二字，不禁有些伤感，是啊，项目已经告一段落，两人并肩作战的日子已成追忆。人生就是如此，近来洪钧的脑海里越来越频繁地冒出"时过境迁"这个词，令他的感触越来越深。

洪钧又把思绪拉回到自己身上，科克这么急着把自己叫到新加坡，会是什么事呢？好事？洪钧想不出来。坏事？洪钧也想不出来。但肯定是大事，可洪钧仍旧想不出能有什么大事，维西尔中国一切都很正常啊。经历了这么多，洪钧早已养成了凡事往坏处想的习惯，他搞不清自己从什么时候变成悲观主义者的，但经验的确告诉他，这种出乎意料的事往往是坏事，而且即使他拼尽全力往最坏处打算，现实总会比最坏的打算还要坏。

一旁的韩湘喃喃地说："新加坡倒是去过几次，没想到这么一个弹丸之地，倒成了我的转折点。"

说者无意，听者有心，洪钧竟被这句话惊出一身冷汗，韩湘是转折了、进步了，可能从此驶上快车道。自己呢？难道也要迎来一个转折点吗？在浓云笼罩的新加坡，等待自己的是什么呢？

飞机正点抵达新加坡樟宜机场，洪钧和韩湘匆匆分手之后赶到丽思卡尔顿酒店，此时已是晚上十点四十五分了。在办理入住手续的时候，前台接待员交给他一张便笺。洪钧一看，从签字认出是科克的笔迹："Jim，我十点钟到的，老地方见。"

洪钧到房间扔下行李，顾不上梳洗更衣就坐电梯来到那间格调清新高雅的酒廊。里面稀疏地坐着几拨客人，一个爵士乐小组正在收拾装备，看来演出刚结束要转场了。在一根圆柱后面的座位上他找到了科克，科克看似吃力地站起来和他握手。他惊讶地发现，科克比两个月前显得更加疲惫不堪，甚至有几分苍老。

科克勉强挤出笑容说："我知道你喜欢这个地方。你喝点什么？"

洪钧刚向一旁站着的侍者说出"汤力水"就看到科克眼中掠过一丝失望，又改口点了一款鸡尾酒，科克马上露出了孩子般的笑容。

科克望着洪钧，缓缓地说："我还记得上次我们在这里的交谈，一年多过去了，可我觉得好像就在昨天。"

听着科克略带诗意的话语，洪钧暗自惊讶，今天是什么日子？怎么净碰上抚今追昔的？他笑着回应："整整十三个月。"

科克点点头，像汇报工作似的说："我上周在硅谷，然后去了悉尼，给你打电话时刚从悉尼回到新加坡。"

洪钧开玩笑般嗔怪道："你当初答应过我要经常去中国的，可是今年只去过一次。你倒是常回悉尼，思乡病犯了？"

科克听了立刻像一个做错事的小学生，满脸愧疚地说："是啊，是我不对。"他又抬眼看着洪钧，意味深长地说了句，"我只去有麻烦的地方。"

洪钧听出科克话里有话，又不能问，只得笑笑。科克忽然说："记得韦恩吗？"

"当然。"洪钧心里奇怪怎么会不记得？维西尔澳大利亚公司的总经理，身材非常高大，每次亚太区开会都见面，两个月前刚又在珀斯见过，很健谈，和他聊天总是很开心。

科克说："我的意思是，还记得上次在这里吗？我们在谈话，"他指了一下酒廊门口，"他从那个门走过来，"又指了一下两把椅子之间的空当，"就站在这里，和我们说话。"

原来如此，洪钧想起来了，笑着说："是，他来约你去柔佛州打高尔夫。"洪钧刚想跟一句"他是个不错的家伙"，又忍住了，当老板没有明确表露对某人的好恶时，自己最好不要率先表露出来，否则往往追悔莫及。

果然，科克带着满腔憎恶，说："他是个婊子养的混账！"

洪钧大吃一惊，虽然科克出言不逊是常事，他与洪钧在ICE时的老板皮特有着鲜明的区别，皮特是英国绅士，科克是澳洲牛仔，但科克以往骂人都只是发泄心中怨气而已，像遇到堵车、飞机晚点、手机信号不好之类的事情科克都会酣畅淋漓地开骂，但只是泛泛地并无所指，即使那个令他深恶痛绝的杰森也不曾被他如此破口大骂。洪钧轻声说："我没和他打过多少交道。"

科克神色黯然地说："不幸的是，你以后不得不天天和他打交道了。"

洪钧更加吃惊，脱口而出："为什么？他要取代你接手亚太区？"

科克大笑起来，笑声中带着一丝悲凉，笑过之后他鄙夷地说："他？那个婊子养的？恐怕他连想都不敢想。"

洪钧在震惊之余又糊涂了，这到底是怎么回事？科克喝口啤酒，说："澳大利亚对我很重要，是我的基地，也是维西尔在亚太区仅次于日本的第二大市场。我从澳大利亚到新加坡接手亚太区的时候，提拔了韦恩作为我的继任者，我一直以为韦恩这家伙不错，但没想到我是大错特错了。韦恩根本不具备任何领导力，他把维西尔澳大利亚搞得一团糟，我以前定的规矩他全改掉了，我给他的指令他一概不听。你记得我们九月份那次亚太区会议吗？为什么突然从悉尼改到珀斯去开？因为韦恩居然不允许我们使用悉尼办公室的会议设施！他竟然质问我亚太区有什么资格占用维西尔澳大利亚的地方！我决心纠正我犯下的这个错误，我要让韦恩离开，越远越好。维西尔澳大利亚有一个很棒的年轻人，就像你一样，懂市场、全力以赴、有出色的领导力，你在下次亚太区会议上就会见到他，你肯定会喜欢他。"

洪钧已经能够想象出在维西尔澳大利亚发生了什么，韦恩就像维西尔中国原来的杰森，那个被科克看上的年轻人就像一年前的他，科克与韦恩想必交恶已久，从起先的貌和心不和发展到彻底翻脸，才要用那个听话的年轻人取而代之。洪钧心知在科克与韦恩之间很难判别谁对谁错，但"没有领导力"这句评价是个天大的帽子，足以让人抬不起头来，而又不需要什么真凭实据，说你没有领导力你就是没有领导力。洪钧印象中维西尔澳大利亚最近的业绩还凑合，起码没到一团糟的地步，但他现在不关心科克与韦恩间的是非恩怨，他只关心此事将对他有什么影响。科克不是想让韦恩滚得越远越好吗？怎么又说自己以后要天天和他打交道？他回想起在珀斯会议上科克对自己欲言又止的异样神情，再联想到这次的紧急召见，他的脑子里忽然闪过一个念头，这念头就像一道晴天霹雳令他茅塞顿开，一股不祥的预感越来越真切了。

科克的语调变得沉痛起来："不幸的是，解决了这个麻烦却带来了另一个麻烦。有人支持韦恩，而这个人是斯科特。韦恩去向斯科特告我的状，斯科特居然要求我重新考虑我的决定。"

斯科特是维西尔公司的总裁，是仅次于公司董事长兼CEO弗里曼的第二号人物，洪钧和斯科特平日里虽常有些电子邮件往来，但只在二月份总部的年会上见过一面，那是个典型的美国牛仔。

科克接着说："你知道那些美国人，狂妄自大，其实他们非常愚蠢和无知。你知道吗？美国有一些国会议员居然没有护照，他们从来没到过美国以外的其他地方。斯科特和我讨论了很多次，甚至争吵得很激烈。Jim，我相信你能理解，我们每个人都受到很多约束，都不得不在某些时候做出妥协。韦恩必须离开现在的职位，但他不愿意离开维西尔，我丝毫不感到意外，像他这样的人要是离开维西尔就没有地方可去。斯科特出面调解，建议让韦恩在亚太区另外选择一个职位，我做了让步，韦恩可以做出他的选择。"

洪钧的心已经提到了嗓子眼，皱着眉头问道："他选的是哪里？"

"大中华区。"科克飞快地说，仿佛说得越快这个坏消息给洪钧的打击就越小。

"可我们根本没有'大中华区'这一层。"洪钧的预感已经得到证实，但他还是徒劳地抗争着。

"以前没有，但现在有了。"科克的平静给洪钧的感觉就是冷酷。

朦胧的预感已然变成真切的噩耗，洪钧的身体无力地靠在椅背上，他毫不掩饰自己的失望、沮丧甚至愤怒，他被牺牲了，他被出卖了。虽然科克并未详谈他与斯科特及韦恩所做的交易，但显然他为了把韦恩赶出澳大利亚，竟凭空造出一个大中华区的职位，这不是彻头彻尾的因人设事吗？这将给洪钧、给维西尔中国带来多大麻烦啊！

洪钧猛地直起身子，凑近科克，气愤地说："荒唐！我不需要他，他对中国一无所知，对我能有什么帮助？我是直接向你汇报的，为什么要把他插在中间？把几个地方捏在一起对维西尔中国没有任何意义，反而把维西尔中国降了一级，只会使我们更难从亚太区、从总部得到我们需要的资源。"

洪钧只说维西尔中国被降了一级，其实是他自己被降了一级，现在可以直接向亚太区总裁科克汇报，今后却要向大中华区总经理韦恩汇报了，这让他难以接受，而且这种变化将带来众多的不确定因素，在他看来这些不确定因素里只有危机，没有机会。

科克拍了拍洪钧的肩膀，满怀同情地慰问着："你说的我完全同意，你的心情我也完全理解，我知道这对你的冲击有多大，所以我才专门邀请你来，当面告诉你。"

洪钧摇头："你对韦恩的安排毫无道理，澳大利亚是亚太区的重要部分，中国就不是亚太区的重要部分吗？对韦恩这种不称职的家伙就应该把他彻底清除出去，他给维西尔澳大利亚带来麻烦，就不会给维西尔中国带来麻烦吗？这样做只是把麻烦搬了个地方，你的麻烦并没有减少，而我却新添了很多麻烦，我无法接受。"

虽然两人之间一直非常亲密随意，但洪钧还从未对科克如此放肆过，不过洪钧不在乎，他知道科克叫他来就是要给他一个当面尽情发泄的机会，以免他心怀误解甚至怨恨而与科克产生罅隙。洪钧说得越凶，科克越会觉得洪钧与他一条心，科克内心的负罪感也能得到解脱。

科克边听边点头，无奈地说："Jim，你应该知道，很多时候我们都不得不面对这种令人沮丧的局面，我们只能一步步来，这个麻烦是一定要解决的，彻底地解决，但不是现在。Jim，你要记住，我在支持你。你也要记住，当我面对斯科特和韦恩时，谁来支持我？你要支持我，我们是一个团队。"

洪钧没有任何反应，他知道事情远非这么简单。斯科特不可能只是出于公正或同情而站在韦恩一方，他与科克之间的不和与角力想必由来已久，他需要在亚太区安插韦恩这根钉子，绝不会轻易让科克如愿以偿。一步步来？如果没能快刀斩乱麻地一步到位，恐怕再来十步也是枉然，今天搬不掉韦恩，日后就能搬掉吗？

科克像是猜到了洪钧的忧虑，恳切地说："你要相信我，也要相信你自己，我们会做到的。"

洪钧问："韦恩会带什么人来搭建大中华区的办公室？"

科克摇头："没有人，只有他一个，除他之外大中华区没有任何编制，这样他就会知道这个位子不好受，他必须依赖你还有台湾、香港现有的团队。"

洪钧几乎立刻气急败坏地说："这更糟，简直糟透了！如果给他多几个大中华区的编制，大中华区设财务总监、人力资源总监甚至销售总监、技术总监，他就管这几个总监好了，维西尔中国（大陆）区、香港和台湾的内部机构就不需要任何变动，只不过现在是向你和亚太区管理团队汇报，以后向韦恩和大中华区管理团队汇报，就像只是增加了一层房顶，但没改动房间的结构，我的日子还好过些。你一个编制都不给他，他就像悬在空中没有地方住，怎么能不发慌？他一定会跳到我们的房间里来，对维西尔大陆、香港、台湾三个机构进行大改组，打乱现状来组建一个大中华区的管理团队。"洪钧眼前似乎已经浮现出即将到来的水深火热的日子，颓唐地补了一句，"我真不知道我还能待多久。"

科克严肃地说："胡扯！你必须看着我的眼睛答应我，无论发生什么情况，只要我还在维西尔，你都不可以离开。韦恩现在有斯科特的支持，我也不好马上过多地干涉他，他到大中华区以后的确可能做一些让你不舒服的事，你一定要忍耐。"

洪钧忧心忡忡地问："他会常驻哪里？"

"你希望他常驻哪里？"科克反问。

"地狱！"洪钧没好气地说，然后他和科克都笑了。片刻的轻松稍纵即逝，洪钧又认真地说，"当然离我越远越好，悉尼、新加坡都好，但你不会同意。让他常驻香港吧，其他公司的大中华区大多设在香港，台北也可以，但北京绝对不行，我不欢迎他。"

科克点了点头，异乎寻常地把手搭在洪钧的膝盖上说："Jim，我向你保证，我绝不会容许韦恩把你赶出公司。你也要答应我，暂时不要和韦恩斗，不要让他找到任何借口，你更不可以主动离开。"

洪钧犹豫一阵后勉强点了头，他心里泛起一阵酸楚和凄凉，觉得双方的承诺其实都是同样的脆弱和无奈。

把科克送上出租车时已经将近夜里一点，洪钧从酒店大门外走回大堂，还没走到电梯间就远远看见一个衣着暴露的女人在等电梯。等洪钧走到近前，那女人扭头看了他一眼，眼睛似乎一亮，冲他莞尔一笑。洪钧下意识地低头回避，不料那女人竟叫了一声："Jim！"

这一叫让洪钧受了不小的惊吓，充满变故的这一天下来他已经成了惊弓之鸟，他瞪大双眼惊愕地抬起头，又听见那女人笑着说："是我，Lucy。都认不出我了？"

洪钧定睛细看，这才笑了，面前的女人竟真是Lucy。自从他把这位有名无实的合作伙伴业务经理打发去美国总部，至今已有五个多月，两人一直没见过面。Lucy九月底回到上海待了没几个星期洪钧又打发她来新加坡，在亚太区合作伙伴业务总监身边打杂。他知道Lucy人在新加坡，但没想到也住在这间酒店。洪钧顿时有些不悦，这酒店多贵呀，是你Lucy可以常住的地方吗？洪钧有些后悔以前对Lucy的费用管制太放松了，回去就要给她发封邮件，要求她另选一间适中的酒店搬出去。

洪钧一边问候一边上下打量Lucy，其实也没什么可打量的，因为她浑身上下就没穿多少东西。洪钧从未见过Lucy这般装束，脸上的妆也化得很重，他吃不准这么打扮下来，Lucy究竟像是年轻了十岁还是衰老了十岁。

Lucy被洪钧看得有些不好意思，低声说："刚和几个朋友去乌节路上的硬石玩了一下，白天工作太辛苦，晚上难得放松放松。"

洪钧暗笑Lucy还是老样子，总忘不了往自己脸上贴金，他也懒得戳破，见电梯正好来了，便跟在Lucy身后进了电梯。洪钧正搜肠刮肚地想找出话题来填补这难熬的二十多秒钟，Lucy却先开口了："Jim，正想给你发邮件呢，先和你打个招呼，我很快就要辞职了。"

这倒是今天听到的唯一的喜讯，洪钧"哦"了一声，Lucy接着说："我去培训的维西尔总部那个团队对我印象很好，已经给我出了聘用信，希望我调去他们那里，他们也会和你打招呼，我想你一定会成人之美的。"

洪钧嘴上说着"好的"，脸上却笑得有些不自然。Lucy先到了，她走出去又回手挡住电梯门，灿烂地笑着说："其实你已经成人之美了，我就是这次在硅谷认识我的男朋友的，一个很不错的男生。谢谢你派我去美国。"

门关上了，洪钧的笑容还僵在脸上，男朋友？她不是早结婚了吗？还是自己记错了？难道自己无意中引发了一场婚变？有可能，而且没准是两场。如此想来洪钧竟有了一种负罪感，只是不清楚自己究竟是害了Lucy的前任老公还是害了那位"很不错的男生"。Lucy的离开让洪钧终于送走了一位瘟神，可Lucy却因此随心所愿、仿佛修成了正果，这又让他感觉很不是滋味。

夜深了，从Lucy的得意回想到自己的失意，洪钧辗转反侧，根本无法入睡。他有些后悔，在酒廊点的那杯鸡尾酒直到走时他都一滴未沾，要是当时把酒喝了就好了，也许现在就可以沉沉睡去。

洪钧又想到韩湘，本来约好第二天临回北京前给韩湘打个电话的，但洪钧现在决定不打了，在电话里说什么呢？难道告诉韩湘自己一夜之间降了一级？

洪钧又想到韦恩，那个大个子究竟是个怎样的人？他会如何看待自己并同自己相处？他都会采取哪些动作？那些动作又会给自己带来怎样的后果？

洪钧浮想联翩，想到自己有意无意间已改变了韩湘和Lucy的人生轨迹，自己的人生轨迹又将被引向何方呢？洪钧猜想韩湘也没睡，大概正被一帮朋友围着接风；他猜想Lucy也没睡，大概正和那位"很不错的男生"越洋煲电话粥；但他肯定不会想到，远在三千五百公里之遥的浙江腹地的一个小镇上，有一个年轻人也是彻夜未眠。


陆翔的失眠症越来越严重，这些天所发生的事也已经让他出离愤怒，周围的人和周围的事都让他越来越看不起，然而他却无能为力，这让他也越来越看不起自己。软件项目的选型已经接近尾声，赖总和沈部长的分歧却越发难以弥合。陆翔本以为在这种情况下他们都会努力争取自己的支持，自己的意见终于能有举足轻重的作用了，不料赖总和沈部长在对待他的态度上倒是取得了难得的一致，那就是都想让他闭嘴。

陆翔已经彻底看透了，这个鸟不下蛋也不拉屎的鬼地方他再也待不下去了，他想回上海了。陆翔又想到了小薛，他原本以为自己能帮上小薛，但他人微言轻，陆明麟如今也只把他视作一个愤青而已，即使他的自尊心曾令他无法接受这一点，但事实终究是事实。

就这么走了？悄悄地走了正如悄悄地来？他不甘心，何况他不是悄悄地来的，他是被陆明麟作为跨世纪人才从上海请来的，即使不能走得轰轰烈烈，起码也要闹出些动静才行。"陆明麟，你不是说我眼高手低吗？姓赖的，你不是说我成事不足，败事有余吗？姓沈的，你不是把我当猴儿耍吗？好的，我就给你们露一手，给你们留个深刻的印象。"陆翔拿定了主意。

心情又兴奋又紧张，陆翔更睡不着了，而且一早还有大事要干，他干脆不睡了，就在网上逛，一直逛到他常去的几个论坛上再没有人发帖、一直逛到他的MSN和QQ上的网友一个个都下了线，他也该干正事了。

陆翔把自己拟就的东西又仔细润色几遍，直到满意为止，他又测试了一下网络情况，一切正常。陆翔看着电脑上的时间显示，心脏随着秒针的跳动而跳动，临到最后关头他反而平静下来，他要充分享受这一刻给他带来的快乐。

七点整，陆翔开始行动，七点半，他检查了一下效果，大功告成。他把网络断开，把电脑关闭，拿出手机发出一条短信：沈部长：家中有急事要我回上海一趟，特请假一天。陆翔。然后把手机关上，把宿舍里的电话线拔掉，才心满意足地爬上床，很快就在梦中回到了他日思夜想的黄浦江畔。


澳格雅总部每天八点钟上班，这天凡是来得早的人都惊讶地发现，沈部长似乎比他们来得更早，而且一大早就在电子邮件里和赖总干了起来，居然还同时抄送给了所有人。

每个刚走进办公室的人，都会被前后左右的同事用神秘而急促的口吻提醒："快收邮件！有好看的！"说完便不再作声，继续盯着电脑屏幕，边看便抿着嘴笑。刚来的人问不出所以然，只好一头雾水地打开电脑，以为可能又是什么令人喷饭的经典笑话或是令人喷血的火辣图像，匆匆扫过之后便失望而诧异地问："哪个呀？"又会有热心人不耐烦地说："沈部长给赖总的！"刚来的人才注意到有一封标记着红色惊叹号的邮件，半信半疑地打开之后很快也投入其中而不能自拔了。

沈部长的邮件是早上七点发出的，收信人是赖总，"抄送"一栏选的是"集团内部通讯录——全体"，标题是"恕我直言，对软件选型的若干意见"，内容如下：

赖总，

我集团软件项目现已到关键阶段，我感觉近期工作在方向上出现了较大的偏差，若持续下去恐怕难以实现陆总对项目的要求和期望，因此我愿意深入与您沟通一下，以求达成一致，尽快推动项目进展。

首先，我想再次强调，我对选择ICE公司的软件产品并没有意见，但我不同意与ICE公司的代理商之一北京莱科公司合作。经详细了解，北京莱科公司成立时间很短，至今尚未完整地帮助任何客户成功实施过ICE产品，莱科公司之所以获得ICE公司的推荐，是因为ICE公司的主要负责人在莱科公司中有股份。试想，如果把我们的项目交到如此资质的公司手里，后果将会如何？

其次，我想提醒您，莱科公司的人于公于私都不可信，他们既在欺骗我们澳格雅集团，也在欺骗您本人，所以您千万不要被他们所蒙蔽。他们向您个人做出的各种极富吸引力的承诺，都只是为了获取您的支持，在日后都不会兑现，即使兑现也将大打折扣。请您一定要把公司的利益放在第一位，不要做有损您声誉的事，更不要给陆总和澳格雅集团抹黑。

另外，莱科公司出于打击其竞争对手的目的，对我进行造谣中伤，说我收受其他公司贿赂，并在所谓杭州西湖高尔夫俱乐部会员卡的事情上大做文章，我已经向您做过解释说明，请您不要以小人之心度君子之腹。

上述意见，请您三思。我郑重地向您提出请求，取消将于明天进行的与莱科公司的商务谈判。鉴于项目中出现的复杂局面，建议尽快向陆总做出全面汇报后由陆总定夺。

致礼！

企划部<br>沈

赖总是八点半到的，一见秘书就问："什么乱七八糟的！什么邮件？"

秘书忙递给他一张纸说："电话里说不清嘛，您看吧。"

赖总把纸上的内容看完，愣了半天，脸色越来越阴沉，他正要发作，等候在他办公室里的沈部长已经跑了出来，急切地说："赖总，那封信不是我发的呀！"

赖总又怔住了，看了一眼沈部长又看了一眼手中的纸，气急败坏地说："不是你发的是谁发的！"说着，就把沈部长拽进办公室，秘书忙关上门。

沈部长眼里露出更加惊恐的神色："赖总，真不是我发的，应该马上查一下究竟是谁干的！"

赖总已经明白过来，一挥手说："等下再讲，你先把这封信收回来！"

"覆水难收呀，他们看邮件的时候就把邮件从服务器下载到各自的电脑上了，就算删掉保存在服务器里的邮件也不管用啊。"

"那也要删掉！至少还没接收邮件的人不就看不到了吗？马上禁止传播，再把每人电脑上的也都删掉。"

刚说到这儿，办公室的门被推开，赖总的秘书陪着企划部的一个文员把脑袋伸进来，文员语无伦次地说："部长，Intranet上也有，在BBS上面，用您的ID发的，把邮件贴上去了，已经有一千多次点击了。"

赖总越加烦躁："什么'硬戳奶的'，讲中国话！"

两个女孩都红了脸，秘书解释："是咱们公司的内部网上的布告栏。"

"马上删掉呀！"沈部长低吼。

文员怯生生地回答："删了，删不掉，我们的系统权限级别不够，陆专员没在，也联系不上。"

赖总摊开手嚷起来："拜托！删不掉，把服务器关掉总可以吧？关不掉，把电源拔掉总可以吧？"

等门又关上，沈部长战战兢兢地问："全断了也不好吧？电子邮件都不能收发，财务软件也不能用了，会影响业务的，算是重大事故的呀。"

"谁还管得了那么多。赶紧想办法把该删的都删掉，然后再开服务器。"赖总皱着眉头，又转念问，"真不是你发的？"

沈部长哭丧着脸："当然不是，我有这么傻吗？"

"会不会是洛杰公司的人背着你干的？为什么单单在这个时候出这种事？是不是成心想把项目搅黄了？"

"洛杰的人也没这么傻呀。"

"真不是？那会是谁？应该是内部的人，语气、落款都模仿得挺像，情况看来也知道不少。"

"已经很明显啦，陆翔呀！"沈部长沉吟着说，"得有系统管理员的权限才能进到我的电子邮箱里发邮件，以我的用户名在BBS上发帖子，还可以把邮件和帖子都弄得不能删除。"

"他？他不是不在公司吗？那他也能随便看我邮箱里的邮件？他想干什么？"赖总有些不解，也更担心起来。

"他在哪里都可以远程操作服务器。可能是故意捣乱吧，他最近情绪一直不高，好像对您在项目上的决策有些意见。"沈部长谨慎地把自己择得一干二净。

"他那些意见咱们不是早知道了吗，会不会是有外面的厂商和他配合干的？"

"维西尔？应该不会，我印象中他和维西尔没什么接触，对维西尔也没什么倾向性，主要还是对ICE和莱科公司有些看法。"

"不对吧，我听他的意思主要是对你和洛杰公司的一些做法很看不惯吧？"赖总没给沈部长辩解的机会，又说，"问题不大，尽量把影响降到最低，陆总一般不看邮件的，我跟他身边的人也都讲一下，把事情压一压。不过从这件事也能看出来，项目再拖下去就更不好了，我看你也不要再固执，就按我的意思定吧，关键是要尽快签约，争取让莱科的人今天就赶过来，邮件的事还要彻底调查，但不能影响眼前的谈判。"

沈部长刚要争辩，门又开了，秘书探头报告："赖总，网断了，服务器应该已经关了。"

话音未落，赖总和沈部长的手机都响了起来，同时收到一条短信，两人同时打开手机查看，立刻知道是同样的内容："通知：陆总高度重视我对软件项目中赖总做法的不同意见，要求全体员工讨论，因服务器故障无法及时浏览者请相互传阅。企划部沈。"

两人面面相觑，沈部长先开了口："是咱们公司的集团短信，看来是在关掉服务器之前自动群发出来的。"他顿了一下，又惴惴地问，"陆总收得到短信吗？"

"收得到。"赖总面色阴郁地说。

# 背叛与出卖

澳格雅集团董事长陆明麟的身材非常矮小，所以他的办公室并不宽大，有些来采访的媒体就赞叹说陆总真是不尚奢华，颇显浙商内敛务实之风，其实办公室之所以狭小是特意为了与其主人相称。办公室里的摆设没有更多特别之处，只是座椅的布局与众不同，大多数老板的座椅背后要么是书柜，要么是什物架，里面摆的要么是真真假假的经史子集，要么是假假真真的古董珍玩，陆明麟的身后却是一块石头，一整块巨大的石头，就像一座小山，也像一架天然的石雕屏风。

赖总被陆明麟叫到这间狭小的办公室时已近中午，陆明麟正襟危坐在巨石前面的椅子上。赖总笑着点头致意，叫了声"陆总"，刚要坐到侧面的沙发上，陆明麟冷冷地说："你搞的什么名堂？"

赖总已经半蹲下的身体又马上挺直，他发觉室内的气氛不允许自己坐下，就走过来站在陆明麟的大班台前，明知故问："你是指？"

陆明麟瞥了眼摊在桌面上的一张纸，说："软件项目，你到底在搞什么鬼？"

赖总坦然地回答："哦，那封邮件啊，那是有人故意捣乱，小沈说不是他写的。"

"我没问你邮件是真是假，我在问你邮件里说的那些事情是真是假。"

"哦，完全是捕风捉影、子虚乌有、造谣生事。"

"还有人敢造你赖总的谣？"陆明麟讥讽过后又接着问，"知道是什么人搞的了吗？"

"还在查，估计是咱们公司出了内鬼。"

陆明麟缓缓站起来走到赖总面前，两眼直直地盯着他，赖总原比陆明麟高一头，却仿佛被这目光斩断了半截。陆明麟说："最大的内鬼就是你吧？"

赖总一边告诫自己一定要挺住，一边咧嘴笑了笑。陆明麟在房间里踱着步，慢条斯理地说："当年我头一次去杭州，在灵隐寺求了个签，人家给我解签说我这辈子有两大不幸，你知道是什么吗？"他正好踱回到赖总面前停下，"第一大不幸，是娶了你姐。"他绕着赖总转了一圈，又停下来盯着赖总的眼睛，"这第二大不幸，就是她还有一个弟弟。"

赖总红着脸，强撑着，心平气和地说："你还不了解我吗？小沈说了，那封邮件本身是假的，邮件里的内容也都是假的。"

陆明麟走回到大石头前坐下，说："我就是太了解你了。你说说，究竟是怎么回事？"

赖总有条不紊地建议："软件项目你交代给企划部牵头，主要是小沈在张罗，我只是偶尔过问一下，还是把小沈叫来听他讲吧。"

陆明麟点头同意，等赖总给沈部长打完电话就让赖总也坐下来。赖总心里一阵温暖，觉得陆明麟还是很照顾他在下属面前的形象的，他刚有些想入非非，陆明麟说了句："护着你的脸面，就是护着我的脸面。"赖总立刻泄了气。

沈部长来了，也是一副从容不迫的样子，叫过"陆总""赖总"，便谦卑地站在大班台前。陆明麟问："软件项目是怎么回事呀？"

沈部长回答："那封邮件肯定是个阴谋，根本不是我发的，是陆翔干的。"

赖总狠狠地瞪了沈部长一眼，插话道："小沈刚才也把他的猜测和我说了，但这只是说法之一，还要调查以后才能确定。"

陆明麟不耐烦地说："我问的是软件项目，没问你邮件的事。"

"软件项目是由赖总一手负责的，我一直在赖总下面做些具体事。"沈部长说着，看了一眼陆明麟又看了一眼赖总，赖总目光如炬，沈部长连忙避开了。

陆明麟早已看出里面的名堂，也不再问，而是又站起来在房间里踱步，他走到窗前停住脚步说："二十年前我最怕没钱，十年前我最怕没人才，如今我最怕什么？我最怕没脸面！而你们这两位难得的人才，大把大把地花着我的钱，专门毁我的脸面，我是不是还要好好谢谢你们呀！"

赖总忙讪笑说："陆总，看你说的，那封邮件是谁写的还要调查，但里面讲的那些都不是事实。"说完冲沈部长使了个眼色。

沈部长接道："陆总，其实这个软件项目一直在按部就班地进行，赖总和我们项目小组一直对维西尔公司的产品很感兴趣，我们和他们的接触时间也最长，考察得也最周密，我们把维西尔作为首选推荐给赖总后，赖总也同意，并指示务必要把商务谈判做好。为了给维西尔公司施加压力，我们就放出风声说他们的价格太高，我们倾向于采用ICE公司的产品，没想到，维西尔对这个消息反应迟钝，倒是ICE公司的两家代理商听风就是雨，搞得鸡飞狗跳的，但我们始终不为所动。为了把戏演好，让维西尔公司把他们的架子放下来，我们公开说准备马上和ICE的一家代理开始商务谈判，可能是维西尔公司对他们的产品很有信心，也可能是他们在价格上不够灵活，到现在还没有表态，反而是ICE的另一家代理商竟狗急跳墙，他们可能在我们公司里有了内线，也可能利用黑客进入我们公司的网络里，发了那么一封邮件，污蔑赖总和整个项目小组，就是想把竞争对手搞臭、把项目搞乱。其实对那两家公司的情况赖总和我都很清楚，他们的所作所为不会对项目产生消极影响，我们仍然会按计划和维西尔开始正式谈判。"

陆明麟的目光始终一动不动地盯着沈部长，好在沈部长已是久经考验了，总算傲然屹立着把这一番话讲完。赖总适时地补充说："小沈他们做事还是很敬业的，和那两家代理接触，既是要货比三家也是做给维西尔公司看的，不过是放一些烟幕弹。小沈和那两家公司并没有深入地打交道，邮件里写的那些都是胡说八道，唯恐天下不乱。这次的事情说明我们的网络安全还有漏洞，应该及时加以修复，但是也不用兴师动众地查来查去，还是要集中精力把项目做好。"

陆明麟的目光移向赖总，赖总并不怕陆明麟盯着他，他怕的是陆明麟琢磨他，陆明麟的琢磨比最先进的测谎仪还高明。陆明麟慢悠悠地说："你们的戏演得不错嘛。"

赖总和沈部长都愣了，他们搞不清陆明麟指的是哪出戏，若是指他们所说的演给维西尔看的戏，那就该谦虚一下；可若是指他俩现在正在演的戏，那就该忙不迭地辩解了。两人既不知陆明麟的用意，更怕情急之中彼此不默契而穿帮，只好都无所适从地待着。

"护着你们的脸面，就是护着澳格雅的脸面，也就是护着我的脸面。不要以为别人都是傻瓜，尤其不要以为你们的老板是傻瓜，傻瓜能坐到这个位子上来吗？我希望你们以后做事也能顾到我的脸面。"陆明麟话题一转，问道，"你们现在决定选哪家的？"

赖总说："维西尔公司，不是现在才决定的，是一直就倾向于选他们。"

"通知他们了吗？"陆明麟又问。

赖总转脸看着沈部长，沈部长回答："嗯……还没通知他们……不过，我们正要通知他们。"

陆明麟说："那就现在通知吧。"

沈部长说声"好"便转身要走，赖总也站起身来，陆明麟却忽然说："我指的是现在，这里。"说着用手指点着沈部长站的地方。

两人一下都定住了，你看看我，我看看你，陆明麟问："怎么了？没他们的电话？"

沈部长回过神来，忙说："有，有，经常联系的。"他拿出手机在通话记录中找了半天，陆明麟又说："不要打错哟，要不要我替你联系？"

沈部长知道陆明麟说到做到，正愁逃不过去，还好找到了要找的号码，他连忙拨出去，对着电话说："喂，薛经理吗？……对，是我，澳格雅的老沈。……你好你好。是这样，我们软件项目的选型已经有了结论，想请你们维西尔公司来和我们举行正式的商务谈判。对，希望你们准备一下，一定要表现出最大的诚意。……对，具体的时间我们会再通知你的。好的。……好的。"

两人走出陆明麟的办公室，沈部长又紧跟着进了赖总相距不远的办公室，问道："这谈判，您看……您给个原则吧。"

赖总说："原则？任何谈判的原则都是一贯的，要把公司利益放在第一位，针锋相对、寸土必争，不做无谓的妥协。"

"不是，我的意思是说，是争取谈成还是争取谈不成？"

"你可真有意思，我们做事向来是有诚意的，但有诚意并不意味着宁可牺牲公司利益也要和他们达成合约嘛。"赖总口气缓和下来，"既然是谈判，就可能很艰苦，甚至还要做好谈不成的准备。你和ICE公司打个招呼，第一，要把莱科公司和Roger公司都安抚好，让他们不要惹事；第二，考虑推荐另外一家代理商，既要有实力把项目做好，也要能把各方面的关系处理好。"

沈部长心领神会，又问："对陆翔，您看……要不要彻底处理一下？如果真能抓到是他从我的邮箱里发的邮件，不仅是违反公司纪律，甚至是违法呀。"

赖总没好气地说："怎么处理？你刚才当着陆总的面把他名字说出来，你就没办法动他了。陆总的意思你听不出来？他不关心邮件是谁发的、怎么发的，他甚至觉得发邮件的人没错，他关心的是邮件上说的那些东西，他正盯着你呢。就算陆翔主动要走，你也要把他留住，避嫌的道理你总懂的吧？"

沈部长觉得窝火，心想陆总正盯着的是你赖总，却听到赖总笑了一声："呵呵，不过，恐怕有人更想处理他。"

接到沈部长的电话时小薛正在出租车上，电话挂断半天了他还无法相信这是真的，直到他用手扇了自己一巴掌，这才感到疼是真切的，喜悦也是真切的。手机面板上还沾着他的汗水，他用手擦干净，拨了陆翔的号码，却是已关机，他觉得有些奇怪，又拨了洪钧的手机，也是已关机，他想起洪钧应该正在飞机上。小薛急于和别人分享他的喜悦，又拨了一个电话，这下连他自己也觉得诧异，他拨的第三个号码竟然是菲比的。

等菲比接起来，小薛按捺不住兴奋地说："你好，是我，小薛。告诉你个好消息，浙江澳格雅的项目我赢下来了！"

菲比立刻惊喜地叫道："真的啊？太棒了！什么时候签下来的？怎么没听老洪说过呀？"

小薛的嘴还是合不拢："签倒还没签，客户刚刚通知我他们定了维西尔，让我去谈合同呢，这将是我在维西尔的第一个合同。"

"哦。"菲比的心顿时凉下来，原来还没去谈判呢，这个小薛怎么已经跑来报喜了？后面的变故还多着呢。但菲比没说出来，她能体会小薛的心情，小薛太需要一场胜利了，她不忍亲手把小薛的满腔喜悦浇灭。

电话那边的小薛丝毫没有听出菲比的反应有什么异样，他还在不停地说着：

"怎么样，我说过会有好消息的吧？哎，对了，你要保密啊，不要让洪总知道我先和你说了，他要是告诉你，你要装成刚知道的样子啊。"

菲比愣愣地答应又愣愣地挂了电话，小薛的最后一句话把她弄糊涂了，她搞不懂这有什么可保密的，等到终于明白过来，她笑了，这个小薛想得也太多了。

小薛连着几天都联系不上陆翔，直到四天后的上午，陆翔的手机终于通了，小薛兴奋地嚷着："你这家伙，跑哪儿去了？一直找你呢。你知道吧，他们让我去谈合同了。"

陆翔说："听说了，前几天我是故意不想让你找到我，本来想等你到了当面向你表功的。"

小薛急于知道澳格雅究竟发生了什么，在他再三的追问下，陆翔总算把那天他做的事讲清楚了。小薛最初觉得难以置信，后来慢慢地开始感动，到最后已经激动得不知说什么好。他听到陆翔的话语里老有"咝咝"的声音，问道："信号好像不太好，有杂音，你在哪儿？我打你的固定电话吧。"

陆翔平静地回答："这里没固定电话，我在医院呢。"

小薛惊讶地问："医院？怎么了？是你病了还是别人病了？"

"谁也没病，是我摔了一跤。"

"摔得重不重啊？"小薛的话里透着发自内心的关切。

"不算太重，右腿股骨骨折，右脚踝骨骨折，右臂桡骨骨折。"陆翔轻描淡写地说着，像是在念另一个人的病例。

"啊？怎么弄的？什么时候的事啊？"小薛大吃一惊，忽然明白那些"咝咝"声不是什么杂音，那是陆翔疼得倒吸凉气呢。

"没什么，医生说了，我这些都是闭合性骨折，不会感染，等着慢慢长好就行了。昨天晚上我和几个同事吃完饭，骑着摩托回宿舍，有辆摩托从后面追上来，后座上的人用棒子一类的东西砸到我头盔上，把我震晕了，也活该我倒霉，那段路右边是刚挖开的要换污水管的大沟，我连车带人栽进去了。"

"什么倒霉呀，这是有人专门找人来暗算你的！你伤得这么重，应该去报案，把他们抓起来。"

陆翔带着"咝咝"的声音笑着说："上哪里去抓呀？无头案，算啦，我不是先暗算他们的吗？老子那么干就是为了出口气，现在老子的气也出了，他们的气也出了，扯平了，呵呵。"

小薛没有笑，他的眼泪流了出来。

越临近年底日子就过得越快，仿佛时间也急着过年似的。十二月中旬的一天，ICE北亚研发中心在北京香格里拉饭店的大宴会厅隆重举行ICE公司8.0全系列产品中文版的发布仪式，这是研发中心自成立以来的第一次重大亮相。邓汶是当然的主角，自然是他回国至今感觉最风光的时刻，唯一让他感觉有些煞风景的是俞威也来了，不过像这种场合想不让俞威出现也根本不可能，毕竟这是整个ICE的大事。

活动圆满结束之后，邓汶又和方方面面的重要来宾一一告别，等总算抽出空，他就向一直在会场角落里安静地注视着他的Katie走去。Katie微笑着说："看把你忙的，累坏了吧？"

邓汶仍然处于亢奋之中，说："没事，这算什么。不让你来你非来，怎么样？是不是挺没意思的？白站一上午，就喝了几杯饮料。"

Katie扬了下手中的纸袋，俏皮地说："没白来呀，领了纪念品啦。我也想见识一下这种大活动，开开眼嘛。"

"你们宾馆不是也老有商务活动吗？"邓汶翻看着Katie的纸袋，想着要不要利用职务之便再给她拿几套礼物。

"都说香格里拉的会议搞得好嘛，来取取经，另外，"Katie歪着头说，"主要还是想来一睹你的风采嘛。"

邓汶说："回去就不能一起走了，我得去公司。"

这时邓汶背后传来一个熟悉的声音："哟，真忙啊，大会刚散小会又开始了。"

邓汶一扭头，是俞威笑盈盈地领着Susan和Linda走了过来，等他再转回身时，Katie已经走了，邓汶不由得怅然若失。俞威今天从里到外透着热情，他把胳膊往邓汶肩头一搭，说："难得一见，一起坐坐吧。"然后就像劫持人质一样把邓汶裹挟到了大堂酒廊，四个人挑了北面靠窗的一处坐了下来。望着庭院里在冬日的北京难得一见的田园风光，邓汶的心情才稍好一些。

各自点了饮料又搭讪了几句，俞威把依旧插在西服上的嘉宾胸花揪下来扔到茶几上，说："好啊，中文的8.0版总算出来了，天时地利人和，咱们ICE全占上了，科曼还是半死不活的，维西尔马上就要大乱，明年一定是咱们的丰收之年。"

邓汶心头一震，维西尔要乱，真的假的？Susan显然注意到了邓汶的反应，整理了一下围着的披肩，笑呵呵地说："呀，你还不知道啊？我们以为你早听说了呢。"邓汶下意识地摇了摇头。

俞威更来了精神，毫不掩饰幸灾乐祸的心态，说："你的消息也太不灵通了，圈子里出了这么大的事不知道可不行。维西尔的机构要有大调整，他们刚成立了大中华区，从澳大利亚调来一个老外，应该是洪钧的新老板吧，要常驻上海，这下洪钧可有好受的了。以前我在科曼就差点被大中华区那帮人搞死，除了盯着你管着你，他们什么正事也不干，科曼的大中华区在香港，好歹还不在我自己的地盘上。洪钧可就惨喽，老板就在上海，自己家里住进来这么一位爷，日子还怎么过？"

Susan问俞威："你在科曼的时候他们没设中国（大陆）区总经理吧？那洪钧的中国（大陆）区总经理，会不会也……"

"我看够呛，你想想，新来的老板得干事啊，不干事不就显出他没用了嘛，他能干什么？不就只能折腾洪钧嘛，外带折腾维西尔香港、台湾的两个头儿，这回有好戏看喽。"

枯坐一旁的Linda脸色越发不自然，但邓汶并没注意到。就连俞威和Susan一唱一和地又说了什么，邓汶也几乎全没听进去，他的心思都跑到洪钧那边去了。

总算熬到上了出租车，邓汶马上给洪钧打电话："哎，你那儿怎么样？"

洪钧带着轻松的笑声说："哟，你今天不是要搞什么盛大庆典吗？怎么有工夫搭理我？我挺好啊。"

邓汶说："我的事你倒是一清二楚，你那边出了这么大事我都不知道，你的老板换啦？"

"这有什么大惊小怪的？这年头不是什么东西都换得快吗？"洪钧依旧不正经地回答。

邓汶心急如焚地说："都什么时候了你还笑？下午你在吗？我去找你。"

"哟，抱歉，我在上海呢，刚到。新老板不是大驾光临了嘛，我得来拜见他老人家。"洪钧嘻嘻哈哈地把手机挂了。

洪钧此刻也是在出租车上，司机听出客人情绪不错便想聊几句，他从反光镜里看了一眼客人是否在忙，却被吓一跳。洪钧与方才判若两人，笑容早已消失得无影无踪，脸色变得和天空一样阴霾低垂，嘴唇闭得紧紧的，凝神望着车窗外的一片水泥森林。司机仿佛刚目睹了川剧的"变脸"绝活，他默念一句"活见鬼"，一言不发地向浦东香格里拉大酒店驶去。

锦沧文华一楼的自助餐不错，维西尔中国大陆和港、台三家分公司的总经理聚在这里还真不容易，他们分住不同的酒店，洪钧住在浦东的香格里拉，另两位在浦西，香港来的Jeffery住在南京路上的波特曼，台湾来的CK则喜欢茂名路上由日本人管理的花园饭店。CK姓陈，比洪钧稍微年长些，两人在亚太区的会议上最喜欢凑在一起，CK是他名字拼音的头两个字母，他喜欢别人这么叫他，洪钧自打认识他就再也不穿"CK"牌子的内裤了。

洪钧发现Jeffery和CK对上海的熟稔程度都不逊于他，两人对上海的态度也大致符合他以往总结的规律，台湾人大都极喜欢上海，而香港人往往对上海带有些醋意。Jeffery本来要去衡山路或者新天地，说虽然比不上兰桂坊，但还勉强值得一去。CK则有些踌躇，不愿意去有台湾人扎堆的酒吧，他说当年香港人犯了事就逃到台湾，如今台湾人犯了事就逃到大陆，坐在你桌子旁边的很可能就是某位黑社会大佬或是某位金融诈骗犯，所以他遇到台湾口音的陌生人都尽量敬而远之。洪钧本没有任何心情去消遣，便提议找家饭店安静地聚聚就好，而吃自助餐还有个不可言明的好处，就是便于各买各的单，这并不是因为他吝啬，只是在如今韦恩盘踞的上海，洪钧再也没有东道主的感觉。

三个人的胃口都不大，吃饱喝足之后话题便转到韦恩即将宣布的大中华区组织结构上来了。韦恩在召集三地的头头脑脑来开会之前，已经把一份"征求意见稿"发给了他们，洪钧看完邮件不禁笑了，韦恩的招数和洪钧四月改组中国（大陆）区的策略如出一辙，都是"强化中央集权、削弱藩镇割据"：洪钧将出任大中华区的销售总监，统管大陆与港、台的市场和销售，Jeffery为大中华区售前支持总监，CK为大中华区售后和咨询服务总监，三家公司的财务、人事和行政都由韦恩亲自掌控。洪钧的地盘虽说名义上大了，可是他去香港、台湾并不方便，对那里的团队和市场都不了解，而自己中国（大陆）区的其他业务都被韦恩收走，新头衔虽说挺好听，实际上他却被降格为中国（大陆）区的销售总监了。

Jeffery对韦恩这个方案的意见最大，激动得原本就硬的舌头变得更不听使唤，他说："Wayne（韦恩）这样搞没有道理啦！除了把我们这些人搞得天天要四处跑来跑去，生意没可能多做一点点。荒唐！我不懂得北京的生意要怎么做，CK你不知道怎么搞定香港的客户，Jim你去不了台湾，我们三个人都成了新手，这样谁最高兴？我看Wayne也不会高兴，只有我们的竞争对手才会高兴。"

相比之下，CK显得沉稳平静，他不紧不慢地说："老实讲，我也不晓得Wayne为什么搞成这样子。我们现在的架构蛮好的，平时各自做各自的，有需要的话我请你Jeffery、请你Jim帮忙也都没有问题嘛。说实话，他让我管三个地方的咨询服务，我也蛮头疼的。"CK痛苦万分地摇了摇头，好像头真的很疼，又说，"Wayne的考量是蛮怪的，我乱猜的，他或许是担心我们三个还都在现在的位子上坐着，他会不放心，他会觉得没有自己的位子。"

Jeffery很不以为然："他不可以这样硬来的啦！他想我们尊重他，他就要先尊重我们的嘛。明天的会议，我一定要杯葛Wayne的方案！"

CK回应道："我是建议说，应该多用一点时间，不要急忙把新的架构搭起来，呵呵，还是维持现状比较好，等等看有没有什么更完美一点的解决办法。"

Jeffery敲着桌面："最完美的解决办法，就是让Wayne离开！"

一直静静听着的洪钧笑了一下："Wayne把旧的架构打乱了，但他的新架构又根本行不通，说句不好听的，这样一来咱们全成了没头苍蝇，恐怕什么生意也做不成，做不成生意咱们谁也待不长。只是杯葛还不够，他也不会容许维持现状，咱们得向他提一个大家都能接受的方案。"

CK也说："杯葛他、逼他离开，都是做一个向他宣战的动作，不管谁走，最后总要有人走，搞不好就是我们走喽，这样子就搞得蛮厉害了，所以最好还是和和气气。"

洪钧已经大致摸清了两人的态度，便说："咱们可以站在Wayne的位置考虑一下，如果三间分公司一切照旧，大中华区只有他一个人，他只是我们三个人和科克之间的一个传声筒，什么价值都没有，就没有存在的必要，他能不担心吗？"

Jeffery一耸肩膀："可是科克只给了大中华区一个编制，Wayne就是一个人嘛。"

最让洪钧发愁的就是这个问题，既然韦恩成了他的新老板，他就必须想方设法让韦恩忙起来，他得给老板找事做，如果有朝一日老板自己没事找事，那洪钧的日子就没法过了。洪钧说："我就是想在咱们三个之外，再给Wayne找几个人向他汇报，让他可以带一个团队，通过这个团队来协调咱们三家分公司，他就不只是传声筒了。编制好办，从比咱们低一级别的经理层提拔几个人，仍然占原来的编制不就行了？我的想法是，业务还是咱们三个各自在本地这个层面负责，涉及资源和后勤的可以在大中华区这个层面整合。随便打个比方，上海的Laura，把她提拔成大中华区的财务总监，并兼任我下面的财务经理，就不需要新的编制；Jeffery，你下面的售前支持经理怎么样？人事经理怎么样？CK，你下面的咨询服务经理怎么样？如果不错的话，都可以提拔做大中华区的总监。这样一来，有一个团队托着他，Wayne就有了一个安稳的位置，他就不会找咱们的麻烦，咱们三个一切照旧，下面提拔上来的几个人也高兴，皆大欢喜，怎么样？"

Jeffery首先做出反应："什么皆大欢喜？我就不欢喜。香港办公室就那么一点点大，再从里面提拔几个人变成和我一样的级别，不行！"

洪钧又看着CK，CK沉吟着说："Jim的想法倒是蛮新鲜的，我觉得未尝不是一个思路，只是我下面那些都是虾兵蟹将，不晓得有没有合适的人可以提拔，这个部分要好好考量一下。"

Jeffery的态度变得更加强硬："CK的主意是维持现状，慢慢来；Jim的主意是要皆大欢喜，让Wayne把位子一直舒舒服服地坐下去。你们有没有搞错？Wayne即使舒服了，也一定不会让我们舒服。我的主意是，趁现在Wayne立足未稳，"Jeffery吃力地挤出"立足未稳"四个字后连他自己都笑了，笑罢又接着说，"我们就要把他搞掉，不管他提出来什么方案我们都反对，然后我们一起写E-mail给科克，告诉他我们反对有大中华区这个层级。"

洪钧没想到Jeffery这么有骨气、有血性，他本来以为Jeffery和CK虽然也会对韦恩的做法有些疑虑，但权衡之后终归会接受，因为他们俩都可以方便地往来三地，毕竟从各自的地盘得以提升到大中华区的级别，为今后的跳槽创造了更好的条件。

在惊讶的同时，洪钧也燃起一线希望，便和Jeffery一起满怀期待地看着CK。

CK说："我听说Wayne和科克之间搞得很僵的样子，要不科克怎么多一个编制也不肯给他？看来科克也没打算让Wayne做久。如果我们三个能齐心协力，做一个反对他的动作，科克可能马上会让Wayne离开。"

Jeffery掷地有声地表态："当然啦，我们当然要齐心的啦，要好一起好，要死一起死的啦。"

洪钧被感动了，甚至有些自惭形秽，韦恩的到来对他的打击最大，他的生存空间被直接挤压得也最厉害，结果本应最强烈抵制韦恩的他，却发自内心地想方设法让韦恩安顿下来。洪钧鄙视自己太缺乏斗争精神，骨子里充斥着逆来顺受的奴性。人在处于逆境的时候最需要盟友，如今有这么两位坚强的盟友摆在面前，洪钧当然不会放过。

洪钧的斗志被唤醒了，他说："Wayne把他的方案发给我们，说明他是在试探我们的反应，我们的反应必须强硬而且必须一致。可不可以这样，明天的会议我们都不参加，没和我们讨论他不敢贸然宣布新的组织架构，而且我们也避免了和他面对面的冲突，你们明天就借口公司出了紧急事情马上飞回去。同时分别用邮件正式向科克提出要求，我们不要联名，要各自写、各自发，只明确反对设立大中华区这个层级，不要提Wayne的名字。你们看怎么样？"

CK问："那下一步呢？"

"Wayne肯定想分别找我们沟通，我们一定要齐心，不能被他各个击破，他如果要见我们，我们继续找各种借口躲掉。只有科克召集并亲自到场，会议才可以开，这个会议的议题也不能是我们三个的工作安排，而应该是Wayne的去留。"洪钧进一步强调，"我们要讨论的是该不该设立大中华区这个层级，而不是大中华区的架构应该怎么搭。"

CK点了点头，又看着Jeffery，Jeffery没说话。CK暗骂，这家伙嚷得比谁都凶，一个具体的主意却提不出来，便说："我觉得可以，先这样搞他一下，我们随时做密切的沟通，看看上面会有怎样的动作。Jeffery，你看呢？"

Jeffery显然走神了，CK把两人的咖啡杯碰了一下，像在梦游的Jeffery才被拉回来，他怔了怔说："没问题，现在正是年底，明天有一个大案子的谈判，我必须跑回去。"

主意已定，三个人便以咖啡代酒，慷慨激昂地模拟了一番歃血为盟，共同祝愿韦恩早日走人。在结账时心潮依旧澎湃的洪钧已把来时的盘算忘到了爪哇国，心甘情愿地抢着把三个人的账一起结了。

走出锦沧文华的大堂，三个人依依惜别，准备回到各自的根据地遥相呼应、大干一场。洪钧住得最远，便被另两人推着上了第一辆出租车。CK上了第二辆，车开动后他转过脸从后窗里朝Jeffery挥手，却发现Jeffery已经一头钻进了后面的出租车。CK暗笑，从锦沧文华到一步之遥的波特曼居然还要打车，这帮香港人每天挤在人满为患的健身房里跑步，难得有安步当车的机会却连这么短的路都不肯走。

从锦沧文华到花园饭店也不远，出租车三拐两拐就到了。CK下了车，忽然不想马上回房间，而是起了到花园里散步的念头。他绕过水池，沿着草坪外圈的小径优哉游哉地走着，心里却并不轻松，他在脑子里把刚才商量的事情翻来覆去地琢磨，总觉得有什么地方不对劲。

CK抬头向前望去，看到了那个被绿树掩映的白色圆亭，他忽然站住了，扪心自问，自己来上海原本最主要的目的是什么？是和洪钧、Jeffery商量如何撵走韦恩吗？不是。新官上任的老板召唤自己前来，自己没有首先和老板好好沟通，却先和老板的另两个下属见面密商对策，自己不正像一个犯了次序错误的棋手吗？

CK在职场打拼多年，最深的体会就是切勿硬打硬拼，小心驶得万年船。和韦恩彻底翻脸，作为下属能获胜的机会有多大？开弓没有回头箭，明天一旦宣战还有挽回的余地吗？刚才的信誓旦旦犹在耳畔，CK已经开始后悔了，他觉得应该首先和韦恩深谈一次，两人以前并不熟悉，如果真的是一场较量不可避免，更应该先充分了解对手嘛。CK走到亭子旁，伫立良久，终于转身快步向回走，似乎感到自己的时间不多了。

CK的步子迈得快，脑子转得也快，和韦恩聊什么呢？首先应该多问多听，如果韦恩征求自己对他的方案有何意见，不妨向他倒倒苦水；如果韦恩问自己有什么更好的建议，不妨把洪钧那个从下面提拔几个人上来的主意告诉韦恩，当然不能说是洪钧的，而要说是自己的主意。其实CK真觉得洪钧的那个思路不错，只是他不愿意从维西尔台湾推荐什么人，维西尔台湾只由他一个人向韦恩汇报就足够了。

自己这么做有没有出卖朋友？是不是意味着背叛？CK自认为是个极讲义气的人，当然不可能不想到朋友。韦恩是老板，和老板做沟通当然不算背叛，他也拿定主意不向韦恩透露他们三人的"阴谋"，只是去探听一下韦恩的口风，回来再马上和洪钧、Jeffery商量，此举也是对他俩有利的嘛，这么想着CK就觉得释然了。

CK在花园饭店门口又上了出租车，说了声："去浦东，雅诗阁。"

雅诗阁是一家酒店服务式高级公寓，更适合居家过日子而不是只住一两晚的商务出差。韦恩选择那里，可见他到上海做的打算不只是一年半载。司机没听说过雅诗阁，CK又补充说明："就是Ascott。"不过显然于事无补，司机可怜巴巴地睁着更加茫然的大眼睛看着他，CK只好找来门童帮忙。门童还算见多识广，用上海话给司机讲了一阵，在替CK关上车门前耸着肩膀不屑地说了句："对不起啊，他是崇明的。"

从崇明岛来的司机果然对浦东一带谈不上熟门熟路，拉着CK绕了半天，终于找到了位于工商银行上海分行大楼后面的雅诗阁。车停到雅诗阁门前，司机一脸歉意地说："抱歉呀，先生，耽误你的时间了。"

CK没说话，他一边掏着钱包一边向雅诗阁的门厅里望去。门厅不大，远比不上普通酒店的大堂气派，但是灯火通明，从外面看得一清二楚。CK刚要转回头，忽然看见从门厅左侧的电梯间走来两个人，一个是白人，身材非常高大，CK一眼就认出是韦恩；另一个黄皮肤黑头发显然是龙的传人，正仰脸和韦恩说话，等他把脸正过来朝向大门时，CK浑身的血液仿佛瞬间凝固，是Jeffery！

司机见CK迟迟不付账，试探着说："要不，你把零头去掉好啦。"CK顿时猛醒过来，眼看着韦恩和Jeffery就要走出大门来到出租车旁边了，CK急促地命令道："快！马上往前开，绕一圈再回来。"

司机在懵懂中照做了。CK回头从后窗向后望去，见那两人已经走出大门，韦恩站在最上面的台阶上，Jeffery站在下面，把手向斜上方伸着和韦恩握手，韦恩居高临下地把左手搭在Jeffery的肩头，像是巨人在接受侏儒的臣服。

车从雅诗阁楼后的车道绕到西面的街上，CK让司机把车停在路旁，很快就看到Jeffery坐的出租车从旁边驶过，到前方路口向右一拐不见了，CK这才对司机说："走吧，回到门口去。"

车又停在了雅诗阁的台阶前，CK掏出钞票递给司机说："不用找了，你先不要走，我休息一下再下车。"

惊魂未定的CK瘫软在后座上，他全身的衣服都被汗水打湿了，并不是因为刚才那一幕把他紧张成这样，他是在后怕。Jeffery在锦沧文华分手后就直接跑来面见韦恩，他的目的何在是不言而喻的，他向韦恩说了什么也是不言而喻的。CK不敢去想，如果今天没来见韦恩，而是傻乎乎地按既定方针于明天向韦恩开战，自己会是什么下场；CK也不敢去想，如果晚到了哪怕只是三分钟而错过刚才那一幕，就会自作聪明地仍按之前想好的套路来探听韦恩的虚实，自己又会是什么下场。CK暗自庆幸，老天保佑啊，自己真是来对了更来巧了，Jeffery虽然在时间上占了先机，但和韦恩聊得并不久，而自己来得也不算晚，要想后来居上只有在面见韦恩时把话说透、把事做绝。

CK终于调整好自己的状态，推开车门下了车，胸有成竹地迈上了雅诗阁的台阶。


当洪钧在第二天傍晚回到北京的时候，他已经不是昨日的洪钧，昨日的洪钧仿佛已经被肢解了；同样，昨日的维西尔中国公司也已经成为历史，不复存在了。

昨日上午还似乎一切都在按计划进行，原定的高层会议根本没人出席，第一步行动完成，而韦恩也没试图和洪钧联系，这让洪钧稍稍有些诧异，料想韦恩大概还没从三个手下一致缺席抗议带来的震惊中反应过来。洪钧改签好了下午回京的机票，就在浦东香格里拉的客房里起草给科克的邮件。

快到中午的时候，洪钧收到了那封几乎将他彻底击垮的邮件。邮件是韦恩发出来的，发给维西尔中国（大陆）、香港和台湾三家公司的全体员工，宣布了维西尔大中华区新的组织架构：任命Jeffery为维西尔香港和华南区总经理，管理香港和广州两家办公室，所辖区域包括香港、广东和广西；任命CK为维西尔台湾和华东区总经理，管理台北和上海两家办公室，所辖区域包括台湾、上海、江苏、浙江和福建；任命洪钧为维西尔华北区总经理，管理北京办公室，所辖区域为"中国其他省份"，上述任命自即日起生效。

洪钧被无情地出卖了！维西尔中国公司被粗暴地瓜分了！

洪钧在短暂的震惊和愤怒过后，被极度的懊悔和自责淹没了。Jeffery觊觎广州办公室已经很久，曾经几次三番借口两广地区港资企业众多而试图染指那一带的市场，并振振有词地说，现在香港早就回归了，为什么还要分得那么清楚？我们谁做都一样的啦。由于台湾市场已接近饱和，CK也多次介入上海和福建的台资项目，对整个华东更是垂涎欲滴，在亚太区会议上他曾搂着洪钧的肩膀满含羡慕和嫉妒地说："Jim，你的运气蛮好，在正确的时间出现在正确的地方，大陆的生意蛮多哟。"如今Jeffery和CK终于如愿以偿。与这两个人结盟无异于与虎谋皮、引狼入室，洪钧恨自己瞎了眼，虽然他不断告诫自己要谨慎，却仍然如此轻信他人而铸成大错，让那两个人把自己作为见面礼送给了韦恩，以换取他们梦寐以求的东西。

洪钧忽然意识到，虽然自己和韦恩在中国的地界上尚未谋面，但这已是两人的首次交锋，而在这第一回合中洪钧一败涂地。洪钧认识到韦恩不可小觑，这次宣布的组织架构就比之前的那个"征求意见稿"显得老谋深算，韦恩调整了战略，不再将洪钧、Jeffery和CK统统视为敌人，而是团结一切可以团结的力量，搞了最广泛的统一战线，使大家都争先恐后地投身到对共同的敌人洪钧的斗争中来。厉害啊，韦恩刚到中国就已经把中国人的智慧结晶学以致用了。

韦恩在邮件中还同时宣布了另外几项任命，提拔Laura担任大中华区财务和行政总监，从维西尔香港提拔了一位人力资源总监、一位市场总监和一位售前支持总监，从维西尔台湾提拔了一位售后和咨询服务总监，这五位新贵仍继续兼任原来在各自办公室的职位，所以韦恩不需申请任何新编制就搭建起一整套大中华区的领导团队，有八个人直接向他汇报。这样一副八抬大轿抬着他，韦恩从此可以安稳地过日子了。

洪钧气得七窍生烟，这不正是自己昨天提的思路吗？连具体的人选都几乎是对号入座敲定的。洪钧转念一想，看来韦恩有个优点，从善如流、不因人废言，但他马上苦笑了一下，韦恩怎么会知道这是他的原创呢？无论是Jeffery还是CK，在向韦恩献策邀功的时候当然是不会顾及保护他洪钧的知识产权的。

洪钧一开始觉得难以置信，韦恩怎么能不开会讨论就径自宣布如此重大的人事调整？但他很快平静下来，他相信韦恩该做的功课都已经在如此短的时间内做完了，只不过有意单单把他忽略而已，因为韦恩没有必要征求敌人的意见。洪钧还想到了科克，韦恩不可能不跟科克打招呼，而科克不仅没有反对，居然也没给自己打电话预警，这让他颇为失落。洪钧慢慢地才醒悟过来，科克恐怕正生他的气呢，因为科克已经警告过他不要轻举妄动，而他却把这些告诫抛之脑后，公然拉帮结派和韦恩对着干，还幻想着能得到科克的支持。洪钧越想越窝火，与老板不仅要保持立场一致，还要保持步调一致，而自己却自作主张地打了第一枪，他不理解自己怎么会这么愚蠢。

收到邮件不久，洪钧的手机就开始响个不停，李龙伟等人纷纷急切地询问、求证，洪钧就像一个刚知道自己得了绝症的病人，却被一帮人围着问病情、寻病因，甚至有人急于知道他的病是否会传染而波及自身。他实在受不了这种轮番轰炸般的折磨，把手机关了。

洪钧拿起房间里的电话，他此刻只想听到一个人的声音。

电话里传出的是菲比的声音，洪钧的心顿时安定下来，他说："是我，在酒店呢，我下午就回北京了。"

菲比喜出望外："真的啊？太好了，你这次怎么这么乖呀，不是明天才回来吗？"

洪钧都能想象得出菲比抱着电话欢呼雀跃的样子，苦笑着说："想北京了。"顿了一下，他更加低沉地说，"想你了。"

菲比立刻觉察出洪钧的异样，忙问："你怎么了？出什么事了？"

洪钧忍了忍，还是决定一语带过："没什么。想你不可以啊？"

"不对，你别装了，你休想瞒得了我，到底怎么了？说嘛。"菲比真急了。

洪钧把仅存的一丝气力汇聚起来，简单明了地把在上海发生的事情讲给菲比听，讲完之后便靠在床头一动不动。奇怪的是电话里半天也没传出菲比的声音，洪钧忍不住正要问一句，竟听到菲比"咯咯"的笑声。他刚想训菲比没心没肺，却听到菲比说："这不挺好嘛，嘿嘿，以后你就不会老出差喽。"

洪钧没想到菲比竟然会幸灾乐祸，气哼哼地说："喂，有点同情心好不好？我如今一下子退回到去年这个时候的状态啦。"

菲比依然开心地说："去年这个时候有什么不好？我天天盼着咱俩能回到一年前的样子，我像个跟屁虫似的一天到晚跟着你跑，多幸福啊。"

"你就知道这些。好了，这下你如愿以偿了。"洪钧有些生气了。

"本来嘛，不就是地盘比以前小了点，管的人比以前少了点，有什么大不了的嘛。你还是你，我还是我。"菲比又轻声补了一句，"我们还在一起，这才是最重要的。"

　　洪钧被菲比感染了，喃喃地说："真想现在就看到你。"

　　菲比问："几点的飞机？"

　　"CA1518，正点的话六点二十到北京。"

　　"都赖你，搞突然袭击，我还专门把明天晚上的培训挪到今天晚上来了，结果你却改成今天回来了，那么多人参加的课我怎么再给改回去呀？"听洪钧没吭声，菲比又小心翼翼地哄着，"你到家等我啊，培训一结束我马上往家跑，我保证。"

　　航班不是正点到达北京机场的，而是少有地提前了十分钟。洪钧在不到一个半小时的航程中头昏脑涨地想了很多，他想到了第一资源集团的项目和令他敬畏的郑总，可惜以他今后的境地恐怕难以运作那曾令他振奋不已的大手笔了；他也想到了小薛，不知道小薛去浙江澳格雅谈判进展得如何，可惜如今浙江已经归入CK的地盘，小薛的心血会不会落得为CK做嫁衣呢？

　　飞机舱门打开了，洪钧拿好行李，在走出舱门的一瞬间又情不自禁地回头看了一眼，既是向刚才坐过的座位告别，更是向整个的商务舱告别，他料想韦恩不会再允许他坐商务舱了，省钱倒在其次，韦恩是不会放过羞辱他的机会的。

　　洪钧刚把手机打开，电话就来了，他还以为是菲比，不料却是广州的Bill。Bill像是出了什么大事似的嚷着："Jim，哎呀，找你还真不容易。我告诉你呀，我刚才不小心犯了个错误，把传真发到你那里去了，你还没见到吧？是我的出差申请和上个月的报销单。香港的Jeffery已经和我谈过了，我又改回来做广州的经理，他还让我做他的副总经理，哎呀，搞什么搞嘛？变来变去的，才刚汇报给你没几天就又改回来啦。哈哈，我是忙中出错，应该发给Jeffery由他签字的嘛。你看我这个脑子，你已经不是我的老板了嘛，你还没签字吧？把传真撕掉就好啦，不要签字啊，你签字也没用的啦。喂，Jim，喂，听得到吗……"

　　洪钧的脸已经被气成绛紫色，他用力按了挂断键，手还在不停地颤抖。他真想把手机摔在地上再狠狠地踩碎，但他终于还是忍住了，他紧紧地咬住嘴唇，把拿着手机的手揣进裤兜里，尽力止住颤抖，被人流席卷着向前走。

走过行李传送带时，洪钧忽然想起春节过后科克在这里提取行李的情景，而自己就在外面的人群中焦急地等待着科克带来的消息，短短十个月过去，他又回到了起点。命运就是这样地捉弄人，洪钧觉得自己就像是地上的一片落叶，被大风卷起在半空中飞舞，即使曾短暂地高高在上、风光无限，也终究免不了飘落到地面，而始终无法掌握自己的命运。

　　洪钧拖着沉重的脚步向接机的人群走去，像一个焦头烂额的败军之将死里逃生地回到大本营，又像一个失魂落魄的游子疲惫不堪地回到自己的家门。在上海的时候洪钧曾急切地想逃回北京、逃回自己的家，可现在他却忽然想起"近乡情更怯"那句古诗，那分明是自己此刻的写照。

　　洪钧睁大双眼在接机的人群中寻找，他渴望奇迹的出现，他猜想菲比会突然从人群中冒出来给他一个惊喜，但是，菲比没来。洪钧失望地穿过人群，在大厅里找了个空地站住，向四周张望，他想再等几分钟，也许菲比正在赶来。他幻想着菲比会突然拍一下他的肩膀或者从后面捂住他的眼睛，但是，这一切都只是幻想。十分钟过去了，苦苦等待的结果只是从希望变成失望，又从失望变成绝望。

　　绝望的洪钧拖着拉杆箱走出机场大厅，一阵彻骨的寒风迎面吹来，让他不由得缩紧脖子。他走到国内到达的出租车等候区，垂头丧气地站在队尾。这时正是航班到达的高峰，等候出租车的长队排出很远，洪钧探头往前看，想判断需要多长时间才能轮到自己上车。忽然，他呆住了，他不敢相信自己的眼睛，在前面黑压压的队伍中，能看见的都是后背和后脑勺，却有一个高挑的女孩非常扎眼地逆潮流而动，她反向站着、脸朝向队尾，洪钧看清了女孩身上的风衣，是紫红色的，他也看清了女孩的脸，那是一张他熟悉的笑脸，是菲比！

　　洪钧向菲比走去，他的眼睛湿润了，他知道菲比是赶不及进去接他便干脆抢先跑来替他排队的，他也知道菲比一定还特意回了一趟家，因为在菲比的肩头正随风飘动着的，是那条她还从来没舍得戴过的橘黄色的方巾。

二〇〇六年一月至四月完成初版书稿

二〇一八年一月完成修订版书稿